La nuit sur les ondes

Elizabeth Hay

La nuit sur les ondes

roman

Traduit de l'anglais par Hélène Rioux

XYZ
éditeur

Catalogage avant publication de Bibliothèque et Archives nationales du Québec et
Bibliothèque et Archives Canada
Hay, Elizabeth, 1951-
    [Late nights on air. Français]
    La nuit sur les ondes : roman
    Traduction de : Late nights on air.
    ISBN 978-2-89261-602-6
    I. Rioux, Hélène, 1949- . II. Titre. III. Titre : Late nights on air. Français.
PS8563.A875L3814 2011   C813'.54   C2010-942527-8
PS9563.A875L3814 2011

Les Éditions XYZ bénéficient du soutien financier des institutions suivantes pour leurs
activités d'édition :
– Conseil des Arts du Canada ;
– Gouvernement du Canada par l'entremise du Programme d'aide au développement de
l'industrie de l'édition (PADIÉ) ;
– Société de développement des entreprises culturelles du Québec (SODEC) ;
– Gouvernement du Québec par l'entremise du programme de crédit d'impôt pour l'édi-
tion de livres.
Nous remercions le gouvernement du Canada de son soutien financier pour nos activités
de traduction dans le cadre du Programme national de traduction pour l'édition du livre.

Édition originale : *Late Nights on Air*, McClelland & Stewart, 2007

Conception typographique et montage : Édiscript enr.
Maquette de la couverture : Zirval Design
Photographie de la couverture : ytpo, iStockphoto
Photographie de l'auteure : Lorraine Brand
Traduction : Hélène Rioux

ISBN 978-2-89261-602-6

Dépôt légal : 1ᵉʳ trimestre 2011
Bibliothèque et Archives Canada
Bibliothèque et Archives nationales du Québec

Diffusion/distribution au Canada :
Distribution HMH
1815, avenue De Lorimier
Montréal (Québec) H2K 3W6
Téléphone : 514 523-1523
Télécopieur : 514 523-9969
www.distributionhmh.com

Imprimé au Canada

www.editionsxyz.com

En souvenir de David Turney
1952-1988

La première fois qu'il entendit sa voix à la radio, Harry était dans sa petite maison au bord de la baie Back. Une voix inhabituelle par sa sonorité, inhabituelle tout court, car il n'y avait pas d'autres speakerines à l'antenne. Il l'écouta lire les nouvelles — l'élocution lente et claire, l'assurance presque insolite, la voix grave, aguichante, l'accent indéfinissable. Plus que curieux, déjà amoureux, il se rendit le lendemain à la station, exactement à la même heure.

C'était le mois de juin, le début de ce long été exceptionnel de 1975 et la lumière nordique gardait la petite station de radio dans la grande paume de sa main. Eleanor Dew était derrière le bureau de la réception, et derrière l'intelligente Eleanor, il y avait le studio. Elle leva les yeux, surprise. Harry venait rarement à la station, sauf le soir, quand il occupait les dernières heures à raconter et à faire tourner tout ce qui lui passait par la tête. Il s'arrêta à côté du bureau, lui fit un gros clin d'œil et lui demanda qui était la personne en ondes.

« Notre ex-directeur l'a embauchée sur un coup de tête, répondit Eleanor. Aucun test, aucune formation.

— Bien, bien, bien », dit Harry.

Harry entra dans le studio même si le témoin lumineux rouge « en ondes » était allumé et là, un des grands mystères de la vie lui fut révélé. Nous ressemblons si peu à ce que notre voix laisse présager. C'est un choc, comme lorsqu'on entend sa propre voix pour la première fois et qu'on se demande alors si le reste de notre personne a quelque chose à voir avec ce qu'on avait cru. On se sent délogé de notre vieille chaussure.

Harry avait imaginé une personne de courte taille, trapue, aux cheveux blonds brûlés par le soleil, aux beaux yeux bleus, aux jambes superbes, une femme d'une trentaine d'années. Dido Paris était grande, osseuse, elle avait le teint olivâtre, elle était plus jeune. Portait des lunettes. Un visage large, une épaisse chevelure noire et souple rejetée en arrière. Une ombre très légère au-dessus de la lèvre supérieure. Déraisonnablement belle. Elle ne leva pas la tête, absorbée qu'elle était par les nouvelles dactylographiées en lettres capitales sur les feuillets à double carbone sur lesquels les journalistes tapaient les textes.

Il se tourna pour voir qui se trouvait dans la régie : Eddy à la console et l'un des journalistes debout près de son épaule. Autrement dit, un public.

Harry sortit son briquet, l'alluma et approcha la flamme d'un coin du feuillet. Dido ne broncha pas.

Une lèvre supérieure duveteuse comme, dans l'imagination de Harry, ses jambes devaient l'être. Et pourtant, quand Dido se leva et fit le tour de la table, ses jambes apparurent sous une ample jupe bleue et le mystère de sa voix fut résolu. Elle était européenne. Européenne dans son attitude franche, son apparence, sa façon de parler, presque trop calme, sauf quand l'avertisseur était allumé. Sa voix alors s'enflammait. Elle cessa de faire tourner son long crayon, rassembla ses forces. Cessa complètement de parler. Ses yeux se tournèrent dans deux directions — une jambe sur la berge, l'autre dans le canot —, elle prit son verre, versa de l'eau sur les flammes et lut à un rythme saccadé, avec un sentiment de panique réprimé, jusqu'au dernier mot au bas de la page.

L'extrait sonore se fit entendre, Dido ferma son microphone et lança un regard farouche à l'homme dont les yeux brillaient d'un éclat juvénile. Mais ce n'était pas un gamin, il était affligé d'un début de calvitie, il portait des lunettes, il avait la mâchoire carrée. Elle remarqua son oreille en chou-fleur.

« Tu es Harry Boyd », dit-elle.

Elle aussi avait imaginé un autre visage — une grosse tête ébouriffée pour aller avec la voix désinvolte qui bourdonnait au milieu de la nuit et qu'elle n'entendait que lorsqu'elle était sur le point de s'endormir. L'homme qui avait naguère été une vedette de la radio, lui avait-on dit. Il était moins grand qu'elle ne l'avait imaginé, et ses mains tremblaient.

Une demi-heure plus tard, perché sur le bureau de Dido, Harry lui quémanda une cigarette et lui demanda d'où elle tenait ce drôle d'accent. Elle l'examina, hésitant à lui pardonner sa conduite grossière. Puis, il lui demanda si elle était grecque. Le rire de Dido, spontané, enjôleur, résonna alors dans la pièce.

Non, rien à voir. Elle avait grandi aux Pays-Bas, près de la frontière allemande, fille d'un professeur de latin qui écoutait la BBC et qui demandait à *London Calling* de lui expliquer le sens des expressions qu'il ne comprenait pas. Son père avait un magnétophone à bobine et il enregistrait des émissions de radio. Elle avait appris l'anglais à l'école, mais sa prononciation était terrible. Elle avait donc demandé à son père de lui faire des enregistrements, et elle avait travaillé son anglais en écoutant Margaret Leighton lire Noel Coward, et Noel Coward se lire lui-même. C'était ainsi qu'elle avait acquis son accent anglais européen particulier, qu'elle exécrait.

« Je pensais résoudre mon problème en épousant un Canadien, mais je n'ai pas réussi.

— Deux minutes et tu me brises déjà le cœur, dit Harry.

— Ça n'a pas duré.

— Alors nous avons quelque chose en commun, toi et moi. »

Il lui retira doucement ses lunettes, souffla sur les lentilles et les polit avec son mouchoir avant de les replacer sur son nez.

«Et Dorothy Parker disait que les hommes ne content jamais fleurette aux filles à lunettes.

— Parker?

— Dorothy. Une écrivaine spirituelle célèbre pour avoir déclaré qu'elle s'était "fourrée dans le pétrin en se faisant fourrer sur le divan". »

Dido ne fut qu'à moitié amusée. Le lendemain, elle dit à Eleanor que Harry était un « *loser*». Une remarque négative quelque peu atténuée par son accent: on aurait cru entendre « *lousair*». Elle raconta qu'il avait pris une bouffée de sa cigarette allumée, puis l'avait remise dans le cendrier.

«Bas de gamme, dit-elle en secouant la tête, un léger sourire, un peu détaché, sur les lèvres.

— Mais pas sans charme, fit valoir Eleanor. Charme, sexe et insécurité: voilà tout ce que Harry a à offrir.»

Une lueur d'intérêt s'alluma dans les yeux de Dido.

«Il est trop vieux pour toi, Dido.»

Mais l'âge de Harry laissait Dido complètement indifférente. Il avait quarante-deux ans. Comme le vent, sa mauvaise réputation l'avait poussé sur ces rives — lui, un homme connu naguère pour son intelligence et dont on avait presque oublié la renommée, un de ces types qui ont la chance de trouver leur voie de bonne heure, puis la malchance de la quitter. Sa voie, son élément, c'était la radio, et il l'avait quittée pour un talk-show télévisé, où il avait lamentablement échoué. On s'était hâté de le congédier, sa vie personnelle était tombée en ruine, des rumeurs avaient circulé, étaient restées. Un an plus tôt, après être tombé sur Harry qui dormait dans un hall d'hôtel à Toronto, un ancien patron avait tiré quelques ficelles et lui avait déniché un poste de nuit au service nordique, là même où il avait débuté quinze ans plus tôt. Retour à la case départ, mais avec une différence. À présent, il était un vieux poisson dans une petite mare.

Et pourtant, cela — l'endroit, l'horaire, la relative obscurité — lui convenait.

Des rumeurs circulaient à son sujet : le nombre impressionnant de ses ex-femmes et sa tout aussi impressionnante tolérance à l'alcool, un incident quelque peu louche — et honteux — dans son passé. D'ordre professionnel, sans aucun doute. Ou sexuel ? Personne n'en aurait mis sa main au feu. L'oreille en chou-fleur suggérait une vie teintée de violence. Ses mains tremblantes éparpillaient des granules de café instantané partout. « Harry était là », constatait-on le matin devant la petite table sur laquelle étaient posés des tasses, des cuillers, la bouilloire électrique et le gros pot de Maxwell House.

Pendant cette première conversation, Harry questionna Dido sur son mari, raconte-moi tout, et elle répondit en plaisantant qu'elle avait épousé pratiquement la première personne qui le lui avait proposé, un étudiant comme elle à McGill, mais quand, partis de Montréal, ils avaient débarqué dans son quartier cossu à Halifax, elle avait vu son beau-père dans l'allée de garage. « On s'est juste regardés », dit-elle en tournant sa grosse montre d'homme sur son poignet, un geste, Harry le comprendrait par la suite, que Dido faisait quand elle était nerveuse, que quelque chose lui manquait. « On s'est juste regardés. » Harry les voyait, un homme et une femme incapables de détacher leurs yeux l'un de l'autre, et l'image s'enfonça dans son cœur.

Après un moment, Dido haussa les épaules, mais son visage continua d'exprimer regret et nostalgie. La situation était devenue intenable, admit-elle. Elle avait échappé au triangle en partant vers le nord.

« Et ton beau-père t'a laissée partir ?

— Je m'attends presque à le voir apparaître à cette porte », répondit-elle en faisant un geste vers l'entrée de la station.

La station de radio occupait un coin tranquille à un pâté de maisons de la rue principale. De la taille d'un magasin de fournitures électriques — et c'était justement à ça que le lieu avait servi auparavant. Top Electric. Une bâtisse d'un étage en forme de boîte à chaussures dans une ville qui, dans les années 1930, avait poussé comme un champignon sur les berges remplies d'or du Grand Lac des Esclaves, une mer intérieure grande comme le tiers de l'Irlande troublée.

La première personne qu'on voyait en entrant était Eleanor Dew, qui parvenait à être jolie sans qu'aucune partie d'elle ne le soit. Malgré des yeux plutôt globuleux et un menton qui se fondait dans sa gorge, elle dégageait une impression de blondeur, une sorte de rayonnement venant du fait qu'elle avait les pieds sur terre et la tête dans le ciel. Âgée de trente-six ans, elle était presque la doyenne de la station et, poète de cœur, elle lisait Milton entre les appels téléphoniques — messages de la communauté, plaintes et demandes de chansons, mélange d'appels personnels et de communications d'affaires pour les six annonceurs-opérateurs, les deux journalistes ou le directeur de la station, lequel avait pris le large avec une serveuse une semaine plus tôt.

Son bureau se trouvait à côté d'une fenêtre donnant sur la rue poussiéreuse qui menait au Gold Range, également connu sous le nom de Strange Range, et à l'avenue Franklin ; d'un côté, la quincaillerie MacLeod's et le grand magasin de la Baie d'Hudson, de l'autre, le cinéma Capitol avec ses films en fin de course et sa machine à pop-corn à l'avenant. En continuant dans la même direction, on traversait la partie la plus neuve, New Town, puis, en tournant à gauche, on finissait par arriver à Cominco, l'une des deux mines d'or en opération ayant donné à la ville sa raison d'être initiale. Si vous préfériez tourner à droite dans l'avenue Franklin, vous passiez devant le Yellowknife Inn d'un côté et le bureau de poste de l'autre, puis c'était la bibliothèque publique et la boutique de vêtements appelée Eve of the Arctic. Si vous poursuiviez votre route en descendant une pente vers le nord, vous vous retrouviez dans la plus vieille partie, Old Town, un ramassis de maisonnettes, de masures, de cabanes en rondins et de latrines, de huttes Quonset, de caravanes et de commerces hétéroclites, le tout paraissant parfaitement à sa place sur cette péninsule rocailleuse sous le ciel immense. C'est qu'ils ne rivalisaient pas avec lui. Yellowknife ne comptait qu'un gratte-ciel et il ne se trouvait pas dans la rue principale : ce n'était qu'une tour d'habitation solitaire dans la partie sud-est de la ville.

Petite ville rudimentaire de dix mille habitants tenant son nom d'une tribu indigène qui utilisait des couteaux en cuivre, Yellowknife était, à plusieurs égards, une tache blanche dans un environnement amérindien. Mais la plupart des gens du sud ne s'étaient jamais aventurés plus loin au nord. C'était au nord du soixantième parallèle, cela avait un charme septentrional, ce qui en émanait n'était pas mystérieux, mais unique, et rien n'y était donné d'entrée de jeu. Pas de paysage à couper le souffle. Pas de montagnes, pas de glaciers, ni même beaucoup de neige en hiver. Pourtant, après quelque temps, les gens se mettaient à l'apprécier. Certains d'entre eux, du moins, ceux qui n'oublieraient jamais, ceux qui, lorsqu'ils repenseraient à leur passé, diraient : « C'est là que j'ai vécu les moments les plus intenses de ma vie. »

S'il n'y avait que deux sémaphores, les voix, elles, circulaient à qui mieux mieux. Cet été-là, les poètes se succédèrent à un rythme régulier dans la ville, un défilé qui n'avait cependant rien à voir avec celui des experts venus conseiller le juge Berger sur le projet de développement qui, s'il voyait le jour, serait le plus important jamais entrepris dans le monde occidental, un pipeline conçu pour transporter du gaz naturel depuis l'Arctique en descendant le fleuve Mackenzie long de huit cents milles. Comme toujours, la politique éclipsa la poésie. Les poètes vinrent un à la fois pendant tout l'été, une modeste incursion — la première du genre — organisée par un amateur de poésie local et financée par le conseil national des arts. Quant aux experts du pipeline, très nombreux semble-t-il, ils se rassemblèrent dans l'hôtel Explorer d'un blanc éblouissant qui dominait la route vers l'aéroport. À cette époque, on parlait beaucoup de Yellowknife, le nord était dans toutes les têtes, le dernier plan d'extraction de ses richesses avait pris tellement d'ampleur que cet été 1975 revêtit une qualité mythique, celle d'un été sans nuages avant que la guerre n'éclate, ou avant le début d'un mouvement social et spirituel qui refait le monde.

Harry assista à quelques lectures littéraires à la bibliothèque publique. Il y alla avec Eleanor, qui écrivait de la poésie pour son plaisir. Puis il finit par considérer tout cela comme des jeux de mots vides et perdit patience. Comment un poème peut-il durer s'il ne touche pas notre cœur? s'écria-t-il. On se rappellerait peut-être le poète, mais pas son poème. Pour faire valoir son point de vue, il tapa à la machine les vers d'un poème qu'il admirait et fixa la feuille au mur de la seule et unique cabine de l'annonceur, où leur message obsédant sur la mort et ce qui venait après évoquait un crâne sur la console. C'était un poème d'Alden Nowlan, originaire, comme Harry, du sud du Nouveau-Brunswick, et il décrivait ces années folles où il travaillait seul, la nuit, dans une station de radio et qu'il lui semblait que personne ne l'écoutait. «J'avais l'impression de parler/tout seul dans une pièce pas plus grande/qu'une banale salle de bains.» Puis, un jour, il eut à couvrir une collision fatale entre une voiture et un train, et Nowlan le présentateur se transforma en Nowlan l'auditeur horrifié. « Dans le naufrage » de la voiture, trois jeunes hommes étaient morts, mais la radio du véhicule continuait de jouer, et « personne ne pouvait l'atteindre » pour l'éteindre. *Vous arrive-t-il de vous demander où vont vos voix ?* avait gribouillé Harry au haut de la page.

Il évita de se poser une question plus personnelle. Comment avait-il abouti ici, où il avait commencé sa carrière, dans ce petit terrier qui s'appelait CFYK ? Assis dans la cabine de l'annonceur avec le sentiment que sa propre vie entrait en collision avec elle-même.

Eleanor était la portière de la station. De son bureau, elle contrôlait l'accès à l'unique corridor menant, comme une courte rue principale, directement aux entrailles de la station et jusqu'à une sortie par laquelle on titubait dans l'été nordique — à une poubelle qui débordait de bandes magnétiques si souvent montées, jointes et épaissies de ruban adhésif blanc que, dans sa tanière au sous-sol, le technicien en chef les avait jugées irrécupérables. Le hargneux Andrew McNab officiait dans les profondeurs de la station, au milieu d'établis, d'étagères étiquetées, de recoins encombrés et de son propre bureau immaculé. Il pratiquait depuis dix-sept ans la frugalité et un dédain extravagant, « tête enflée » étant son expression préférée pour désigner quiconque était assez vaniteux pour passer sur les ondes.

La tanière d'Andrew n'était pas la seule de la station. Il y avait aussi la salle des nouvelles, juste assez grande pour accueillir deux journalistes, deux bureaux et une table de montage. Sa porte bien fermée se trouvait directement dans la ligne de feu entre le bureau d'Eleanor et la porte d'entrée de la station, par où se présentaient les visiteurs. Mme Dargabble, par exemple, hautaine et volubile, qui venait régulièrement proposer ses demandes de musique classique. Je ne m'attends pas à entendre de l'opéra, mais un peu de Mozart de temps en temps? Eleanor n'aurait pu être plus d'accord avec elle. Elle prenait la requête en note, puis la jetait tristement dans la corbeille à papier dès que la pauvre femme tournait le dos, car c'était sans espoir, elle le savait. Aucun espoir pour Mozart à Yellowknife.

Jusqu'au jour où Harry Boyd passa par là.

«Vous aimez Lucia Popp? grommela-t-il à la femme costaude, fragile et agitée.

— Elle chante l'air de la Reine de la Nuit, répondit Mme Dargabble, surprise.

— Ce soir, je ferai jouer un de ses disques pour vous. Allumez votre radio à minuit.

— Vous êtes un homme *merveilleux*. Vous comprenez.»

Car Harry hantait désormais la station à toutes les heures et chacun savait parfaitement pourquoi. Il voulait être près de Dido Paris.

«Comment vais-je le reconnaître? avait-il demandé à Dido de sa voix rauque, sur un ton à la fois résolu et faussement ironique. Cet homme dont tu t'es entichée. Ton beau-père.»

Elle avait souri longuement, lentement.

«Tu es un romantique, Harry.

— Je n'en ai pas honte.»

De nouveau, le visage de Dido avait exprimé une tristesse si tendre que Harry avait senti son cœur solitaire se serrer, se tordre. Puis il avait repris courage.

«Tu aimes les hommes plus vieux.

— Tu es tellement transparent, Harry», s'était esclaffée Dido en se penchant en arrière.

Il n'avait pas honte de ça non plus. Il reconnaissait en Dido une profonde tendance à la mélancolie, tendance qu'il partageait, et il était fasciné, notamment par une enfance qu'il croyait en partie responsable de cet état de fait. La Hollande après la guerre. Non, pas la Hollande, corrigea-t-elle. Les Pays-Bas. Elle lui raconta que sa mère lui confectionnait des pantalons d'hiver chauds à partir de vieux uniformes militaires et qu'elle devait les porter par-dessus un pyjama parce que l'étoffe kaki lui éraflait la peau des cuisses et la faisait saigner. En voyant l'expression de Harry, elle sourit et lui toucha le bras. «Ce n'était pas si terrible, dit-elle. D'une certaine façon, je m'en fichais. Et tu ne peux pas savoir comme je m'ennuie de ce que je mangeais à l'époque, des vermicelles de chocolat sur du pain, on met le beurre sur les vermicelles pour les faire tenir, et des *speculaas* — tu connais? le biscuit hollandais en forme de moulin à vent? — entre deux tranches de pain beurré. Je me rendais à l'école en vélo et c'était mon casse-croûte.» Sa voix avait une sonorité vive, veloutée. Sensuelle, mais pas assez pour perdre son énergie ou son autorité. Son père avait-il été son professeur? voulut savoir Harry. Pas officiellement, répondit-elle, redevenant songeuse. Son père était mort depuis peu, en mars, sans avoir jamais cessé d'écouter la BBC. Elle était ici, à Yellowknife, au moment de son décès, enseignante remplaçante en maths et en français à l'école secondaire locale, un emploi qui parvenait à peine à combler son besoin d'être aussi loin que possible de ses amours compliquées. Après la mort de son père, elle avait senti le besoin de redéfinir sa vie. Elle s'était d'abord présentée à la station pour offrir bénévolement ses services. «Et la suite, tout le monde la connaît», conclut Harry.

Il ne pouvait imaginer que cette femme superbe, aux manières royales — il ne trouvait pas d'autre mot pour les décrire —, s'attarde bien longtemps dans une ville comme Yellowknife. Et quand il la questionna sur ses intentions, elle répondit qu'elle ne savait même pas si elle allait rester au Canada. «Canada», un mot qu'elle prononça avec un certain mépris. Les Canadiens étaient gâtés, dit-elle. Il suffit de regarder la taille et le poids de leurs poubelles surchargées, de compter leurs voitures — des voitures récentes —, de voir leurs maisons inoccupées, leurs placards débordant de vêtements, leurs douches quotidiennes. Elle s'arrêta, mais elle aurait pu continuer. Elle avait vu la famille de son ex-mari utiliser l'eau comme s'il n'y aurait jamais de lendemains. Avec son sens de l'économie et de la qualité — aux Pays-Bas, même un torchon à vaisselle était fabriqué de façon à durer des décennies —, avec son sens de l'histoire, de la tragédie et du temps, elle se méfiait de ces utilisateurs effrénés du lave-vaisselle, de la douche, de ces amateurs de pelouses et de ces gaspilleurs de terre. À Yellowknife, c'était toutefois différent. Ici, elle avait l'impression d'être entrée à reculons dans la vie d'une petite ville, particulièrement dans la vieille partie non planifiée, où on trouvait des toilettes extérieures, où les rues, non pavées, avaient des noms comme Ragged Ass Road. Cette ville était un si curieux mélange de flambant neuf et d'éculé, d'édifices gouvernementaux et de tavernes, d'avions de brousse et de cabanes au bord de l'eau, et tout semblait s'étaler dans toutes les directions, comme la grande nature sauvage. L'endroit offrait tant de possibilités, dit-elle, surtout quand on était blanc, et même quand on était une femme.

Harry dessina une carte de Yellowknife pour Dido, indiquant, non pas avec un x, mais avec un •, comme un grain de beauté, où se trouvait sa maison sur l'île Latham, à l'extrémité d'Old Town. Et elle se demanda s'il avait volontairement ou inconsciemment dessiné l'île (séparée du continent par le détroit le plus étroit) de façon à la faire ressembler à un pénis doté de personnalité. Un pénis en érection avec une inclinaison perceptible vers la droite. Sa maison se trouvait à gauche, près de la base de cette queue plantureuse, caracolante, bienheureuse et circoncise.

En regardant Harry esquisser la carte, Dido Paris apprit certaines choses et en devina d'autres. Il connaissait la côte comme sa poche, il devait être un marin, il devait être heureux sur l'eau. Son tracé était rapide, habile et direct. La ville elle-même ne l'intéressait pas, sauf dans la mesure où l'avenue Franklin descendait vers la pointe de l'érection de l'île qui enjambait les eaux du Grand Lac des Esclaves. En capitales viriles, il avait écrit GIANT sur la rive ouest de la baie Back et CON près de la baie de Yellowknife pour indiquer les deux mines d'or. Mais c'était sur l'eau qu'il concentrait ses efforts, et elle pensa que son principal intérêt était de l'inviter pour un plongeon récréatif.

Le lendemain du jour où Harry avait affronté la station pour voir Dido, un nuage d'une telle chaleur était descendu qu'Eleanor fit une longue promenade à pied avant d'aller se coucher. Elle habitait dans la partie neuve de la ville, dans une caravane rudimentaire mais confortable, pas très loin du lac Frame. Ce soir-là, elle sentit par moments une brise fraîche monter de l'eau. Sinon, la chaleur descendit du ciel, puis, une pluie légère. Le lendemain matin, l'air à l'extérieur ressemblait à ce qu'on appelle «enfants blancs» — aux cheveux si blonds qu'ils sont blancs —: la roulotte à côté était enveloppée dans une brume épaisse. Eleanor se rappela son grand-père qui, une fois par semaine, lavait ses fins cheveux blancs avec du Old Dutch.

C'est ce jour-là que Gwen Symon fit sa première apparition à la station, et personne ne s'en aperçut. C'était le 3 juin, un mardi.

Eleanor badinait avec Ralph Cody, le pigiste responsable des recensions de livres. «Tu as déjà bu dix-neuf tasses de café. As-tu l'intention de rester éveillé pendant un mois?»

Ralph était un petit homme d'une soixantaine d'années. Il portait un veston de tweed avec des pièces aux coudes. Les dix minutes qu'on lui accordait à l'antenne émoussaient à peine son désir de parler. Il avait les dents tachées par le café et le tabac. Ses mains jaunies par la nicotine étaient les plus petites, les plus délicates mains d'homme qu'Eleanor eût jamais vues. Tous deux parlaient de l'inconfort: comment les gens le toléraient mieux autrefois, particulièrement les *voyageurs*[*1] à l'époque de la traite des fourrures et tous les explorateurs légendaires de l'Arctique.

1. Les mots en italique suivis d'un astérisque sont en français dans le texte. (N.D.L.T.)

Gwen était là. Sa présence passa inaperçue, ou ils firent semblant de ne pas la remarquer.

« Certains de ces voyageurs ne trouvaient de confort que dans l'inconfort », observa-t-elle après un moment.

C'est alors qu'ils levèrent la tête et aperçurent une femme au visage blanc qui les regardait fixement de ses yeux d'un bleu électrique. Elle avait une grosse ecchymose sur la gorge — grosse comme un billet d'un dollar déchiré en deux, violette comme un billet de dix dollars. La peau livide (aussi blanche que les pieds d'une personne qui aurait porté des chaussures toute l'année, pensa Eleanor). Une coupe de cheveux épouvantable. Et ces yeux bleus.

« D'où sortez-vous ? demanda Ralph.

— Je viens d'arriver », répondit-elle en faisant un geste vers la fenêtre.

Une Volvo de dix ans aux lignes douces était garée dans la rue. Une minuscule roulotte y était attachée.

« Je cherche du travail et je me demandais à qui je devais m'adresser. »

Ils établirent qu'elle avait vingt-quatre ans, qu'elle avait roulé depuis la baie Géorgienne, en Ontario, plus de trois mille milles, que, chemin faisant, elle avait campé dans sa roulotte et qu'elle aimerait rester quelque temps à Yellowknife si elle se trouvait un emploi. À Toronto, on lui avait dit qu'une personne possédant aussi peu d'expérience à la radio devrait commencer par postuler un emploi dans les postes de l'arrière-pays.

Ralph esquissa un petit sourire amusé en imaginant un quelconque bureaucrate au vocabulaire pompeux.

« Tu as donc fait tout ce chemin pour être sur les ondes ?

— Non, pas sur les ondes, se hâta-t-elle de répondre. En coulisses. Et j'avais aussi d'autres raisons. J'ai toujours voulu voir le nord. »

Son but, expliqua-t-elle, était de devenir assistante scripte pour les dramatiques radiophoniques.

«Je ne veux pas être cruel, dit Ralph, mais as-tu écouté la radio ici? As-tu entendu des dramatiques? As-tu entendu le moindre sketch?

— Je crois que vous en avez besoin», répondit-elle posément.

Ah! pensa Eleanor. Quelques jours plus tôt, elle avait attrapé une souris dans sa caravane, et le camouflage de cette fille était tout aussi subtil: une chemise gris fumée au col brun pâle, un pantalon brun plus foncé. Aucun ornement, sauf l'impressionnante ecchymose à la gorge. Ce qui était gênant, ou pire encore, peut-être. Mais sa détermination ne faisait aucun doute, elle tranchait sur l'aspect statique de sa personnalité pâle et brune. Encore quelqu'un à surveiller. Elle rougissait maintenant, sa chemise était visiblement humide sous les aisselles. Et Eleanor se rappela sa tante qui devait s'éponger avec une serviette après avoir parlé au téléphone, tellement cette activité représentait un effort pour elle. Cette même tante avait pourtant visité des villes de par le monde, et elle l'avait fait toute seule.

Ici, tu pourrais peut-être te réaliser, songea Eleanor en souriant à Gwen. Mais ils croyaient tous pouvoir se réaliser dans le nord, comme elle ne le savait que trop. Et c'était exactement ce qui provoquait toutes ces catastrophes.

Eleanor dit qu'elle ne savait pas trop à qui la jeune Gwen devait s'adresser, étant donné que leur directeur avait pris la poudre d'escampette. Ralph ajouta en plaisantant que là d'où il venait, c'était le temps qu'il faisait qui était éphémère: si on ne l'aimait pas, on n'avait qu'à attendre cinq minutes; ici, on n'avait qu'à attendre cinq minutes si on n'aimait pas les gens.

Eleanor éclata de rire. Les gens du siège social avaient parlé à Harry Boyd, poursuivit-elle, et elle avait l'impression qu'on lui demanderait de prendre la relève.

« Et si je regardais en attendant ? suggéra Gwen. Je pourrais en apprendre beaucoup en regardant.

— As-tu un endroit où habiter ? »

Gwen montra sa petite roulotte Boler garée à l'extérieur, et Eleanor lui offrit de la garer dans sa cour en attendant de trouver un appartement.

« Tu es courageuse d'avoir conduit jusqu'ici. »

L'espace d'un instant, Gwen se demanda si cela faisait d'elle une fille courageuse. En vérité, elle avait toujours peur, elle était toujours inquiète. Elle secoua la tête.

« Comme je l'ai dit, d'aussi loin que je me rappelle, j'ai toujours voulu aller vers le nord.

— Trois mille milles !

— Oui, dit-elle sans paraître plus impressionnée par son exploit. Mais je n'ai jamais dépassé cinquante à l'heure. »

Eleanor fit faire le tour de la station à Gwen Symon. Celle-ci passa les deux jours suivants dans la régie avec Eddy, le technicien taciturne et rouquin, et le regarda manipuler la grosse console. Elle écouta les animateurs, se familiarisa avec leurs habitudes. Il y avait celui du matin, si prodigieusement à l'aise à la radio que, pour lui, c'était comme dormir. Le travail, c'était le reste de sa vie — son mariage en déroute, sa consommation continuelle d'alcool. Il venait à la radio pour se reposer. Il y avait l'Indien des traités, un homme aux cheveux argentés, impeccable, soigné, calme, qui lisait les nouvelles en dogrib. Il y avait le chroniqueur sportif, un paquet de nerfs au débit rapide, qui animait également l'émission des demandes spéciales l'après-midi, car, au service nordique, les annonceurs cumulaient plusieurs emplois et ils maniaient eux-mêmes la console. Il y avait le lecteur des nouvelles et l'hôte de l'émission *Radio Noon*, un homme absolument digne de confiance, qui entraînait Dido ; elle

LA NUIT SUR LES ONDES

allait le remplacer, car il partirait bientôt vers le sud, où un autre emploi l'attendait. Et il y avait Dido, qui en arrachait avec la prononciation des mots, mais qui avait la plus belle voix que Gwen eût jamais entendue.

À la fin, Harry fut effectivement nommé au poste de directeur intérimaire. *Intérimaire*, insistèrent lourdement les pontes du siège social, en attendant qu'un directeur permanent soit désigné. Quelqu'un devait être à la barre et, malgré son passé déplorable, Harry était la personne la plus expérimentée qu'ils avaient sous la main.

Gwen alla le trouver dans son nouveau bureau, la première pièce dans le couloir après le bureau d'Eleanor. Elle arriva au moment où il pivotait sur sa chaise et prenait le téléphone, lui tournant ainsi involontairement le dos. Elle s'attarda près de la porte ouverte : après avoir rassemblé assez de courage pour entrer, elle n'allait certainement pas rebrousser chemin. Elle connaissait la voix de Harry. Elle l'avait entendue à la radio, dans sa voiture, pendant qu'elle parcourait le dernier segment de route jusqu'à Yellowknife, que la lumière sans fin la tirait vers un soleil couchant fondu dans un soleil levant, et que cet homme qui semblait beau et insolent l'accompagnait en disant des choses comme : « Si l'époque n'est pas à l'envers, l'endroit, lui, est d'une autre époque. » Et maintenant, il était là, en chair et en os, et la déception de Gwen s'accentua, le nord ne ressemblant en rien à ses attentes. Elle avait imaginé un paysage spectaculaire empreint de rude simplicité et elle avait vu des milles et des milles d'arbres rabougris que le gravier de la route couvrait de poussière.

De la porte, elle voyait bien l'arrière de sa tête dégarnie et de sa grosse oreille gauche. Il raccrocha, et elle pénétra dans son bureau en disant :

« Vous ne ressemblez *pas du tout* à votre voix. »

26

Harry se retourna. D'une main, il enleva ses lunettes et la dévisagea.

«Ça, c'est la tragédie de la radio», répondit-il gravement.

Gwen se sentit désarmée. Son visage s'illumina, et Harry lui sourit. L'honnêteté réciproque, cette vieille séductrice, venait d'entrer et de se joindre à eux.

«Vous me faites penser à Johnny Q», reprit-elle, exprimant la pensée qui venait de lui traverser l'esprit.

Sa bande dessinée préférée dans son enfance. Allongée sur le ventre, le journal du samedi étalé devant elle, encore chaud parce qu'elle était restée assise dessus pendant tout le dîner (faisant valoir ses droits avant son frère); enivrée par l'odeur de l'encre d'imprimerie — une odeur puissante, alcoolisée, qui prenait à la gorge —, elle dévorait *On Stage*, le feuilleton racontant l'histoire de Mary Perkins, l'actrice qui épousait le reporter Pete Fletcher parce qu'il était beau et digne de confiance, même si elle était profondément attirée par cette canaille de Johnny Q à l'oreille en chou-fleur. Johnny Q allait et venait, d'autres aventures intervenaient, mais on le savait toujours quand il était de retour parce que la fameuse oreille apparaissait au bord de la bande. Souvent, sa voix arrivait en premier, une remarque plaisante et enjôleuse adressée à la serveuse qui lui apportait un autre verre. Dans son enfance, Gwen avait été folle de joie en découvrant que Johnny Q serait dans les parages pendant au moins plusieurs semaines. Il n'y avait pas de plus grand plaisir.

Harry Boyd n'était pas beau, mais il était attirant dans son genre. Une chemise en soie à pois, un pantalon habillé, des baskets. Un gros visage, le manque de sommeil, l'âge mûr. Dans ses yeux, moins une étincelle qu'une lueur intéressée, à demi irritée. Comme un pilote de la Deuxième Guerre mondiale. Amusé et assoiffé.

«Assieds-toi et fais comme chez toi.»

Elle s'assit en face de lui et il lui demanda pourquoi elle cherchait un emploi dans une station de radio nordique. Sa réponse l'étonna et le captiva: enfant, elle avait entendu une émission de radio sur John Hornby, l'Anglais qui était mort de faim quand il avait passé l'hiver dans la toundra canadienne en 1927 avec son jeune cousin Edgar Christian et un autre compagnon, Harold Adlard. Elle ne l'avait jamais oubliée.

«*Mort dans la toundra.*» Il se pencha en arrière sur sa chaise. «Alan King jouait le rôle de Hornby, Douglas Rain, celui d'Edgar Christian. Le narrateur était Bud Knapp, je pense. Une histoire incroyable, ajouta-t-il, heureux de se la rappeler. George Whalley avait écrit la pièce.

— Et aussi la biographie, dit-elle. *The Legend of John Hornby.* Je l'ai lue trois fois.»

Sa ferveur fit sourire Harry.

«La fille de Whalley habite ici, tu sais. Sur la route à quelques pas de chez moi, sur l'île Latham. Elle m'a dit que son père est en réalité un spécialiste de Coleridge. Son obsession de Hornby est une sorte d'à-côté. Son "enfant de l'amour", comme elle dit. Je lui ai fait promettre de me le présenter si jamais il vient à Yellowknife.

— Depuis que j'ai entendu cette émission, j'ai toujours voulu écrire des pièces radiophoniques.»

Harry prit délicatement ses lunettes dans sa main gauche.

«Je suis désolé de te l'apprendre, mais nous sommes une radio de mille watts. Nous ne produisons pas de dramatiques.

— C'est dans les règlements?»

Par cette simple question, Gwen marqua un point sans le vouloir.

«Tu as les yeux de Hornby, dit Harry. On te l'a déjà dit?»

Il recula et posa ses pieds sur le bureau, montrant qu'il était intéressé, qu'elle était digne de son intérêt. Harry avait un faible pour les jeunes voyageurs timides épris du nord. Comme il l'avait lui-même été.

«Alors, qu'est-ce qui t'a accrochée dans l'histoire de Hornby?

— L'attachement de Hornby pour le nord», répondit Gwen sans hésiter. Elle comprenait l'attrait que provoquait ce genre de paysage rude et désolé; c'était pour cela que, un an auparavant, elle était partie pour Terre-Neuve. Elle savait que la toundra était beaucoup plus loin et plus dangereusement exposée dans cet espace dénudé, à l'intérieur de l'Arctique. Elle voulait aussi la voir. Et Hornby lui-même la fascinait, ajouta-t-elle. Il s'était rendu à de telles extrémités, survivant de si peu, repoussant ses limites. Et puis, il y avait la façon dont il était mort. Il était responsable du désastre, mais le jeune Edgar ne l'avait jamais blâmé. C'était ça qu'elle trouvait si émouvant.

Harry hocha la tête.

«Une de ces inoubliables histoires nordiques qui nous brisent le cœur.

— Mais une tragédie qui aurait pu être encore pire, renchérit-elle. Ils ne se sont jamais tournés l'un contre l'autre.»

La cigarette de Harry s'arrêta à mi-chemin de sa bouche.

«Je veux seulement dire, reprit-elle en bafouillant un peu et en tirant sur les pointes inégales de ses courts cheveux bruns, je veux seulement dire que parfois, après quelque temps, les gens ont des malentendus et qu'ils se tournent alors les uns contre les autres. Ce n'est pas ce qu'ils veulent, ajouta-t-elle doucement, mais ils ne peuvent s'en empêcher.

— Tu as l'air de parler d'une expérience personnelle», dit Harry, soudain aux aguets.

En la voyant reculer sur sa chaise, il se douta qu'il avait vu juste.

« Et d'où te vient toute cette sagesse ? »

Elle aurait pu s'abstenir de répondre, mais elle n'en fit rien.

« J'ai lu », dit-elle en souriant.

Il pouffa de rire. Franchise de petite ville. Il l'aurait reconnue à un mille à la ronde. Franchise de petite ville et conduite de grande ville.

Cette fille lui rappelait quelqu'un à qui il n'avait pas pensé depuis longtemps. Une rencontre trop brève à une réception quelques années plus tôt. Une jeune étudiante de troisième cycle, mince, aux cheveux courts, avec un grand sac qu'elle portait à l'épaule et dans lequel elle glissait de la nourriture qu'elle prenait sur les tables. Des plateaux de fromage, elle se hâtait vers les tartelettes au beurre, enveloppant les aliments dans des serviettes de papier, quand il lui offrit un friand à la saucisse pour compléter sa collection. Le visage de la jeune fille se plissa de plaisir. C'était merveilleux et rare de rencontrer une femme qui aimait se faire taquiner. Elle fit de la place pour le friand, et il remarqua le livre à l'intérieur de son sac. C'était le même qu'il était en train de lire : *L'Introuvable* de Dashiell Hammett. Elle lui adressa alors un sourire chaleureux, poursuivit vers l'extrémité de la table et sortit par la porte latérale. Il aurait pu la suivre, mais il la laissa partir. Il la laissa lui glisser entre les doigts.

Gwen Symon avait le même genre de sourire. Elle lui racontait que Yellowknife ne ressemblait pas à ce qu'elle avait cru, mais que la lumière était remarquable et qu'elle avait hâte de connaître l'obscurité et le froid de l'hiver. Et elle voyait que c'était un endroit où une personne pouvait repartir à zéro.

« Pourquoi aurais-tu besoin de repartir à zéro ? demanda-t-il. Tu as l'air presque prénubile. »

Ses yeux bleu ciel le transpercèrent. À sa propre surprise, elle ne connaissait pas ce mot et faillit lui demander ce qu'il voulait dire. Pré quoi? On entendait cliqueter les machines à écrire de l'autre côté du mur et Gwen prit conscience que les yeux de Harry fixaient maintenant l'ecchymose sur sa gorge.

«Pourquoi pas?» finit-elle par répondre.

Un sang-froid étonnant dans cette réponse. *Pourquoi pas?* Harry redressa ses épaules, reposa ses pieds sur le sol. Repartir à zéro, c'était exactement ce dont il avait besoin, lui aussi.

«Il se trouve que nous avons un poste vacant. Deux, en fait. J'ai besoin d'une personne pour me remplacer la nuit et il me faudra bientôt quelqu'un pour animer *Radio Noon*.»

Il se mit à farfouiller dans ses papiers sur le bureau.

«Tu as de la chance. Mais avons-nous les moyens d'embaucher quelqu'un sans formation? Voilà le problème. Je sais que CBC n'en reviendrait pas, mais je suis un salaud et je suis pingre... Ce n'est pas ma faute», conclut-il sans la regarder, en ouvrant les bras et en bombant le torse.

«Monsieur Boyd, dit-elle. Monsieur Boyd!»

Elle se pencha en avant pour attirer son attention.

«C'est Harry.

— Je ne coûte *pas cher*, dit-elle, les yeux brillant d'un éclat vif, taquin.

— Pas cher?»

Harry écarquilla les yeux pour apprécier cette fille soudain compétitive.

«Combien?»

Elle portait des sandales. Jamais de toute sa vie elle n'avait payé le plein prix pour des sandales.

«Solde de fin de saison, dit-elle en levant son pied.

— Armée du Salut», dit-il en montrant son propre pied.

C'était là qu'elle achetait ses soutiens-gorge.

«Au Mexique, je marchandais tellement que les vendeurs de rue me tournaient le dos et s'en allaient. Je suis tellement grippe-sou que quand je sors avec mes copains, j'oublie d'apporter mon portefeuille.

— Je ne suis jamais tombée aussi bas.

— Tu n'as aucune idée de ce que ma vie a été, mon chou.»

Pour Gwen, le geste suivant fut facile à faire. Changer le sujet de conversation. La plupart des hommes aiment parler d'eux-mêmes aux femmes, même à une femme comme elle.

«À quoi a ressemblé votre vie?» demanda-t-elle.

Il lui parla alors de ce qu'il appela les heures violettes de consommation d'alcool ayant suivi sa disgrâce à la télévision : il s'était retrouvé à manger des Corn Flakes avec un chausse-pied parce qu'il ne possédait même plus une cuiller.

«Je n'étais pas bon à la télévision», dit-il, espérant qu'elle le contredise.

Elle ne le contredit pas.

«Mon père buvait, dit-elle.

— Comme ça, tu connais tous les détails sordides. Tu n'as pas peur.

— Pas peur de ça.»

Harry lui fit signe de le suivre dans le studio, à quelques pas du bureau d'Eleanor. Il prit le bulletin de nouvelles sur la table, le lui tendit, lui indiqua où s'asseoir, baissa le micro jusqu'à son mince petit visage. Puis il ressortit dans le couloir, alla à la régie et demanda à Eddy de charger une bande.

Le studio où Gwen était assise à une grande table recouverte de serge contenait un piano droit dans un coin, et elle se demanda si des musiciens venaient jouer en direct. Le studio était relié à la régie par une baie vitrée, et la régie était reliée de la même façon à la cabine de l'annonceur et à la salle de montage plus loin. Gwen apercevait la petite station sur toute sa longueur et elle voyait aussi le corridor. Ainsi, elle était initiée à la visibilité et à l'invisibilité de la radio, à son intimité et à son isolement. Harry ouvrit son micro et lui parla à travers la vitre. Présente-toi, puis lis le bulletin de nouvelles.

La nouvelle concernait un accident de voiture près de Fort Rae, un village à soixante-dix milles à l'ouest de Yellowknife. Le véhicule avait dérapé sur le gravier et le conducteur avait perdu le contrôle dans une courbe solitaire de cette route cahoteuse qu'on appelait autoroute et que Gwen avait empruntée jusqu'à Yellowknife. L'homme avait perdu la vie, la femme s'en tirait avec des coupures mineures. Il y avait cinq chiens dans la voiture au moment de l'accident ; l'un d'entre eux manquait toujours à l'appel.

Harry écouta. Il tira un carnet de sa poche arrière et gribouilla : *Intéressant. Monotone. Vaut la peine.*

« Qu'en penses-tu, Eddy ? demanda-t-il.

— Pas fameux.

— Pas encore. »

Il y avait quelque chose dans cette voix. Elle semblait desséchée, juvénile et sans défense, un peu comme celle de Douglas Rain — cette qualité étrange, nue, innocente qu'il avait donnée à Edgar Christian, le cousin de dix-sept ans qui avait accompagné Hornby dans la toundra canadienne et lui était resté loyal jusqu'à son dernier souffle.

Le lendemain, Harry proposa à Gwen un contrat d'été comme annonceure-opératrice ; il lui dit de considérer cela comme une période d'essai, et elle accepta.

Gwen se demanda par la suite pourquoi elle avait accepté cet emploi. Pourquoi une personne désirant être à l'arrière-plan acceptait-elle d'être à l'avant-plan? C'était le seul emploi disponible, se dit-elle. Dans ce cas, pourquoi se sentait-elle si euphorique à la perspective de passer sur les ondes?

Elle alla se promener dans Old Town et, sans qu'elle en prît conscience, la voix de l'intervieweuse se mit à parler dans sa tête. «Dans votre enfance, saviez-vous que vous seriez célèbre?» lui demanda cette voix. Et elle répondit avec humilité: «Non, pas dans mon enfance. Pas à ce moment-là. Croyez-moi, j'ai passé mon enfance au peigne fin à la recherche de signes, mais je n'en ai trouvé aucun.» Une réponse si honnête, exprimant tant d'autodérision et d'humour inoffensif qu'elle suscita encore plus d'admiration chez son intervieweuse fictive. Gwen prit conscience que, encore une fois, son enregistreuse mentale était en marche. On l'interrogeait sur sa longue et célèbre vie et elle répondait avec aisance, confiance, amusement, sans aucune trace d'embarras.

Gwen commença à lire les nouvelles du favori des deux journalistes, Roland Clark à la voix douce, qui allait partir pour Vancouver deux semaines plus tard. Dido se vit confier *Radio Noon*. Le quart de nuit incomberait, du moins pour l'instant, à un employé occasionnel qui remplaçait régulièrement les jours de congé. Harry voulait se garder le champ libre jusqu'à ce qu'il voie comment les femmes travaillaient.

On bouscule tout ça, se dit-il quand il entra dans la salle des nouvelles pour annoncer les changements, faisant porter ses innovations sur les épaules de Gwen. Elle avait cru en l'étoile de Harry. Comment aurait-elle su que cette étoile était glauque, celle d'un homme mis au rancart par les véritables pouvoirs de la station, un autre exemple de l'incompétence du siège social? Mais elle le découvrirait bien assez vite. Il ne faut jamais sous-estimer l'hostilité des journalistes.

Ce serait un été exceptionnel : lumière cristalline, ciel d'un bleu profond, chaleur continuelle. Yellowknife évoquait une résidence d'été, une villégiature nordique. C'était l'Été même. Les enfants passaient la nuit dans les terrains de jeu.

La petite maison blanche de Harry donnait sur la baie Back, un prolongement de la baie de Yellowknife, elle-même un bras du Grand Lac des Esclaves. Un soir, il persuada Dido de passer un moment avec lui et lui proposa un tour de canot dans la baie. Plus tard cette semaine-là, ils prirent son canot et pagayèrent jusqu'au petit cimetière abandonné sur l'autre rive de la baie Back. Dido voulut débarquer et se promener aux alentours, et ce fut là qu'elle respira pour la première fois une odeur de pommes invisibles.

« Le fruit transparent », dit Eleanor en hochant la tête quelques jours plus tard quand Dido jugea plus sage de l'amener comme chaperon. L'odeur agréable, omniprésente, mais sans origine, rappelait à Eleanor d'autres expressions utilisées pour décrire le nord quand il enflammait l'imagination humaine. « Jardin du désir ». « Contrée de l'esprit ». Assise au milieu du canot, elle avait l'air d'un agent de la Compagnie de la Baie d'Hudson. « Mon père aurait adoré ça », murmura-t-elle tandis qu'ils la promenaient, elle, une femme qui paraissait plus vieille que son âge, plus proche de cinquante ans que de quarante — mais cela avait toujours été ainsi, elle avait toujours été une Eleanor, jamais une Ellie.

Ce soir-là, Dido resta seule dans le cimetière, pendant que Harry et Eleanor exploraient la grève. Agenouillée dans l'herbe haute, elle essayait de déchiffrer le nom inscrit sur une croix de bois délavée par les intempéries et pensait à son père avec sa casquette de tweed et son imperméable, anglophile jusqu'à la fin. Elle avait appris sa mort subite trois semaines après qu'elle fut survenue, dans une lettre de sa mère, un geste d'une désinvolture qui la sidérait encore.

À présent, dans les pentes de ce cimetière lointain envahi d'ombres, il se passe quelque chose d'extraordinaire, elle l'entend l'appeler par son nom. *Dido.* Elle regarde aux alentours, exactement comme elle l'avait fait en reconnaissant la douce odeur des pommes dans l'air. *Dido.*

Son cœur s'ouvre et elle se met à trembler. La voix est réelle. Non pas vieille, chevrotante, mais claire, incontestable, avec la même assurance que toujours. Une voix ferme, aimante. Ne voulant pas rompre le charme, Dido reste à genoux plusieurs minutes et ne dit rien aux autres.

Cette nuit-là, elle dort d'un long sommeil profond, ininterrompu et, le matin, elle s'habille pour aller travailler, consciente qu'elle peut faire face à ce qui l'attend. À 17 h 30, quand elle lit les nouvelles, son accent a disparu et chaque mot semble se prononcer tout seul.

«C'était comme poser mon pied sur la terre ferme», dit-elle, émerveillée, quelques jours plus tard, quand elle révéla ce qui s'était passé.

Gwen lui lança un regard sincèrement envieux, intense et mélancolique. Elle avait toujours désiré connaître ce genre de libération miraculeuse. Être prise dans quelque chose de si remarquable qu'elle sortirait complètement d'elle-même.

Dido aux hanches étroites. Qui ne tomba pas amoureux d'elle cet été-là? Qui ne remarqua pas comment elle tenait sa tasse par-derrière, l'enlaçant à deux mains et faufilant ses doigts dans l'anse? Qui ne se rappelait pas qu'elle buvait son café noir? Ou qu'elle se vantait d'avoir un thermos de café sur sa table de chevet pour s'accorder le plaisir d'en boire dès son réveil, avant même de se lever?

LA NUIT SUR LES ONDES

Harry trouvait que sa voix ressemblait à une cuiller d'argent terni. Il tendait l'oreille quand elle arrivait dans le corridor, reconnaissait d'abord son parfum inhabituel. Patchouli, lui avait-elle dit. Une odeur capiteuse, brun foncé, venue du bout du monde.

Bien que mince, Dido avait les épaules larges, les poignets robustes et de grandes mains. Tout aussi gentille que blessante. Une longue soirée agréable pouvait être le prélude à une seule remarque cinglante : « Harry, tu grognes comme un vieillard quand tu soulèves ce canot. » Elle n'était pourtant pas avare de compliments et elle pouvait partager les confidences les plus intimes avec les gens.

Elle parlait de son mariage avec un homme plus jeune qu'elle, par exemple : elle racontait avoir été plus intriguée par son beau-père avant même de l'avoir rencontré, attirée par la description que son fils avait faite de lui et encouragée par ses réponses aux nombreuses questions qu'elle posait, jusqu'au jour où elle avait eu une image claire de l'homme d'affaires perfectionniste, fantasque et incroyablement prospère, si habile de ses mains qu'il avait construit son propre voilier de quarante pieds nommé *Nansen*.

Puis, elle l'avait rencontré : un homme au visage buriné par ses voyages en mer. Il portait un polo noir, un pantalon de coton blanc, il était pieds nus. Incroyablement beau avec son teint basané. Tenant par la main un petit-fils, un blondinet en couches. Debout dans l'allée lorsqu'elle arriva pour la première fois.

Ils allèrent ensemble à la plage, ils se baignèrent. Il remplit un bonnet de bain d'eau de mer pour rincer les pieds couverts de sable de Dido, mit des pierres chauffées par le soleil dans ses mains froides, l'emmena sur son bateau. Il était marié à une femme qui avait peur de l'eau, tandis qu'elle, fille aux jambes douces, duveteuses, adorait la mer.

Chez son beau-père, ils ne pouvaient se cacher dans aucune pièce, c'était une maison à aires ouvertes, défiant la gravité, perchée sur le flanc d'une colline. «Une erreur, lui dit-il. Quand on n'a pas de porte à fermer, on n'a pas de porte à ouvrir.

— Alors, déménage.

— Ça paraît simple quand tu le dis.

— Tu n'es pas *vieux*», dit-elle.

Elle avait vingt-sept ans, il en avait cinquante-huit.

Ce fut elle qui déménagea, elle quitta un jour le fils et partit vers le nord. Si son beau-père l'aimait suffisamment, il la retrouverait. Mais un an s'était écoulé.

Chaque fois que Dido entrait dans une pièce ou qu'elle en sortait, des yeux la suivaient.

«Tu la regardes exactement comme un homme», dit un jour Eddy le technicien à Gwen. Roux, de petits yeux, grand, maigre, plus âgé, dans une ville où «plus âgé» voulait dire trente-deux ans, Eddy était une présence dérangeante. Il transperça du regard Gwen qui rougissait, prise sur le fait, observée en train d'observer. «Tes yeux étaient fixés sur son corps, dit-il, exactement comme ceux d'un homme.»

Malaise, malaise. Et ce n'était qu'un aperçu de ce qui l'attendait.

Une pause à la station. Elle n'avait qu'à rester assise à la console dans la cabine de l'annonceur, à tourner le cadran rond — le potentiomètre, qu'on appelait le «pot» — qui contrôlait l'alimentation du réseau, à basculer l'interrupteur et à ouvrir son micro en tournant un autre cadran, puis à donner la météo locale et régionale.

Harry était avec elle. «Regarde l'horloge, lui dit-il. À vingt-neuf secondes, fais revenir le réseau.»

À trente et une secondes, Harry passa ses mains expérimentées par-dessus son épaule pour baisser un pot (le micro de Gwen) et monter l'autre (le réseau). Toronto revint au milieu d'un mot et Gwen indiqua le temps qu'il faisait devant un micro mort.

Elle se tourna et repéra le visage de Harry.

« La première fois est la pire, dit-il. J'ai connu des annonceurs qui ouvraient la bouche et rien ne sortait. »

Elle se tordit les mains. Froides, moites.

« Tu dois garder un œil sur l'horloge tout en lisant », lui rappela fermement Harry.

Il lui prit alors les mains et les garda un instant entre les siennes — qui étaient chaudes. Elle reprit vie à ce contact réconfortant.

« C'était affreux », dit-elle.

On l'avait laissée tomber devant un micro, comme on laisse tomber un enfant d'une poche : sans mère, sans père, toute seule sur l'autoroute du son.

« "Par les mâchoires de la Mort, déclama Harry. Derrière la gueule de l'Enfer."

— La Bible ?

— "La charge de la brigade légère".

— Kipling, dit-elle.

— *Tennyson.* »

Et elle cacha dans ses mains sa tête ignorante.

Après deux semaines à Yellowknife, Gwen parvint à trouver un appartement meublé dans un sous-sol, dans une rue latérale non pavée partant de l'avenue Franklin. Elle avait de la chance, lui dit-on. En général, les logements convenables étaient difficiles à trouver et les loyers, exorbitants. Dans son petit espace anonyme, la compagnie d'Eleanor et de sa colocataire lui manquait pourtant. Nous partagions les soupers et les déjeuners, les histoires de nos vies, pensait-elle.

De la poussière entra par sa fenêtre ouverte et atterrit sur les livres empilés sur le sol à côté de son lit. Elle écrivit son nom sur le miroir. La bibliothèque publique se trouvait à un demi-pâté de maisons ; elle était allée y écouter la lecture d'un poète invité. La station de radio, où elle ne s'en tirait pas très bien, se trouvait au sud-est, à cinq minutes de marche. Un lieu entièrement contrôlé, un espace clos, dont les voix portaient pourtant au delà de l'horizon. Elle était l'horizon pour ceux qui l'écoutaient.

Un jour, Dido tomba sur elle, clouée sur place dans la discothèque, en train de se lamenter sur son sort. « Tu n'es pas la seule, la rassura-t-elle. Moi aussi, j'ai envie de rentrer sous terre quand je m'entends. »

Mais Gwen ne la crut pas. Dido vivait hors de la gêne — librement, facilement, dans sa propre forêt.

Dido n'était jamais pressée, elle ne bâclait jamais rien. Elle apportait à chaque tâche le même soin que le père de Gwen quand il réparait une montre, un collier ou un réveille-matin. Après avoir mangé un sandwich à son bureau, Dido allait se brosser les dents dans les toilettes au sous-sol ; maniant sa brosse à dents comme un artisan aurait ciselé un morceau d'ivoire, elle les brossait deux fois plus longtemps que Gwen ne l'aurait fait si elle s'en était donné la peine.

« Tu es magnifique en ondes, Dido, dit Gwen. Quand on t'entend, ça a l'air si simple. »

Elle avait croisé les bras autour d'elle. Dido sourit. *C'était simple.* Que dire ? Cela lui venait naturellement.

« Pour moi, c'est du gâteau. Je le prononce correctement ?

— Tu prononces tout correctement. »

Dido sourit de nouveau. Elle aimait bien Gwen — quand son visage s'éclairait et qu'elle arrêtait ce qu'elle était en train de faire pour lui parler un instant, lui demander son avis, l'écouter.

« Essaie de ralentir, lui conseilla Dido. Tu vas trop vite. Mais tu es moins mauvaise que tu ne le penses… Tu ne me crois pas, ajouta-t-elle en repoussant les cheveux du front troublé de Gwen. Tu devrais : je dis toujours ce que je pense. »

La beauté non conventionnelle de Dido s'harmonisait parfaitement avec la lumière. Officiellement, le soleil de juin se couchait vers minuit et se levait trois heures plus tard, mais il ne faisait jamais noir. Une lumière crépusculaire, oui. Entre le coucher et le lever du soleil, une sorte de demi-jour baignait le paysage, les lampadaires s'allumaient, mais personne n'en avait besoin, personne ne les remarquait. La lumière constante était comme de la caféine éternelle.

Un après-midi que Dido bavardait avec Eleanor, Mme Dargabble entra, un foulard noir et blanc sur la tête. Un genre de châle drapait à demi ses épaules et son rouge à lèvres écarlate était également en mouvement, se faufilant dans les ridules au-dessus de sa lèvre supérieure et les fissures profondes au-dessous, comme l'eau serpente dans le sable.

« Je devais voir Didon ici à Yellowknife ! » s'exclama-t-elle, s'adressant à Eleanor.

Elle salua ensuite la femme en question par une citation de Shakespeare.

« "Ce fut dans une nuit semblable que Didon, seule sur le rivage d'une mer en furie, une branche de saule à la main [1]…" »

---

1. Citation tirée du *Marchand de Venise*, acte V, scène I. (N.D.L.T.)

Les admirateurs se succédaient et, depuis la réception, Eleanor observait Dido recevoir les hommages. C'était comme se trouver près d'une ruche, le bourdonnement continuel de la lumière et de l'attraction, et le mystère au cœur de tout cela. Les gens étaient attirés par le nord et, une fois au nord, ils étaient attirés par Dido, du moins ils semblaient l'être, et Dido s'en tirait à merveille. C'était un art, paraître intéressé tout en gardant la meilleure part de soi pour quelque chose de mieux.

Mme Dargabble raconta à Dido qu'elle avait naguère été une couturière laborieuse et qu'elle avait gagné beaucoup d'argent à dessiner des vêtements. Mais elle avait ensuite rencontré son mari — son premier mari —, un homme charmant, originaire de Boston tout comme elle, et il l'avait suppliée de «faire le saut». Il la voulait colorée, exubérante, insouciante, il voulait qu'elle renonce à ses responsabilités et l'épouse. «Nous sommes venus ensemble vers le nord, nous avons monté une affaire d'élevage de chiens jusqu'au jour — qu'il repose en paix — où il s'est noyé, il y a dix ans.»

Gwen sortit de la salle des nouvelles et la vieille dame lui saisit la main au passage.

«Vous êtes si douce, lui dit-elle avec une touche d'accent bostonien. Si douce. Mon mari me disait de faire le saut. Vous devez faire le *saut*.

— Le saut?

— Vous devez faire le *saut*.»

L'air angoissé, Gwen poursuivit son chemin et entra dans le studio.

Mme Dargabble s'était assise sur la chaise qu'Eleanor offrait toujours, à côté de son bureau, près de la fenêtre et de la petite table avec les plantes — avocatiers, orangers en pot dont elle avait planté les graines, et un beau crassula d'un âge incertain que Ralph Cody lui avait donné après l'avoir vu lire *Cathay* d'Ezra Pound. Elle avait un jour entendu sa voix, celle du poète qui était lentement devenu fou sur les ondes. Un bref extrait d'une de ses émissions fascistes à Radio Rome. La jeune Gwen n'aurait pu avoir une voix plus différente. Elle lisait à présent les nouvelles, sa voix sortant des haut-parleurs dans le couloir. Une voix irritante, chuchotante. Comme quelqu'un derrière vous en train de vous jouer dans les cheveux.

Dido écoutait, elle aussi, sans faire de commentaires, mais elle avait envie d'entrer dans le studio et de prendre la relève. Elle aperçut Eddy, qui inclinait son long corps puissant contre le bureau d'Eleanor. Fixés sur Dido, ses petits yeux attentifs ignoraient tous les autres. Il voulait savoir si elle était déjà allée au lac Prosperous. Lui-même irait ce soir-là.

« Je regrette, répondit-elle sur un ton sans équivoque qui la fit paraître et se sentir invincible. J'ai un autre engagement.

— Quel engagement ? »

Ses yeux expressifs — tellement petits — ne la quittaient pas, et elle rit un peu malgré elle.

« Quel engagement ?

— Nous allons au cinéma.

— Qui ça, "nous" ? »

Dido passa la langue sur ses lèvres sèches. Elle n'aimait pas cet homme et n'éprouvait pas le besoin de répondre. Il sourit, haussa les épaules et se dirigea vers la sortie.

Après son départ, Mme Dargabble dit quelque chose à voix si basse que Dido ne fut pas sûre d'avoir bien entendu.

« Je me trompe peut-être, dit Mme Dargabble. Mais je ne crois pas.

— Vous pensez que je devrais me tenir loin de lui. »

Dido regarda pensivement par la grande baie vitrée donnant sur la rue et vit Eddy se diriger vers l'avenue Franklin.

Il allait d'une démarche fière et décontractée, comme un soldat professionnel en permission. Et elle garda l'image d'un homme ménageant ses forces pour survivre à toutes les guerres, quel qu'en soit le nombre.

Dans la petite cabine de lumière, s'adressant au fruit argenté suspendu à la branche argentée, Gwen se débattait avec les mots sur les feuillets. Écrits en capitales, ces petits malins se déformaient un peu, se déplaçaient. Elle agrippa plus fort la page et bafouilla. Seule, mais entendue à des milles à la ronde, elle grimaça et bafouilla de nouveau.

Les nouvelles. Gwen Symon lisait les nouvelles. Elle s'entendit commettre l'erreur dans sa tête puis elle la commit sur les ondes d'une petite voix aplatie par le sentiment de panique. Elle se rappela la grosse actrice prise de trac dans *On Stage*, qui avait perdu du poids en mangeant de la salade sans vinaigrette et vaincu son angoisse en imaginant que, dans le public, tous les gens étaient des lapins.

Sa voix sortit par les haut-parleurs dans le couloir, puis elle-même apparut dans le corridor — les feuillets à la main et le visage blafard —, aussi blafarde que George VI après qu'on eut posé la couronne sur sa tête vacillante, songea Eleanor. Gwen rapporta les feuillets à la salle des nouvelles et les tendit aux deux journalistes qui s'en saisirent sans lui accorder un regard : en l'espace de quinze minutes, elle avait ruiné leur travail de toute une journée en éructant les nouvelles de sa voix monocorde.

En sécurité à son poste, Eleanor entendit tout cela. Harry s'arrêta devant son bureau et grimaça.

«J'entendais froufrouter les feuilles», dit-il.

Il reconnaissait la douceur de l'incertitude, de la nudité, de l'absence totale de confiance en soi. La voix la plus solitaire qu'il eût jamais entendue.

«Tu devrais l'aider», suggéra Eleanor.

Il bougea sa tête d'avant en arrière, comme s'il réfléchissait à la question, puis se tourna vers la porte.

«Tu aides Dido, insista Eleanor, et elle en a moins besoin.»

D'accord. Il montrerait à Gwen à lire comme il avait appris à sa sœur à conduire, il lui montrerait à naviguer à travers les lignes de mots, les allées de vocabulaire, sans gêne, sans accident. À regarder plus loin de sorte que sa voix coule, plutôt que de fixer un mot à la fois, et de trébucher.

«Je fais semblant de m'adresser à une personne, lui dit-il le lendemain après-midi.

— Je n'ai aucun talent pour ça. Je bloque. Je cherche quelque chose à dire.»

Elle regardait la bouche sensible de Harry. Elle garderait le souvenir de lui en train de fumer, du bruit mouillé quand il recrachait les brins de tabac sur sa langue et ses lèvres. Et des trois malheurs qu'il connaîtrait cet hiver-là, l'un à la suite de l'autre.

La question qu'elle posa: «Comment peut-on être une personnalité sur les ondes quand on n'a pas de personnalité?

— Très bien, répondit Harry. C'est bon de douter de soi. La plupart des animateurs sont imbus d'eux-mêmes, tellement amoureux du son de leur voix. Tu ne veux pas avoir l'air aristocratique. Tu ne veux pas être Henry Comor II.»

Gwen s'insurgea. Elle dit qu'elle adorait Henry Comor. Elle écoutait *Hermit's Choice* tous les samedis soirs depuis l'âge de seize ans.

«Gwen, Gwen. Pourquoi tu n'étais pas en train de faire la fête?»

Parce que personne ne l'invitait. Blottie dans le grand fauteuil à côté du cabinet verni abritant la radio, elle écoutait Henry Comor interviewer des acteurs connus, des écrivains, des professeurs, des journalistes, des politiciens sur les quatre livres et les quatre disques qu'ils apporteraient sur une île déserte, sur ce qui leur tiendrait lieu de compagnie dans leur solitude. C'était Robinson Crusoé à l'avance. Navigation émotionnelle sur les ondes.

Elle aimait la voix de Comor qui lui parlait sans hâte, puis qui s'adressait aux invités. Elle se rappelait que l'un d'eux, un professeur de français, avait choisi *Le rouge et le noir* de Stendhal parmi ses quatre livres et parlé de ce moment très triste de sa vie quand il avait découvert que Stendhal, un homme de petite taille, laid, gras et trop intelligent pour être agréable, était mort jeune, dans la cinquantaine, sans avoir atteint le simple but d'être aimé pour ce qu'il était. Ensuite, il y avait eu le poète montréalais Louis Dudek, il avait l'air d'un garçon de ferme et il avait choisi *Ulysse* de James Joyce parce qu'il voulait un livre qui lui donnerait du fil à retordre. Il y avait eu J. Frank Willis, la voix qui avait rapporté la catastrophe de la mine de Moose River en 1936 avec des messages de trois minutes diffusés toutes les demi-heures pendant soixante-neuf heures, jour et nuit, sans dormir. Il respirait difficilement le soir où elle l'avait entendu avec Henry Comor, une voix évoquant le crissement de pneus, l'été, sur un chemin de gravier menant à un lac. Il avait choisi George Gershwin, expliquant que la nuit où le compositeur était mort, des artistes s'étaient rassemblés au Hollywood Bowl et avaient joué sa musique pendant sept heures d'affilée.

La voix de Henry Comor changeait selon les invités. Quand quelqu'un avait un accent britannique, la voix de Comor devenait plus élégante. Mais Gwen ne lui reprochait rien, ne reprochait rien à personne d'entre eux. Elle trouvait cela envoûtant.

« C'était une merveilleuse compagnie, dit-elle à Harry.

— Comment t'es-tu fait cette ecchymose ? »

Il indiqua sa gorge, et les doigts de Gwen montèrent vers la couleur qui s'estompait.

« Si ça ne te dérange pas que je pose la question », ajouta-t-il.

Dehors, quelqu'un claqua la portière d'une voiture. Une ville où l'on entendait tous les bruits. Elle vit un bout de papier flotter dans la rue et se demanda quelle quantité de neige il tomberait pendant l'hiver, s'il ferait très froid et si elle travaillerait encore à la radio à ce moment-là.

Ce qui s'est passé, finit-elle par répondre en continuant de regarder fixement par la fenêtre derrière Harry, c'est qu'elle avait fait une rencontre terrifiante en route vers Yellowknife. Elle se trouvait au nord d'Edmonton, à proximité de la frontière entre l'Alberta et les Territoires du Nord-Ouest, quand elle avait demandé à un fermier sympathique — du moins il en avait l'air — d'une trentaine d'années, pas vieux, s'il y avait un terrain de camping aux alentours et il lui avait offert de camper dans son allée pour la nuit. Au milieu de la nuit, il était entré dans sa petite roulotte et elle s'était réveillée en sursaut, s'était assise bien droite, le cœur battant la chamade. Il avait mis un doigt sur ses lèvres et lui avait chuchoté qu'il aimait les filles aux cheveux longs. Puis il s'était penché et il avait pressé durement ses lèvres contre les siennes. Son ton était devenu méchant quand elle l'avait repoussé. *Qu'est-ce qui te prend? T'aimes pas les hommes?* Il avait dû se servir du tranchant de sa main. Il l'avait frappée sur la trachée-artère, si fort qu'elle avait perdu le souffle. Puis, contre toute attente, il était parti. Elle s'était habillée et hâtée de déguerpir. Quand il avait commencé à faire clair, elle s'était arrêtée au bord de la route, elle avait pris ses ciseaux à ongles et coupé ses longs cheveux.

« Je sais ce que tu penses », dit-elle en regardant le visage soucieux de Harry, qui semblait la juger. Il pensait

— pensait-elle — qu'elle s'était elle-même mise en danger et qu'elle avait eu de la chance d'en réchapper. Qu'elle cherchait les ennuis.

« Qu'est-ce que je pense, Gwen ?

— Que je ne trouverai jamais de travail dans un salon de coiffure. »

Harry apprécia la plaisanterie. Mais ce n'était pas ce qu'il avait en tête. Gwen attendit.

« Je pense que tu es intrépide. »

Elle pencha la tête pour cacher son plaisir. Son visage était chaud. Elle regarda ses mains.

« Harry ?

— Gwen.

— La personne à qui tu fais semblant de parler quand tu es à l'antenne, dit-elle en levant les yeux. Qui est-ce ? »

Il sourit.

« Mon auditeur imaginaire ? C'est un homme d'une soixantaine d'années qui rentre chez lui fatigué après sa journée de travail et qui descend vers son établi au sous-sol pour construire des modèles de bateaux miniatures. Et pendant qu'il fait ça, il m'écoute religieusement.

— Ce n'est donc pas quelqu'un que tu connais ?

— Pas quelqu'un que j'ai déjà rencontré. »

Elle hocha lentement la tête.

« Avec qui te sens-tu à l'aise quand tu parles ? »

Toi, pensa-t-elle. « Personne, répondit-elle.

— Mon auditeur préféré. À présent, mets-lui un chapeau sur la tête.

— Un feutre, dit-elle après un moment de réflexion.

— Très bien. À part ça, que porte-t-il ? »

Dans l'esprit de Gwen apparut un homme d'un certain âge en train de bricoler dans une cuisine. Il portait une alliance, mais il vivait seul. Un veuf. Il préparait lui-même ses repas. Il avait mis sa radio sur la table de la cuisine. Elle était allumée quand il mangeait — elle était toujours allumée. Avant d'aller se coucher, il rangeait, lavait la vaisselle, préparait son café pour le lendemain matin, sirotait un dernier verre de scotch. *Je pourrais m'adresser à quelqu'un comme lui*, pensa-t-elle.

Dans la maison tranquille où Gwen avait grandi, en Ontario, son père s'asseyait au bout de la table et cassait des noix du Brésil avec tant de soin qu'elles sortaient entières de leur coquille tandis que, meurtries et fracturées, les noix de Grenoble de Gwen volaient dans les airs. Owen Sound était tout près, et cela lui donna l'idée qu'on pouvait rester piégé dans un certain son pendant toute sa vie sur terre[1].

La musique de gorge de sa mère, par exemple. Ces ronrons d'affection étaient conçus pour rassurer le père de Gwen. Et cette façon de s'éclaircir doucement la voix chaque fois qu'il y avait de la visite et que tombait un silence contraint. Comme pour dire : « Je ne trouve rien à dire pour le moment. »

Gwen avait une radio dans sa chambre, installée l'été où elle avait attrapé l'herbe à puce. En 1961. Dans cette petite ville de forêts et de rochers, de pistes et de feuillage, elle avait aimé arracher des feuilles de seringa et les mettre, comme des billets de banque, dans la vieille blague à tabac de son grand-père décédé, une blague qu'on fermait avec une fermeture éclair. Petit homme simple venu de Manchester, son grand-père avait désiré aller en Chine comme missionnaire, mais il avait abouti au Canada. Un homme religieux,

---

1. Owen Sound est une petite ville de l'Ontario. Sound veut dire « son », ce qui donne à Gwen l'idée qu'on peut rester piégé dans un son. (N.D.L.T.)

un drôle de moineau. Un jour qu'elle était dehors avec le chien de la famille, Gwen oublia de penser aux trois feuilles lustrées, d'être vigilante; d'ailleurs, où elle se trouvait, il y avait des feuilles partout. Elle baissa son short pour faire pipi et les feuilles auxquelles elle ne prêtait pas attention lui chatouillèrent les fesses. Puis, dans un geste d'affection intempestive, elle serra le chien dans ses bras, une bête qui se roulait dans toutes les talles d'herbe à puce, et elle enfouit son visage dans sa fourrure.

Les démangeaisons commencèrent plusieurs heures plus tard, avec un équivalent visuel. Au dîner, sa mère servit des saucisses, de gros doigts à l'écœurante odeur de graisse qui lui faisait monter les larmes aux yeux. Elle remua sur sa chaise, se tortilla le derrière, mais ne fut pas autorisée à se lever avant d'avoir fini de manger ses saucisses. (Un jour, vers la fin de la vingtaine, elle rencontra une personne — sa future belle-mère — qui lui dit: «Quand je savais que mes enfants n'aimaient pas quelque chose, je n'en servais pas.» Gwen la regarda avec l'émerveillement que la plupart des mortels réservent aux images de Dieu.)

Des chevilles jusqu'à ses fesses, puis à son visage et jusqu'à ses yeux, elle fut bientôt couverte d'une éruption d'ampoules purulentes qui la brûlaient. À la torture. Sa mère la fit se coucher nue sur un drap, mais elle souffrait trop pour avoir envie de livres ou même de ce spasme d'excitation provoqué par l'encre à l'arrivée du *London Free Press* et de la suite de l'histoire de Mary Perkins.

Une solution d'eau froide et de bicarbonate de soude partout sauf sur ses parties intimes, enflammées elles aussi, vu que ses doigts les avaient également touchées. Sa mère lui enveloppa les mains dans des bandes de flanelle et Gwen passa ses mains enveloppées sur sa poitrine : le léger soulagement suscité par ce grattouillement, suivi par la reprise des démangeaisons, évoquant l'escalade des souffrances de Job, lui fit comprendre le sens du mot « torture ».

Puis, un jour, vint la radio. Posée à côté de son lit, allumée. Gwen s'évada sur l'autoroute des ondes. *The Archers*, un feuilleton radiophonique, John Drainie (lisant l'histoire d'une femme étranglée par son long foulard coincé dans une roue de sa décapotable; Gwen ne l'oublierait jamais), Max Ferguson incarnant Rawhide, la météo, l'émission agricole. Dans cette dernière, il y eut un jour une vente de chevaux aux enchères, avec tous les bruits des transactions pendant que, à l'arrière-plan, une fillette sanglotait. Gwen apprit que d'autres personnes qu'elle-même souffraient dans le monde. Des gens qui avaient le cœur brisé.

En y repensant, son enfance en avait été une de verrues, de kystes, de furoncles, d'herbe à puce et d'angine ulcéreuse, cette dernière soignée au violet de gentiane, ses gencives teintes en stupéfiant indigo. Boutons perdus dans la cour d'école. Blouses déchirées. Tout cela avant la télévision, bien que strictement parlant, non. Mais ses parents étaient de l'ère pré-télévision, ils vivaient sans elle, avaient même annulé leur abonnement au *London Free Press*. Vivaient dans le silence. Il n'y avait que la radio.

Le rose pâle grisâtre de la lotion à la calamine.

Dans la chambre de Gwen — on aurait dit une de ces chambres d'appoint spacieuse qu'on installe sur une véranda —, des rideaux blancs bougeaient librement dans la brise. Il n'y avait qu'un lit blanc, une table de chevet, une chaise droite et une commode. Le mouvement de l'air à travers la moustiquaire et les rideaux qui se gonflaient vers l'intérieur. Dans une autre partie de la maison, le téléphone sonnait. Mais pas dans cette chambre. Pas dans ce poste éloigné, silencieux.

Et l'histoire de John Hornby lui arriva un soir à la radio, une chose qu'elle avait presque perdu espoir de voir se produire. Après avoir été enfermée (à la fin d'un chapitre, celui de l'herbe à puce), elle entra dans la vie d'une autre personne et la vit se dérouler du début jusqu'à la fin. Un homme qui était mort de faim. Un homme dont les erreurs avaient causé le décès de ses deux jeunes compagnons, morts d'inanition. Un fou aux yeux bleus, à la voix douce, un homme lucide qui courtisait la rigueur et semblait d'un courage à toute épreuve. Gwen l'aima énormément et tomba sous le charme du nord désolé.

« La voix d'une personne est tellement révélatrice, affirma Dido. C'est incroyable ce qu'on apprend juste en l'entendant. » Elle buvait son café dans la cuisine d'Eleanor. La radio jouait en sourdine, un animateur présentait de la musique chorale.

« Je me demande », répondit Eleanor, qui était allée à l'église ce matin-là, renouant avec une habitude à laquelle elle avait renoncé quelques années auparavant. « Je me demande à quel point on en apprend vraiment. »

Elle se rappelait les paroles de son père qui avait entendu Staline à la radio en 1943 : selon lui, Staline avait la voix la plus chaleureuse, la plus forte, la plus digne de confiance qu'il eût jamais entendue.

Dido avait les mains autour de sa tasse de café. Ses cheveux étaient dénoués, ses lunettes de lecture, dans sa poche.

« Quand on entend Gwen sur les ondes, on dirait qu'elle est en train de s'endormir. Je ne peux pas l'écouter.

— Laisse-lui du temps. »

Elle en connaissait plus que Dido sur le passé de Gwen. Elle savait que Gwen avait eu des problèmes familiaux, que, d'une certaine façon, elle s'était enfuie. Mais même si Gwen ne lui avait pas fait de confidences, Eleanor aurait deviné que quelque chose clochait. Il y avait son étrange pâleur, qui évoquait pour Eleanor le teint d'ivoire de Byron, résultat de périodes où elle mangeait trop suivies d'autres où elle ne mangeait pas du tout, et depuis qu'elle avait vu Gwen jeûner le matin pour s'empiffrer à midi, elle devinait que cette fille devait être une gourmande qui se privait — tour à tour. Il y avait les couleurs systématiquement ternes de sa garde-robe, l'absence de bijoux et de maquillage.

« Elle a l'air de vouloir s'effacer elle-même, reprit Eleanor. C'est pourquoi je trouve bizarre qu'elle travaille à la radio. Ce doit être dur de savoir que tout le monde l'écoute.

— À moins qu'elle ne cherche à attirer l'attention sur elle, suggéra Dido, impatiente, en repoussant les cheveux de son visage. Elle passe son temps à me dire qu'elle n'est pas belle. Je n'insinue pas qu'elle a conscience de sa façon de parler, continua-t-elle sur un autre ton. En fait, je n'ai pas l'impression qu'elle se connaisse très bien. Quoi qu'il en soit, si on revenait à moi ? » dit-elle brusquement.

Leurs yeux amusés se croisèrent et, l'espace d'un instant, Eleanor oublia Gwen.

« Quand puis-je emménager ? demanda Dido.

— Demain, si tu veux. »

Quelle chance. Depuis près d'un an, Dido partageait un bungalow avec deux femmes qui ignoraient le sens des mots *calme* et *propreté*, et leur cohabitation ressemblait davantage au camping qu'à la vie. Le lendemain, elle déménagerait ses affaires dans la petite chambre en ordre, libre depuis le départ de la locataire précédente d'Eleanor ; celle-ci avait soudain décidé qu'elle ne pouvait plus supporter l'idée de passer un jour de plus à Yellowknife, et encore moins un autre hiver. Dido aurait toute la caravane à sa disposition, l'usage des livres d'Eleanor, le plaisir d'une compagnie civilisée et un loyer mensuel un tiers moins élevé que l'actuel. Je vais rester ici encore un an, songea-t-elle. Ensuite, j'irai dans un endroit complètement différent.

Un soir de la mi-juin, Dido et une ancienne collègue à l'école se rendirent à une fête à Old Town — burgers de caribou et barils de bière. Sur une grande terrasse surplombant une pente rocailleuse et d'où on apercevait la baie dans le lointain, elle découvrit une foule d'étrangers, des hommes ventrus qui l'accueillirent avec des mains lourdes. En les entendant débiter leurs horribles poncifs, elle se demanda si le Texas ressemblait à ça. Elle entendit quelqu'un dire : « Si tu es Blanc, alors vote pour un Blanc. » Et quelqu'un d'autre : « Toutes les filles peuvent taper à la machine. On n'a qu'à ramasser n'importe quelle squaw dans la rue. »

Dido vit plus clairement le racisme, elle le vit avec les yeux d'une arrivante. C'étaient des hommes d'affaires convaincus que le nord leur appartenait. Ils sentaient l'argent, pensa-t-elle. Ils avaient tellement hâte de voir couler le gaz qu'ils n'avaient plus le temps d'attendre la fin de l'enquête sur le projet du gazoduc de la vallée du Mackenzie. Ils détestaient les dollars du contribuable que celle-ci bouffait et les délais qu'elle causait. Ils exécraient la plateforme qu'elle donnait aux Indiens, aux environnementalistes, aux âmes charitables de tout acabit. Ils dénigraient le juge désigné par le gouvernement pour la diriger. *Berger.* Elle entendit le nom prononcé avec mépris. Mais le pipeline allait de l'avant, comme elle l'entendit également, rien ne l'arrêterait. Le gouvernement appuyait le projet, beaucoup d'argent était investi, de vrais nordiques le soutenaient, des gens comme eux qui mettaient l'épaule à la roue et qui prospéraient.

Des corbeaux et des mouettes de lac planaient dans le ciel. Tout autour, il y avait des collines formées par la roche la plus ancienne du monde, baignées dans la plus belle lumière de la terre, et d'adorables bouleaux miniatures, de petites fleurs qui s'accrochaient à la terre et s'étalaient. Dido avait récemment appris que cette roche était la même que celle où elle n'avait pas réussi à planter des piquets de tente, à trois mille milles de là, en Ontario, à l'occasion d'une excursion de camping mal organisée qu'elle avait faite avec son ex-mari : tout cela faisait partie du grand Bouclier canadien, le lien se faisait loin sous terre, bien que, à la surface, il eût échoué à réconcilier deux personnes querelleuses.

Après un moment, elle se tourna vers un coin moins achalandé de la terrasse et aperçut Eddy appuyé à la balustrade, hanches souples, longues jambes, qui regardait au loin. Elle regarda plusieurs fois dans sa direction, mais il ne prêta jamais attention. Elle alla le rejoindre. Elle posa ses bras à côté des siens sur la balustrade.

«Ces gens sont dégueulasses, dit-il.

— Alors, nous nous entendons sur un point.»

Il la dévisagea, les yeux pleins de rage.

«Ce sont des racistes qui mènent le bal ici.

— Je sais.»

Son âpreté l'attira et l'étonna. Elle lui posa des questions sur lui, et il répondit sans proférer des banalités.

Il avait grandi en Californie, fils d'un bâtisseur de maisons mort à trente-huit ans, laissant sa mère sans argent avec trois enfants. Après quoi sa jeunesse avait été de nouveau perturbée par la mort subite de sa belle-sœur, qui laissait une fillette âgée de seulement cinq ans. L'âge qu'il avait au décès de son père.

«Comment il est mort, ton père?

— Il était sur un toit, et on l'a vu perdre l'équilibre.»

Sa voix était calme et nette, songea-t-elle, contrairement à celle de Harry, rauque et sensuelle. À présent adossé à la balustrade, Eddy avait enfoui ses doigts dans les poches avant de son jean.

«Tracey m'a demandé comment on épelait désappointement», dit-il.

Sa nièce, pensa-t-elle.

«Désappointement, répéta-t-elle d'une voix douce.

— Je l'ai aidée à le prononcer et elle l'a bien épelé, sauf qu'elle a oublié un *p*.»

Dido s'excusa auprès de son amie et quitta la réception avec Eddy. Il était minuit. Une voiture passa, ses phares éteints malgré l'heure tardive. Comme ils habitaient tous deux dans la nouvelle partie de la ville, ils empruntèrent l'avenue Franklin et se dirigèrent vers le sud en montant la pente. Un ivrogne en chemise blanche dévala en titubant la pente vers eux. Chemin faisant, il tendit la main, saisit le bras de Dido et approcha son visage hagard, aviné, à quelques pouces de celui de la jeune femme. Eddy s'interposa et l'homme s'éloigna en chancelant.

« Incroyable qu'il ait fait ça en ma présence », marmonna Eddy.

Ils poursuivirent leur chemin.

Dido était touchée par ce qu'il avait dit de sa nièce. Elle l'imaginait assis sur le plancher à côté de la fillette, l'aidant à épeler correctement son état d'âme, et elle imaginait la fillette se sentant protégée, chérie.

Ils arrivèrent devant le Yellowknife Inn et Dido annonça qu'elle ferait le reste du chemin en taxi. Eddy proposa de la raccompagner en voiture. Il possédait une camionnette et n'habitait qu'à quelques pâtés de maisons, il n'avait pas pris son véhicule pour aller à la fête, il avait juste abouti là, il ne se donna pas la peine d'expliquer comment. Non, répondit-elle en souriant. Tout allait bien. Il ouvrit la portière du taxi et, quand elle fut en sécurité à l'intérieur, il lui demanda son adresse, puis il expliqua au chauffeur où aller. Sur la banquette arrière, Dido se sentit un peu amusée, mais pas mécontente. Eddy prenait soin d'elle.

Le lendemain matin, elle alla à la banque. Une autre journée d'été parfaite, et elle se félicita d'être venue dans une partie sèche, lumineuse et vaste du monde. Je comprends maintenant l'infini, dit-elle à son père dans sa tête. De mon point de départ, j'ai parcouru une énorme distance jusqu'à ce lieu qui constitue lui-même une distance infinie.

Elle se trouvait au comptoir latéral en train de signer un mandat pour sa mère à Nijmegen quand une rose rouge fut déposée à côté de sa main gauche. Elle la regarda fixement, puis se tourna, et il était là. Sans sourire, agressivement galant, déterminé à faire comprendre ses intentions. Eddy porta la main à son cœur et soutint son regard. Puis il fit volte-face et sortit de la banque.

Dido le suivit des yeux, puis elle regarda la rose à longue tige. Et de nouveau, sans raison, ou presque, elle se sentit attirée.

Ce soir-là, Dido s'allongea à côté d'Eleanor dans le grand lit de celle-ci. Elle écoutait de la musique à la radio, tournait la grosse montre à son poignet et pensait tout haut «à un jour sur la plage où j'étais aussi proche de mon beau-père que je le suis de toi et je regardais tous ces petits oiseaux courir au bord de l'eau». Elle dit qu'ils avaient trouvé un endroit abrité entre les dunes de sable et que son beau-père lui avait raconté la première fois où il avait fait quelque chose de ses mains et découvert qu'il était habile, et cela l'avait surpris, non pas d'être habile, mais que ce fût à la portée de toute personne suffisamment intéressée par ce qu'elle faisait. «"Trouve quelque chose qui t'intéresse vraiment et tout le reste se mettra en place." J'étais allongée sur le côté, je regardais la lumière sur son visage, et j'ai répondu: "Bien, et si c'était plutôt quelqu'*un*? Si on trouve quelqu'un qui nous intéresse vraiment, est-ce que tout le reste se met en place?"» Elle baissa un peu la voix, prit un autre registre. «Je me souviens de l'heure exacte parce qu'il a aperçu cette montre sur le sable, qu'il l'a prise et glissée à mon poignet. Quatre heures et demie, et il a dit: "Si tu te le demandes, c'est à ça que je pense, la nuit", puis il s'est penché et il a commencé à m'embrasser à travers mon chemisier, partout, pas seulement sur les seins, partout… Comme ça», dit-elle en faisant une démonstration sur la manche d'Eleanor.

Eleanor pouffa de rire.

Il avait aspiré la blouse de Dido dans sa bouche et la suçait en poussant de légers soupirs, une sorte de baiser à l'envers, chaud, incroyable, la chose la plus excitante qu'elle eût jamais connue.

Eleanor avait l'impression d'être aspirée par un petit aspirateur.

«Et ensuite?

— Il s'est arrêté. "Je ne peux pas faire ça à mon fils."»

La rose était dans sa chambre au bout du corridor. Recevoir une rose n'aurait pas dû avoir une telle importance, et pourtant, cela en avait. «Père et fils, dit-elle. C'était ce qui comptait.» Elle se rappelait que tous les vendredis, quelle que soit la saison, son père apportait des fleurs fraîches du marché, glaïeuls, dahlias, marguerites, lis, tulipes, et les offrait à sa mère ravie.

«Tu comptais», dit Eleanor.

Elle essayait de déchiffrer l'expression changeante sur le visage de Dido.

«Pas assez.»

Leurs têtes étaient à quelques pouces l'une de l'autre. Pendant un autre instant, Eleanor étudia l'expression lointaine du visage à côté du sien. Puis, elle se tourna sur le dos et regarda le plafond. Dido s'était confiée si facilement — avec candeur, confiance, égocentrisme — qu'Eleanor put aborder avec le même naturel ce sujet qu'en général elle évitait. Et c'est ainsi que, en cette nuit lumineuse de juin — quand le sommeil est superflu, quand on n'arrive pas à s'endormir —, elle révéla le secret de son propre mariage raté.

· À l'époque, elle enseignait l'anglais et elle était tombée amoureuse d'un collègue dont la femme souffrait de maladie mentale. Il était très bon avec elle, très gentil, mais toujours triste. « Il me parlait d'elle tout le temps, et je leur rendais visite à l'occasion. Il l'appelait toujours "chérie". "Chérie, voici Eleanor." Ç'a continué pendant des années, puis la situation s'est détériorée. C'est-à-dire que cette femme est devenue violente. Elle déchirait les vêtements de son mari. Un jour, elle a menacé de le tuer. On a fini par l'interner dans une institution et, un an plus tard, il a divorcé. Je croyais qu'il avait eu raison de faire ça — ce n'était pas l'avis de tout le monde — parce qu'il avait une vie à vivre, et moi aussi. Après le divorce, je l'ai persuadé de m'épouser. Notre nuit de noces, nous étions étendus sur le lit, comme ça, côte à côte, et il m'a laissée le toucher. Mais lui ne m'a pas touchée. Il a enlevé son alliance pendant notre lune de miel. À notre retour, il n'a dit à personne que nous étions mariés. Puis, il a commencé à pleurer sans arrêt.

— Es-tu en train de me dire que vous n'avez jamais fait l'amour ?

— Jamais.

— Combien de temps êtes-vous restés ensemble ?

— À peu près six mois, en 1970.

— L'année où je suis arrivée au Canada. Je suis arrivée en août et, en octobre, il y a eu la Loi des mesures de guerre. Je n'en revenais pas. Je croyais que le Canada était pour la paix, et soudain, il y avait des chars d'assaut dans les rues.

— C'était une mauvaise année. »

Dido se redressa et, appuyée sur un coude, elle regarda Eleanor. Elle lissa les longues mèches de cheveux blonds sur le front d'Eleanor, puis elle se pencha et l'embrassa brièvement sur la bouche, un geste d'empathie affectueuse qui émut Eleanor et la prit au dépourvu.

« Nous sommes toutes deux allées vers le nord pour fuir des histoires d'amour, dit Dido. Au moins, tu l'as quitté.

— Non. C'est lui qui m'a quittée. Je serais restée. »

Dido lui lança un regard incrédule.

« Je n'accorde pas tant d'importance au sexe », dit Eleanor.

Dido réagit en tournant de nouveau la montre à son poignet. Aux yeux d'Eleanor, elle semblait être à des milles de distance. Dans un autre monde.

« Dis-moi, demanda doucement Eleanor, que faisait ton mari pendant que tu étais sur la plage avec ton beau-père ?

— Danny adorait sa mère, répondit Dido en la regardant dans les yeux. Disons qu'il m'oubliait pas mal quand il était avec elle. »

Eleanor n'aurait pas cru cela possible.

« Mon mari aussi était fou de sa mère, dit-elle pourtant. Comment s'appelait-il, ton beau-père ?

— Daniel Moir.

— Et tu continues de penser qu'il viendra un jour te retrouver ?

— Je ne sais plus.

— Mais il sait que tu es ici.

— Il le sait. »

À son réveil le lendemain matin, Eleanor découvrit qu'elle n'était pas seule. Dido s'était glissée près d'elle pendant la nuit. Elle dormait profondément, recroquevillée sur le côté. Eleanor resta immobile un instant. Puis elle se leva et alla préparer du café. De la cuisine, elle entendit Dido s'étirer et bâiller. Elle remplit deux tasses et les apporta dans le corridor, consciente du bruit de ses pas sur la moquette. Reconnaissante, Dido redressa ses oreillers. Eleanor s'assit au pied du lit et regarda son amie boire la première gorgée.

Dido lui sourit.

« Je n'arrivais pas à m'endormir, dit-elle.

— Pas de problème.

— Je n'aime pas dormir seule, avoua-t-elle. Je m'endors, puis je fais des cauchemars… Je rêvais de Nijmegen quand je me suis réveillée, reprit-elle lentement après avoir bu quelques gorgées. J'avais vraiment le mal du pays.

— Ça ne me dérange pas. C'est comme avoir une sœur.

— Je savais que ça ne te dérangerait pas. »

Dido l'entendait comme un compliment et Eleanor le prit ainsi, une flatterie anodine. Mais ce n'était pas vraiment comme avoir une sœur, pensa-t-elle. Ça ne ressemblait à rien de ce qu'elle eut jamais connu.

Elle se rappelait l'époque où, fillette, elle grimpait dans un pommier avec un coussin et un exemplaire du *Golden Treasury of Poems* de Palgrave et qu'elle restait là jusqu'à l'heure du thé. Sa maman aurait tant voulu avoir une fille jolie comme elle. Malheureusement, Eleanor avait le menton de son père et elle eut besoin de lunettes à verres épais avant l'âge de huit ans. Elle en avait quinze quand ils déménagèrent au Canada : son père avait en effet eu une sorte de révélation quand pour échapper à un de ces brouillards londoniens meurtriers il était entré dans un cinéma de Piccadilly où l'on diffusait les actualités toute la journée. Là, il avait vu *The Romance of Transportation*, un film d'animation jazzy et amusant à propos d'un pays nordique si propre, simple, frais et rafraîchissant qu'il s'était demandé ce qu'ils attendaient. C'était en 1954.

Son père était un homme impétueux, un médecin amateur de poésie, aussi fasciné par les bons poèmes que par les mauvais. L'immortelle ode que McIntyre avait consacrée au fromage Ingersoll le réjouissait toujours. *Nous avons vu la reine des fromages/Allongée, nonchalante et très sage/La brise du soir doucement l'éventait/Si belle que les mouches loin d'elle s'envolaient.* Il la lui lisait à voix haute. Walter de la Mare, Tennyson, Christina Rossetti, Shakespeare. Le problème d'Othello, c'était qu'il n'avait aucun sens de l'humour, le pauvre, lui avait-il dit. Même Macbeth avait le sens de l'humour.

Son père acheta une maison près de la rivière des Outaouais, puis un canot et un vieux Hillman ; dans l'un, il suivit les traces de ses explorateurs bien-aimés, et celles des premiers colons dans l'autre, instillant à sa femme qui n'en avait pas très envie et à sa fille enthousiaste l'idée que le Canada était un pays nordique. C'était la nordicité qui lui donnait son caractère particulier. Dans sa bibliothèque, il avait des livres sur le Grand Nord et il rêvait de le voir de ses propres yeux. Eleanor connaissait tous les noms : Franklin, Ross, Peary, Cook, Rasmussen, Stefansonn, Samuel Hearne, David Thompson, John Hornby.

Leurs excursions locales, ils les faisaient habituellement juste tous les deux, car le mouvement de la voiture rendait sa mère malade. Agissant comme navigatrice, copilote, chroniqueuse, Eleanor copiait dans un cahier les mots et les dates sur des plaques, 28 AOÛT 1955, par exemple. *En souvenir des services, du dévouement et de la mort tragique de Charles Lennox, quatrième duc de Richmond, vaillant soldat et gouverneur en chef du Canada, qui mourut ici le 28 août 1819.* Dévouement ? Envers qui ? Lui-même ? Ça ne pouvait être bien, se rappelait-elle avoir dit, et son père avait répondu qu'elle avait l'esprit vif. Mais non, c'était le dévouement à son devoir.

Après avoir étalé la couverture à pique-nique près du tumulus et y avoir déposé le thermos de thé, le pain, le beurre et les œufs durs, il lui avait raconté la triste et remarquable histoire du quatrième duc de Richmond, devenu fou après avoir été mordu par un renard qu'il gardait comme animal de compagnie. Pendant quelque temps, il ne s'était rien passé puis, un soir, il avait été incapable d'avaler son vin chaud, et un matin, il avait été pris de convulsions à la vue de l'eau dans sa bassine à raser. À l'époque, parti de Perth, il avait emprunté la piste des trappeurs pour rentrer à Richmond. Il avait poursuivi sa route en veillant à ne pas regarder les cours d'eau et l'eau courante, l'hydrophobie étant un symptôme classique du mal dont il souffrait, la rage. Il avait passé ses dernières heures à la ferme Chapman, tout près de l'endroit où ils se trouvaient. Pas dans la cabane, qui donnait sur les eaux agitées de la rivière Jock, mais dans une grange faiblement éclairée, allongé sur un tas de feuilles de maïs, délirant, en proie à des douleurs atroces. Au crépuscule, quand la rivière était devenue invisible, on l'avait transporté dans la cabane où le malheureux avait trépassé peu de temps après.

«Malheureux» était un des mots préférés de Ring Lardner, lui avait dit son père. Monsieur Funk, poète et éditeur de dictionnaires, avait compilé une liste des dix plus beaux mots de la langue anglaise, soit : brume, silence, lumineux, murmure, aube, carillon, berceuse, mélodie, tranquille et doré ; et l'humoriste américain avait répondu par sa propre liste : gangrène, dérobade, fous le camp, gale, malheureux, smoot[1] avec un *s* minuscule, enfiler, McNaboe, *blute, crene.* Un *blute* étant un fumeur qui n'inhale pas, et un *crene* un homme qui inhale mais ne fume pas.

«Ce ne sont pas de vrais mots, avait-elle dit, *blute* et *crene.* »

Son père avait aspiré joyeusement la fumée de sa pipe.

---

1. Apparu en 1958, le smoot est une unité de longueur créée de façon humoristique par les étudiants du Massachusetts Institute of Technology et correspondant à la taille (5 pieds 7 pouces ou 1,7018 mètre) d'Oliver Smoot, étudiant dans cette institution. (N.D.L.T.)

« *Ton* mot préféré, c'est crétin, avait-elle ajouté.

— Non. Mon mot préféré, c'est fille.

— Ne sois pas un *blute*. »

Ils s'entendaient comme larrons en foire.

Un jour de décembre, aux alentours de Noël, son père l'invita à aller visiter un patient avec lui à la campagne, et c'est ainsi qu'ils se retrouvèrent dans une allée au bout de laquelle les attendait une sorte de miracle. Un érable de haute taille avec toutes ses feuilles. De plus près, on aurait dit que des mottes de gazon étaient suspendues aux branches. De plus près encore, Eleanor demanda ce que c'était. C'étaient des perdrix, au nombre de seize. Elles cherchaient le soleil, lui dit son père, et il arrêta la voiture. Les Terres brûlées d'Almonte étaient derrière eux, une lande plane et broussailleuse, territoire naturel des perdrix, des faisans et des cailles. C'était un mois de décembre très doux, avec ce que les météorologues de la radio appelaient des « probabilités de neige fondante ». Pendant qu'ils étaient là à observer, le soleil apparut et l'arbre se mit à luire avec ses fruits insolites. C'était comme une chose sortie de l'Antiquité, dit son père.

Il y avait une autre fois dont elle gardait un souvenir aussi vif. Un dimanche après-midi qu'ils étaient allés se promener au parc Rockcliffe au-dessus de la rivière des Outaouais, le vent se leva soudain et son père, mettant la main sur son épaule, lui dit d'écouter. Entends-tu les sons différents dans les arbres différents ? Ils écoutèrent, en extase. Le vent chuchotait dans les pins et rugissait dans les ormes, lugubre puis tumultueux, rappelant à son père un vers du passé, qu'il récita : *comme une vague perdue cherchant un rivage oublié.* Comme tous les Dew, il avait une bonne mémoire et il émaillait ses propos de citations sans préciser leur provenance. Il y aurait beaucoup de temps pour ça. Ils avaient devant eux toute une vie de poésie.

Mais moins d'un an plus tard, le soir du 22 octobre 1957, son père referma un livre après en avoir lu la moitié. Il lui faisait la lecture, en partie pour améliorer le français qu'il avait appris dans son enfance. «À tes dépens», disait-il, car elle avait alors presque terminé l'école secondaire et parlait mieux français que lui. *La fille qui était laide.* Un album parlant d'une fille si moche que personne de son village ne voulait avoir affaire à elle et qui s'était alors enfuie dans la forêt où, jour après jour, une page à la fois, l'air frais fit briller ses yeux, le soleil hâla sa peau, le vent souleva et ébouriffa ses cheveux, et elle devint belle.

Mais son père ferma le livre. Il ne se sentait pas bien. Il avait besoin de s'étendre.

«Désolé. Demain.»

Il monta se coucher et, à 21 heures, il était mort.

Un jour, quelques semaines après les funérailles, elle mit son chagrin de côté et essaya de faire quelque chose pour sa mère. Elle sortit avec elle — un changement de décor. Elles allèrent à la National Gallery, dans l'aile est du musée Victoria, à l'extrémité de la rue Metcalfe, et restèrent devant un Rembrandt médiocre. Le visage plâtreux d'Esther, sa peau si manifestement produite par un climat froid, nordique — sa palette de taches de couleur —, et les cheveux fins, affreux. Ce pourrait être ton portrait, songea Eleanor en se tournant pour regarder le parent qui lui restait.

Elle avait été la fille de son père, et elle se consolait en passant de longues heures dans la pièce où il avait coutume de travailler, à l'étage, assise à son bureau en L, dans un angle, entourée par d'innombrables livres sur le nord. Les épines aux couleurs pâlies, bleues, vertes, rouges et dorées évoquaient un ancien printemps qui la ramenait à des scènes d'affection passées. Elle prit conscience qu'elle vivrait toujours sa vie en retrait, à tenter de retrouver cette chose parfaite qu'elle avait perdue.

Tourmentée à propos de l'argent, sa mère vendit les livres un an plus tard à Gladys Pike, propriétaire de la Ye Olde Book Shoppe, rue Gilmour. Eleanor et elle déménagèrent dans la petite ville d'Almonte, où tout, y compris le loyer de leur bungalow au bord de l'autoroute, coûtait moins cher. Parmi les livres que sa mère avait emballés et vendus, il y avait un livre de marine japonais maintenu par des lacets, qui montrait des côtes et des îles, des nuages et de la pluie, et un livre sur les artistes japonais qui affrontaient ce climat hostile pour les voir, les absorbant dans chaque niveau de leur être, avant de rentrer pour peindre. Eleanor ne retrouva jamais *La fille qui était laide*. Il avait dû l'emprunter à la bibliothèque, dit sa mère. Nous avons dû le rendre. Mais aucun bibliothécaire n'avait jamais entendu parler de ce conte.

À la fin, Eleanor partit vers le nord et maintenant, en cet été 1975, une variante de l'histoire était sur le point de se développer devant ses yeux.

C'était la nuit la plus courte de l'année, un soir sans fin baignant dans une lumière dorée, et Dido monta les marches de bois jusqu'au monument au Pilote, au sommet du grand rocher qui formait le cœur de Yellowknife. Aux Pays-Bas aussi, la lumière était longue et graduelle, mais plus verdoyante, plus aquatique, ou bien plus brumeuse selon l'endroit où l'on se trouvait. Dans la région d'où elle venait, le sud-est agricole et vallonné, les vents d'ouest apportaient de la mer une merveilleuse clarté, et ceux de l'est, toute la poussière de l'Europe continentale. Ici, c'était le désert subarctique, pratiquement inhabité, et la lumière était uni-formément claire.

Sur la route au-dessous, un petit homme coiffé d'un béret noir était penché sur son trépied exactement comme le père de Dido se penchait sur son magnétophone. La voix de son père était devenue comme du papier peint tapissant sa boîte crânienne, il s'y était fait un chez-soi, aussi improvisé et inattendu que ces petites maisons sur le flanc du rocher — maisons avec des histoires d'instabilité, passant d'une vocation à l'autre, maison de jeux, puis salon de barbier, puis magasin de feuilles de métal, puis résidence privée, et, comme elles n'avaient pas de fondations, déplacées d'une partie à l'autre de la ville. Tous les petits et grands efforts de colonisation intriguaient Dido. Autrefois, sur la grève à partir du vieux cimetière, il y avait les jardins du marché. Certaines des anciennes bâtisses en rondins étaient encore là ; il n'était pas impossible, avec des serres, de faire pousser des melons et des tomates à Yellowknife. Rien n'aurait pu nous arrêter, nous, Hollandais, songea Dido, nous aurions fait de cet endroit un jardin boréal. Et c'était ce qui la chagrinait le plus quand elle pensait à son beau-père canadien : la facilité avec laquelle il avait renoncé à elle. Elle se rappelait l'une des questions que son père avait posées à *London Calling* : « Qu'entendiez-vous par l'expression "semaine des quatre lundis" ? » La réponse parvint par les ondes : « L'expression est "semaine des quatre jeudis" mais, dans ce contexte particulier, on pourrait dire "quatre lundis". » Son beau-père ne viendrait pas la chercher, ni à la semaine des quatre jeudis ni à celle des quatre lundis.

Elle s'aperçut que l'homme au béret était Ralph Cody. Elle le voyait à la station quand il venait faire ses critiques de livres. Il replia son trépied et marcha dans l'avenue Ingraham, comme on l'appelait pompeusement, les petits chemins sur le rocher et autour évoquant davantage des sentiers pour les vaches que de grandes voies urbaines. Elle avait lu que l'Ingraham ayant donné son nom à l'avenue avait été un des premiers colons, qu'il avait construit un hôtel et perdu ses deux pieds et la plupart de ses doigts dans un terrible accident de bateau sur le grand lac de l'Ours : le feu, le gel, puis l'amputation. Dido croyait fermement que toutes ces familles de pionniers étaient colorées, qu'elles avaient des histoires distinctes de la véritable histoire des Premières Nations, déplacées et appauvries, capables à présent de faire entendre leur voix par le juge Berger. Mais celui-ci manquerait manifestement de fermeté dans ses recommandations.

Dido pivota pour voir l'ouest, le nord, l'est, le sud de la baie Back, la mine Giant, l'île Latham, la baie de Yellowknife, Willow Flats, New Town, Peace River Flats. Puis, elle retourna vers les marches de bois conduisant à l'avenue Ingraham, emprunta un chemin latéral vers une autre route menant aux bases d'hydravions et contournant le quai du gouvernement de la baie de Yellowknife. Il y avait là de petits entrepôts et, dans l'un deux, résonnait le bruit assourdi de coups de marteau. Elle passa la tête par la porte ouverte et fut étonnée à la vue d'Eddy assis devant l'établi. Il ne leva pas la tête et elle aurait pu repartir sans être vue.

Elle entra.

Il était penché sur un gros poste de radio ancien. Elle lui demanda ce qu'il faisait et il répondit qu'il l'adaptait à ses besoins. Quels besoins? Un sourire soudain transforma les petits yeux d'Eddy. Leurs profondeurs prirent vie avec une lumière amusée, séduisante, qui transperça Dido. Il lui dit qu'il avait appris l'électronique dans l'armée américaine, qu'il avait fait partie du corps des communications. Quels besoins? insista-t-elle et, de nouveau, sa question demeura sans réponse. Elle lui avoua donc avoir grandi en entendant des histoires de guerre, ou plus exactement des histoires de libération; son père adorait l'Angleterre et le Canada.

Eddy avait loué un coin dans cet entrepôt; des tapis roulés occupaient le reste de l'espace. Il n'avait pas de place dans son appartement ni de liberté à la station pour étaler ses affaires, expliqua-t-il en faisant un geste vers la variété d'outils et de pièces sur la longue table à côté de lui.

«J'aimerais connaître la moitié de ce que tu connais, dit Dido avec admiration, faisant de lui quelqu'un de particulier. D'où ta famille vient-elle? demanda-t-elle en prononçant son nom de famille. *Fitzgerald.*

— D'Irlande, à l'origine. Nous n'adorons pas l'Angleterre.»

Elle sourit elle aussi et tourna la montre qui encerclait lâchement son poignet. Mais elle n'avait pas fini de poser des questions qu'il n'avait pas fini d'éluder. Elle voulut savoir où il avait trouvé les pièces dont il avait besoin. Il les avait commandées, répondit-il. Et elles étaient arrivées par la poste? Exactement.

«Qu'est-ce que tu fais, Eddy? Qu'est-ce que tu manigances?

— Dois-je manigancer quelque chose?»

Leurs regards se croisèrent et elle espérait de toute évidence qu'il soit en train de manigancer quelque chose. Il le savait et cela ne le dérangeait pas.

Elle continua pendant quelques instants de le regarder sans rien dire. Il travaillait avec des vis minuscules qu'il manipulait avec une pince à épiler. Les mains minutieuses d'Eddy et les tapis roulés derrière lui influencèrent l'esprit réceptif de Dido, la ramenant chez elle, à Nijmegen, à leur habitude d'étaler de lourds tapis précieux sur les tables plutôt que sur le sol. Étrangement, elle respira de nouveau une odeur de pommes tandis qu'une brise légère entrait par les fenêtres ouvertes.

Eddy lui demanda ce qu'elle prévoyait faire pendant les prochaines heures.

«Tu veux savoir la vérité?

— Toujours, répondit-il.

— Je crois que je vais rester debout toute la nuit. Je veux voir tous les changements de lumière, la séquence du coucher au lever du soleil.»

Il offrit de lui tenir compagnie, si elle voulait. Il ferait du café à minuit, ajouta-t-il en lui montrant le réchaud sur la table. Si elle était fatiguée, il déroulerait un de ces tapis et ils pourraient s'allonger quelque temps. Dido secoua la tête en riant. Non, non, elle serait très bien toute seule. Mais les battements de son cœur s'accélérèrent, et son corps s'ouvrit douloureusement.

«Le café sera prêt», cria-t-il tandis qu'elle tournait le dos pour sortir.

Il ne voyait pas son visage ni le grand sourire radieux qu'elle ne put empêcher ses lèvres d'esquisser.

Un peu après minuit, Eddy était encore à son établi. Elle entra et s'approcha de lui. Sans lever la tête, il tendit la main et saisit son poignet.

«Je suis venue boire mon café», dit-elle.

Eleanor ne trouvait plus souvent Dido au lit, désormais — dans le sien non plus.

La première fois qu'elle remarqua son absence, elle se leva et sortit, incapable de dormir, cherchant la voiture brune de Dido. La nuit la plus courte de l'année, et aucun signe de son amie ni de son auto. Elle fut étonnée de se sentir aussi seule. Eleanor. Eleanor, tu as presque quarante ans, tu as un emploi de subalterne, tu écris des poèmes que tu ne publies pas, tu es essentiellement seule. Que fais-tu de ta vie?

À la station, le lendemain, Dido se montra aussi amicale que toujours avec elle, mais moins volubile. Apparemment, elle n'était pas du genre à s'expliquer, et Eleanor dut déchiffrer toute seule les signes indiquant qu'il se passait quelque chose entre Eddy et Dido.

Cette nuit-là, Eleanor fut de nouveau incapable de trouver le sommeil. Elle s'était trompée quand elle avait pris les mesures et commandé les nouveaux stores pour la fenêtre de sa chambre, et la lumière entrait à flots, lui donnant ce qu'elle appelait des nuits de Marilyn Monroe, tellement blondes et insomniaques. Elle finit par se réfugier dans la salle de bains sans fenêtre, ferma la porte, roula une serviette et la glissa dans la fente entre le sol et la porte. Puis elle s'assit par terre dans la noirceur parfaite et les larmes ruisselèrent soudain sur son visage sans qu'elle comprenne pourquoi. Je ne suis pas malheureuse, se dit-elle. Je ne suis pas vraiment malheureuse. J'ai été bien plus malheureuse par le passé.

Aux alentours de trois heures du matin, elle se fit du thé et sortit, sa tasse à la main. Elle s'assit dans les marches et se mit à broyer du noir en pensant à son ex-mari, à la vie qu'il avait vécue avec la pauvre Barbara, sa vie irrésolue. Ses pensées la ramenèrent ensuite à son enfance, à son père, à la joie qu'ils s'apportaient mutuellement, à leur attachement réciproque. Poussée par une impulsion, elle rentra dans la maison, alla jusqu'aux étagères de livres dans le salon et prit le premier sur lequel sa main tomba. À la page où le livre s'ouvrit, elle commença à lire, et les premiers mots étaient *comme un sommeil imparfait.*

Comme un sommeil imparfait qui, plutôt que de donner plus de force à la tête, la laisse encore plus épuisée, le résultat de simples opérations de l'imagination consiste à affaiblir l'âme. Au lieu de trouver nourriture et énergie, celle-ci ne récolte que lassitude et dégoût: alors qu'une vision divine authentique lui apporte une moisson d'ineffables richesses spirituelles et un admirable renouvellement de force corporelle.

Eleanor relut le passage. Sainte Thérèse justifiait ses visions, disait qu'elles lui venaient de Dieu, non du démon, parce qu'elles la changeaient pour le mieux: elle ne se sentait pas comme on se sent après un sommeil imparfait, mais forte et renouvelée.

Une belle coïncidence, songea Eleanor, mais qui ne mène nulle part.

Elle poursuivit néanmoins sa lecture. Écrit par William James, le livre s'intitulait *Les formes multiples de l'expérience religieuse*, et Eleanor fut particulièrement touchée par les chapitres sur les âmes malades, le soi divisé, la conversion. En reconnaissant les vieilles expressions récurrentes utilisées depuis des siècles, «une joie inexprimable s'empara de mon cœur», «une grande transformation se produisit en moi», elle pensa: ces gens qui trouvent Dieu sont transformés dans leur chair même. Au lieu d'être vêtus et encombrés de leur soi, ils pénètrent nus dans un nouveau monde. Elle crut comprendre comment cela fonctionnait. Tout comme le moment d'un naufrage nous fait prendre conscience que la vie ne sera plus jamais la même — notre père meurt un soir quand on a quinze ans —, une âme éveillée comprend que, à partir de ce moment, tout sera différent, mais que nous connaîtrons une joie durable plutôt que chagrin et douleur. Si nous relevons le défi.

Eleanor replaça le livre sur l'étagère et ferma ses yeux fatigués.

Plus tard, en prenant une douche brûlante, elle se demanda si un de ses sentiments serait un jour consommé, ou si elle faisait partie de ces gens qui sont religieux sans jamais avoir eu une vision, comme elle avait été mariée sans avoir jamais fait l'amour.

À quatre ans, Gwen avait une robe d'été jaune imprimée de cornets de crème glacée. Manger une glace vêtue de cette robe, la regarder fondre et se désintégrer pendant que les jolis cornets sur sa robe demeuraient gelés, impeccables, lui donnait une sensation assez semblable à celle qu'elle éprouvait en voyant les mots tapés sur la page devenir un gros dégât dans sa bouche.

Elle tenta de décrire à Eleanor ce qu'elle ressentait à l'antenne — ses pieds se balançant, le doute transperçant son cœur, sa tête tout emmêlée. Et Eleanor pensa à Absalon, dans la Bible — Absalon qui, pour fuir la colère du roi David, chevauchait sa mule dans les bois, frôlant les arbres, penchant la tête sous les branches, jusqu'au moment où sa masse de cheveux s'était emmêlée dans les branches basses d'un chêne et qu'il était resté suspendu là, puis Joab était arrivé et l'avait tué de trois coups de poignard dans le cœur.

Ne voulant pas accabler Gwen avec ses récentes lectures bibliques, Eleanor se contenta d'écouter, de sympathiser et de comprendre que Gwen avait de moins en moins de temps. Elle savait que les deux journalistes, Bill Thwaite et George Tupper, avaient fait irruption dans le bureau de Harry et lui avaient demandé de se débarrasser de cette fille comme lectrice de nouvelles.

Harry avait refusé, leur avait dit de se montrer patients, que cette fille ne lisait les nouvelles que depuis deux semaines, à quoi s'attendaient-ils ? Mais, en privé, il avait commencé à modifier ses plans.

Une semaine plus tard, il invita Gwen à boire une bière au Gold Range. Le bar avait sa propre atmosphère. Hiver comme été, c'était la même taverne mal famée, trop violemment éclairée, un endroit enfumé, exhalant des relents de hot-dogs, avec de petites tables rondes couvertes de nappes ajustées à carreaux rouge foncé et de verres de bière.

«Tu dois entrer dans la nouvelle, dit-il à Gwen avec une touche d'impatience dans la voix. Entre en elle et laisse tes yeux bouger jusqu'à la fin de la ligne, puis à la ligne suivante, ta voix comprendra et suivra. Lis comme si tu cherchais le sens des mots.

— Mais tu as une voix superbe, toi.

— Je ne l'ai jamais vraiment aimée.

— Elle est magnifique.»

Elle aperçut Jim Murphy, l'animateur du matin, assis à une table dans un coin. De toute évidence, il était là depuis des heures. Jim lui avait donné quelques cours de montage de bandes. Les lèvres serrées, pressé, mais malgré tout serviable, il s'était assis devant la vieille Studer dans la salle de montage et avait enroulé le ruban noir et glissant d'un quart de pouce dans la tête de lecture, puis dans la bobine, il avait appuyé sur un bouton et fait avancer la bande jusqu'à la partie de l'entrevue qu'il voulait couper. Il aimait manipuler les bobines pour les faire avancer et reculer, comme un homme en train de visser en même temps deux couvercles sur des pots, prêtant l'oreille aux battements sourds des mots tirés de la bande. Après avoir localisé précisément la fin du mot qu'il voulait garder, il marquait le ruban à cet endroit avec un crayon gras rouge, puis il laissait les phrases utilisables se dévider sur le sol jusqu'au prochain mot qu'il voulait, reculait jusqu'à l'inspiration, marquait l'endroit, coupait cette partie de la bande en la glissant dans la fente rainurée de la table de montage et tranchait le ruban avec sa lame de rasoir. Il faisait la même chose avec l'endroit qu'il avait marqué auparavant, puis il joignait les deux extrémités, les pressait l'une contre l'autre et appliquait du bout du doigt un morceau de ruban adhésif blanc d'un pouce de long sur le joint. Jim travaillait vite, et Gwen, lentement, au début. Mais elle trouvait ce travail manuel reposant, prenait plaisir et fierté à faire des coupures qu'aucun auditeur n'aurait pu repérer, à éliminer les hésitations, les répétitions et les fautes de grammaire des voix sur la bande. Une impression de bonté, une sorte de magie.

Gwen adressa un sourire timide à Jim, qui répondit en levant les yeux en signe de reconnaissance puis lança un regard hostile à Harry. Pour la première fois, elle éprouva un sentiment d'inquiétude, non pour elle-même, mais pour Harry. Un des journalistes, le maigrichon Bill Thwaite, alla s'attabler avec Jim, et les regards noirs dirigés vers Harry furent multipliés par deux.

« Harry ? »

Il cessa de tambouriner sur la table et lui sourit : sincère cafouillage d'un homme incapable de se résigner à lui dire ce qu'il devait lui dire.

« C'est dur d'être le directeur ? Passer du quart de nuit, je veux dire, quand il n'y a personne pour t'enquiquiner, à la direction de la station, avec tous les imbroglios que ça implique ?

— Directeur intérimaire. Je ne me fais pas d'illusions. J'occupe le poste pendant qu'ils peaufinent leurs plans à long terme pour la télévision et la nouvelle station qu'ils ont en tête. Mais je vais profiter de ce temps pour faire une ou deux choses. »

Elle le regarda prendre une autre cigarette de son paquet, reconnaissante de la confiance qu'il continuait de lui accorder, incertaine du temps que ça pourrait encore durer. Elle sonda le terrain.

« Comme quoi ?

— Je vais défendre la radio contre la télé. »

Il devint plus volubile et elle se détendit un peu, car il ne se donnerait sûrement pas la peine de lui confier ces choses s'il voulait la congédier. La radio était comme de la poésie, lui dit-il. À son mieux, c'était ce qu'elle pouvait être, tandis que la télé était comme un roman à succès : l'une vous faisait réfléchir et ressentir, l'autre vous émoussait l'esprit.

« Une émission de radio n'est pas un spectacle, continua-t-il. Ce n'est pas du show-business, ce n'est pas un assaut. Ça traite d'une personne qui apprend quelque chose d'intéressant et qui le communique à quelqu'un d'autre. Tu t'adresses à une personne, ne l'oublie pas. Et ne dis pas ton nom toutes les quinze minutes, ne donne pas l'heure à la seconde près. Y a-t-il un auditeur vivant vraiment intéressé à savoir qu'il va être 5 h 28 et dix secondes ? Contente-toi de dire qu'il est 5 h 30. On n'est pas à Toronto, bon Dieu ! »

Elle jeta un regard à Jim et Bill, en train de commander d'autres bières.

« Jim ne fait jamais de fautes, dit-elle avec envie, mélancoliquement. Il est tellement sûr de lui.

— C'est son problème. »

Une remarque qui alluma une lueur d'intérêt dans les yeux de Gwen, car elle pensait exactement la même chose. Jim était trop lisse. Tellement lisse qu'il passait inaperçu. Elle se pencha en avant.

« C'est quoi, son problème ?

— Il ne croit pas que c'est dur. Pour être bon, on doit croire que c'est difficile. On appelle ça tension créative. »

Il observa son visage pâle, intense, et lut dans ses pensées.

« Et tu ne seras jamais bonne tant que tu resteras centrée sur toi-même. »

Elle réfléchit un instant.

« Dido s'intéresse-t-elle à autre chose qu'à elle-même ?

— Dido est ambitieuse, répondit-il sur un ton maussade. Elle ne va pas rester longtemps à la radio.

— Tu n'as pas répondu à ma question. »

Harry sourit. Il était impressionné par ces jeunes femmes qui avaient l'air de savoir ce qu'elles voulaient — et ce n'était ni le mariage ni les enfants. Elles semblaient plus brillantes et plus conscientes d'elles-mêmes que les hommes. Il leur manquait pourtant ce qu'il aurait appelé une arrogance convenable, l'arrogance nécessaire pour réussir quelque chose à long terme malgré leur insécurité. Évidemment, il était mal placé pour en parler.

« Tu as l'esprit de compétition, admit-il.

— Je ne crois pas l'avoir, répondit-elle lentement. Sauf peut-être comme un ongle incarné. »

Harry rit et vida son verre. Il palpa ses poches, se tapota en avant et en arrière.

« Je suppose que tu as oublié ton portefeuille, plaisanta-t-elle.

— Attends. »

Il le trouva dans sa poche arrière, le posa sur la table et plissa les yeux.

« Mais je gage que ma mère est plus pingre que la tienne.

— Impossible.

— Ma mère était tellement radine que quand elle faisait de la confiture de framboises, il y avait presque seulement de la rhubarbe, dit-il avec énergie. Et elle n'allumait jamais le four avant d'avoir plusieurs plats à faire cuire. Pas pour vingt minutes, pas pour un *seul* plat.

— La mienne aussi, s'écria Gwen, la mienne aussi. Il fallait qu'il y ait quelque chose sur chaque rond de la cuisinière, sinon on gaspillait la chaleur. Nous jouions à chercher les pépites de chocolat dans ses biscuits. Maman, comment tu appelles ces biscuits aux pépites de chocolat ?

— On ne trouve pas plus de pépites d'or ici qu'on ne trouvait de pépites de chocolat dans leurs biscuits, Gwen », dit Harry en ricanant.

Ils prirent de nouveau conscience de ce qui se passait dans le bar — Jim Murphy et Bill Thwaite à un horizon dans la pénombre, tandis que d'une table proche résonnait le grondement grave d'une voix de femme parlant de tous ces avocats gauchistes venus des universités du sud et animés de bonnes intentions, qui débarquaient ici pour dire aux Autochtones ce qu'il fallait penser et dire à Berger. Personnellement, elle croyait que chacun devrait arrêter de dramatiser et de parler du passé. C'étaient le présent et l'avenir qui comptaient.

« Qui est-ce ? » chuchota Gwen alors que la voix hurlait maintenant à propos de toute cette merde qu'on charriait, car quelle personne saine d'esprit renoncerait à un robinet d'eau potable, à une maison équipée du chauffage central et à la nourriture vendue à la Baie pour retourner labourer la terre ? Pourquoi ne pas parler des bonnes choses qu'on leur apportait, de tous les avantages qui rendaient la vie tellement plus facile à vivre ?

« Elle est ici depuis des années. Directrice de la colonisation pendant quelque temps. Avant ça, enseignante. Cassepieds, mais loin d'être folle. »

Des années auparavant, il avait visité sa classe à Nahanni Butte, où, à l'aide de pâte à modeler, les enfants avaient fabriqué des modèles étonnamment exacts de toutes les espèces d'animaux et sortes de motoneige. Il devait reconnaître qu'elle avait même réussi à leur faire écrire des haïkus.

Harry paya leurs bières, puis il observa Gwen un instant. Les yeux baissés, elle se rongeait les ongles.

« Moi aussi, j'avais peur », dit-il.

Elle leva les yeux.

« Mais j'ai appris que commettre une erreur peut nous permettre d'avancer. »

Gwen ne le quittait pas des yeux.

« Je ne dis pas que je me sentais sûr de moi. Quand on se sent en sécurité, on devient paresseux. La nervosité est essentielle. Les bons sont toujours nerveux. »

Mais tu n'étais pas bon à la télé, songea-t-elle, tu étais terrible. Un jour, elle avait compris assez soudainement que ça avait dû être lui, Harry, qu'elle avait vu des années auparavant un soir à la télévision. Il avait été une silhouette vague sur son petit écran, tellement peu à sa place qu'il paraissait flou ; elle l'avait vu trébucher et elle avait pensé : oh non ! il va tomber. Puis elle avait changé de chaîne.

Cela la déconcertait et la troublait, cette affaire de bonne et de mauvaise nervosité.

Ils retournèrent à la station. Ce quartier de la ville n'était en réalité pas très différent de celui que Harry avait connu dans les années 1960, à ses débuts. À l'époque, il n'y avait que trois mille habitants plutôt que dix mille, et New Town ne comptait pas de subdivisions, de gratte-ciel, d'hôtel Explorer. Il était arrivé à la fin de l'été, un réfugié du troisième cycle d'université, et il avait travaillé quelques mois à Cominco, l'une des deux mines d'or de Yellowknife. Puis il avait commencé à faire de la pige à la radio et, du jour au lendemain, il s'était vu offrir un emploi permanent. À présent, après toutes ces années, il ne pouvait approcher de la station sans se sentir nostalgique et déprimé, l'un et l'autre, à cause de la vie en général et de lui-même en particulier. À l'intersection, il aperçut un chien qui boitillait dans leur direction, et il s'agenouilla. Un petit husky qui le laissa le prendre et examiner sa patte blessée. Un tesson de bouteille de bière s'était logé entre deux coussinets sérieusement éraflés ; il le retira.

«Si seulement tu pouvais régler mes problèmes aussi facilement», observa sèchement Gwen en baissant les yeux vers le sommet chauve de sa tête, vers ses grandes mains, des mains de jardinier, pensa-t-elle.

Il eut un petit rire et se releva. Gwen n'était pas désagréable. Il se demanda si le chien pouvait être celui qui manquait à l'appel quand cette voiture avait dérapé sur la route de gravier près de Fort Rae ; il allait le garder avec lui et appeler la police. Le chien les suivit quand ils traversèrent la rue et entrèrent dans la station.

Sur le bureau d'Eleanor, il y avait la pile de messages de la communauté diffusés trois fois par jour en segments de cinq minutes, une liste d'événements et de messages personnels.

Henry Wandering Spirit, veuillez s'il vous plaît communiquer avec la GRC dès que possible.

Helen Jumbo, vous avez un colis PSL au bureau de poste de Ft Simpson.

Le pédiatre sera au poste des infirmières de Ft Smith jeudi après-midi, de treize heures à seize heures.

Pour Albert Drygeese : L'avion n'atterrira pas aujourd'hui à cause du brouillard. Il arrivera demain à quinze heures. Papa.

Le Gene Bertoncini Jazz Trio se produit à Yellowknife à l'auditorium de l'école primaire Mildred Hall ce dimanche à vingt heures.

Pour les Chocolates de Fort Rae : Debbie Lynn a eu son bébé, un garçon de six livres, huit onces. Mère et enfant se portent bien.

Ils jetèrent un coup d'œil à ces messages et aux autres tapés sur des demi-feuilles de papier carbone jaune. Personne ne recherchait un chien perdu.

Harry alla chercher un bol d'eau pour son nouvel ami pendant que Gwen relisait l'annonce concernant le tournoi de golf Raven Mad Daze qui se tiendrait pendant la nuit de samedi sur le terrain de neuf trous de la ville, tristement célèbre parce qu'il était en sable et qu'on n'avait pas de procédure spéciale pour se protéger des corbeaux qui descendaient en piqué et vous volaient vos balles. Saisis ta chance, pensa Gwen. C'est le moment de faire le saut. Elle descendit à l'atelier technique, au sous-sol, pour emprunter l'enregistreuse Nagra, et c'est là qu'elle apprit ce que Harry avait eu l'intention de lui dire.

Dans le sous-sol, Andrew McNab lui donna un cours précis du maniement de la Nagra, une belle machine suisse, comme il qualifia la lourde enregistreuse à bobine dans son étui de cuir noir.

« Pas une mauvaise idée, admit-il quand elle lui expliqua qu'elle voulait enregistrer une partie du tournoi de golf nocturne. Tu vas t'habituer à travailler de nuit. »

Elle sut ainsi que Harry avait décidé de lui confier le quart du soir, de 18 heures à 1 heure, un désert, en quelque sorte, mais qu'il n'était pas parvenu à le lui dire.

Le chien était couché à ses pieds dans son bureau quand Gwen apparut dans l'embrasure de la porte.

« Il y a une chose que tu ne m'as pas dite, Harry. »

Il la regarda par-dessus ses lunettes. Elle avait déjà vu son père la regarder comme ça, quand elle était arrivée dixième à une course à pied après s'être plutôt bien classée au saut. Harry enleva ses lunettes et lui demanda de s'asseoir.

« J'ai l'intention de l'appeler Ella, dit-il, si la police ne me rappelle pas pour signaler un chien perdu. »

Ils observèrent la chienne, qui ne quittait pas Harry des yeux.

« Fidèle vagabond », plaisanta-t-il.

Gwen sourit.

« Ne prends pas le quart de nuit comme une attaque personnelle. C'est là que tous les apprentis débutent et que certains d'entre nous choisissent de finir. »

Il jouait avec les branches de ses lunettes, les tapotait l'une contre l'autre.

« Disons que, comme ça, ce sera plus facile pour toi de corriger tes défauts. »

Il lui raconta comme il avait apprécié la solitude et la liberté quand il était tout seul à la station pendant que les heures s'écoulaient. Il avait retrouvé ses repères, un peu de son ancienne assurance. Après 19 heures, la station était assez tranquille, dit-il. Il y avait de petits boulots à faire, des bandes à monter, l'entretien de l'enregistreuse automatique, des cartes son à enregistrer, une nouvelle à envoyer ou à recevoir à l'occasion, les relevés de température à rassembler en téléphonant aux météorologues de l'aéroport, et le bulletin de nouvelles en direct toutes les heures. Mais on avait beaucoup de temps pour écouter de la musique : il avait écouté d'innombrables disques pour choisir les chansons qu'il ferait jouer de minuit à 1 heure, quand le réseau national cédait la place à la radio locale. À 1 heure, on s'en allait et on fermait la station. Cela lui manquait. C'était un endroit fantastique pour tenter des expériences, on pouvait être aussi créatif qu'on le voulait. De plus, elle lui ferait une faveur, ajouta-t-il : l'employé occasionnel qui faisait des remplacements depuis un mois avait trouvé un emploi à temps plein ailleurs.

Gwen écouta et s'ajusta et, à la fin de la conversation, elle se sentait presque contente. C'est-à-dire jusqu'au lendemain, quand elle apprit que Dido, qui animait notamment *Radio Noon*, deviendrait également la lectrice permanente des nouvelles.

Plus tard ce jour-là, Gwen descendit la pente jusqu'à Old Town. Avoir de l'eau des deux côtés, savoir de quel côté était le nord, marcher dans cette direction, c'était réconfortant à tout point de vue.

Elle songea soudain que c'était la franchise qui lui manquait le plus. La plupart du temps, il y avait des sujets tabous. On n'avait pas le droit de dire qu'on était mal fichu. Personne ne voulait l'entendre. On n'avait pas le droit de dire qu'on était jaloux. Pendant qu'elle marchait, la voix commença à se faire entendre dans sa tête, lui demanda quel était le plus gros obstacle qu'elle eût jamais affronté. Ma propre jalousie, sans doute, avoua-t-elle à la voix floue, sympathique, toujours impressionnée. Pendant mes premières années à la radio, j'étais très mauvaise. C'est difficile à croire, je sais, mais quelque chose à la radio m'avait rendue encore plus timide. À Yellowknife, je travaillais avec Dido Paris, et elle était tellement naturelle. Le nom vous dit quelque chose ? Eh bien, elle était merveilleuse à l'antenne, et moi, pas du tout.

« Tu es perdue dans tes pensées », dit Ralph Cody.

Elle avait ralenti le pas et se parlait à elle-même, si occupée à être une vieille dame célèbre retournant sur son passé qu'elle n'avait conscience de rien d'autre.

Son sac d'appareil photo sur une épaule, Ralph se dirigeait vers la chaussée reliant Old Town à l'île Latham ; Gwen lui emboîta le pas, contente d'avoir de la compagnie, et elle apprit que, dans les années 1930, avant la construction de cette chaussée, une femme appelée Bertha faisait traverser le détroit en barque ; elle demandait cinq cents par personne. Venue de Vermillon, une famille appelée Cinnamon avait pris beaucoup d'importance à Yellowknife, « créant un véritable arc-en-ciel de noms », exulta Ralph. En ce temps-là, dit-il, on pouvait rencontrer une femme au Wildcat Café, se faire marier par un prêtre qui était également magicien et célébrer la noce au Squeeze Inn.

Les fins cheveux gris de Ralph flottaient dans le vent et ses petites mains jaunies par la nicotine manipulaient habilement le trépied et l'appareil photo. Aux yeux de Gwen, il paraissait vieux, mince et irrésistible, comme le prof d'anglais qui lui avait montré à aimer Shakespeare à l'école secondaire. M. Smiley avait été pilote pendant la guerre et il avait perdu le sens de l'odorat, un coup de chance, comme il disait, car il avait par la suite pu échapper au parfum des femmes. Un cynique. Malgré tout cela, on savait qu'il aimait les femmes, trop, peut-être.

Gwen voulut que Ralph sache pourquoi elle était libre au milieu de l'après-midi, et il lui demanda comment elle ressentait le fait d'avoir été mutée au quart du soir. Il était lui même un oiseau de nuit, avoua-t-il, il travaillait à ses contrats éducatifs le soir venu, quand il n'était pas en train de lire les livres qu'il recensait à la radio ; la lumière du jour, il la gardait pour la photographie, même si, l'été, il pouvait faire de la photo vingt-quatre heures par jour. Gwen répondit qu'elle se sentait bien, mais qu'elle aimerait être meilleure à l'antenne. Sa voix était bonne, l'assura Ralph.

« Je me demande si tu le penses vraiment », répondit Gwen après avoir réfléchi un instant.

Son air de défi maussade fit sourire Ralph.

« Une femme en quête de compliments, dit-il. Ta voix est correcte. Mais si tu *veux* être jalouse, tu n'es pas aussi bonne que Dido », ajouta-t-il sarcastiquement.

Il plaça son trépied sur un rocher plat qui pénétrait dans l'eau, puis recula.

« Jette un coup d'œil. »

Gwen se pencha vers les lentilles et regarda les herbes aquatiques. À ses yeux, ces herbes sinueuses s'apparentaient à de longs filaments d'argent noyés dans un ciel liquide. Elle venait d'une famille de bijoutiers, après tout. Son père, son oncle et aussi un grand-oncle. Parti d'Ontario, ce dernier s'était dirigé vers l'ouest et il avait ouvert une bijouterie dans les Prairies ; elle aimait l'imaginer en train de travailler avec de minuscules outils compliqués sous le vaste ciel de la Saskatchewan.

« Je ne veux pas être jalouse, mais je le suis », dit-elle.

Tellement jalouse qu'elle avait même fait les magasins pour acheter le genre de tee-shirt décolleté que portait Dido. Elle en portait un ce jour-là, ainsi qu'un petit collier de perles bleues.

« J'ai pour règle de ne pas photographier les gens, dit Ralph. Mais je ferais une exception pour Dido. »

Ses cheveux flottèrent dans une autre direction et son crâne brilla quand il se pencha au-dessus de son trépied. M. Smiley aux cheveux fins avait coutume de s'appuyer contre son bureau et de déclamer des sonnets de Shakespeare, tout en plaisantant à propos des belles femmes qui perdaient leur beauté. Nous ne sommes pas ici pour longtemps, disait-il. Il ne se trompait pas, car il mourut très soudainement dans la soixantaine.

« Dido est ma première Didon, ajouta Ralph après avoir pris plusieurs clichés. À part celle de l'opéra. »

Gwen croisa les bras.

« Écoute, n'essaie pas de m'impressionner. Regarde comme je m'en fous. »

Et le fait de s'exprimer avec cet humour bourru la soulagea.

Ralph leva la tête et pouffa de rire. Une dure à cuire, pensa-t-il, et il la considéra avec plus de respect.

L'opéra auquel il faisait allusion, c'était *Les Troyens* de Berlioz, expliqua-t-il en repliant son trépied, un opéra sur la passion tragique de Didon et d'Énée, la fondation de Rome et la chute de Carthage.

« Didon était la reine de Carthage et Berlioz a appris son histoire sur les genoux de son père. Il lisait Virgile quand tu lisais Dick et Jane[1]. »

Ralph aimait parler, aimait avoir une auditrice curieuse et attentive. Il dit que ce n'était pas un opéra populaire, mais qu'il était très puissant, surtout à la fin quand Didon se suicide, car avant de mourir, elle avait terriblement pressenti ce qui allait se passer — non seulement Énée avait-il ruiné sa vie en la quittant pour voguer au loin et aller fonder Rome, mais, en fondant Rome, il avait provoqué la fin de sa bien-aimée Carthage.

« Vous enseigne-t-on l'histoire de Carthage à l'école, de nos jours ? »

Gwen agita les mains pour dire que vaguement, elle connaissait vaguement cette histoire.

« Les Romains l'ont complètement rasée. Ils ont ensuite semé du sel dans les champs environnants. C'est le nord, si le gazoduc le traverse… Pas mal, Ralph, dit-il, frappé par l'analogie qu'il venait de faire. Note-le. Construire le pipeline, c'est comme semer du sel dans la terre. »

Ils retournèrent vers la route et il lui dit que, cette dernière année, durant la saison de l'opéra, Eleanor, Lorna Dargabble et lui étaient allés à la station le samedi après-midi, et Eddy avait fait jouer l'opéra du Metropolitan de New York dans l'entrée, vu que, dans sa grande sagesse, CFYK avait retiré l'opéra du samedi en faveur d'une émission de demandes spéciales de musique country. « Et maintenant, Merle Haggard, psalmodia-t-il, haussant le ton. On poursuit avec Johnny Cash. Et si on écoutait maintenant Conway Twitty ? »

---

1. Personnages de livres conçus pour apprendre à lire aux enfants, des années 1930 aux années 1970. (N.D.L.T.)

Gwen éclata de rire, mais elle ne pouvait imaginer Eddy en train d'écouter de l'opéra et elle le dit.

« Eddy est un type étonnant, répondit Ralph. Le genre qui pourrait aussi bien vendre des armes à l'Angola qu'écrire des odes à sa maîtresse.

— Je n'ai pas l'impression qu'il aime beaucoup les femmes, dit-elle, exprimant un soupçon qu'elle n'avait pas montré auparavant. À un certain niveau, il les *déteste*. Sauf Dido, bien sûr. Il ne peut la quitter des yeux. Pas plus que Harry.

— *Moi*, j'aime les femmes.

— Je sais, dit-elle en souriant. Je t'ai vu draguer Eleanor. Je ne veux pas dire qu'Eddy s'intéresse aux hommes. Pas du tout. J'ai juste l'impression qu'il méprise les femmes.

— Je ne sous-estimerais jamais l'intuition d'une femme », répondit Ralph avec désinvolture.

Il aurait par la suite l'occasion de repenser à ce que la jeune Gwen avait suggéré à propos d'Eddy.

Gwen fut catapultée — dans les bois, à minuit. Et là, soir après soir, pendant tout le mois de juillet, elle s'améliora. Personne ne l'observait, les auditeurs étaient peu nombreux, la lumière était complètement différente. Seule dans la cabine de l'annonceur, elle éteignait le plafonnier et opérait à la lueur des petites diodes et des compteurs à rayons UV, semblables à des pierres précieuses. Elle se servait du casque d'écoute, car Andrew McNab n'était pas là pour la vilipender à propos des animateurs dépendant du son de leur propre voix. Ainsi, elle s'entendait de près, non pas ricochant dans une pièce vide et titubant dans des étendues sauvages et désertes, mais ici, dans la forêt sombre et chaude qui ressemblait merveilleusement aux coulisses d'un théâtre dans le noir.

Un soir, dans le sous-sol, elle trouva une petite porte. Fabriquée en bois et de la taille d'un ancien téléphone mural, elle était conçue pour produire des effets sonores. Elle tournait sur une charnière et elle était pourvue d'une sonnette et d'une poignée de taille normale. Avec l'autorisation d'Andrew, Gwen l'apporta dans sa cabine douillette, où la console était découpée de façon à s'adapter à un ventre bien rond. Elle glissa sa chaise pivotante dans l'échancrure, manipula des boutons et des cadrans, roula de gauche à droite pour faire fonctionner les tourne-disques des deux côtés, ou pour atteindre l'étagère contenant les bandes et les cartouches de son, celles-ci portant l'identification de la station et les ponts musicaux : appuyer sur le carré vert pour démarrer la cartouche et le bouton jaune pour l'arrêter. Dans l'intimité de son émission tardive (dans sa tête, elle l'appelait « spectacle » en s'excusant auprès de Harry), qui remplaçait le réseau de minuit à 1 heure, elle utilisait la petite porte : elle la fermait brusquement quand elle n'aimait pas les chansons, et l'ouvrait toute grande sur ses gonds grinçants pour accueillir les chanteurs qu'elle appréciait.

Elle se donna un nouveau nom. Stella Round. Et s'en servit sur les ondes.

Elle fit l'expérience de sons. « Pouvez-vous identifier cet oiseau ? » demanda-t-elle dans la nuit, faisant jouer un chant d'oiseau persistant et plutôt étrange qu'elle avait enregistré par une fenêtre ouverte aux premières heures du matin. Elle n'attendait aucune réponse et n'en reçut pas non plus. Elle enregistra le rire espiègle, juvénile et ravi d'Eleanor. Elle enregistra le bruit d'un store vénitien qui cliquetait dans le vent et Bill Thwaite en train de taper dans la salle des nouvelles. Ella qui aboyait et un corbeau qui lui répondait. Puis elle organisa les sons de façon professionnelle, comme de la musique. Une séquence, une répétition, un nouveau son, et une répétition, puis retour au début, enroulant autour de son cou les longs colliers de ruban brun foncé qu'elle déplaçait et réinsérait.

Jim Murphy, qui l'écoutait de chez lui, lui téléphona à la station. « Laisse-moi diffuser ce... qu'est-ce que c'est... ce machin de son demain matin. » D'accord, mais qu'il la laisse d'abord faire un peu de montage.

Installée devant la vieille Studer, armée d'un crayon gras, d'une lame de rasoir, de ruban adhésif et de quelques bobines, elle fit des joints sans pli entre les bruits ambiants et les sons particuliers, comme un cordonnier laissant une chaussure parfaite prête pour le lendemain matin.

Avec le temps, elle s'était habituée à l'expérience tonifiante du microphone. Elle n'avait plus l'impression de plonger dans l'eau froide — d'entrer et de sortir — avant de s'éponger. Elle pouvait rester plus longtemps à l'antenne. La cabine de l'annonceur du soir était une burka contre la timidité. Une tente sombre qui la recouvrait pendant sa traversée du grand désert de la radio de nuit.

On ne savait pas trop quand avait commencé le plus grand suspense. Au début, comme presque tout le monde, Harry pensait que le juge Berger ne pouvait pas faire grand-chose. Son enquête était de la poudre aux yeux et chacun le savait. Puis, il s'aperçut que ceux qui le dénigraient n'avaient rien compris. Le travail de Berger n'était pas de décider s'il fallait ou non construire un pipeline, mais de déterminer quelles conditions imposer si le projet allait de l'avant. Ces conditions pouvaient être mineures ou majeures. L'enjeu était énorme : il concernait toutes les formes de vie sur le trajet d'un gazoduc qui allait balafrer l'Arctique comme, si l'on en croyait les critiques, un coup de rasoir dans le visage de la Mona Lisa.

Harry et Berger avaient le même âge. En fait, même si Harry détestait l'admettre, Thomas Berger avait un an de moins que lui. Quand il l'avait rencontré, Harry l'avait considéré comme un homme à la fois solennel et décontracté, sérieux, sans prétention, infatigable, conscient d'affronter le plus grand défi de sa vie et ne voulant pas rater son coup (comme Harry l'avait fait), le genre d'homme qui écoutait, le genre d'homme dont les femmes ne se lassaient pas. Harry fut impressionné et continua de l'être. Berger en faisait plus que quiconque de sa connaissance pour porter les questions du jour à l'avant-plan.

À présent, des voix qui n'en avaient jamais eu l'occasion pouvaient s'exprimer à la radio. Franches, unanimes, hésitantes et pourtant claires, jeunes et vieilles, en traduction ou parlant l'anglais, en général douces, parfois stridentes, les voix des Autochtones étaient en train de convaincre le juge Berger que la terre leur donnait la vie, qu'elle était leur chair et leur sang, qu'ils y étaient nés et y avaient grandi, qu'elle assurait leur vie et leur survie, qu'ils l'aimaient, la respectaient et lui appartenaient, comme leurs ancêtres l'avaient fait pendant des milliers d'années. Louis Caesar de Fort Good Hope, Lazarus Sittichinli d'Aklavik, Fred Widow de Willow Lake, John Steen de Tuktoyaktuk, Jane Charlie de Fort McPherson. Dans toute la vallée du Mackenzie, le message était massivement le même. Le passé n'avait jamais disparu, n'avait aucunement l'intention de disparaître.

Le témoignage était planifié (dans tous les villages, les organisations autochtones s'activaient, pressant les gens de s'exprimer et de faire entendre la même voix), il n'était pas laissé au hasard, il était *presque* improvisé. Roy Fabian de Hay River dit au juge Berger : « Il y a très très peu de Blancs qui deviendront amis avec des Autochtones. Le Blanc qui est ami avec les Autochtones est comme une perle dans un tas de gravier. »

Tom Berger était une perle. Il écoutait avec une ouverture d'esprit grave, courtoise, rare, il parlait lui-même avec circonspection, sans se presser. Les journalistes le questionnèrent sur sa patience apparemment infinie, son habileté à écouter pendant des heures tant des exposés hautement techniques que des récits d'expériences vécues présentés de façon décousue. Il expliqua qu'il essayait d'apprendre quelque chose de nouveau de chacun de ces témoignages et qu'il se sentait à l'aise avec la manière de parler des Autochtones. Quand les Dénés n'avaient rien à dire, ils se taisaient, et ce silence pouvait se prolonger longtemps. « Nous restons souvent assis là à regarder le fleuve. »

Au nord, tout le monde s'habitua à entendre la voix caractéristique de Berger. Peu importait le nombre d'années qui s'étaient écoulées, ceux qui avaient déjà entendu cette voix ferme, douce et réfléchie la reconnaissaient tout de suite quand elle réclamait le témoignage d'un expert sur l'impact social, environnemental et économique du pipeline, mais aussi l'opinion de quiconque serait touché par le projet le plus important jamais mis sur pied dans l'histoire de la libre entreprise, si jamais il se réalisait. Tous les soirs, les opinions, les arguments et les voix étaient portés par toutes les stations du service nordique dans la couverture d'une heure préparée par les six journalistes de l'équipe spéciale de la CBC, des gens parlant en anglais, dogrib, slavey, hareskin, loucheux, chipewyan et inuktitut. «Voyons les choses ainsi, expliquait Berger de son ton serein, posé. Jamais, dans notre pays, nous n'avons fait une enquête avant d'entreprendre un projet de développement d'avant-garde à grande échelle. Cette enquête est donc sans précédent dans l'expérience canadienne et réellement sans précédent dans celle du monde occidental industrialisé. » Et il invitait toutes les personnes de «ce vaste territoire où vivent des gens de quatre races parlant sept langues» à prendre part à cette innovation.

Bien que basée à Yellowknife, où les avocats des compagnies du gazoduc et les organisations autochtones établissaient leurs positions officielles, l'enquête allait, pendant deux années, se déplacer dans la vallée du Mackenzie, vers les communautés de la mer de Beaufort et du Yukon, et même dans de grandes villes du sud du Canada, car la question portait sur l'avenir de la nature sauvage nordique, tour à tour considérée comme une ultime frontière par les promoteurs et une terre natale indispensable par les Autochtones, mais comme l'une des dernières merveilles du monde.

Juillet apporta l'odeur de fumée des feux de forêt au loin. Les arbres et le sol étaient secs comme de l'amadou après des semaines de chaleur continue et d'absence de pluie.

Le soir, Harry rentrait chez lui à pied — trente minutes de marche —, sa chienne Ella bondissant à ses côtés comme chaque matin quand il partait pour son travail. Ils suivaient l'avenue Franklin, puis traversaient la chaussée menant à l'île Latham, et cette promenade donnait à Harry le temps d'évaluer le combat qui prenait forme dans son propre petit territoire. Une nouvelle station sophistiquée de la CBC était en cours d'élaboration; elle serait construite dans la partie sud de la ville et accueillerait la nouvelle télévision régionale, tandis que la radio occuperait la deuxième place. D'ici quelques années, la télé irait au delà de Yellowknife, rejoindrait tous les villages de l'Arctique et produirait une génération dépendante de la gratification instantanée — sonnant, selon Harry, définitivement le glas pour les langues et les cultures autochtones. Mais fallait-il que cela soit ainsi? Il menait un combat d'arrière-garde, il le savait, mais Berger aussi, de même que les gens des villages votant en faveur de la prohibition pour enrayer la vague de l'alcoolisme et de la maltraitance. S'il ne pouvait empêcher la construction de la nouvelle station, Harry pouvait plaider pour la radio, la faire valoir comme un média plus souple, progressiste, beaucoup moins cher que la télévision, et un foyer naturel pour les gens du nord.

La plupart du temps, quand il s'engageait dans son allée, sa voisine Louise Corrie fumait sa pipe, assise sur son perron. Louise avec son bandana, ses bas bruns et ses chaussettes, ses mukluks et ses caoutchoucs, sa vieille jupe et sa veste bleue. On l'appelait Louise la Noire à cause de ses diverses activités illégales, dont la fabrication de gnôle, et il y avait certainement des visiteurs, surtout des hommes, qu'elle recevait à toute heure du jour et de la nuit. Mais son activité préférée semblait être de s'asseoir au soleil dans la talle d'herbe verte directement devant la porte de sa cabane. En la voyant, Harry pensait : « Pigeons dans l'herbe, hélas », car les mouettes se posaient et picoraient, attirées par la nourriture qu'elle avait grattée de sa marmite. C'était là qu'elle se trouvait un matin, quelques semaines plus tôt, quand, devant un Harry étonné et ravi, elle avait ouvert une boîte de peinture et s'était mise à peindre en blanc sa canne brune.

Harry entra, se prépara à souper, fit manger Ella, puis il écouta en douce la voix de Dido. Il l'avait enregistrée quand elle lisait les messages de la communauté à *Radio Noon* et, bien qu'il eût tenté de se rationner, sa voix emplissait chaque soir la maison. Est-ce qu'il ne s'en lassait jamais ? Il s'en lassait comme on se lasse d'entendre même une belle chanson. Mais il fallait beaucoup d'écoute pour en arriver à ce point. À un certain moment, elle annonçait que la société théâtrale recherchait des « comédiens » locaux pour une audition, et elle pouffait de rire, comme un agneau qui folâtre dans l'herbe.

Un soir, tard, il lui téléphona. « J'avais envie d'aller faire un tour chez toi », dit-il.

Elle resta silencieuse à l'autre bout de la ligne.

« Silence, dit-il.

— Non. Je serais contente de te voir. Mais ce soir n'est pas un bon soir. »

Le lendemain, par hasard, il la vit sans être vu. Aux environs de 20 heures, nerveux, il avait sifflé pour appeler Ella et ils avaient emprunté le chemin rempli de lumière. Louise était assise devant sa cabane avec Andrew, son ami cinglé. Louise avec sa pipe, et Andrew le dingue, comme on l'appelait, à cause de son habitude de se précipiter devant des voitures en marche dans l'espoir de recevoir de l'argent de l'assurance, mais qui ne manquait jamais d'adresser à Harry ou à quiconque le saluait un grand sourire placide, un peu bébête.

Harry n'avait rien d'autre en tête que de suivre le chemin étroit jusqu'à la butte qui surplombait Rainbow Valley à l'extrémité de l'île — de là, il pourrait voir la vallée et le grand lac plus loin. Chemin faisant, il passa devant la maison douillette, impeccable, qui appartenait à la fille de George Whalley. Plus loin, toujours à sa gauche et dans un bouquet d'arbres, il y avait la petite maison du père Fumoleau, le prêtre aux convictions politiques qui avait passé des années à documenter l'histoire des traités 8 et 11 afin de prouver que les Autochtones n'avaient jamais renoncé à leurs revendications territoriales. Debout devant la maison du prêtre, Harry contempla l'arc-en-ciel des maisonnettes multicolores qui avaient donné son nom à la vallée. Officiellement, c'était le Lot 500, jamais arpenté, sans services, cinquante-six acres réservés aux Indiens qui vivaient sur cette terre depuis des centaines, voire des milliers d'années, et qui survivaient désormais des rebuts qu'on leur jetait. Harry tourna son regard vers les eaux scintillantes du Grand Lac des Esclaves.

Il avait l'impression que les changements spirituels venaient comme une bourrasque par un jour calme, ouvrant ou refermant une porte. Il pensait à Eleanor, qui lui avait confié avoir recommencé à fréquenter l'église ; il savait qu'elle était à la recherche de quelque chose et cela le touchait, mais il se sentait plus en harmonie avec sa mère, qui avait tenté de prier pour la guérison de sa sœur, victime d'un infarctus, avant de comprendre soudain que c'était inutile : personne n'écoutait. Sa mère avait été meilleure comme mère que comme épouse de pasteur, une femme merveilleuse, en fait, même si elle le menaçait de lui donner du verre pilé et de l'arsenic s'il ne mangeait pas ce qu'il y avait dans son assiette. Ma foi, elle aurait dû vivre ici, songea-t-il, où l'on trouvait de l'arsenic en abondance après le broyage de l'or. Des rumeurs avaient circulé pendant des années à propos d'enfants amérindiens tombés malades après avoir mangé les baies rouges qui poussaient à foison aux abords des mines Giant et Con. À propos de chevaux qui, après avoir bu l'eau de ruissellement dans les flaques près de la mine Giant, étaient morts à l'automne, et du sort semblable qu'avaient connu les vaches emmenées au nord à la fin des années 1940 par un couple appelé Bevan.

Harry était sur le point de faire volte-face et de se diriger vers la fourche pour emprunter le chemin menant au côté le moins occupé de l'île, quand il vit Eddy et Dido sortir d'une maison bleu fané en contrebas. Ils traversèrent la route ensemble et montèrent dans le camion blanc d'Eddy. Un autre jour, il avait regardé Dido se gratter la tête avec un stylo. À plusieurs reprises et de différents angles, elle avait passé le bout du stylo dans son épaisse chevelure, à l'arrière de sa tête, comme on passe le long manche d'un peigne, nonchalamment, inconsciemment. Elle s'était éloignée de son bureau, puis il était allé ramasser le stylo et l'avait approché de son nez pour respirer l'odeur de ses cheveux. Pathétique.

Mais là, il se tourna et marcha vite pour tourner le coin et éviter de se faire voir. Qu'est-ce qu'ils faisaient là? se demanda-t-il. Dido et Eddy.

De ce côté de l'île, la route sinueuse était bordée d'arbres, les rares maisons étaient cachées, ou pas très cachées, et la plupart étaient occupées par des Blancs nordiques, une race quelque peu anxieuse, avait-il toujours pensé, composée de transfuges, de nouveaux venus, d'autres installés là depuis longtemps, de vieux pionniers — ils étaient les barreaux d'une échelle ascendante de fierté possessive concernant la vigueur et l'attachement au nord. Qui Dido et Eddy étaient-ils allés visiter? se demanda-t-il. Et pourquoi?

❖

Allongé dans son lit cette nuit-là, il pensa à la station — sa station — et aux gens de radio qu'il avait connus. Querelleurs comme des moineaux protégeant leur territoire, mais c'était un chant qu'ils produisaient, un chant d'oiseaux possessifs et exclusifs. Qu'imaginaient les auditeurs quand ils écoutaient la radio? Que tous les employés étaient de bons amis, qu'ils s'entendaient très bien, qu'ils étaient intimes. Les gens ignoraient qu'ils se battaient pour du temps d'antenne, résistaient à toute innovation, mijotaient dans leur propre jalousie, leur mauvaise volonté.

C'étaient là les pensées désabusées de Harry. Il savait qu'il se montrait trop amical avec certains des membres de son personnel, trop acariâtre avec les autres ; cela venait du fait qu'il était lui-même un animateur, et qu'il ne mettait pas son cœur dans la direction — dans la programmation, oui, mais pas dans la direction. Pour son propre bien, et pour celui de la station, il devrait courtiser les journalistes, les soutenir, les encourager, les valoriser. Sa radio était allumée, irritation en sourdine pour l'instant avec son bla bla bla d'information excessive et de musique médiocre en provenance de Toronto. Ella était couchée à côté de lui sur le plancher, éveillée, alerte, toujours prête pour une promenade. Il tendit la main et lui frotta les oreilles ; il eut alors l'idée d'une émission de vieilles chansons, de vieilles histoires, de vieux remèdes, de vieux endroits. Il entendait le vent et les bruits des corbeaux sur le toit, une vibration familière. Il caressa l'épais pelage de sa chienne. Son grand-père avait été fourreur. Edgar Farnham, le père de sa mère, yeux écartés, oreilles molles, moustache tombante, un homme qui aimait parler, mais uniquement dans un endroit calme. Enfant, Harry adorait aller à son magasin, à Winnipeg, il aimait toute la peluche sur le sol, les plumes de pigeon dans les fenêtres, les calendriers illustrés de jeunes filles sur les murs, les hommes penchés, clignant des yeux, sur leurs machines à coudre. Dans l'arrière-boutique, il avait appris quelques termes du monde de la fourrure : une peau mince qui se craquelle s'appelle un « parchemin », une fourrure épaisse, une « lourde ». Il avait appris qu'on peut nettoyer la fourrure en la secouant avec de la sciure dans un baril ; que le vison est beaucoup plus propre et se travaille beaucoup plus facilement que le renard ou le coyote — quand on secoue une peau de coyote, on se retrouve avec des nuages de poussière. Pour son cinquième anniversaire, son grand-père lui avait offert un petit coupon de vison, qui devint précieux pour lui. Il ne pouvait s'endormir sans le passer sous son nez.

Il avait sept ans quand sa famille quitta Winnipeg. Son père prit charge de la paroisse presbytérienne de Woodstock, au Nouveau-Brunswick, et Harry se lia naturellement d'amitié avec un garçon qui lui rappelait son grand-père. Les deux choses se mêlèrent sentimentalement dans son esprit : quitter son grand-père, puis rencontrer Mark Green, dont la famille possédait le seul magasin de fourrure en ville.

Rien d'étonnant à ce que la première chose qu'il remarqua chez sa femme fût sa chevelure. Plusieurs longs cheveux noirs sur le dossier d'une chaise. Il les avait cueillis distraitement, leur trouvant un air oriental, mais il apprit qu'ils appartenaient à une Écossaise brune et fantasque.

Après qu'elle l'eut quitté, il ouvrit un jour un livre et remarqua un trait de crayon au bas de la page. Mais c'était un des longs cheveux foncés d'Evelyn.

Plus tard ce soir-là, cherchant d'autres occasions de voir Dido, Harry eut l'idée d'organiser une fête. Pour s'assurer de sa présence, il inviterait tous les employés de la station. Il choisit un samedi de la mi-juillet et en informa tout le monde. La rumeur se répandit toutefois au Strange Range qu'il y avait une fête à l'île Latham, à la maison blanche devant laquelle il y avait un canot rouge, et une flopée d'inconnus se présentèrent chez Harry.

Particulièrement soûl, Jim Murphy devait prononcer très soigneusement chaque mot. «Toute l'affaire vous échappe, ne cessait-il de répéter. Tout ce que vous faites doit être dans les deux langues. Toutes les émissions doivent être bilingues.» Et Eleanor écoutait, étonnée qu'il y ait même pensé, et d'accord avec lui, même sans comprendre pourquoi il s'adressait à elle plutôt qu'à Harry.

Soulagée, elle se tourna vers Ralph qui lui demanda si le nom d'Agnes Deans Cameron lui disait quelque chose. Il ne lui disait rien. Ralph lui parla alors de la fascinante institutrice de Victoria qui avait écrit un livre sur ses voyages dans l'Arctique en 1908. En chemin, elle avait visité les postes de traite de la Compagnie de la baie d'Hudson et, en parcourant leurs registres, elle avait découvert l'histoire de deux Amérindiennes affamées qui avaient tué deux facteurs le long du fleuve Mackenzie, les avaient en partie dévorés et avaient transformé le reste en pemmican. «L'agent de la Compagnie de la Baie d'Hudson a demandé aux femmes à quoi goûtait la chair et elles ont répondu qu'"un des deux hommes avait bon goût mais que le petit Écossais roux goûtait le tabac"», poursuivit Ralph avant d'éclater de rire.

De son côté, Harry observait Dido. Il prit courage en l'entendant asticoter Eddy parce qu'il ne buvait jamais d'alcool. Refusant de mordre à l'hameçon, Eddy remplissait le verre de Dido chaque fois qu'elle le tendait. Les poignets d'Eddy étaient plus minces que ceux de Dido, plus osseux. Ils n'étaient jamais plus qu'à quelques pieds l'un de l'autre — quand Dido se déplaçait, Eddy la rejoignait aussitôt, et vice-versa.

À un moment, Eddy déposa la bouteille de vin sur la table basse et le son dur et net du verre contre le bois marqua un changement dans la fête. À sa manière brusque, indéchiffrable,

Eddy se leva pour prendre congé, et tous les soupçons de Harry furent confirmés. Entre Dido et Eddy, les choses étaient plus avancées qu'il n'avait voulu le croire, plus avancées, plus agressives, plus fortes.

« Eddy, grommela-t-il en l'arrêtant alors qu'il se dirigeait vers la porte. Comment as-tu fini par aboutir à Yellowknife ? »

Eddy ne broncha pas. La musique s'était tue et les bruits de la fête s'étaient estompés.

« C'est une longue histoire, Harry.

— Je ne vais nulle part.

— Vraiment ? » rétorqua Eddy, légèrement méprisant.

Après un instant, Eddy daigna donner une explication froide et laconique de ses déplacements. Environ un an plus tôt, dit-il, appuyé contre le mur, il roulait un jour en voiture, sans but et désabusé, quand il parvint à un carrefour. Il se trouvait alors au Montana. Il y avait deux flèches sur le panneau, l'une indiquant le nord, l'autre, le sud. Il aurait pu opter pour l'un ou l'autre. Mais Neil Young chantait à la radio ; il choisit donc le nord, puis il se dit qu'il pourrait aussi bien suivre la route jusqu'au bout, ce qui se produisit sur la rive nord du Grand Lac des Esclaves.

« Es-tu toujours aussi impulsif ? demanda Dido, qui s'était jointe à eux.

— Dis plutôt déterminé.

— Et qu'est-ce que Neil Young chantait ? » insista-t-elle avec un léger sourire.

Harry éprouva une douleur soudaine au cœur en comprenant ce à quoi il se mesurait. Eddy n'avait aucun sens de l'humour, et Dido, la sérieuse Dido, européenne jusqu'à la moelle, était tombée sous le charme du cow-boy maigre, sardonique, fermé comme une huître.

Eddy parcourut les disques de Harry, puis plaça l'aiguille directement sur la première note de *Helpless*.

Après cela, Dido cessa de donner du fil à retordre à Eddy, elle renonça à son droit de le tourmenter. Et, regardant le jeu des émotions sur son visage, Harry comprit le pouvoir d'une chanson pour faire progresser un homme dans le cœur d'une femme. Les chansons étaient les bottes de sept lieues des histoires d'amour, songea-t-il.

Pourtant, Dido ne s'en alla pas avec Eddy. Elle resta, et la fête prit une autre tangente. Descendit rapidement la pente. À la porte de la salle de bains une demi-heure plus tard, dans un état de désespoir émerveillé, il regarderait une personne vomir dans le lavabo, une deuxième se mettre la tête dans la cuvette, une troisième dégobiller dans la baignoire. Peu de temps après, tous les affligés seraient inconscients sur le plancher du salon.

Se berçant dans sa berçante, Harry présida aux conséquences de sa propre erreur de jugement, car c'était lui qui avait ouvert la bouteille de tequila. Gwen était profondément endormie sur le sofa. Deux inconnus dormaient près d'elle sur le plancher. Eleanor, qui attendait Dido, s'était assoupie dans un fauteuil. Et Dido était assise sur le sol dans la position du lotus, éveillée, alerte, connectée.

Ils commencèrent la conversation que Harry se rappellerait chaque fois qu'il essaierait de comprendre Dido et ce qu'il lui était arrivé. Si seulement il avait dit autre chose, s'il l'avait mise en garde, s'il lui avait offert un autre point de vue sur elle-même, il l'aurait peut-être sauvée à temps, qui sait. Il était 3 heures du matin et le soleil levant posait sa lumière rosée sur les cendriers, les bouteilles, les verres, les corps. Dido lui demanda ce qu'il pensait d'Eddy, ce qu'il savait de lui. À ce moment-là, Harry était trop occupé à suivre le passage de la lumière sur la peau de Dido, il avait si peu envie de réfléchir à quoi ou qui que ce soit d'autre qu'il se contenta de répondre qu'il connaissait à peine ce type. Dido insista, elle voulait savoir si, à son avis, Eddy travaillait bien. Il dut alors admettre que oui, il précisa qu'Andrew McNab considérait Eddy comme le meilleur technicien de radio qu'il eût jamais eu. Une expression de plaisir éclaira et détendit le visage de Dido. À voir son expression — l'air de savourer ce qu'elle avait voulu entendre, sans peut-être même savoir que c'était ça —, Harry comprit que Dido révélait quelque chose d'elle-même : elle disait que sa relation avec Eddy était sérieuse. Sur un ton acide, il ajouta donc que, juste à voir comment il refusait toute boisson plus forte que le Pepsi, Eddy était manifestement un ivrogne converti. Elle sourit. « Savais-tu qu'il avait combattu au Viêt-Nam ? » Harry hocha la tête. Il le savait.

Silence. Puis Harry se releva, demanda à Dido ce qu'elle voulait entendre, et elle répondit que le disque précédent avait été un bon choix, qu'elle était curieuse de voir ce qu'il choisirait maintenant.

C'est alors que Gwen se redressa en grognant et se frotta les yeux. Eleanor et les inconnus sur le plancher dormaient toujours.

« C'est le dernier disque que je mets cette nuit », dit Harry en cherchant la musique de cornemuse qu'il faisait jouer chaque fois qu'il voulait mettre ses invités dehors.

Dido se tourna vers Gwen. « Il ne nous dira pas ce que c'est, dit-elle. Il aime avoir un secret dans son jardin. L'ai-je dit correctement ? Harry ? »

Il la regarda.

« Je l'ai dit correctement ? »

Elle était si belle. Mais à cette heure, elle paraissait élégante, parfaite. Elle portait un chandail jaune et il se sentit vieux.

« Je dois rentrer, annonça Gwen qui chancelait sur ses pieds.

— Tu es blanche comme un linge, s'écria Dido en la suivant vers la sortie. Attends. Ton lacet est défait. »

Gwen s'assit alors sur une chaise et, tendrement, Dido noua son lacet, comme elle l'aurait fait pour un enfant.

Au cours de l'été, des pas dans la neige furent diffusés sur les ondes. Jim Murphy avait montré à Gwen comment reproduire le son en pétrissant de la fécule de maïs dans un sac de plastique. Et comment créer le bruit des vagues de l'océan en secouant le contenu d'une bouteille d'eau chaude. D'habitude, elle était seule dans la station quand elle s'amusait à diffuser ses effets sonores, mais parfois Eddy restait dans la discothèque jusqu'au départ de Gwen à 1 heure du matin. Il avait lui aussi la clé de la station et, à l'occasion, elle partait avant lui, lui laissant le soin de fermer.

« Ce n'est pas grave de se tromper, lui dit-il un soir qu'elle s'était excusée auprès des auditeurs après avoir bafouillé en identifiant la station. L'important, c'est de se reprendre. »

Si elle avait reçu cinq cents pour chaque sourire d'Eddy, sa fortune se chiffrerait maintenant à dix cents. Honteuse, elle hocha la tête. Elle préférait la façon dont Harry avait exprimé la même chose. *J'ai appris que commettre une erreur peut nous permettre d'avancer.* Ce conseil donnait à Gwen une voie à suivre. À sa façon, Eddy était parvenu à échanger une forme de stress contre une autre.

Il s'appuya au chambranle, un roman de Faulkner, en format de poche, sous son bras, un stylo à la main. Il lui apportait souvent des disques ; les faisant glisser de leurs pochettes, il initiait Gwen à la musique de Lester Young, Dexter Gordon, John Fahey, Sarah Vaughan. Avec Eddy, elle se sentait toujours plus jeune que son âge. Non pas *détestée*, comme elle l'avait dit à Ralph, mais considérée avec mépris, un mépris trop intense. Juste examinée en passant, puis rejetée. Parfois, Eddy répondait à ses questions, et parfois non.

«Harry aussi est amoureux de Dido, dit-elle bravement, curieuse de voir sa réaction.

— Harry n'est pas assez bon pour elle.

— Tu l'es, toi?»

Il avait une façon de faire agressivement cliqueter la pince de son stylo avec l'ongle de son pouce.

«Pourquoi tu ne demandes pas si elle est assez bonne pour moi?»

Quelque chose dans son attitude n'était pas sans rappeler le frère de Gwen. Il n'était jamais sage de l'affronter. Il n'avait pas de repos avant d'avoir gagné son point; quand il y était parvenu, il s'adoucissait. D'innombrables, oui, d'innombrables fois, Gwen s'était sentie engloutie par la personnalité énergique de son frère, l'indifférence qu'il lui manifestait en général, le plaisir qu'elle lui causait parfois — mais comment? C'était plus difficile de respirer, parce qu'elle respirait son air.

«Et comment se sent-on avec un patron de troisième ordre? lui demanda Eddy, toujours à la porte.

— Deuxième ordre, rétorqua-t-elle, puis elle fut obligée de rire parce qu'elle était loin d'avoir pris la défense de Harry.

— Non. Troisième.»

Il ne cédait pas un pouce, ni à Harry ni à l'humour. Puis, il s'approcha et se mit à lui caresser la nuque.

«Détends-toi, ordonna-t-il, directement derrière elle, la massant avec ses deux mains. *Détends-toi.*»

Ses doigts s'enfonçaient dans le cou de Gwen, lui faisaient mal. Elle le laissa la tester. C'était du moins ainsi qu'elle se sentait.

«J'ai un disque fantastique pour toi, dit-il.

— Quoi?

— Parfait pour ton émission.

— Vas-tu me le dire? Ou suis-je censée deviner?

— Promets-moi de le faire tourner. »

Il s'agissait de *King of Blue*, un disque de Miles Davis, jazz mélodique décontracté, à jamais gâché par la sensation des doigts d'Eddy s'enfonçant dans sa nuque.

Quelques jours plus tard, Gwen se rendit au dépotoir de la ville près de l'aéroport afin d'enregistrer le vocabulaire élaboré des corbeaux locaux, leurs croassements rauques, leurs cliquetis, hoquets et gargouillements, leurs *toc, croa, cou-ou-couc* et *couarc* métalliques. Elle découvrit ainsi comment éviter les bruits du vent qui gâchaient les sons clairs qu'elle recherchait. Elle aperçut un vieux parapluie sur un tas de chaussures. Elle le maintint ouvert devant son microphone et cela fonctionna comme un charme, le vent était vaincu sans que soient bloqués les croassements bizarres et merveilleux, ou les vigoureux battements d'ailes au-dessus de sa tête.

Eddy apparut pendant qu'elle était là et, comme il ne semblait pas vouloir se débarrasser de quoi que ce soit, elle lui demanda ce qu'il cherchait. Il ne se donna pas la peine de répondre. Elle changea de tactique.

« Ça ne te dérange pas ? » demanda-t-elle en allumant son appareil pour enregistrer le bruit sec de leurs pas sur le sol. Elle dirigea ensuite le micro vers la bouche d'Eddy. « Qu'est-ce qui t'amène au dépotoir ? » demanda-t-elle. Il fronça les sourcils, puis il lui dit qu'il cherchait des rayons de vélo. On pouvait meubler une maison entière avec ce qui était jeté dans ce dépotoir, continua-t-il. Il avait trouvé des châssis de fenêtre et des vitres intactes, des portes, des étagères et des armoires de cuisine en parfait état. Il avait trouvé des appareils de radio et de télévision, des appareils photo — un excellent appareil qu'il avait réparé en une heure.

«Les gens sont chaque jour de plus en plus stupides. Avant, chaque petite ville avait son réparateur qui gagnait bien sa vie à rafistoler les objets brisés ; à présent, quand une chose se casse, on la jette aux ordures, dit-il en agitant la main vers le dépotoir. Ça me serait égal qu'on mette tous les dirigeants de compagnie en prison.

— Tu veux être différent, dit Gwen.

— Je *suis* différent. Tu veux savoir comment je vois l'avenir ? Je vois une poignée de gens. Quelques survivants. Les Dénés s'en sortiront. Les cultures indigènes. Elles ont conservé leurs aptitudes de base. Mais le reste de la société ? Dans la cuvette des toilettes. »

Les corbeaux croassèrent et Gwen sourit.

«Ai-je fini par rencontrer quelqu'un de plus pingre que ma mère ? »

Elle vit son visage se figer. Il n'aimait pas le mot *pingre*. Sa mère non plus ne l'aimait pas.

Gwen rapporta la bande à la station et fignola un court morceau qui débutait par les corbeaux bavards à la voix enrouée, se poursuivait avec les propos cinglants d'Eddy et se terminait par ce qu'évoquait pour elle la vue du dépotoir : un naufrage sur terre. La station était devenue son atelier, elle ne lui rappelait pas seulement l'arrière-boutique de la bijouterie familiale, mais aussi un terrain de camping, car tout ce dont elle avait besoin se trouvait à la portée de la main. En ondes, dans la lumière tamisée de la cabine, elle allait vers les maisons avec sa voix, le long de chemins couverts de feuilles, sous la voûte des arbres, et personne ne s'occupait d'elle. Les auditeurs en pyjama empruntaient le sentier devant la pompe à eau, se rendaient jusqu'aux toilettes grillagées, où des insectes à longues pattes passaient la nuit sur les murs et le plafond, autour des lampes, battant des ailes devant la moustiquaire.

❖

Gwen avait changé et tout le monde le remarqua. Cette fille était parvenue à lacer la chaussure souple de sa voix. Elle s'exprimait maintenant avec plus d'assurance, moins près du micro. Sa voix plongeait de façon moins déplorable à la fin de chaque phrase.

Un soir, vers la fin de juillet, Harry apparut à la porte de la cabine de l'annonceur. «Je t'ai écoutée, dit-il. Tu t'améliores.»

Elle le fixa, l'air sceptique.

«Il y a une nouvelle chaleur dans ta voix, Gwen.

— J'ai toujours préféré le froid. Merci quand même, Harry.»

À le voir aussi soudainement, elle eut un peu mal, comme elle avait mal aux dents après avoir passé la soie dentaire.

Il était venu lui dire qu'un vétéran de la radio arriverait de Toronto la semaine suivante pour donner un atelier de formation de six jours. Un de ses bons amis, un animateur d'expérience. Abe Lamont. Harry l'avait persuadé de renoncer à une semaine de congé pour le bien de la radiodiffusion dans le nord. De longues heures pour elle, dit-il, à travailler le soir comme d'habitude et à suivre les ateliers pendant la journée. Mais c'était une occasion en or. Elle allait bien et ne pourrait que s'améliorer.

«Harry?»

Il l'observait, assise de côté à la console, le cou rentré dans ses épaules comme un enfant à l'école juste avant un examen. Il y avait longtemps qu'il n'avait pas pensé à l'école et cela lui revenait maintenant, tous les doutes et les vulnérabilités de son enfance, qui semblaient faire un avec ses sentiments à l'égard de Dido.

«Quoi?

— Tu as dit que pour être bon, il fallait avoir peur. Mais je m'améliore parce que j'ai moins peur.»

Elle se redressa un peu et ses épaules baissèrent d'un pouce.

Il prit la chaise libre. Gwen contrôlait le réseau, faisait les pauses horaires de la station, ils avaient tout le temps voulu pour parler. «Tu me donnes envie de retourner en arrière et de tout recommencer», dit-il d'un air embarrassé.

Et, à la grande surprise de Gwen, la peau rosit un peu autour des yeux de Harry, comme lorsqu'on parle en bien d'une personne décédée. Aux funérailles de sa mère, Gwen avait remarqué ceci: les émotions profondes se traduisent en rouge et en bleu, et en un mouvement traversant le visage. Le ton de la peau de Harry changea, la zone autour de ses yeux rougit, le reste de son visage pâlit, bleuit. Ses yeux devinrent tout à coup trop brillants.

«T'ai-je dit que c'est ici que j'ai commencé? demanda-t-il en jetant un regard circulaire à la cabine. L'horloge est différente. Tout le reste est à peu près demeuré inchangé.»

Puis il la regarda de nouveau. Les larmes potentielles, la couleur avaient disparu.

«Harry, dit-elle sur un ton sincère, curieux, as-tu déjà envisagé la possibilité de retourner faire de la radio à Toronto?

— Ils ne veulent pas de moi.

— Impossible.

— Ils ne veulent plus rien avoir à faire avec moi, Gwen. Crois-moi sur parole.»

Ce soir-là, elle fit jouer une chanson triste d'Emmylou Harris. À la fin, elle dit: «C'était si beau. Écoutons-la encore une fois.»

Et le juge Berger l'appela sans crier gare pour la remercier.

Il accepta de passer en ondes un instant, et Gwen le présenta comme le Grand Auditeur. Elle lui demanda ce qu'il faisait pendant ses temps libres, et il avoua être allé voir *Shampoo* au cinéma Capitol. Warren Beatty y exposait toutes les embûches auxquelles s'exposait un certain type de mâle. «Un très bon film, vraiment», conclut-il avec un rire extraordinairement amusé.

À certaines occasions au cours de cet été-là, Gwen reparla sur les ondes avec le juge Berger. C'est-à-dire qu'elle l'imaginait en train de l'écouter avec autant de sympathie qu'il écoutait les témoins des petits villages s'exprimant pour la première fois devant un micro.

Les séances de formation organisées par Harry provoquèrent un profond bouleversement dans la station, ouvrant des blessures, attisant les conflits, inspirant des ambitions et créant les alliances qui paveraient la voie qui allait le conduire à sa chute. Son vieil ami, Abe Lamont, un barbu ventripotent, s'installa à la table couverte de serge dans le studio et, le premier jour, il rencontra, un à la fois, pendant une demi-heure, chacun des membres du personnel qui travaillait sur les ondes. C'était plus facile quand on avait peu d'expérience et aucune illusion. Animateur depuis quinze ans, Jim Murphy émergea, l'air déconfit, de cette première entrevue et demanda à Dido ce que voulait dire «obtus». Dido y alla avec empressement, mais elle aussi ressortit penaude et contrariée. Abe lui avait dit que sa performance était presque trop parfaite et l'avait avertie qu'elle risquait de paraître antiseptique. *Antiseptique?* Elle se redressa et les yeux d'Abe brillèrent. Elle rejoignit Jim dans la pièce où les annonceurs avaient leur bureau et il lui dit de ne pas faire attention. Tout comme Harry, Abe Lamont prenait de l'âge. Où ils trouvaient ces gens était un mystère.

Comme la station devait continuer de fonctionner, les employés s'organisèrent pour que leurs séances avec Abe aient lieu aux alentours de leurs heures de travail normales. Gwen se présenta à midi. Elle lut le texte qu'il lui tendit, et quand il fit rejouer sa voix, elle sentit son corps se tordre de gêne. Abe ne voulait pas de ça. C'est une discipline, lui dit-il. Passant sa main dans sa barbe, il soutint le regard de Gwen de ses yeux injectés de sang. Aucune horreur permise. Aucun dégoût de soi-mêmе. Ça n'a rien à voir avec toi personnellement, et tout avec ce que tu essaies de réaliser. Si tu veux être professionnelle, lui dit-il, tu dois t'écouter d'une manière détachée et t'efforcer de corriger tes erreurs. Il lui demanda de relire la page avec toute l'énergie et la passion qu'elle pouvait démontrer. «Tu n'en feras jamais trop, ajouta-t-il. Ce n'est pas dans ta nature.»

Pour les hommes, les directives furent différentes. Je vais retirer une octave de ta voix, leur dit-il. Mets ta tête entre tes genoux. Ouvre la bouche. Commences-tu à somnoler? Quand tu somnoleras, redresse-toi et on aura l'impression que tu as une couille de plus. Maintenant, on va enregistrer la dernière syllabe du temps. On veut un peu de bruit et de fureur.

Mais ils se virent tous confier la même tâche. Allez sur le terrain, comme il appelait le monde, enregistrez une bande, montez-la, écrivez une introduction, présentez-la moi. Pas plus de dix minutes.

Gwen se dirigeait vers le bureau de poste dans l'intention de demander aux gens quelles lettres ils craignaient de recevoir, mais en chemin elle aperçut Lorna Dargabble assise sur les marches de sa maison, qui riait aux éclats. Gwen remonta l'allée, son enregistreuse allumée, mais elle comprit bientôt que Lorna ne riait pas, mais qu'elle pleurait à chaudes larmes, et elle éteignit son appareil. Elle s'assit à côté de la femme éplorée, qui prit sa main, la tâta et la pétrit comme elle l'aurait fait avec une couture — comme elle le faisait avec une couture. Son sofa effiloché sauta aux yeux de Gwen quand elle traversa le salon pour aller chercher une tasse de café.

«Tu sais, ma chère, tu serais belle si tu faisais un petit effort, déclara tristement Lorna. Descends avec moi et je vais te couper les cheveux.»

Mme Dargabble avait un salon de coiffure dans une moitié de son sous-sol et, non, cela ne la dérangeait pas si Gwen enregistrait les coups de ciseaux et les commentaires.

« Ma chère petite, tous tes vêtements sont bruns. De quoi as-tu peur ? Avec un teint pareil, tu dois porter du bleu, du lavande, du blanc cassé. Montre un peu de caractère.

— Vous voulez dire faire le saut ? demanda Gwen en souriant, repensant au conseil que lui avait donné la vieille dame.

— Je veux dire *bondir*. Et commence par m'appeler Lorna. »

À côté de l'espace occupé par la chaise, l'évier, le miroir et les étagères, Gwen vit un cabinet semblable à celui de son enfance. À l'intérieur, une radio avec son gros haut-parleur doré et un tourne-disque avec une étagère profonde pour accueillir les albums. Lorna lui avoua qu'elle venait là pour écouter de la musique et être seule. « Mais tu ferais mieux d'éteindre ce machin », dit-elle, et, une fois de plus, Gwen appuya sur PAUSE. Lorna lui confia alors qu'elle avait possédé des douzaines de disques jusqu'au jour où, pris d'une rage éthylique, il les avait brisés. Son mari. Désespérée, elle regarda autour d'elle. Le sous-sol contenait également des piles de caisses de dossiers financiers — une piste de papier notée avec soin, dit-elle. Toutes ses dépenses et tous les revenus accumulés pendant ce deuxième mariage qui la détruisait.

« Il mettra la main sur tout ce qu'il pourra, dit-elle.

— J'ai l'impression que vous avez peut-être fait le saut dans le mauvais mariage », suggéra doucement Gwen, sur un ton qui en disait long.

Elle était assise sur un tabouret rembourré devant un miroir, une cape de plastique sur les épaules.

Lorna saisit ses longs ciseaux.

« *Touché**, ma chère. Rappelle-toi juste qu'il existe des choses pires que la solitude et tu ne commettras pas d'erreur. Mais l'hiver ici fait des choses terribles aux gens. Tu le découvriras. L'hiver laisse une marque tenace, ma chère, ajouta la vieille dame en reprenant son accent bostonnien, et Gwen crut entendre "maque tanace". Tu découvriras que, tout compte fait, tu es moins forte que tu le pensais.

— J'ai hâte à l'hiver.

— Moins forte, et c'est un fait. »

Lorna respirait laborieusement et elle s'arrêta au milieu d'un coup de ciseaux pour dire qu'elle avait appris quelque chose de pire encore, de pire. « Mais écoutons de la musique. » Elle alla mettre un des disques qu'il lui restait sur le tourne-disque, puis retourna à ses pensées. « C'est une chose terrible. Mais même les gens les plus gentils sont corrompus par ceux qui leur tiennent compagnie. »

Gwen devina que Lorna parlait du mariage en général et de son mari en particulier.

« Ce que je veux dire, continua-t-elle, c'est que si tu mets un oignon à côté du beurre, alors ton beurre goûtera l'oignon.

— Vous parlez de votre mari oignon.

— Oui, répondit Lorna en riant. Mon oignon mari. »

Mais c'était maintenant Brahms qui la faisait pleurer.

Gwen écouta, elle aussi, moins émue par la musique que par l'effet qu'elle produisait sur son amie. Dans le miroir, le vieux menton de Lorna se mit à trembloter et à travailler comme une petite machine d'émotion, de façon indépendante et alarmante, tous ses pistons en feu. Ensuite, les larmes ruisselèrent sur ses joues. Elle s'arrêta pour éponger ses yeux avec une serviette et se moucher. La triste lourdeur de son visage évoqua pour Gwen un glaçage épais mal appliqué sur un gâteau et consolidé avec des restes raidis au fond du bol. Elle se leva et prit Lorna dans ses bras. Lorna lui rendit son étreinte et recommença à couper.

Une demi-heure plus tard, Gwen se regarda dans le miroir et se demanda : *Est-ce vraiment moi ?* Lorna avait taillé et relevé ses cheveux de façon à élargir son petit visage, le rendre plus joli.

Lorna ouvrit un placard et en sortit des vêtements. «Avant, j'étais aussi maigre que toi. Essaie-les. Je t'ai dit que j'avais été couturière.»

À la surprise de Gwen, il s'agissait de vêtements de coton et de lin d'une coupe simple, blancs, crème, bleus et brun chocolat. Une robe droite, quelques pantalons, des tuniques avec des poches. Elle jeta un nouveau coup d'œil dans le miroir : nouveaux habits, nouvelles couleurs, nouvelle coupe de cheveux — et ne put détacher les yeux de son reflet.

Une heure plus tard, Gwen s'approcha de la porte du bureau des animateurs, s'attarda un instant, gênée soudain. Elle aperçut Dido absorbée dans une conversation avec Harry et Jim, mais Dido leva les yeux et siffla. Les deux autres se tournèrent et Harry s'écria : «Oh! non!

— Ne l'écoute pas, dit Dido.

— Qu'est-ce que tu as fait?»

Harry porta les mains à ses oreilles pour montrer ses cheveux, mais il jouait la comédie, il exagérait.

Dido examina Gwen devant et derrière. «Une très grande amélioration», déclara-t-elle sur un ton résolu.

Et c'était vrai. Mais quelque chose chez Gwen lui tomberait sur les nerfs pendant les jours suivants. Dido avait vu ce genre de filles dans ses classes quand elle était enseignante remplaçante, des filles au visage frais s'efforçant trop fort de réussir, feignant la surprise quand elles obtenaient de bonnes notes, pas du tout malignes. Des filles plus ambitieuses qu'elles ne le laissaient jamais paraître ou qu'elles ne l'avaient peut-être jamais réalisé.

La froideur de Dido prit Gwen au dépourvu, car elle ignorait ce qu'elle avait fait de mal. Elle avait peut-être seulement été elle-même. Tout le monde pouvait s'en fatiguer, pensa-t-elle. Il lui faudrait beaucoup de temps avant de comprendre que Dido et elle étaient enfermées dans un de ces malentendus personnels qui n'ont ni entrée ni sortie.

Plus tard le même après-midi, à la fin de ce premier jour de leur formation, ils allèrent tous au Strange Range et s'installèrent à une table d'angle. Harry dit à Gwen qu'il avait connu sa coiffeuse quand elle s'appelait encore Lorna Palliser. «Doug Palliser faisait du bénévolat à la station. Un type formidable. Il passait les rapides sur la rivière Back quand son canot a chaviré et qu'il s'est noyé. Depuis, Lorna est comme une âme en peine.»

Abe Lamont, l'homme aux pipes dorées et aux opinions caustiques, disserta — premièrement sur l'époque où il avait produit l'émission de Harry à la télévision, puis sur son retour à l'animation radio. La semaine qu'il passait là était une faveur qu'il faisait à Harry, dit-il, bien qu'il eût déjà donné des formations, il n'était pas un néophyte ; il était allé dans d'autres stations et il avait entraîné le personnel, montré aux employés à écrire, à performer, à interviewer, à monter : bref, les aptitudes nécessaires à la radio. Puis, après avoir établi ses crédits, Abe cessa de parler de la radio. Il dit qu'il avait fini par voir *Le dernier tango à Paris* après avoir manqué le film à sa sortie. Un très grand film. Il fallait qu'ils le voient s'ils en avaient un jour l'occasion.

«Un grand film quand on aime le sordide», rétorqua Dido, qui ne l'avait pas vu et qui reculerait, horrifiée, si elle le voyait. Elle tournait la grosse montre à son gros poignet en la faisant inconsciemment cliqueter contre la table. Assise à sa droite, Gwen écoutait.

«Je ne l'ai pas trouvé sordide», dit-elle posément.

Les autres la regardèrent avec étonnement, mais elle n'ajouta rien.

«Continue», dit Harry.

Elle hésita une seconde, rassemblant ses pensées.

« Je ne l'ai pas trouvé sordide, répéta-t-elle, juste intéressant et très triste. On comprend pourquoi elle lui tire dessus à la fin. Il n'aurait pas lâché prise. »

Elle avait trouvé le film profondément troublant, mais enchanteur. Elle ne savait pas si elle l'avait pleinement compris. Le film était triste, mais elle pensait qu'il serait encore plus triste de ne jamais connaître cette sorte d'amour qui engloutissait tout. Elle avait presque vingt-cinq ans. Elle se demandait si cela arriverait un jour, si elle serait un jour passionnément amoureuse de quelqu'un qui éprouverait pour elle la même passion.

Une pause pendant laquelle Harry croisa le regard d'Abe et vit Gwen monter dans l'estime de ce dernier. Puis Harry se leva. Après avoir rappelé à Gwen que son quart de travail commencerait dans quarante minutes, il se dirigea vers la sortie. Jim Murphy marmonna quelque chose à propos de sa femme sur le sentier de la guerre et sortit à son tour.

Les autres regardèrent les deux hommes se frayer un chemin entre les tables. Dido tendit la main et posa un doigt sur le bras d'Abe.

« Alors, comment as-tu connu Harry ?

— On était ensemble à l'école secondaire.

— Comme ça, tu peux nous dire quel genre d'homme il est vraiment. »

Elle mit ses coudes sur la table et sourit. Gwen se pencha en avant.

La masse d'Abe Lamont débordait de sa chaise, sa barbe doublait la taille de son visage et donnait à sa main un endroit où s'enfouir pendant qu'il cherchait comment répondre à cette femme splendide, ombrageuse, qui n'était pas sans ressembler à l'ex-femme de Harry. Evelyn Boyd avait, elle aussi, les cheveux noirs, elle était autoritaire et elle était bien roulée.

« C'est un coupeur fantastique, un monteur extraordinaire. Meilleur monteur que personnalité de la télé. Nous avons fait une série sur l'histoire du jazz ensemble et je me rappelle avec quelle élégance il a coupé du "oui" de la page trois au début de la page sept, et relié les deux parties en insérant un "mais". Évidemment, il fonctionne mieux quand il en est au troisième double scotch — et à trois il est encore parfaitement sobre, mais ça le rend irritable.

— Il n'est pas irritable avec *moi*, dit Dido.

— Non, répondit Abe en lui jetant un regard appréciateur, il ne doit pas être irritable avec toi.

— Je trouve difficile d'imaginer comment étaient ses femmes, reprit Dido après un silence.

— Il n'a eu qu'une femme. Elle était plutôt bien.

— Oh! Abe, dit-elle d'une voix basse et cassante, tu peux faire mieux que ça. »

Les paroles de Dido lui arrachèrent un sourire contraint — pour un homme qui se préoccupait si peu du reste de sa personne, il avait de bonnes dents, songea-t-elle. Prenez soin de vos dents, leur avait-il conseillé plus tôt ce jour-là : de fausses dents mettront fin à votre carrière sur les ondes.

« Tu m'en veux, dit-il. Il ne faut pas.

— Suis-je fâchée?

— À la fin de la semaine, tu comprendras la valeur de ce que je fais. Fais-moi confiance.

— J'essaie seulement d'apprendre des choses sur Harry », répondit-elle avec un petit sourire amer.

Il prit une autre gorgée de bière, puis essuya sa bouche et sa barbe du tranchant de sa main. Elle n'était pas capable d'accepter la critique, pensa-t-il, et c'était dommage.

« Harry est le fils d'un pasteur, dit-il. Un fils du presbytère. C'est donc un homme compliqué bourré de complexes. Il est brillant, orgueilleux et susceptible. Ils ont dit qu'il avait besoin d'un coanimateur à la télé, et il a refusé. Il a répondu que les coanimateurs, ça ne fonctionnait pas, ils se parlaient l'un à l'autre plutôt qu'au téléspectateur ou à l'auditeur. Il n'avait pas tort. Mais eux voyaient les choses autrement, et ils l'ont congédié.

— Il déteste la télévision, dit Dido.

— Il ne la comprend pas.»

Abe berçait son verre de bière vide dans sa main libre. «Il est sarcastique et condescendant quand il s'agit de la télé, de tout ce qu'il ne supporte pas.»

Selon Abe, Harry ne se montrait pas raisonnable au sujet de la télévision. Un homme plus brillant — non, pas plus brillant, Harry était brillant —, un homme plus *sage* et moins vulnérable n'aurait pas fait une affaire personnelle de son échec à la télé et ne se serait pas mis à peindre tout le média avec le même pinceau rancunier.

«En fait, dit Dido en choisissant soigneusement ses mots, Harry est ce que j'appellerais un anachronisme.

— Un anachronisme?

— Tu aimes les grands mots, rétorqua-t-elle, pas pressée de lui pardonner *antiseptique*, sans parler d'*obtus*. Je suis certaine que tu connais le sens d'anachronisme.»

Ils étaient dans une impasse jusqu'à l'intervention de Gwen. «Je pense que Harry est *timide*», dit-elle d'une voix étrangement émue.

Abe hocha la tête, l'air content. «Tu as raison. J'étais timide, moi aussi.»

Le mot créa un lien entre eux, une identification, un intérêt profond. Timide. Pour Gwen, c'était un petit mot précis et puissant, comme air, comme terreau, roc, sable, argile, marne, vase, boue, un de ces blocs fondamentaux qui avaient fait le monde dans lequel elle vivait. Un vieux mot, magnifiquement adapté à ce qu'il décrivait. Qui voulait dire se cacher de soi-même et des autres, de la vie même.

Abe déclara être devenu timide à dix-sept ans et il se rappelait le moment exact. Debout à côté d'une voiture orangée garée dans la rue, il avait jeté un coup d'œil à sa maison quand il avait éprouvé une vague de timidité suivie d'une vague de cafard. Ce qui l'avait submergé était exactement le contraire de ce que c'était — l'extase joyeuse — qui avait envahi le triste Proust quand il avait goûté sa madeleine et retrouvé son passé.

Gwen avait les yeux rivés sur son visage. Elle voulut savoir de quel genre de timidité il parlait. Avait-il l'impression que tout le monde le regardait?

«Non. J'étais seul dans la rue. Je me suis juste senti tout à coup médiocre et nul. Un gars sans avenir.»

Dits de la belle voix radiophonique d'Abe, ces mots semblaient encore plus singuliers.

Gwen essayait de mettre le doigt sur le même changement qui s'était produit en elle. Dans son cas, la timidité était arrivée avec la puberté et avait mis un terme à son enfance insouciante. Après cela, tout était devenu difficile: parler, être avec des gens, être dans le monde. «Selon ma mère, j'étais bruyante et turbulente quand j'étais petite. Je sais que c'est difficile à croire.

— Je ne le crois pas, dit Dido.

— Moi, oui, dit Abe. J'étais comme ça. Grégaire et raisonnablement sûr de moi. Mais ensuite, tout a changé. Pour commencer, j'évitais les gens et ils le prenaient mal.

— Peut-on le prendre *bien*?»

Le mot *timide* restait aussi sur le cœur de Dido. Qu'est-ce qu'il signifiait vraiment? Tout le monde était timide de temps en temps. Mais ces deux-là — Gwen et ce gros soûlon d'Abe Lamont — avaient l'air d'être sur la même confortable longueur d'onde à ce propos.

« Sauf Harry, reprit-il, ignorant le sarcasme. Nous avons commencé à marcher ensemble pour aller à l'école. Il ne parlait pas et moi non plus.

— Et vous avez tous deux fini à la radio, dit Gwen.

— Harry avait une tête formidable pour la radio », plaisanta Abe.

Très bonne réplique. Désormais, Gwen l'utiliserait. *J'ai une tête formidable pour la radio.*

« Tu apprends à être invisible, poursuivit Abe. Tu contrôles l'entrevue, tu poses les questions, tu dis quand c'est fini. Le milieu du théâtre est plein de gens comme ça. Des introvertis extravertis. »

Dido mordillait l'ongle de son pouce. « C'est différent. Sur scène, tu te perds dans un rôle. À la radio, tu dois être toi-même.

— C'est encore une performance, Dido, répondit Abe en se penchant en arrière. Tu ne peux pas être juste toi-même à la radio.

— Je croyais que c'était ce à quoi tout le monde aspirait.

— Non. Tu essaies d'être *presque* toi-même. Vois-tu la différence ? Tu donnes une performance en jouant ton propre rôle.

— Ce n'est pas toi, dit Gwen, pensant à voix haute, retournant cela dans sa tête.

— C'est presque toi », dit Abe.

Ce soir-là, Gwen parlait au téléphone avec le centre de la météo de l'aéroport, rassemblant les informations, quand Eddy passa la tête dans la cabine. D'une certaine façon, ses traits anguleux et sa bouche semblaient particulièrement durs. Il voulait savoir si elle avait vu Dido.

« Elle était au Gold Range quand je suis partie. »

Sans dire un mot, il tourna les talons et elle supposa qu'il était parti pour le reste de la nuit.

Plus tard, Harry fit son apparition. Il fit semblant de barricader la porte de la cabine avec une chaise, comme s'il cherchait un refuge contre tous les cinglés qui le pourchassaient, et Gwen se sentit agréablement flattée.

« Abe m'a dit qu'avant il était timide et que tu l'étais aussi.

— Ça ne peut pas t'étonner, *toi.* »

On aurait dit un compliment. Elle aussi vérifiait les recoins, ou derrière les portes, comme Harry venait de le faire.

« Au fond, nous avons peur des gens, toi et moi, dit-il en se laissant tomber sur la seule autre chaise. Ou peut-être qu'intimidés serait un meilleur mot. »

Pas un compliment, donc.

Eddy réapparut à ce moment-là — il entra dans la régie, n'ayant finalement pas quitté la station. À travers la vitre, ils le virent enlever son blouson de cuir noir et le draper sur le dossier d'une chaise.

« Eddy n'est pas le genre de gars qui pourrait m'intimider », dit Harry.

Eddy était absorbé par l'équipement, il enregistrait quelque chose à partir du réseau. Ils apercevaient son dos maigre et musclé. C'était un homme de contrôle, qui faisait fonctionner les choses, vous défiait de le contredire, silencieux d'une manière qui faisait paraître idiot tout ce que vous disiez. Une fois, à la fin de la soirée, Gwen l'avait vu dans la régie prendre sa chaise pivotante et la lancer contre le mur. C'était davantage l'impact que le bruit qui lui avait fait lever la tête. Quelque chose l'avait rendu furieux. Mais quand elle lui avait demandé plus tard de quoi il s'agissait, il avait haussé les épaules et répondu qu'il cherchait juste un autre effet sonore — si jamais tu veux le bruit d'une porte d'acier qui claque, c'est comme ça qu'on l'obtient.

« Le mâle dominant, dit Harry. Qu'est-ce qu'il fait ici à cette heure ?

— Il est souvent ici. Je pense qu'il ne dort jamais. »

Eddy les vit alors et les regarda un moment, le visage inexpressif, puis il retourna à ce qu'il était en train de faire.

« Défoncé, murmura Harry.

— Je le croyais parti. Il cherchait Dido tout à l'heure.

— Le couple mystère », dit Harry, et sa voix était si morne, si défaite que Gwen ne sut que répondre.

Puis Harry se secoua et retrouva quelque peu sa bonne humeur. Il dit qu'il avait eu l'autorisation d'embaucher une femme pour présenter les nouvelles en dogrib. Teresa Lafferty remplacerait Sam aux cheveux argentés, qui s'était joint à l'équipe spéciale de journalistes couvrant à plein temps l'enquête sur le pipeline. Teresa avait grandi à Fort Rae, continua-t-il, puis elle était partie dans le sud des années plus tôt, mais elle était revenue pour les funérailles de sa mère et avait décidé de rester. Une femme d'âge mûr, dit Harry, mais un véritable boute-en-train. C'était Sam qui avait suggéré son nom, il connaissait sa famille depuis des années, et il la décrivait comme une femme brillante, consciencieuse, parlant couramment les deux langues. « Elle commence demain, comme ça, elle aussi pourra profiter des ateliers de formation d'Abe. »

Son nom au complet était Teresa Dolorosa Lafferty, le Dolorosa pour les sept douleurs de Marie. Mais Teresa n'était pas triste. Le rire avait creusé des rides dans son joli visage basané. Ses yeux disparaissaient presque dans les replis et elle avait des poches de peau brunies par le soleil. Teresa avait cinquante-trois ans, et elle se révélerait une animatrice totalement naturelle, passant de l'anglais au dogrib, s'exprimant d'une voix douce et persuasive, grave et un tantinet nasale. Elle commença par traduire les nouvelles en dogrib et les lire deux fois par jour, mais, après quelques semaines, elle présentait deux heures de propos et de musique le samedi après-midi, improvisait sans effort quand elle faisait tourner les disques, irrévérencieuse, réaliste, tout à fait humaine.

Gwen apprit tout ce qu'il y avait à savoir sur le passé de Teresa quand Abe Lamont réunit plusieurs d'entre eux autour de la table dans le studio et leur demanda de s'interviewer mutuellement. Pensez à la meilleure première question, leur dit-il. Demandez quelque chose qui donnera aux auditeurs l'envie d'*attendre* pour connaître la réponse.

Gwen regarda cette femme vibrante, indépendante, et lui demanda de se décrire à vingt et un ans. Teresa fut aussitôt en joie. Elle éclata de rire. Elle avait célébré son vingt et unième anniversaire dans un couvent, répondit-elle en secouant la tête. Inspirées par le prêtre local, elle et Audrey, sa sœur aînée, étaient entrées en même temps, mais sa sœur était restée plus longtemps. «Enfants, nous récitions cinquante chapelets chacune à tour de rôle. Audrey voulait absolument que nous étendions nos bras, comme Jésus sur la croix. Alors nous restions debout, les bras en croix, le temps de réciter cent chapelets. Pour commencer, nos mains devenaient engourdies, puis nos bras, puis nos épaules. Je devais me mettre dans un état de saint détachement», conclut-elle en riant, prenant pleinement plaisir à raconter cette histoire.

Teresa roulait ses cigarettes avec du tabac Player's et elle fumait en parlant ; le papier adhérait à ses lèvres comme de petites peaux qu'on essaie d'arracher. Des cheveux courts et noirs sans une trace de gris, un jean bleu pâle, une chemise blanche repassée. Gwen admirait son incroyable légèreté, son habileté à monter dans un septième ciel de plaisir à taquiner et à être taquinée, sa façon d'atténuer les commentaires excessifs de quiconque. Teresa ne se sentit pas offensée quand Abe lui dit que ses talents de lectrice étaient douteux. « Douteux ? » s'esclaffa-t-elle. Non pas qu'elle eût la couenne dure, mais à cause de cette légèreté, pensa Gwen. Un ballon, aimable et serein, qui flottait dans les airs et que les petites personnes nerveuses autour ne pouvaient faire descendre.

Sous le regard d'Abe, Gwen s'exerça à interviewer, et elle obtint une avalanche d'anecdotes. Teresa lui parla de l'époque où elle enseignait à Old Crow, au Yukon, dans une réserve autochtone de Saskatchewan, de celle où elle gérait un restaurant au bord de la route ; là, elle avait été dénoncée parce qu'elle vendait de la marijuana et avait passé trois mois en prison. D'abord à Regina, dans une cellule de détention temporaire — une couchette avec un matelas crasseux et une mince couverture qu'elle avait placée de façon à ce que son visage ne touche pas le matelas, traumatisée et grelottant de froid. « Michelle, encore une enfant, est arrivée à minuit, accusée de meurtre », dit-elle. Afin d'échapper aux insultes de la police, à l'humiliation, elle s'était alors « retirée dans la lune », une version du même saint détachement qui lui avait permis d'accomplir des marathons de centaines de chapelets.

C'est en prison qu'elle était devenue membre d'un cercle de guérison autochtone. « Et ç'a tout changé. J'ai alors renoncé à ma vie de reproches. Tu avoues tes erreurs, dit-elle, tu déclares tes bonnes qualités, et tu ne restes pas coincée. Tu te déplaces autour de la roue de la vie, d'un niveau au suivant, du niveau émotif au spirituel, et ce faisant, tu laisses de la place pour permettre à autre chose d'entrer. »

Ce soir-là, Gwen se trouvait dans la cabine de l'annonceur quand elle entendit quelqu'un appeler son nom. Elle ouvrit la porte et vit Teresa dans le couloir. Elle avait quelque chose à lui donner, un chapelet qu'elle avait trouvé en déballant des caisses dans son appartement. Gwen le glissa dans sa poche et le sortit le lendemain après-midi au café Gold Range. Eleanor, Teresa et elle y étaient allées prendre un café. Il était environ 15 heures. Dehors, le beau temps estival se poursuivait, heure après heure. Par la suite, quand Gwen repenserait à cette époque, elle aurait l'impression qu'il n'avait plu qu'une seule fois et qu'elle n'avait pas eu besoin de parapluie.

À son insu, le chapelet s'était brisé dans sa poche, et Teresa hulula. «Tu iras en enfer. Tu vas devoir acheter une grosse indulgence pour ça.»

Gwen et Eleanor éclatèrent de rire. Puis, un peu inquiète malgré elle, Gwen déposa le chapelet à plat sur la table. Elle tenta de rattacher les fils brisés, mais il manquait deux grains. «L'enfer multiplié par deux», dit Teresa.

Sous le regard de Gwen et d'Eleanor, Teresa égrena le chapelet en leur montrant comment compter dix *Je vous salue, Marie*. Quand elle arriva aux grains manquants, elle dit «Brûle en enfer» au lieu de «Je vous salue, Marie».

Les bras sur la table, Eleanor sourit en entendant la plaisanterie. Elle avoua lire la Bible depuis quelque temps. «Ça m'est venu peu à peu», dit-elle.

Gwen regarda ses yeux doux et fatigués, et Eleanor continua: «Je parle de la foi. Croire que le Christ est une source de grâce perpétuelle.»

À ces mots, Gwen retrouva son antipathie à l'égard de la religion. Comme l'antipathie d'une mite envers le cèdre, cela remplissait tout son être. «J'aimerais que le Christ n'ait pas à intervenir dans ça, grogna-t-elle. Pourquoi faut-il que le Christ personnifie la grâce?»

Eleanor baissa les yeux sur ses mains. «Parce que le Christ est une *personne*», répondit-elle. Elle savait que cela pouvait paraître simplet. Mais le christianisme n'était pas un système, c'était de personne-à-Personne.

Dido et Eddy étaient entrés pendant cette conversation, ils s'étaient installés à une table à l'avant. Teresa les aperçut. « Personne ne travaille. J'adore ça », dit-elle.

Entre des bouchées de crème glacée, elle déclara n'éprouver aucun regret en pensant aux années où elle avait été religieuse. Elle ne savait pas comment elle aurait pu apprendre autrement des concepts comme la Dévotion et le Respect. Toutes les religions avaient quelque chose à offrir. Même les Témoins de Jéhovah. Quand ils frappaient à sa porte, elle les invitait à entrer prendre une tasse de café. « La grossièreté ne fait pas partie de mon régime. »

Du coin de l'œil, elle avait observé Dido et Eddy. Quand ils se levèrent pour s'en aller, elle regarda Eddy poser sa main sur la nuque de Dido et la guider vers la porte. « Ces deux-là mijotent une attaque de train », dit-elle.

Eleanor et Gwen se tournèrent et virent le couple à travers la vitrine du restaurant. Teresa leur demanda depuis combien de temps ils étaient ensemble. Cela avait commencé en juin, répondit Eleanor. Depuis à peu près un mois, donc.

« J'ai vu d'autres couples comme eux, reprit Teresa. Il l'empêche de faire des choses et ça plaît à Dido. Il l'amènera à faire d'autres choses et cela lui plaira aussi. »

Le même après-midi, Ralph Cody se présenta à la station. Le bibliophile aux doigts tachés de nicotine échangeait des livres avec Harry. Ce jour-là, Ralph lui rendait *Le grand sommeil*, un roman dur pour une ville dure à cuire, et lui apportait un numéro du *Blackwood's Magazine*, dans lequel il lui recommandait de lire un article captivant sur Frank le bègue, le cinquième fils de Charles Dickens.

« Dickens avait sept fils, raconta Ralph d'une voix énergique, et ils l'ont tous déçu. C'étaient des velléitaires, frappés de ce que le grand homme appelait la "malédiction de la mollesse". Difficile d'imaginer pire destin, non ? Avoir pour père un génie littéraire. »

Harry avait ouvert le tiroir du bas de son bureau et en avait sorti une bouteille. À présent, Ralph et lui étaient assis à savourer le fruit de l'Écosse tandis que Ralph poursuivait l'histoire de Frank le bègue. Dickens avait essayé de guérir le garçon en lui faisant lire Shakespeare à voix haute, mais le jeune Frank grandit muet et sourd par-dessus le marché ; il finit par trouver du travail au sein de la police du Bengale ; là, il souffrit d'insolations, d'une profonde dépression et mena une vie de débauche. Des ficelles furent alors tirées, continua Ralph, et Frank arriva au Canada en 1874. Il obtint un poste dans la Police à cheval du Nord-Ouest nouvellement formée, où ses supérieurs le classèrent aussitôt comme un officier « sans promesse ». Au fil des ans, il fut témoin de plusieurs choses, dont l'effondrement des hardes de bisons et le dépérissement des Indiens qui s'ensuivit, ainsi que de certains de leurs combats les plus désespérés. À la fin, il s'en sortit plutôt bien, conclut Ralph. « Il a dit que s'il écrivait un jour un livre, il l'intitulerait *Trente ans sans bière*. »

Harry rit et regarda dans son verre. « "La malédiction de la mollesse". On croirait entendre un gestionnaire de ma connaissance. »

Passant alors du coq à l'âne, il dit à Ralph que, le samedi matin suivant, Abe Lamont ferait jouer *Mort dans la toundra* pour tous les employés intéressés, une copie des archives de la radio de Toronto. Ralph était le bienvenu. C'était la pièce radiophonique écrite par George Whalley racontant le dernier voyage de Hornby. Harry savait que Ralph avait un exemplaire de la biographie de Hornby écrite par Whalley et du journal tenu par Edgar Christian, le jeune cousin de Hornby, un journal publié en 1937 et intitulé *Unflinching*[1], un titre que Harry trouvait admirable. Il ne s'était pas trompé : Ralph avait envie de venir.

Harry agita sa grande main pour indiquer la station. « J'aurais dû les préparer à rencontrer Abe. Les avertir de ne s'attendre à aucune flatterie. Je ne sais pas gérer les egos. Je me mets les gens à dos.

— Tu as entendu des rumeurs de mécontentement ? »

Il en avait entendu. Il avait même entendu certains employés le qualifier de dictateur grano croquant. Bill Thwaite ne s'était pas donné la peine de baisser le ton. « Dommage que je ne puisse être un tout petit peu plus charmant.

— Tu es charmant, dit Ralph en hennissant de rire.

— Qui ai-je charmé ?

— Qui veux-tu charmer ? »

Harry se frotta les yeux et rajusta ses lunettes, puis il amena la conversation en terrain plus sûr. « Qu'est-ce qui t'a incité à lire le *Blackwood's Magazine* ? »

Ralph sourit et lui emboîta le pas. Dans son enfance, il n'avait pu y échapper, expliqua-t-il : toute sa famille le lisait d'une couverture à l'autre et son père entreposait tous les anciens numéros dans leur grenier, à Vancouver. Son père était tout un personnage, ajouta-t-il. C'était lui qui l'avait intéressé aux langues en lui faisant connaître l'alphabet cyrillique. Ils avaient passé des heures ensemble penchés sur des timbres, particulièrement enchantés par tout ce qui était russe.

---

1. *Unflinching* signifie « impassible », « maître de soi », « sans broncher ». (N.D.L.T.)

«Mon vieux père avait quelque chose d'un mystique. Comme les Celtes, il croyait que nous sommes faits de courants invisibles. Il disait qu'il existe des lieux "proches de l'autre monde", où l'on est plus près du monde invisible.

— Nomme-m'en un.

— L'océan. Quand on est à côté de la mer, on est en contact avec tous nos désirs et toutes nos pertes.

— Désirs et pertes, répéta Harry. Ça résume tout, on dirait.

— Dido est venue me voir, l'autre jour, dit Ralph en regardant le visage chiffonné de Harry.

— Chanceux.

— Elle voulait m'emprunter un livre.

— Un livre.

— *Rules for Radicals.* Je l'ai renvoyée chez elle avec suffisamment de lecture pour un an. Les bras pleins, chargés de livres. À lui faire mal.

— Saul Alinsky, dit Harry. Un homme intelligent.

— Ils ont formé un groupe d'étude.

— Qui ?

— Dido et Eddy. Tu sais. "Blancs inquiets opposés au pipeline et désireux d'appuyer la cause des Autochtones". Solidarité. Fraternité. Résistance. Ils m'ont demandé de me joindre à eux. »

Ils ne l'avaient pas demandé à Harry.

«Dido est une femme sérieuse. Je lui ai répondu que je n'étais pas du genre studieux.

— J'aime les femmes sérieuses », dit Harry, et, en esprit, il vit Dido et Eddy sortir de la petite maison bleue à Rainbow Valley. Comme ça, elle fait de la politique, pensa-t-il. Une deuxième pensée lui vint, et elle était amère. Pas de la politique. L'amour.

Au printemps 1926, le groupe de John Hornby, trois hommes et un canot, quitta Fort Resolution et voyagea jusqu'à Fort Reliance à l'extrémité est du Grand Lac des Esclaves. Là, il fut retardé quelque temps par la glace épaisse. Puis, par le chemin classique du portage Pike, il parvint au lac Artillery. Après cela, ce fut le silence.

Ainsi commençait *Mort dans la toundra*, une pièce radiophonique d'une heure. Une poignée d'employés était venue écouter. Dans le studio, il y avait Harry et Dido, Eleanor, Gwen et Ralph. Eddy et Abe étaient dans la régie.

Le narrateur, le merveilleux Bud Knapp, décrivit comment, deux ans plus tard, en juillet 1928, un groupe de géologues conduit par Harry Wilson se rendit en canot du Grand Lac des Esclaves à la baie d'Hudson. Ils savaient que Hornby et ses deux compagnons étaient allés dans la toundra canadienne l'été précédent dans l'intention d'y passer l'hiver comme Hornby l'avait déjà fait, que les trois hommes n'avaient pas été revus et qu'on s'inquiétait à leur sujet. Trente-cinq milles avant la jonction des rivières Hanbury et Thelon, Wilson découvrit la cabane en ruine et deux corps «apparemment cousus dans des couvertures» à droite de la porte de l'abri et, à l'intérieur, un troisième corps sur une couchette. Sur le poêle, un message leur indiqua que les documents et le journal se trouvaient à l'intérieur, dans les cendres froides, documents qui allaient permettre d'identifier les trois hommes comme étant John Hornby, Harold Adlard et Edgar Christian.

La voix de Knapp les guida ensuite vers l'enquête de la police à cheval et sa conclusion : les victimes étaient «mortes de faim et non pas des suites d'un acte criminel». Elle ramena ensuite les auditeurs au début, à l'homme au centre de l'histoire, le petit Anglais aux membres noueux, fils d'un célèbre joueur de cricket, arrivé au Canada en 1904 et tombé sous le charme de l'Arctique, ayant bientôt acquis une réputation d'endurance physique incroyable après avoir survécu alors que tout était contre lui et considérant que la toundra canadienne était « l'élément qui lui était destiné ». À l'âge de quarante-six ans, il avait décidé de faire au moins un autre voyage dans une région du monde où seules quelques rares personnes s'étaient déjà aventurées.

Voici quelques paroles solitaires, méditatives, tirées des écrits de Hornby et dites par l'acteur Alan King : « Je suis jaloux, je suppose. Jaloux de ce pays. Jaloux de tout homme qui y va sans moi. » Pour Harry, Hornby semblait irrésistible, franc, lucide. « Les arbres s'arrêtent au lac Artillery. Le bois ne se disperse pas petit à petit, il s'arrête juste à une ligne distincte qui traverse diagonalement le lac. Au delà, c'est la toundra canadienne… J'ai vu la température descendre jusqu'à 80 sous zéro. Il n'y a aucun abri, aucun poste de traite, aucun être humain. Mais en saison, quand on a de la chance, le gibier abonde… Le caribou ! Magnifique. J'en ai vu des dizaines de milliers en pleine nature et aux lieux de rencontre des rivières peu profondes. À un étroit passage à gué, ils peuvent traverser pendant des heures, trottant en une masse solide, leurs yeux luisants, et leurs drôles de grognements font trembler l'air, leurs sabots réduisent la glace en une fine poudre. Une vision unique. »

Et puis, il y avait les jeunes pensées lucides d'Edgar Christian sur ce cousin qu'il acceptait et admirait tant et qu'il appelait Jack. « Il ne parle pas beaucoup et, quand il le fait, c'est comme s'il se parlait à lui-même. » La voix d'Edgar, interprétée par Douglas Rain, était obsédante, laiteuse. *Je suis aussi en sûreté qu'une maison avec Jack.* Le garçon n'avait que dix-sept ans.

Harold Adlard, le troisième membre du groupe, avait vingt-sept ans et il les avait rejoints à Edmonton. Il mourait d'envie de voir le Grand Nord.

Les trois hommes avaient voyagé lentement en cet été 1926. Edgar ne commença à tenir vraiment son journal qu'en octobre, alors qu'ils achevaient de construire leur abri sur la rivière Thelon et envisageaient une dernière incursion à la recherche de caribou. Mais ils échouèrent dans leur effort pour trouver de la viande et l'hiver s'installa. Chevaleresque, excentrique, sûr de survivre parce qu'il avait toujours survécu, Hornby fut coupable d'avoir défié « les coutumes immémoriales du nord ; en septembre, il n'avait pas fait provision de viande pour l'hiver ». Leurs réserves de nourriture diminuèrent, puis il ne leur resta plus rien, et les trois hommes se transformèrent en Hansel sans Gretel, mourant de faim dans une cage d'hiver. Hornby avait toujours prévu écrire un livre qu'il aurait intitulé *Terre de bombance et de famine*. Les notes pour son volume à jamais inachevé prirent une couleur de tragédie. « Ma vie a consisté à trouver comment se nourrir quand il n'y a rien à manger, trouver du gibier quand il n'y en a pas, ramper sur les mains et les genoux à la recherche de nourriture quand on n'a plus la force de se tenir debout et que notre volonté de vivre a disparu… Dans la toundra canadienne, la faim est un processus intensément actif. On a plus de chance de mourir d'épuisement que de faim. Au fur et à mesure qu'on perd sa force, on devient plus méthodique et sans remords. Une sorte d'obsession à donner la chair de poule, entièrement centrée sur le besoin de nourriture qu'éprouve notre corps, et on s'attelle à la tâche d'en trouver avec l'ingéniosité d'un meurtrier résolu, plein de sang-froid. »

Maintes et maintes fois, ils chassèrent avec désespoir, en vain, et leurs jours s'écoulèrent en une succession de bliz-

zards, d'engelures, d'oisiveté forcée, de blessures, de dépérissement graduel, de courage muet. Des triomphes de maîtrise
de soi compensèrent pour les souffrances de leurs corps. Le
jeune Edgar était tout dévoué à Hornby. Hornby était aussi
généreux que téméraire, ils avaient tous deux le même courage, la même détermination, qui paraissaient inhumains,
sublimes. Hornby succomba le premier, le 16 avril. Harold
Adlard mourut ensuite, le 4 mai. Edgar Christian survécut
encore un mois, complètement seul jusqu'au début du mois
de juin. Il n'y avait toujours aucune migration d'oiseaux ou
d'animaux vers le nord et une tempête de neige dura plusieurs jours. Le 1er juin, il écrivit dans son journal pour la
dernière fois. *9 heures. Plus faible que jamais. Maintenant, le
soleil brille. Me prépare maintenant. Laissé des choses en retard.*
Il écrivit à son père, puis à sa mère. *Très chère mère. Me sens
faible maintenant. Peux seulement écrire un peu. Désolé d'avoir
attendu si longtemps. S'il te plaît, ne blâme pas mon cher Jack.*

Me prépare maintenant : cette formule laconique brisait le
cœur. Il se préparait à la mort imminente parce que Hornby
avait échoué à préserver leur vie.

La pièce de Whalley rendait cela magnifiquement.
«Parce que, en fin de compte, le récit du courage implacable
de Hornby devant le désastre dont il était, comme il devait
le savoir, lui-même responsable dépasse presque tout ce qui
peut être dit à son sujet», pensa Harry. Énigme durant sa
vie, Hornby eut, après sa mort, la chance d'avoir le meilleur
des biographes.

Pendant qu'il écoutait, Harry eut l'impression qu'ils
étaient tous tombés sous le même charme, sauf Dido, dont
il ne parvenait pas à déchiffrer l'expression fermée. Puis
il croisa son regard et son cœur se serra. Elle n'aimait pas
cette docufiction qu'il adorait, ce drame de fascination qui
se déroulait. Il tourna les yeux vers Gwen qui, comme lui,

avait entendu l'émission à sa première diffusion, et il comprit qu'elle reconnaissait certaines voix, se rappelait certaines tournures de phrases et qu'elle était de nouveau captivée par l'extraordinaire magnétisme de l'histoire.

Mais pourquoi Hornby s'était-il attardé si longtemps, si inexplicablement? Pourquoi avait-il laissé passer septembre sans faire provision de viande pour l'hiver, ce qui les amena, lui et ses compagnons, à manquer de nourriture dès le mois de novembre? Harry avait sa propre explication. Pour lui, Hornby était du même type que George Orwell. Même physiquement, ils se ressemblaient. Les deux hommes partageaient un énorme appétit pour se débrouiller à partir de rien. *Clochard à Paris et à Londres. Clochard dans l'Arctique.*

L'émission s'acheva et Harry rompit le silence par cette pensée qui eut après coup un écho: il aimerait voir l'endroit où Hornby avait trouvé la mort. Le voyage en valait la chandelle, dit-il, mettant avec désinvolture en branle les événements de l'été qui suivraient.

Tout en écoutant l'histoire de Hornby, Dido se rappelait son père. Elle était de nouveau dans leur maison où il notait des travaux scolaires tout en écoutant la radio, cessant de corriger un vers estropié de *L'Énéide* pour voguer, en esprit, vers l'Angleterre. Leur maison en était une de cartes, de livres et de sons étrangers, de café chaque soir à 20 heures, de fleurs fraîchement coupées, de réglisse salée. Son père aurait aimé cette docufiction, l'intrigue aurait séduit son esprit mélancolique. Elle regrettait qu'il n'ait pas fait davantage de sa vie. Mais ce que sa mère avait coutume de dire était vrai. Il n'avait pas un tempérament combatif. Rien ne pouvait éveiller les instincts belliqueux de cet homme doux et gentil. Sa voix ressemblait assez à celle de l'acteur qui incarnait Hornby, pensa-t-elle, le même style, le même rythme méditatif d'une personne qui semblait se tenir en dehors de la vie — une sorte de son assourdi à l'arrière-plan, comme si l'avenir faisait déjà partie du passé.

À travers la vitre, elle jeta un coup d'œil à Eddy dans la régie et sut ce qu'il pensait : c'était une bonne et belle émission à sa façon mineure. Tissé de vieilles légendes sur les gloires et les catastrophes vécues par des voyageurs anglais, ce nord-là ne l'intéressait pas. Le présent réclamait la justice et non la nostalgie pour un autre échec extravagant d'hommes blancs aveugles et incompétents. Teresa Lafferty n'était pas là. Pourquoi serait-elle venue ? En regardant tous ces visages pâles et absorbés autour d'elle, Dido se sentit comme une athée dans une église. Ces Canadiens, songea-t-elle, ces Canadiens démodés, colonisés. Elle vit Gwen porter furtivement ses doigts à ses yeux et le gentil sourire d'Eleanor, un air trop facilement, trop automatiquement approbateur s'attardant sur son visage. La barbe d'Abe Lamont pointait comme un drapeau en fourrure. Et Harry, elle le savait sans même le regarder, Harry l'observait, mesurait ses réactions, voulait quelque chose qu'elle n'était pas à la veille de donner. Ne me regarde pas comme ça, lui avait-elle dit un jour, tu vas t'user les yeux. Elle lui lança un regard et haussa les sourcils. Le visage de Harry avait cette expression affamée bien à lui, suppliante — remplis mon bol, donne-moi une deuxième portion — qui lui faisait perdre patience. Plus tôt cette semaine-là, elle était allée le voir pour se plaindre d'Abe. Avait dit qu'en la qualifiant d'antiseptique, il se montrait raciste. C'était une attaque anti-néerlandais, avait-elle ajouté, et non, elle ne plaisantait pas.

À ce moment (cette séparation des chemins), elle résolut d'être plus intransigeante, moins comme son père. Elle se souvint d'une chose qu'Eddy avait dite à propos de Berger. Cet homme était trop *raisonnable*.

Après, ils restèrent à parler dans le studio. Dido dit que Hornby avait dû être un masochiste. « Il était dément », précisa-t-elle, exagérant sa prononciation, cette habitude de trop articuler qui avait conduit Abe Lamont à conclure qu'elle était trop parfaite à l'antenne.

Gwen s'enflamma. Elle détestait les mots comme *masochiste* et *narcissique*, et, et, et — elle essaya de penser à une autre étiquette et n'y parvint pas. « Traite quelqu'un de masochiste, bredouilla-t-elle, et il n'y a plus rien à dire. Tu l'as déclaré cas désespéré. Tu l'as expliqué à mort.

— Tu n'as peut-être pas tout expliqué, répliqua Dido sur un ton égal, posé, mais presque tout.

— Non ! Ces étiquettes te donnent juste une raison tordue de cesser de penser aux gens.

— Dans ce cas, que dirais-tu de Hornby ?

— Il était compliqué. »

Gwen ne supportait pas la critique, elle n'avait jamais supporté de voir une personne qui lui était précieuse être mise au pilori et rejetée. « Que disait Whalley ? s'écria-t-elle. Brave, désespéré, égaré. »

Dido fit la moue. « Pauvre Edgar », murmura-t-elle. La véhémence de Gwen la fatiguait. Toute la semaine, chaque fois qu'elle avait émis une idée, Gwen avait bondi avec une opinion divergente, comme si elle avait une compréhension privilégiée de la radio. Elles avaient fait ensemble un reportage de dix minutes sur une pièce en déné qui traitait de l'alcoolisme. La pièce était jouée sur une scène extérieure, elles avaient interviewé les comédiens et le metteur en scène, qui avait déclaré : « Dans l'ensemble, on ne leur dit pas vraiment comment est la pièce, mais on veut qu'ils se disent eux-mêmes comment elle est. » Dido avait proposé de faire jouer de la musique à l'arrière-plan des entrevues, mais Gwen avait rejeté l'idée en secouant dédaigneusement la tête, sans même considérer cette possibilité.

Eddy mit alors son grain de sel. On pouvait en général compter sur son silence. Il dit que sans Hornby, Edgar n'était rien ; il aurait vécu une existence ordinaire et aurait été complètement oublié. Il s'adressait à Dido ; il lui demanda ce qu'elle choisirait si elle le pouvait. « Une longue vie régulière et morne ou un jaillissement bref et intense ? »

Du bout des doigts, Dido traçait des cercles sur la table. Un petit sourire entrouvrait ses lèvres. Elle finit par l'admettre. « L'intensité. »

Harry ne put s'empêcher de s'écrier : « Et tu m'as accusé d'être un romantique ! »

Mais Dido ne lui accordait aucune attention. Pas à lui.

Eleanor essaya de dire que les deux choses n'étaient sûrement pas incompatibles, mais personne ne l'écoutait et elle s'arrêta. Les mots qui ne cessaient de résonner dans sa tête étaient ceux de Hornby : *J'en suis venu à aimer le silence.* Après le départ des autres, elle dit à Harry que la description de la toundra canadienne faite par Hornby — aussi soudaine, sans traits, aussi infinie que la terre effritée et décapée par les glaciers — lui rappelait les saints hommes du désert qui s'affamaient afin d'avoir des visions. Hornby avait été attiré vers un lieu que presque personne n'avait jamais vu, un lieu où tout était austère, mais où l'air, tout à coup, vibrait de vie avec les bruits de dizaines de milliers de caribous. Elle ajouta que les visionnaires et les mystiques sont toujours attirés par le vide et le silence, conditions préalables nécessaires à un épanouissement de l'esprit. Rien d'étonnant à ce que George Whalley ait eu recours à la Bible quand il avait tenté de décrire le pouvoir de ce monde à la fin du monde. « Pierres de feu », était l'une des expressions qu'il avait employées. Tirée d'Ézéchiel.

« Si tu vas dans la toundra, Harry, je donnerais tout ce que j'ai pour y aller avec toi. »

❖

Le même jour, pendant l'après-midi, quelques-uns d'entre eux allèrent canoter sur le lac Frame, le lac intérieur protégé aux limites occidentales de New Town. C'était une journée baignée de soleil, pleine de libellules bleues, deux par deux, en couples. Harry les appelait aiguilles à repriser. Elles se posaient sur chacun d'eux, mais surtout sur les épaules et les cheveux de Gwen, la faufilant de couleur — bleues, délicates, filantes, iridescentes —, reprisant ses maux mentaux, ses blessures, ses erreurs, ses gênes. Elle était à la proue du canot de Harry, Eleanor pagayait avec Ralph. *Elles t'aiment, Gwen. Tu es une fleur*, cria Ralph. Et elle se tourna, un grand sourire aux lèvres.

Eleanor retint son souffle. *La fille qui était laide.* Gwen semblait belle.

Et qu'allait-il arriver ensuite ? se demanda Eleanor. L'amour viendrait, comme il venait toujours, même pour les vieux héros. Elle avait lu sa bien-aimée Edith Hamilton et rafraîchi sa mémoire à propos des douze travaux d'Hercule. En tournant les pages, elle avait pensé qu'après sa longue vie épuisante, semée de péripéties, le malheureux s'était fait rappeler qu'il lui restait encore toutes les complications de l'amour à expérimenter. Premièrement avec Iole, puis avec Déjanire — et cette dernière avait connu une fin de douleurs insupportables.

Les canots portaient les canoéistes, les canoéistes portaient les libellules, tout paraissait léger. Ce serait bientôt le premier jour du mois d'août, on remarquait de nouveau les lampadaires et quelques feuilles commençaient à jaunir, indiquant à leur façon minimale, élégante, la fin de ce long été chaud et le début d'un chapitre plus sombre.

Harry et Gwen allèrent plus tard se promener ; ils parcoururent tout le chemin jusqu'aux abords de Rainbow Valley, au bout de l'île Latham. Gwen parlait avec animation, lui racontant comment Abe lui avait montré à soulever les mots de la page. Il l'avait entraînée à lever les yeux en lisant et c'était difficile, elle n'était pas assez détendue, mais elle avait quelques fois réussi à prononcer les mots comme si elle s'adressait directement à l'auditeur, et c'était merveilleux, dit-elle, de se sentir libérée de la tyrannie de la page.

Elle avait eu une bonne semaine et il était content. Les progrès professionnels de Gwen formaient une petite part de ce qu'il recherchait — un nouveau flot de langues et d'information à l'antenne. Il recherchait une longue avenue de sons qui seraient intéressants pour chacun, Blanc ou Déné, à tout moment de la journée. Si la radio pouvait être plus pertinente que jamais, raisonnait-il, elle aurait alors plus de chance contre la télévision. Il en était convaincu. Il avait également pensé que si le siège social allait gaspiller de l'argent pour construire un nouvel immeuble complexe, lui-même pouvait alors lui faire accepter de dépenser généreusement pour une nouvelle programmation, essentielle. Il imaginait déjà l'heure de Teresa Lafferty, avec son mélange de dogrib et d'anglais ; il voulait embaucher une autre femme dénée, la jeune Tessa Blondin, pour présenter des rapports en slavey ; et il était tenté de chercher à gagner encore plus de désapprobation de la part de la salle des nouvelles en retirant cinq minutes des bulletins réguliers pour les ajouter au temps d'antenne réservé aux Dénés.

Ils arrivèrent à Rainbow Valley. Ensemble, ils contemplèrent la courbe multicolore de pauvreté, les petites maisons préfabriquées peintes en bleu, vert et rose pastel. Des enfants débraillés jouaient sur la route, une vieille femme hissait un seau d'eau dans son escalier, de la fumée sortait de plusieurs cheminées. Cette scène de déplacement établi incita Gwen à poser une question triste, pleine de sous-entendus. «Te sens-tu seul parfois?» demanda-t-elle à Harry. Elle savait qu'ainsi elle avouait tacitement qu'elle-même se sentait seule et qu'elle était contente d'avoir de la compagnie.

Harry n'hésita pas. Oui, répondit-il, il savait qu'il se sentirait toujours seul. «Mais j'ai toujours de bons amis partout où je suis.»

Gwen comprit où était sa place. Harry voulait qu'elle ait l'impression de faire partie de cette compagnie — une parmi tant d'autres. Sur le chemin du retour, elle resta silencieuse, en quelque sorte déçue de la réponse de Harry. Une fois chez lui, il prépara du thé, déplaça une grosse boîte de la table de la cuisine pour y déposer la théière et les tasses. Elle vit que la boîte était adressée à Harry et qu'elle portait une adresse de retour au Nouveau-Brunswick. Mais il ne l'avait pas ouverte.

«Pourquoi pas?» demanda-t-elle, déconcertée qu'une personne puisse recevoir un colis par la poste et résister à son mystère.

Il rit et dit qu'ouvrir des boîtes le rendait triste. «Je m'y perds, Gwen. Il en sort toutes sortes de fantômes.»

C'était la dernière soirée qu'Abe Lamont passerait en ville avant de reprendre l'avion pour Toronto. Harry lui avait donné rendez-vous au Gold Range et il le trouva, pompette et volubile, qui entretenait Dido sur l'époque où des milliers d'oies abattues dans le delta du Mackenzie étaient empilées sur des barges et expédiées vers le sud. Elles voyageaient en sens inverse de la barge de Pete, le vendeur libanais qui venait d'Alberta pour vendre des oranges un dollar chacune à chaque arrêt.

Dido portait un collier en perles de corail rouges et, dans l'esprit de Harry, les couleurs occupèrent toute la place, les poitrines gris crémeux des oies, les précieuses oranges, les perles rouges. Eddy n'était pas avec elle et Harry reprit courage : tout compte fait, elle ne lui était peut-être pas si attachée que ça. Il ne cessait de la regarder, mais la jeune femme se fichait éperdument des regards de Harry, de son gros cœur évident, amoureux. Il se sentit vieux, écorché vif de la vouloir ainsi et de ne pas l'avoir. Quelques semaines plus tôt, il l'avait invitée à passer une journée dans une cabane sur le lac Prosperous, une journée qui, dans son imagination, en aurait été une de réclusion, d'aveux, de marivaudage concerté, mais elle avait refusé d'y aller.

« Dans ce cas, on pourrait souper en ville. Je cuisinerai pour toi.

— Si tu insistes.

— Oh ! Je n'insiste jamais. »

Cela lui avait arraché un sourire. « Bon, c'est d'accord. »

Il avait préparé son plat de prédilection, un potage de chou-fleur si délicieux (un soupçon de poudre de cari et de la crème épaisse) que Dido en avait pris une deuxième portion.

«Tu es si jeune, avait-il dit en la regardant, mais en se parlant à lui-même, tu fais quelque chose de très intéressant, tu crois que l'avenir t'en réserve encore plus, mais en mieux. Puis, tu découvres que le point culminant de ta carrière s'est produit au début. Et tu ne peux retourner en arrière.»

Dido avait balayé ses remarques d'un rire. «Tu veux me faire croire que le meilleur est maintenant, que ce ne sera jamais mieux. Bien sûr que les choses vont s'améliorer. Bien sûr que je vais tenter ma chance à la télévision si j'en ai l'occasion. Qui ne le ferait pas?

— Montre-moi ta main.»

Il avait caressé sa paume du bout des doigts. «La télévision fait-elle partie de l'avenir de Dido Paris? Je vois des manoirs, des arbres tropicaux. Beaucoup d'eau.

— Des piscines.

— Une inondation.

— Tu ne peux me noyer juste parce que je veux faire de la télé, Harry.»

Elle avait parlé sur un ton moqueur et distant qui l'avait en effet laissé en plan.

Maintenant, il l'observait, songeur, soudain amicale avec l'homme qu'elle avait tourné en ridicule plus tôt la même semaine. Elle pressait Abe de questions sur la légendaire vallée perdue, une vallée d'orangers dans l'Arctique. Abe le moulin à paroles, songea-t-il avec indulgence. Abe le gros rafiot plein de talent parti à vau-l'eau; rien d'étonnant à ce que nous nous entendions si bien : nous aurions pu embraser le monde, mais nous ne le ferons ni l'un ni l'autre.

«Lamont! Tu es plein de merde!»

Abe feignit de se rembrunir. «Je suis désolé pour toi», dit-il à Dido (qui semblait raffoler de ce jeu de qui a la plus grosse quéquette, de ce lancer de grosses injures affectueuses). «J'ai pitié de toi qui travailleras sous les ordres du grand Harry Boyd. Comme je le disais… » — il reprit sa voix radiophonique grave pour se moquer de lui-même et amuser Dido —, « … les explorateurs ont trouvé la vallée tropicale, mais ils ont été incapables de la relocaliser. Un vieux trappeur, Gus Kraus, a vécu au bord de la rivière Nahanni pendant des années. L'été, il faisait pousser des melons et l'hiver, il marchait pieds nus dans sa cabane. Ce sont les sources chaudes plus bas qui donnaient cette chaleur. J'imagine que la Nahanni est à l'origine de la légende.

— Ou ç'aurait pu être l'endroit où Hornby est mort, dit-elle. La rivière Thelon.

— Ç'aurait pu », acquiesça Abe.

Il avait fait la paix avec Dido la veille. Elle n'avait rien à envier à n'importe quel animateur du réseau national, avait-il conclu, et il lui avait proposé de la recommander à un producteur de sa connaissance à Toronto.

Beaucoup plus tard le même soir, et sur un coup de tête provoqué par l'ivresse, Harry tambourina à la porte de la caravane d'Eleanor dans l'espoir que Dido serait là. Elle ouvrit la porte, lumineuse en chemise de nuit blanche, les cheveux dénoués.

« Sauve-moi de la démence », l'implora-t-il.

Une fois à l'intérieur, il s'écroula dans un fauteuil et elle se recroquevilla sur le sofa.

« Tu vas bien ? lui demanda-t-il. Je m'inquiète à ton sujet, je veux que tu le saches.

— Je dormais. »

Le visage de Harry semblait creusé, pensa-t-elle, comme s'il avait un dentier et ne le portait pas. Ses lunettes avaient glissé sur son nez.

« Tu ferais mieux de t'inquiéter pour Eleanor, dit-elle. Tu l'as probablement réveillée.

— Chut. » Il mit un doigt sur ses lèvres. « Désolé. »

Il prit son paquet de cigarettes sans filtre et lui en offrit une. Elle secoua la tête, puis changea d'avis.

« J'ai failli me tuer deux fois, dit-il. Je veux que tu le saches. »

Elle tenait la cigarette entre ses doigts. Il avait un accent différent quand il était ivre. Il devenait irlandais, larmoyant. Son visage lui fit penser à un livre ouvert tombé dans une flaque.

« Pourquoi veux-tu que je le sache, Harry ?

— La première fois que je t'ai vue, répondit-il, cherchant ses mots, la première fois que je t'ai *entendue*, tu m'as fait une telle impression. J'ai senti un tel lien entre nous. »

Il entendait sa propre voix, son ton suppliant, mais c'était plus fort que lui. « Étais-je le seul ? »

Elle le dévisagea, cet homme assis dans un nuage de fumée. Il la faisait se sentir fatiguée et cruelle. Les hommes vulnérables ne l'attiraient pas, ne l'avaient jamais attirée.

Sans répondre à sa question, elle se leva et alla dans la cuisine, qui prolongeait le salon. Harry resta où il était. « Je te regardais », dit-il quand elle revint avec une tasse de café pour lui.

« Tiens donc.

— Ah ! Dido. Fais preuve de bonté envers un vieil homme. »

Elle s'assit à côté de lui et rajusta le col de sa chemise comme s'il était en effet un vieillard. « Alors, qu'est-ce que tu as vu quand tu me regardais ?

— Un oiseau qui cherche un ver de terre. Une femme qui cherche ici et là une tasse de café… Une belle femme », dit-il après un instant.

Mais on lui avait déjà dit qu'elle était belle.

« Il est temps de partir, dit-elle après qu'il eut bu quelques gorgées et reposé la tasse.

— Tu as raison. »

Il se leva et jeta un regard circulaire, tapota ses poches. C'est alors qu'il aperçut le blouson de cuir d'Eddy sur une chaise dans un coin. Il s'affaissa.

« Je suis trop vieux pour toi, n'est-ce pas ?

— Tu n'es pas trop vieux, Harry. Tu es trop démuni. »

Eddy alla chercher son blouson de cuir le lendemain matin et, l'après-midi, Dido et lui allèrent sur la colline près de School Draw contempler les énormes nuages rouler dans le ciel, venant du nord. Au-dessous d'eux, Old Town luisait dans la lumière basse, évoquant un accueillant lit de clous. Dido voulut s'abriter, mais Eddy mit un bras autour de ses épaules et la maintint immobile. Très détendu, il parla de son enfance : chaque fois que ses frères et lui grimpaient sur le mont Blueberry, le ciel semblait baratter une tempête sauvage, violente. Ils affrontaient les éléments, jouaient au premier qui se dégonfle, leurs doigts cherchant les baies bleues, presque noires, sur le flanc de la colline jusqu'au moment où le premier CRAC rapproché les envoyait glisser vers le sol, riant comme des fous. De beaux bleuets, qui pendaient, mûrs et étonnamment lourds au bas de buissons aussi bas que ceux-ci. Il se pencha et, avec son canif, il cassa le bout d'un saule arctique et mit la branche dans la main de Dido.

Ce matin-là, ils avaient roulé jusqu'à la rivière Yellowknife et une fois en chemin, à des milles de la ville, Eddy avait dit sur un ton décontracté que le réservoir était vide et il avait souri en voyant l'inquiétude de Dido. Eddy savait toujours jusqu'où aller. C'était la leçon à tirer de cette randonnée, de cette pause sur le sommet exposé de la colline ; Eddy avait passé son bras autour de Dido tandis que les premiers éclairs zébraient le ciel et qu'elle tremblait. «Huard à trois heures», dit-il.

Un instant plus tard, il regarda son visage et vit qu'elle paraissait à des millions de milles de distance. Il lui demanda à quoi elle pensait. À la mer du Nord, répondit-elle.

«À ma mère. Je pense qu'elle est en train de perdre la mémoire.

— Elle est vieille.

— Soixante et un.

— Eh bien, c'est trop jeune.»

Dido se tourna pour regarder le visage égal, dur d'Eddy. «Pourquoi ne m'a-t-elle pas téléphoné à la mort de mon père ? J'ai le terrible sentiment qu'elle a oublié.

— De te téléphoner ?

— Oublié qu'elle ne m'avait pas téléphoné. Ses lettres sont pleines de choses à moitié expliquées, elle s'attend à ce que je sache de quoi elle parle, mais je n'ai aucune façon de le savoir.

— Ne t'inquiète pas, dit-il, son bras l'entourant fermement. D'ici, tu ne peux rien faire.»

Une réponse pratique, définitive.

Quand le vent fut tombé, et juste avant que la pluie ne commence, ils descendirent la colline et aperçurent Gwen qui se hâtait de rentrer chez elle. Ils l'invitèrent donc à monter dans la camionnette d'Eddy et il la déposa devant sa porte.

Plus tard, poussée par une curiosité mêlée d'un peu de jalousie, Gwen dit à Dido : «Mon Dieu, je vois ce que tu lui apporteras. Mais qu'est-ce qu'il t'apportera, lui?»

Piquée par cette question qu'elle-même avait derrière la tête et contrariée par la présomption de Gwen, Dido ne répondit pas. Farouchement, défensivement, elle pensa à la gentillesse d'Eddy envers sa nièce orpheline de mère, comment il lui téléphonait chaque semaine, lui envoyait des cadeaux, des jouets en forme d'animaux, un phoque, un harfang des neiges, un ours polaire, un caribou, un à la fois, et bientôt la fillette aurait une parfaite ménagerie nordique. Les gens ordinaires ignoraient totalement combien Eddy pouvait prendre soin des autres.

«Elle porte toujours des jugements tellement catégoriques, se plaignit Dido à Eleanor pendant un moment de calme plusieurs jours plus tard.

— Elle est jeune.

— Pas beaucoup plus jeune que moi.»

Dido était en train de se faire une tasse de café instantané et Harry entra pour s'en faire une aussi. «Elle aura vingt-cinq ans demain, reprit-elle. Tu l'as entendue le dire l'autre jour.

— Je sais tout ça. Mais comparée à toi, elle manque d'assurance et de confiance en elle. Elle est timide.

— L'est-elle? N'est-elle pas plutôt parfaitement sûre d'elle?»

Harry leva la tête. «Il y a un peu de ça.» Gwen pouvait se montrer étonnamment en possession de ses moyens, un curieux mélange de modestie qui la handicapait et de détermination dénuée de modestie. «Elle s'est améliorée depuis ses débuts.

— Je pense qu'elle le sait, répondit Dido. Je pense qu'elle sait exactement à quel point elle est bonne.»

Dans le corridor, des albums plein les bras, Gwen s'était arrêtée net à quelques pas de la porte.

Entendre parler d'elle de cette façon peu flatteuse ne lui était pas arrivé depuis un séjour qu'elle avait fait, à dix ans, dans un camp de vacances. *Je vous ai entendues. J'ai entendu ce que vous disiez*, s'était-elle écriée en faisant irruption dans la tente. Et toutes les autres filles l'avaient regardée, gênées, mais elles avaient aussi eu pitié d'elle. Et que s'était-il passé après la colère ? Encore plus de colère, mais d'une autre forme. Colère contre elle-même pour avoir exprimé ses sentiments, et contre la situation qui l'avait poussée à le faire. Après cet éclat d'indignation coupable, il y avait eu la longue et sombre marche vers le rivage.

Elle entendit la voix retenue, méprisante de Dido. « Je crois qu'elle est du genre qui passe pour une timide et qui ne l'est pas du tout. »

Elle entendit Harry se racler la gorge. « Ma foi, pour la plupart, nous n'avons ni ton assurance ni ton sang-froid. » Doucereux avec Dido, sans se porter aucunement à sa défense.

Un des albums lui glissa des bras et tomba bruyamment sur le sol. Elle se hâta de le ramasser, consciente du silence soudain, terrible.

« Merde ! » Dido regarda dans le couloir et rentra sa tête. Elle avait aperçu le dos de Gwen qui se précipitait dans la discothèque.

« Elle nous a entendus ? » chuchota Eleanor.

Sûrement. Elle avait dû entendre chaque mot.

Dans la discothèque, Gwen avait les yeux brûlants, un ours blessé avec des voix dans sa tête, *elle sait exactement à quel point elle est bonne…* Les voix la firent se lever de sa chaise et sortir de la station, entrer dans la ville basse et large. Elle survola le sol rocailleux, mais pas assez haut pour éviter les pierres. Alors cahin-caha, elle continua en trébuchant et en se cognant jusqu'à Old Town, un quartier à peine plus vieux qu'elle. Elle passa devant les maisons posées en désordre, comme des roulottes de gitans — Peace River Flats à gauche et Willow Flats à droite —, puis contourna le pied du rocher jusqu'à la chaussée vers l'île Latham. Une fois sur l'île, elle dépassa la maison de Harry et aboutit au petit chemin de terre à gauche, qui menait à la plage de la baie Back.

Nerveuse, elle s'approcha de l'eau.

Et là, elle eut une vision du bonheur. Une jeune femme aux cheveux tressés lançait un bâton à un beau gros chien. Il courait de-ci de-là sur la plage, sautait et bondissait de plaisir. *Stan*, cria la femme. *Bon chien*, le complimenta-t-elle.

Ralph Cody n'était pas très loin de la femme et de son chien. Encore une fois, il avait installé son trépied au bord de l'eau et quand il vit Gwen, il agita la main. Gwen sentit son cœur reconnaissant propulser ses pieds. Elle alla vers lui.

«Elles changent tout le temps, dit-il en parlant de ses algues bien-aimées. La lumière, le courant, le vent, leur façon de flotter et de bouger. J'ai pris des douzaines de photos, et elles sont toutes légèrement différentes.»

Les événements de l'été suivant rendraient ces photos de Ralph presque insupportablement émouvantes. Mais, à ce moment-là, Gwen ne pouvait le savoir. Ils restèrent tous deux sur la bande de sable au bord de l'eau, sous les nuages blancs et gris qui flottaient haut dans le ciel bleu.

Ralph s'arrangea pour prendre un autre angle et elle lui demanda ce qu'il recherchait. «L'énergie, répondit-il après avoir réfléchi un moment. Je reconnais l'énergie quand je la vois. C'est davantage qu'une simple scène devant l'appareil photo, poursuivit-il en regardant par les lentilles. C'est une sorte de connexion électrique. Presque une union entre notre côté intuitif et notre côté rationnel.» Il leva les yeux de son Nikon. «J'ai entendu Abe Lamont expliquer comment façonner une entrevue et écrire pour la radio. Ce n'est pas tellement différent, non? Une pensée pour chaque phrase. Pas trop d'adjectifs. Simplicité. Intimité. Droit au but. C'est aussi ce que je cherche.»

Elle hocha la tête et entendit dans sa tête la voix autoritaire d'Abe : «Ça ne te concerne pas, ça concerne le texte, la nouvelle ; penses-y.» Et que voyait-elle quand elle y pensait ? Dido. Il se passait quelque chose entre elles, quelque chose qu'elle ne comprenait pas. Toute la semaine, Abe s'était efforcé de lui faire comprendre la nécessité de l'excellence et des risques à courir pour l'obtenir. Elle s'était sentie excitée, emportée, inspirée. Elle avait peut-être même paru sûre d'elle. Et c'était peut-être de ça que parlait Dido. Gwen se sentit alors perdue dans l'énorme fossé qui séparait ce qu'elle éprouvait en son for intérieur et ce que les autres pensaient d'elle. Dido se trompait. Elle se trompait à son sujet. À moins que, bien entendu, elle n'eût raison.

En retournant vers la station, elle fit un détour par l'hôtel Explorer. Teresa avait mentionné que les auditions officielles de l'enquête Berger étaient instructives et plus intéressantes qu'on pouvait s'y attendre. Chaque fois qu'elle le pouvait, elle allait s'asseoir dans le public et elle écoutait. Traversant le lobby de l'hôtel, puis le hall, Gwen se dirigeait maintenant vers la grande salle de réunion. Teresa était là, assise sur l'une des chaises réservées au public. Gwen s'assit à côté d'elle. Un avocat représentant une des compagnies du gazoduc avait pris la parole, un gros homme impeccable en costume et cravate. «Arctic Gas, chuchota Teresa avec un petit sourire. Regarde bien.» Il interrogeait un témoin expert, un ingénieur employé par son propre consortium de gaz et de pétrole, pour expliquer et défendre ce qu'ils proposaient — un pipeline au diamètre plus grand que celui de tous les autres gazoducs existant en Amérique du Nord, qui fonctionnerait à une pression maximale de 1680 livres par pouce carré, conçu pour résister à cette pression et renforcé, d'ailleurs, avec des bandes d'acier ou «antifissures», ce qui signifiait qu'il ne pourrait jamais craquer, se rompre, exploser. «Ha! Ha!» fit Teresa, suffisamment fort pour faire se tourner quelques têtes.

Le juge Berger était assis tout seul à une petite table à l'avant. Il écoutait et prenait des notes à la main. Pour se conformer au caractère formel de ces séances officielles, il portait un costume rayé bleu marine. Gwen était plus familière avec son aspect décontracté, tel qu'on le voyait sur les photos de presse prises à l'occasion des auditions dans la communauté. Ici, lui apprit Teresa, les témoins experts étaient assis à une table à sa droite. Les journalistes couvrant l'enquête à plein temps se trouvaient à sa gauche à une grande table recouverte, comme toutes les tables, d'une nappe blanche. Les avocats — ceux de la commission d'enquête de Berger, ceux des compagnies du pipeline, ceux des organisations autochtones, ceux des groupes environnementaux — étaient à d'autres tables, dos au public. À la pause café, Teresa annonça qu'elle devait probablement aller travailler. Gwen sortit avec elle et, un moment plus tard, elles étaient dehors dans la lumière de l'après-midi, en chemin vers la station. «Conneries, dit Teresa avant d'éclater de rire. On ne sert aucun but, avec toutes les conneries qui se racontent quand les gens manquent d'honnêteté. Dans la culture blanche, les gens sont tellement occupés à mentir entre leurs dents. Tellement occupés à chercher comment progresser et gagner de l'argent, tellement occupés à réfléchir à la façon d'y arriver, qu'ils ne peuvent être eux-mêmes de manière naturelle. Ça tisse une toile compliquée et déprimante.»

Teresa ne riait plus. Gwen lui trouva un air fatigué, inhabituellement épuisé.

«Si une personne est assise en face de toi et te dit: "Je veux ta terre", et que tu réponds: "Non, j'aime ça ici, et j'y suis depuis toujours", cette personne devrait alors respecter ce que tu as dit, et ça devrait s'arrêter là. Elle ne devrait pas essayer de te contourner. Elle ne devrait pas donner une autre interprétation à tes paroles. Elle devrait te *respecter.*»

Dans les mois qui suivirent, Gwen alla souvent assister aux auditions de l'enquête. Elle remarqua d'autres personnes de la ville qui y allaient régulièrement, une femme grisonnante qui tricotait tout le temps, une femme au visage large qui allaitait son bébé. On entendit les organisations autochtones faire valoir des positions hautement moralisatrices, les compagnies du gazoduc porter le manteau du réalisme réfléchi, les groupes religieux et environnementaux attaquer l'amoralité des multinationales pétrolières. Aux yeux de Gwen, la science offrait un intérêt égal. Tous les types de neige, toutes les complications du sol, toutes les variétés d'animaux sauvages auxquels elle n'avait jamais beaucoup pensé. Quand ils parlaient, les gens s'adressaient à Berger, et il les guidait, manifestement passionné par tous les aspects de la question, mais néanmoins calme, équilibré. Leonard Bernstein en pasteur, une sphère d'influence d'attention tranquille. Quand un point n'était pas clair, il posait une question, et tout le monde écoutait.

Après avoir compris qu'ils avaient été entendus, Eleanor, Dido et Harry restèrent figés sur place un moment, puis Dido se mit à rire, embarrassée, sous le choc, s'efforçant de paraître insouciante pour cacher son sentiment de culpabilité. Harry repassa dans sa tête ce qu'il avait dit — ce que les deux autres avaient dit. Rien de trop grave, en fait, ils n'avaient pas fait grand mal, du moins il l'espérait. Mais il ferait mieux d'aller voir Gwen. Il se rendit à la discothèque. Une pile de disques sur une chaise, mais Gwen n'était pas là, leur dit-il quand il revint.

Eleanor aurait voulu avoir tué tout cela dans l'œuf. Et pourtant, elle le savait, ces regrettables conversations avaient lieu, elles étaient même une sorte de divertissement nécessaire. Des amis, même de bons amis, prennent réciproquement leur mesure, parlent dans le dos les uns des autres et se prononcent avec une finalité absurde et pourtant satisfaisante. Ils font ça pour se sentir mieux, et finissent par se sentir plutôt honteux. Ils font ça pour libérer leurs émotions. D'une certaine façon, ils font ça non pas pour enterrer la relation, mais pour la garder en vie.

Mais il y a des conséquences. Une personne qui entend son ami dire du mal d'elle ne peut plus lui faire confiance.

Qu'allaient-ils faire? Harry dit qu'il parlerait à Gwen la prochaine fois qu'il la verrait, qu'il lui présenterait la chose comme une plaisanterie. Mais Eleanor croyait qu'un geste d'amitié s'imposait et ce fut Dido qui suggéra de célébrer l'anniversaire de Gwen. Les autres considérèrent cela comme une pensée généreuse et Eleanor proposa d'organiser la fête chez elle.

«Une fête *surprise*, précisa Dido. Sinon, elle trouvera un prétexte pour ne pas venir.»

Perplexe, Eleanor accepta néanmoins d'inviter Gwen à prendre un verre chez elle sans divulguer ce qu'ils lui réservaient.

Plus tard cet après-midi-là, en la voyant entrer dans la station avec Teresa, Eleanor l'appela et Gwen s'approcha de son bureau. Eleanor scruta son visage. «Tu as été absente pas mal longtemps», observa-t-elle posément.

Gwen s'apitoyait sur son sort. La sympathie qui teintait la voix d'Eleanor trouva le fil, et tira d'un coup sec. Gwen eut l'impression de s'effilocher puérilement. Elle se mordit la lèvre.

«Tu nous as entendus parler», dit Eleanor.

Gwen baissa les yeux. Son visage exprimait tant de confusion qu'une expression vint à l'esprit d'Eleanor : bourgeon charnu. Dans un vieux volume médical de son père, aux pages jaunies dégageant, comme une vieille église, une faible odeur de poussière, elle avait notamment lu sur les brûlures et la peau ébouillantée, sur la suppuration, la douleur, les granulations excessives ou bourgeons charnus, et, à moins d'avoir été habilement traitées, sur les laides cicatrices.

« Les gens parlent à tort et à travers, Gwen. C'est plutôt inoffensif. Ça ne veut pas dire qu'ils n'aiment pas la personne, qu'ils ne l'aiment pas beaucoup. »

Gwen n'était pas capable de soutenir son regard, et Eleanor tendit la main sur son bureau pour toucher celle de Gwen. « Écoute. Demain, c'est ton anniversaire. Prenons un verre ensemble. »

Gwen la regarda alors, avec gratitude. Elle hocha la tête et sourit. Puis, tripotant quelques papiers sur le bureau, elle dit : « Dido », et s'arrêta.

« Dido a moins confiance en elle qu'elle en a l'air. Et tu parais parfois très sûre de toi. »

Interloquée, Gwen lui rendit son regard. « Je ne me sens pas sûre de moi.

— Je sais. »

Gwen fêta son quart de siècle le vendredi 1ᵉʳ août, son jour de congé. Rien de la part de son frère, pas un coup de téléphone, pas une carte. Elle pensa à lui, dans la bijouterie qu'il avait reprise après le décès de leur père ; son père, un bijoutier qui ne levait jamais les yeux, son frère, un homme d'affaires qui ne cessait de regarder autour de lui en quête d'une nouvelle vente. Elle avait découvert qu'il était plus facile de travailler à la radio que de traiter avec certaines personnes. On se sentait reposé, il y avait un jardin secret, une intimité merveilleuse quand on n'était pas obligé de parler à quelqu'un face à face. Le soir, avant de s'en aller, elle avait pris l'habitude de lire un poème « pour vous tous qui êtes éveillés dans vos lits ». Ensuite, elle prenait son temps pour rentrer chez elle, errer dans les nuits d'été qui, à leur plus sombre, étaient encore assez claires pour lui permettre de cueillir des baies en chemin. Mais les choses avaient commencé à changer, il faisait plus frais, plus noir.

Le vendredi soir, elle arriva à 19 heures chez Eleanor pour prendre le verre de son anniversaire. Dido était là. Elle faisait un effort, Gwen le voyait bien. Un effort mesuré, un accueil mesuré et, tandis qu'elles essayaient de faire la conversation, ce qui n'était pas facile, Gwen comprit qu'elle allait devoir vivre avec ça — l'effet négatif qu'elle produisait sur quelqu'un qui avait coutume de l'apprécier, quelqu'un qu'elle continuait d'admirer.

Entre les verres de vin, et pendant un silence contraint, Gwen alla à la salle de bains. Marchant sur la moquette beige du corridor, elle s'arrêta pour jeter un coup d'œil par la porte de la petite chambre d'ami, la chambre de Dido, et elle paraissait à peine habitée, son lit étroit ressemblait davantage à une étagère pour les livres et les papiers qu'à un endroit pour dormir. Ainsi, elle passait ses nuits avec Eddy. La deuxième porte était celle de la salle de bains, mais une troisième — la porte ouverte de la chambre d'Eleanor — offrait une autre vision, une autre façon de tenir Dido à distance, de l'éviter. Mine de rien, Gwen contemplait le grand lit défait, le fauteuil, les stores, quand quelque chose attira son regard. À quelques pas, un flacon de patchouli sur la commode. Elle avait toujours pensé que c'était une senteur désagréable. Elle remarqua les chaussures à bout ouvert de Dido.

Tandis qu'elle rebroussait chemin vers la salle de bains, cela fit tilt dans son esprit.

À 20 heures, on sonna, la porte s'ouvrit. Harry, Ralph et Teresa entrèrent en criant «Bon anniversaire» avec trop de zèle.

Gwen sentit les larmes lui monter aux yeux, et elle sourit. Elle embrassa tout le monde. «Merci», dit-elle d'une voix enrouée. En vérité, elle détestait les surprise-parties. Elle ne pouvait s'empêcher de trouver cruelle cette habitude de faire marcher une personne, de ne rien dire de la journée pour l'assommer d'affection fraternelle le soir venu.

Elle fit de son mieux pendant une heure ou deux. Elle se mêla, écouta, posa des questions. Elle mangea du gâteau. Après quelque temps, elle se cacha derrière un livre de Rasmussen qu'elle avait trouvé sur l'étagère d'Eleanor, *Observations on the Intellectual Culture of the Caribou Eskimos.* Tandis que Harry se soignait avec du scotch et que Ralph contentait son bec sucré, Gwen errait dans la nature arctique, cinquante ans auparavant, quand les Inuits vivaient encore comme ils l'avaient fait depuis des centaines et des centaines d'années. *Les petits troupeaux de caribous étaient extrêmement timides et on ne pouvait les chasser sur la neige craquante par beau temps, mais seulement pendant une tempête de neige, quand il était parfois possible de les approcher.*

Rasmussen avait pénétré dans la toundra canadienne au printemps 1922 et, chemin faisant, il avait entendu « plusieurs histoires poignantes sur la famine qui avait sévi cet hiver-là ». Partout, les Esquimaux mouraient de faim. Il avait suivi la rivière Kazan à la recherche de tribus vivant à l'intérieur des terres, « le peuple des tourbillons » et « le peuple du bosquet de saules ». Les mois de mars et d'avril étaient toujours les périodes les plus dangereuses. Les caches de nourriture d'hiver avaient été vidées et la migration de mai du caribou n'avait pas commencé.

« Hornby n'a pas été le seul à mourir de faim », pensa Gwen. Elle leva la tête et vit Ralph qui la regardait avec complaisance. « Une lectrice sérieuse, dit-il. Une femme selon mon cœur. » Lui aussi aimait se retirer derrière un livre ou un magazine pendant les soirées, surtout à présent qu'il n'avait plus d'épouse pour lui reprocher sa grossièreté impardonnable et puérile.

Gwen sourit et se détendit. Elle reposa le livre, retourna à la fête et à ses tensions sociales — se laisser mourir de faim paraissait moins compliqué. Une fête qu'elle trouvait émouvante, déconcertante, épuisante et dans laquelle il était difficile de naviguer.

Dido dansait toute seule, pieds nus. Teresa envoya promener ses chaussures et la rejoignit. De son fauteuil, Gwen, fascinée, regardait les deux femmes ; tout en craignant qu'on ne lui demande de danser, elle aussi, elle était charmée par leur aisance, et jalouse. Serait-elle un jour comme ça ? Dido était beaucoup plus costaude que Teresa, mais elle avait les hanches presque aussi étroites. Elles dansaient sur la musique des Beatles — Dido tendit la main et monta le volume, laissa glisser sa montre de son poignet et la déposa sur le stéréo.

Elles étaient d'humeur badine, elles se sentaient jeunes, libres, encouragées par les applaudissements de Ralph et de Harry, qui semblaient avoir aussi peu envie de danser que Gwen. Eleanor entendit alors la sonnette au milieu du brouhaha.

Eddy était à la porte. Son entrée changea toute l'ambiance. Une visite comme celle d'un invité non invité, même si Eddy l'avait été. Il s'excusa d'arriver tard, serra l'épaule de Gwen. Mais l'humeur badine disparut, les femmes cessèrent de danser, et la musique changea. Eddy avait un nouveau disque qu'il voulait leur faire écouter. On entendit bientôt Joe Turner chanter un blues lent et funky accompagné par un gémissement de trompettes. *I Know You Love Me Baby.*

Eddy et Dido dansaient, et Gwen voyait exactement ce qu'Eddy apportait à Dido. Avec lui, Dido bougeait différemment. Elle était plus lente, sans hâte. Ses seins paraissaient plus lourds, plus mûrs, ses hanches plus larges, plus basses, plus pleines. Elle brillait d'un éclat différent, sombre et érotique.

Teresa était à présent assise sur le tapis, les jambes croisées, à côté du fauteuil de Gwen ; les mains tremblantes, elle se roulait une cigarette. Baissant les yeux, Gwen vit, au sommet de la tête de Teresa, des traces de gris qu'elle n'avait jamais remarquées avant dans les cheveux noirs. Elle vit le côté de son visage et fut frappée par le sourire qui semblait triste et clairvoyant. Un autre jour, Teresa lui avait dit que même si elle avait suivi sa sœur au couvent, elle ne l'avait jamais suivie dans un mauvais mariage. C'était le plus gros chagrin de sa vie, avait-elle dit. Le terrible mariage de sa sœur.

Il était tard. Harry était à demi vautré sur le plancher. Il avait renoncé à essayer de faire valoir son point de vue, ayant oublié ce que c'était. Recroquevillée dans son fauteuil, Gwen avait repris sa lecture. Les yeux d'Eleanor étaient posés sur l'héroïne de la soirée et elle se souvint d'un garçon qu'elle avait connu dans son enfance. Ronny Ferguson, un garçon étrange : pendant que les autres enfants jouaient dehors, il restait à l'intérieur à lire les bandes dessinées *Marvel*; il lisait même pendant sa fête d'anniversaire. Sa mère le laissait faire, et c'était ça qui était merveilleux.

Gwen referma le livre et demanda quelle heure il était. Elle le demanda à tout le monde en général. À ce moment-là, sauf elle, ils étaient tous assis à terre.

De l'autre côté de la pièce, le dos au mur, à côté d'Eddy, Dido attendit un moment avant de répondre : « Quelle heure veux-tu qu'il soit ? »

Elle avait remis ses souliers noirs, à talons bas. Ses bras nus avaient la couleur des amandes mondées. Sa montre était voyante à son poignet.

Gwen voulait qu'il soit très tard. Elle voulait rentrer chez elle. « Je veux qu'il soit l'heure qu'il est.

— Mais quelle heure veux-tu qu'il soit ? »

Gwen eut l'impression d'être manipulée, appâtée par le ton amusé, provocant, subtilement hostile de Dido, et sa propre voix résonna, dure et tendue. « Je. Veux. Qu'il. Soit. L'heure. Qu'il. Est. »

Eleanor appuya sa tête contre le mur. Il lui semblait qu'il se passait quelque chose de plus proche que l'amitié, comme l'étiquette rugueuse d'un chandail est plus proche que le chandail même.

Le sourire s'élargit sur les lèvres de Dido. Elle bougea et consulta sa montre. Puis, elle regarda Gwen. « Pourquoi es-tu assise dans un fauteuil ? Nous sommes tous sur le plancher.

— Je me sens bien dans le fauteuil. »

Mais elle ne se sentait pas bien. Et elle n'en avait pas l'air, elle le savait.

«Tu n'as pas l'air à l'aise, dit Dido avec ce sourire légèrement moqueur.

— Je suis aussi à l'aise que toujours.

— Mais tu es séparée de nous, assise là. Tu t'es isolée.

— Je sais. Je sais que je suis assise dans un fauteuil et que tous les autres sont sur le sol.

— Te *sens*-tu séparée de nous?

— Peut-être un peu. Est-ce un crime?»

Dido était la seule à regarder Gwen. «Ce n'est pas un crime. Je me demande juste ce qui se passe. Et pourquoi tu es si fâchée.»

Quelqu'un devait briser le silence, mais personne ne le fit.

Puis Harry parla, d'une voix grave, un peu traînante, sur le ton de la conversation. «C'est quoi, ce livre, Gwen?»

Elle regarda le livre dans ses mains.

«Montre-le-moi.»

Alors, elle se leva et lui tendit le livre. Et c'est ainsi qu'elle parvint à sortir de cette île-fauteuil où elle s'était perdue. Elle s'agenouilla sur le sol à côté de Harry. De là, elle pouvait voir une partie du corridor et imaginer le reste — la petite chambre à peine utilisée, la grande chambre pleinement utilisée. Elle n'arrivait pas à le croire. Et pourtant, cela l'asticota de nouveau. Le sentiment irréel qu'elle savait quelque chose dont elle pourrait se servir contre Dido.

C'était seulement dans une tempête de neige, se dit-elle, une rafale de choses dans les airs, qu'on pouvait déjouer le caribou. C'était cependant facile de déjouer les gens. Ils étaient à la porte. Eleanor la serra dans ses bras et la réconforta en disant: «Dînons ensemble demain. J'irai sonner chez toi à midi.» Mais Dido, Dido l'effrontée, prit son visage dans ses mains et l'embrassa sur la bouche. «Bon anniversaire, ma grande.»

Les lèvres de Dido semblaient minces et très douces, innocentes et pourtant fausses. Inoffensives, mais pas inoffensives du tout.

Il était 1 heure du matin. Dido et Eleanor vidaient les cendriers, empilaient les assiettes et commençaient à nettoyer après la fête tout en écoutant Billie Holiday chanter bonjour à son cœur brisé.

Dido essuya une assiette. Elle tendit la main pour en prendre une autre et, ce faisant, elle se rappela quelque chose et le torchon s'immobilisa.

«J'ai fait un rêve épouvantable, la nuit dernière. J'étais dans une grande ville et il faisait très sombre, sombre comme chez le loup. J'avais l'impression de me trouver quelque part en Europe de l'Est. *Noir* comme chez le loup, je veux dire. Un taxi s'est arrêté et je suis montée, puis nous avons commencé à rouler dans une vieille rue étroite. Il y avait deux hommes en costume noir sur la banquette avant. Ils regardaient droit devant eux. Je ne pouvais voir leurs visages. Je n'avais aucune idée de qui ils étaient. Je ne savais pas non plus où nous allions, je ne savais pas où j'étais. Ici, c'était vide, dit-elle en se frottant le front d'une main. Je n'avais aucune mémoire. Pas d'esprit. Je ne savais rien. C'était aussi noir ici que ce l'était dehors. J'étais terrorisée», conclut-elle en regardant Eleanor.

C'est un corbillard qu'elle me décrit, pensa Eleanor. Elle décrit son propre voyage vers la mort.

Elle prit le torchon de la main de Dido. «Tu es fatiguée, ma belle. Il est tard.»

Dido se tourna pour consulter l'horloge sur le mur de la cuisine. «L'autre jour, Eddy m'a dit : "Huard à 3 heures". Je ne savais pas s'il fallait tourner la tête à droite ou à gauche. Je ne me rappelais plus où était le 3 sur l'horloge.»

Eleanor mit son bras autour de Dido et l'entraîna loin de l'horloge. « Moi aussi, je suis parfois confuse et je n'essaie pas de jongler avec deux langues et deux pays comme tu le fais. »

Gwen avait raccompagné Harry chez lui. En chemin, ils ne parlèrent pas et ce silence n'avait rien de contraint. Ils descendirent l'avenue Franklin, ainsi nommée en l'honneur de l'homme qui avait mangé ses bottes, l'explorateur qui avait réussi à perdre la vie de cent vingt-neuf de ses hommes dans une de ses tentatives absurdement téméraires de découvrir le passage du Nord-Ouest. Pour Harry, cela prouvait que si notre échec était assez considérable, notre incompétence était pardonnée.

En passant devant le cinéma Capitol, Gwen vit *Le Parrain II* sur la marquise et dit : « Eddy a des lèvres cruelles.

— Ça plaît aux femmes », rétorqua Harry avec un rire sans joie.

Elle savait qu'il voulait dire que l'agressivité virile du film était indéniablement excitante. « Dido aussi a des lèvres cruelles. »

Harry feignit de n'avoir pas entendu cette tranquille remarque. C'était à présent le 2 août et l'obscurité évoquait un tiroir entrouvert.

« Voilà madame Dargabble », dit-il.

De l'autre côté de la rue, Lorna Dargabble se promenait à 1 heure du matin, les mains dans ses poches, un *chapeau** trop grand sur la tête. Une silhouette solitaire, lente, lourde, troublée. La dernière fois que Gwen avait frappé à sa porte, personne n'avait répondu, mais elle avait entendu la radio, en sourdine. Lorna avait toujours sa radio allumée, c'était sa ligne de vie, comme elle disait. Gwen avait crié son nom dans le corridor, et Lorna était montée du sous-sol, s'excusant de n'avoir pas ses dents et vêtue à peu près comme la cuisine à moitié rénovée : elle portait les chaussures les plus élégantes, en suède vert avec une courroie derrière, une jupe longue en velours vert et une veste de bûcheron. La cuisine était isolée, mais il n'y avait pas de mur en placoplâtre, un poêle neuf n'était pas encore installé, et le tout dégageait une véritable odeur de pension pas très propre.

« Je ne la vois plus à la station, dit Harry.

— Oh ! Elle vient encore. Elle parle de retourner à Boston. Elle dit que Yellowknife n'est pas un endroit pour une vieille femme. »

Harry hocha la tête. Pour un vieil homme non plus, en fait.

Quand Gwen s'arrêta devant l'allée de Harry, elle éteignit le moteur et s'adossa, ne désirant pas mettre un terme à une soirée qu'elle avait fermement tenue à distance. Il y avait une chose qu'elle voulait demander.

« Harry ? » Elle passait son collier de perles bleues sur sa lèvre inférieure.

Ce geste rappela à Harry son ex-femme, qui avait l'habitude de tirer sur une mèche de ses longs cheveux et de l'enrouler interminablement autour de son doigt.

Ce qu'elle voulait savoir, c'était pourquoi Dido l'avait embrassée sur la bouche comme ça. Qu'essayait-elle de prouver ? Et pourquoi ses effets personnels étaient-ils dans la chambre d'Eleanor alors que, de toute évidence, elle couchait avec Eddy ? Elle voulait dire : Qu'est-ce qui arrive à Dido, la femme dont tu es si amoureux ?

Mais quelque chose de plus facile sortit de sa bouche. « J'aimerais habiter par ici », dit-elle.

Puis, elle ajouta : « Je n'aime pas vraiment habiter seule. Je préférerais vivre avec Eleanor. Partager sa vie, je veux dire.

— Dommage qu'il n'y ait pas plus de place.

— Il y a suffisamment d'espace, dit Gwen en le regardant. La chambre de Dido n'a pas l'air de servir beaucoup, même quand elle est là.»

L'espace d'une seconde, Harry la fusilla du regard. Puis il regarda devant lui, un petit sourire triste sur les lèvres.

L'information était sortie assez innocemment, enveloppée dans l'honnêteté, et même dans la délicatesse. Gwen avait observé quelque chose. Comment aurait-elle pu ne pas s'en attribuer le mérite?

Iago. En elle, Iago faisait une petite révérence.

«Il est tard, Gwen.» Il tendit la main vers la poignée de la portière. «Merci de m'avoir raccompagné.»

Mais elle était à la fois Iago et Othello: persifleuse et navrée. Elle le regarda. «Je suis désolée. Oublie ce que je viens de dire. Je ne sais pas de quoi je parle. Je n'aurais pas dû dire ça. Je ne veux pas être méchante.»

Harry resta silencieux.

«Ou peut-être que je le veux», dit-elle.

Harry perçut la détresse dans sa voix. À présent, elle fixait ses mains posées sur ses genoux. Il faisait assez frais et il s'étonna qu'elle ne frissonne pas dans sa veste légère.

Plus tard, il réfléchit à ce qu'elle avait sous-entendu. *La chambre de Dido n'a pas l'air de servir beaucoup.* Un choc — si c'était vrai. Mais son monde n'était pas détruit à la pensée de Dido dans le lit d'Eleanor. Ce n'était pas la pensée d'une femme avec une autre femme qui rendait un homme malheureux, c'était celle d'une femme avec un autre homme. Quoi qu'il en soit, il n'y croyait pas, même s'il aurait donné n'importe quoi pour voir la tête d'Eddy si c'était vrai. Non, cette remarque en révélait plus sur Gwen que sur n'importe qui d'autre. Elle avait sauté à une conclusion pour ses propres raisons, puis elle avait eu la décence de le regretter.

Gwen était en train de réfléchir aux fleuves, aux oiseaux, aux plantes, aux animaux, aux anciens modes de vie précaires, tous vulnérables, pour la plupart sur leurs gardes. À l'enquête Berger, elle avait appris que, à la fin du mois d'août, les oies des neiges se rassemblaient par milliers sur la côte Arctique, qu'elles passaient plusieurs semaines à se nourrir de baies et de laiches avant de repartir et de voler jusqu'au nord de l'Alberta, un périple de huit cents milles sans escale, puis vers les champs de blé plus loin au sud. Les biologistes disaient que dans ces aires où elles venaient se ravitailler au mois d'août, les oies étaient facilement effrayées par les avions dans le ciel et l'activité au sol — le bruit d'une station de compression à un mille et demi de là, ou un petit avion à la même distance suffisaient à les faire s'envoler dans les airs. De même, les baleines blanches de la mer de Beaufort se méfiaient des humains, et pourtant elles étaient de plus en plus exposées. Pour mettre bas, elles venaient dans les eaux plus chaudes, moins profondes de la baie Mackenzie, où, de plus en plus, se faisait le forage en mer du pétrole et du gaz.

Et il y avait le caribou. En mars, les caribous quittaient leur habitat d'hiver au milieu des arbres et traversaient lentement la toundra pour arriver vers la fin de mai à leur territoire de mise bas près de la côte Arctique. En juin, après la naissance des petits, les femelles formaient de petits groupes farouches, puis des bandes plus nombreuses, puis de grandes hardes qui culminaient, après la mise bas, en un rassemblement massif nommé agrégation. Celle-ci se produit en juillet et constitue un spectacle devant lequel chacun s'émerveille, aussi impressionnant que les longs vols perdus des pigeons voyageurs, ou que les superbes troupeaux de bisons de jadis.

Mais si on les dérange pendant la mise bas, si l'on fait voler un hélicoptère à basse altitude dans le brouillard, les femelles seront séparées de leurs petits, avec des conséquences dramatiques. En même temps, la résilience de ces créatures est énorme, elles peuvent résister au froid extrême, à la faim, à des distances épiques et aux assauts des mouches à rendre fou.

Gwen apprit le mot *albedo*. En noircissant la glace, un déversement de pétrole ruine son *albedo* ou capacité de réflexion : elle absorbe alors la lumière plutôt que de la refléter, et elle fond, transformant l'environnement de façons imprévisibles. *Albedo* comme albinos. L'esprit de Gwen faisait des liens, biseau, par exemple — un albinos aux yeux rubis. Des termes de joaillerie lui revinrent en mémoire, et les explications laconiques de son père, sa réticence. Assis à son banc de bijoutier, armé d'un pinceau pour balayer les tas de poussière d'argent qu'il conservait et faisait fondre pour la réutiliser. Il avait aussi de petites boîtes de poussière d'or. Il lui avait dit que, très souvent, les joailliers importants prenaient tout, les lattes du plancher, toutes les étagères, et les brûlaient pour récupérer l'or. Il approchait une loupe de son œil à la recherche d'imperfections. Tout n'est qu'illusion, avait-il murmuré un jour en passant une broche au papier d'émeri : tu fais quelque chose de lisse avec une série d'égratignures. « Cabochon » était un autre mot ancien utilisé dans le métier ; il désignait toute pierre plate d'un côté et ronde de l'autre. Son père gardait des cabochons d'ambre et de turquoise dans de petits tiroirs, des perles, des grenats et des améthystes dans d'autres. Recuire. Elle adorait regarder le processus se dérouler, le métal se détendre et changer de couleur, se ramollir et devenir malléable sous la chaleur égale de la flamme du chalumeau à gaz. Son père aurait dit que Dido avait des mains, des poignets et des épaules de bijoutière, carrés, forts et habiles. Il n'était pas difficile d'imaginer Dido faire ce qu'elle-même n'avait jamais réussi à faire, polir l'argent et l'or sur la roue rouge sans même noircir ses longs doigts habiles.

Pendant les mois qui suivirent, Gwen se forgea une image du nord comme une page ouverte dans un livre de merveilles illustré et enluminé avec des animaux rares et des plantes subtiles. Le Grand Nord, c'était les tropiques rendues simples et fraîches. Un lieu plus facile à connaître, car il gardait toutes les traces de passage, tous les os blanchis, toutes les pierres fendues par le feu. Un scientifique parla du temps que toute chose mettait, d'une part, à se décomposer dans l'air arctique et, d'autre part, à pousser, car les réserves de nourriture étaient limitées, l'été était court, les taux de reproduction, très bas. Dans certaines parties du nord, un omble arctique ne produit pas d'œufs matures avant l'âge de douze ans, et même après cela, il ne pond qu'une fois tous les deux ou trois ans. Un monde qui, si on était un enfant et que la terre était une assiette, serait alors une assiette gigantesque, avec beaucoup d'espace entre quelques aliments choisis. Gwen avait été exactement ce genre d'enfant, voulant que tout soit séparé, et qu'il n'y ait pas beaucoup de choses différentes, ni, d'ailleurs, beaucoup d'une même chose.

L'enquête produisait tant de choses visibles et dignes d'intérêt. Quelque chose s'accéléra en Gwen quand elle entendit un témoignage autochtone à la radio sur la vie sur la terre, l'existence dans des abris de fortune quand on traversait la vie ballotté par la tempête et réchauffé par le soleil. De nombreux Autochtones passaient encore les mois de mai et de juin dans leurs camps de printemps à piéger le rat musqué, et l'été à leurs camps de pêche dans le delta à attraper et à faire sécher le poisson, à pêcher la baleine blanche, et une partie de l'hiver à l'intérieur des terres, à chasser et à piéger.

Berger alla à leurs portes, d'un village à l'autre, trente-cinq au total. Il visita les campements d'été et les territoires de pêche, comme les prêcheurs itinérants d'autrefois, dans son veston de velours côtelé avec des pièces de cuir aux coudes, ses grosses lunettes d'écolier sur son visage large et avenant. Et, bien sûr, les gens allaient vers lui. D'innombrables témoins parlèrent devant le micro au cours d'un rassemblement, une agrégation, si vous préférez, d'informateurs et d'information. Un moment d'espoir remarquable pour quiconque s'opposait au pipeline, pour quiconque était en faveur du présent qui apprend à partir du passé.

Autour de Yellowknife, les bouleaux et les peupliers miniatures changeaient de couleur en août. Pendant environ deux semaines, ils arboraient un jaune doré ravissant. C'était tout à fait stupéfiant, mais tellement bref: chacune des feuilles était sur chacun des arbres et chacune était jaune. Plus au sud, les couleurs se regroupaient sur quelques feuilles pendant que d'autres tombaient, et l'on n'obtenait alors qu'un morceau de l'ensemble, mais ici, on avait toute la splendeur d'un seul coup, puis c'était fini. En septembre, il neigea suffisamment pour couvrir le sol, et les routes devinrent glacées. On ne verrait plus d'eau dans les rues avant le mois d'avril.

Vers la fin de septembre, un gros colis adressé à Gwen Symon arriva à la station. Un paquet arrondi enveloppé de papier kraft épais, plus gros qu'un sac de couchage, pensa-t-elle. Aucune adresse d'expéditeur. Elle pensa aussitôt à une offrande propitiatoire de son frère en Ontario — ils ne s'étaient pas parlé depuis des mois —, mais le cachet postal indiquait YELLOWKNIFE.

Sous le regard d'Eleanor, Gwen l'ouvrit et se rappela la remarque de Harry sur les fantômes qui sortent des boîtes. Il avait raison. C'était un manteau de fourrure, qui pouvait passer pour un fantôme.

Elle le retira de son emballage, bouche bée, abasourdie. «Nous nous souviendrons de ça pour le reste de nos vies, dit Eleanor. Tu te souviendras de l'aspect du manteau et nous nous souviendrons de l'expression sur ton visage.»

Gwen tint le manteau par les épaules et le secoua pour le déplier. Elle examina la fourrure sombre, d'un gris brunâtre, qui semblait irradier. Son contact était aussi doux que du talc. Elle regarda la marque, Wright Furs, chercha des étiquettes et n'en trouva pas, chercha des signes d'usure sur la doublure de soie brune et ne trouva aucune usure, seulement la douceur d'avoir été portée. Elle l'endossa, le serra autour de son cou et s'avança vers la fenêtre du studio pour voir son reflet.

«Tu es splendide», dit Eleanor.

Gwen mit ses mains dans les poches et sortit une petite carte. *D'un admirateur secret.* Elle se sentit alors aussi transformée à l'intérieur qu'à l'extérieur : flattée et abasourdie. La première chute de neige avait provoqué un changement similaire dans la ville. En transformant le monde extérieur, elle en avait rendu l'intérieur éblouissant.

La beauté de la fourrure. Le manteau était léger, mais il était chaud et luxueux. Et Gwen était magnifique. Elle-même pouvait le constater.

Teresa identifia la fourrure. Son père avait été trappeur, et elle savait reconnaître le castor rasé quand elle en voyait. On avait très bien pris soin de ce manteau, dit-elle. Il était comme neuf.

Le brouhaha avait attiré Dido. Elle palpa le manteau avec envie. «Il est superbe, Gwen.

— Essaie-le. »

Dido l'enfila. Elle dut voûter les épaules, et quand elle étira les bras, deux pouces de ses poignets dépassèrent des manches. « La personne qui te l'a envoyé connaissait ta taille, dit-elle. Peut-être que quelqu'un t'observe. Tu as pensé à ça ? »

Gwen lui enleva le manteau et le replia lentement, soigneusement. Elle n'y avait pas pensé et ce qui avait été latent, un pincement d'alarme et de doute, prenait maintenant la place de sa joie. Elle caressa la fourrure. Ce serait vraiment dommage qu'elle ne puisse porter le manteau.

« Allons, protesta Teresa. On s'en fout de qui l'a envoyé. »

Et, tout à coup, Gwen comprit. Quand elle était enfant, on avait envoyé un gros panier de précieuses baies du Manitoba, de l'île Manitoulin, à une famille de sa rue, les Johnson ; c'était un cadeau de parents vivant dans cette île. Mais les baies n'étaient jamais arrivées à destination, elles avaient été livrées par erreur à une autre famille du même nom. Le chat n'était sorti du sac que lorsque les parents en question avaient demandé à voix haute pourquoi ils n'avaient jamais été remerciés. « Il doit y avoir une autre Gwen Symon », dit-elle.

Mais alors, pourquoi le colis lui avait-il été adressé à son lieu de travail ? Non, elle était indubitablement la personne visée.

À la fin, Gwen adopta le point de vue de Teresa. Elle porta le manteau. Elle l'appela Dolly. Allons nous promener, Dolly. Et elle faisait de longues randonnées, bien au chaud et raisonnablement insouciante. Elle ne cessa jamais de se demander qui lui avait offert ce manteau, mais personne ne se présenta et l'énigme demeura irrésolue pendant plus d'un an.

❖

Quelques jours plus tard, dans le stationnement à côté du magasin de spiritueux, Harry s'arrêta derrière la voiture garée de Dido. Elle était assise seule au volant, tellement immobile qu'il se demanda pourquoi, puis, la lumière se fit. Elle écoutait la radio, il en était sûr, et il alluma la sienne pour savoir ce qui la captivait autant.

C'était le flot d'invectives que la fougueuse Eliza Doolittle lançait contre Henry Higgins ; Harry ignorait pourtant que Dido le revivait sur l'enregistrement de son enfance, ce passage gravé dans sa mémoire autant que la musique elle-même. Elle l'entendait arriver, puis elle entendait la chose se produire, tandis que la chanson à la radio continuait de tourner comme si de rien n'était. Cela lui ramenait toute son enfance. Son père soulevait l'aiguille et la plaçait, avec délicatesse, à une fraction de centimètre plus avant. Aussi précisément qu'Eddy quand il avait localisé *Helpless*. *My Fair Lady* avait été un enregistrement pour le jour. Le soir, son père faisait souvent jouer *Harold en Italie* et elle s'endormait au son de ces chants superbes et obsédants, apprenant à aimer l'alto à cause de Berlioz, à cause, en vérité, de son père. Assise là maintenant, suspendue au cœur de la musique, immergée dans le passé, elle se demanda ce que son père, qui avait été si attiré par les femmes fortes, et non par les hommes forts, aurait pensé d'Eddy. Eddy était tellement secret, intense, possessif ; il voulait avoir un enfant avec elle, il voulait un fils ; et il y avait pourtant des choses qu'il gardait exclusivement pour lui, et il y avait des fois où elle ne semblait pas compter du tout pour lui. Au bulletin de nouvelles, elle monta le volume. On préparait des tombes en prévision de l'hiver, non pas au vieux cimetière de la baie Back où elle avait entendu la voix de son père, mais au nouveau à côté de l'aéroport, vingt-cinq tombes qu'on couvrirait d'un abri en bois pour les protéger jusqu'à ce qu'on en ait besoin, après quoi la terre serait tellement gelée qu'il serait impossible de la retourner avec une pelle. L'innocence de ces arrangements la frappa. Personne ne s'attend à ce qu'il arrive quelque chose de mal, pensa-t-elle, quelque chose hors de l'ordinaire. N'empêche qu'elle avait eu des rêves violents l'un après l'autre et ils teintaient ses jours d'une vague appréhension.

Le sifflotement mélodieux de Harry l'accueillit quand elle sortit de sa voiture. Adossé contre sa camionnette, il sifflait l'air d'*I've Grown Accustomed to Her Face* et elle ne put s'empêcher de sourire. Elle reconnut le compliment, saisit le lien : lui aussi avait écouté la radio.

Harry était ravi de la voir, ravi de tomber sur elle alors qu'elle n'était pas sur ses gardes. Il pensait que leur différence d'âge n'était pas si grande, moins importante que celle entre Higgins et Eliza. Lui, dans la quarantaine, et Dido, dans la vingtaine. Mais elle dut lire dans ses pensées, parce qu'elle dit : « Harry, je ne suis pas Eliza Doolittle, tu sais. »

Il regarda sa tête dans la vitrine du magasin de spiritueux et admira Dido plus que jamais de voir à travers son moi idiot.

La radio prenait plus d'importance à mesure que les jours raccourcissaient. Travaillant à minuit, Gwen recevait plus d'appels et plus de plaintes concernant la musique qu'elle faisait tourner. Parfois, elle faisait passer ses auditeurs mécontents sur les ondes et se défendait, se servait de la petite porte pour faire bon effet. « Merci, et bonsoir ! » Ou : « Vous pensez que c'est de l'opéra ? Permettez-moi de vous initier à l'opéra. Nous voici à la porte de Joan Sutherland. » Elle appuyait sur la sonnette et invitait Joan à chanter un aria de *Norma*.

À la fin de l'été, Harry la fit venir dans son bureau et prolongea son contrat pour un an. Pour Gwen, c'était plus que suffisant. Elle éprouva une nouvelle bouffée de confiance en elle qui l'aida à compenser pour d'autres inquiétudes, comme son éloignement croissant de Dido. Leurs chemins ne se croisaient plus que très rarement, et quand cela arrivait, elles ne faisaient qu'échanger un bref salut. Elle avait, en fait, plus de contacts avec Lorna Dargabble, qui téléphonait souvent pendant son émission de nuit, presque pitoyablement reconnaissante pour la musique qu'elle faisait jouer.

Parfois, quand elle fermait la station à 1 heure du matin et sortait dehors, elle voyait la vieille dame rentrer d'une de ses promenades solitaires. En été, lui dit Lorna, elle s'aventurait jusqu'au lac Frame et marchait sur la berge, ou bien elle allait à Old Town et faisait le tour du rocher. Mais dans les mois plus froids, elle restait au centre-ville exhalant les odeurs chaudes, rances, graisseuses sortant de Jason's Chicken.

Cette fois-là, alors que Gwen raccompagnait Mme Dargabble chez elle, elles aperçurent Eddy et un jeune Déné un peu plus loin, ce dernier reconnaissable à sa longue tresse noire et à son dos encore plus droit que celui d'Eddy.

« Je ne leur fais pas confiance, dit Lorna. Je ne sais pas ce qu'ils manigancent, mais ils mijotent quelque chose. »

Gwen la regarda, étonnée d'entendre Lorna exprimer un préjugé. « Faut-il absolument qu'ils mijotent quelque chose ? Nous voilà, vous et moi, je veux dire. Diriez-vous que nous sommes en train de mijoter quelque chose ? »

Lorna pouffa de rire et passa son bras sous celui de Gwen. Mais elle laissa bientôt échapper un profond soupir. « L'époque où je mijotais quoi que ce soit est révolue », dit-elle.

Gwen lui demanda ce qu'elle avait sur le cœur, et Lorna lui confia qu'elle avait presque décidé de consulter un avocat et de demander le divorce.

«Mais, c'est bien», l'encouragea Gwen.

— Non, répondit-elle. Rien n'est bien.»

Gwen déjeunait quand les autres dînaient; elle prit l'habitude de rejoindre Teresa au café Gold Range vers midi. Un jour qu'Eleanor se trouvait avec elles, Teresa fendit son egg roll au milieu, versa de la sauce sucrée à l'intérieur. «L'amour est comme un menu chinois, dit-elle sur un ton espiègle et amusé. Il ne s'agit pas de rencontrer le seul et unique. Les choix sont infinis. On n'a qu'à choisir.

— Qu'est-ce que tu racontes!» s'écria Eleanor, qui partageait la banquette de Teresa.

Teresa se pencha vers elle, prise d'un fou rire.

Le café était bondé, chaud, humide de vapeur, de graisse et de fumée de cigarettes. Une photo encadrée, «L'heure du lunch au sommet d'un gratte-ciel, 1932», était accrochée au mur: des travailleurs avec leur boîte à lunch sur les genoux, en équilibre dans les airs, sur une poutre au-dessus de New York. Teresa avait une conception détendue de l'éthique de travail: elle prolongeait son heure de lunch plus que la normale et travaillait plus tard pour compenser. Cela convenait à Gwen, qui ne commençait pas à travailler avant 18 heures.

Ce jour-là, Teresa laissa échapper comme si de rien n'était qu'elle avait été bénévole au centre d'écoute gay de Vancouver. «Une femme de trente-cinq ans a appelé, raconta-t-elle, et je lui ai proposé d'aller prendre un café. Je lui ai dit: "Tu n'as rien à craindre. Je suis une vieille buandière chinoise. Je ne vais pas te draguer."» Elle reconnut l'expression sur le visage de Gwen, le choc contrôlé. «J'essaie de ne rien cacher à mon sujet», ajouta-t-elle avec un petit sourire.

Un silence. «C'est ce que j'aime tant chez toi», dit Eleanor.

La révélation de Teresa ramena Gwen à sa soirée d'anniversaire. Elle comprit mieux. Elle se rappela les mains tremblantes de Teresa après qu'Eddy eut monopolisé l'attention de Dido, et elle sut qu'elle avait finalement vu juste à propos de quelque chose. Elle s'était juste trompée de personne.

Eddy entra et, cette fois, ce n'était pas Dido qui l'accompagnait, mais son ami déné. En passant, les deux hommes saluèrent les trois femmes d'un hochement de tête. Eleanor répondit en les appelant par leur nom. «Eddy. Paul.» Ils s'installèrent à une banquette au fond du restaurant. «Paul est venu expliquer les revendications territoriales des Autochtones à notre groupe de soutien nordique», dit Eleanor.

Le visage de Teresa s'était assombri. Elle faisait soudain tout à fait son âge.

«Je me demande si tu viendrais, *toi*, un soir, continua Eleanor. Nous aimerions beaucoup entendre ton point de vue. »

Il y avait quelque chose de merveilleusement innocent et de généreux chez Eleanor Dew, songea Gwen, sur la banquette en face, en regardant le bon visage marqué par le temps s'animer avec les questions du jour. Dido et Eddy avaient formé un groupe de soutien nordique, dit Eleanor à Teresa, un atelier de Blancs sur la même longueur d'onde qui voulaient discuter des revendications territoriales autochtones, mieux les comprendre, les appuyer publiquement, compenser pour l'ignorance habituelle des Blancs et leur méfiance en ce qui concernait les droits des Autochtones. Ils s'étaient donné le nom de Groupe de soutien Nord du soixantième, et ce n'était pas pour les journalistes, ajouta-t-elle en adressant à Gwen un sourire confus, mais seulement pour les gens ordinaires de la ville. «Dido est l'exception.

Nous ne sommes qu'une poignée. Nous nous réunissons une fois par semaine dans ma caravane. Il y a un professeur. Un architecte. Il y a le pasteur de l'Église unie. Une femme est infirmière. Il y a un peintre. Et moi. Nous goûtons aux plaisirs de la pensée radicale, continua-t-elle avec un sourire légèrement ironique. Nous allons aux racines de ce qu'Eddy aime appeler la "réalité présente". Mais c'est bien. Paul nous a parlé il y a quelques semaines, dit-elle en le montrant du doigt. J'ai trouvé ça intéressant, utile.

— Je connais Paul Julien, dit Teresa, qui repoussa son assiette. C'est un de mes cousins. »

La nourriture qu'elle n'avait pas mangée serait jetée dans les poubelles à l'arrière du restaurant et les corbeaux aux allures théâtrales viendraient croasser et battre des ailes au-dessus.

« Nous avons besoin d'un règlement de nos revendications territoriales, reprit-elle. Nous avons besoin d'avoir le contrôle de ce pays. Mais Paul est ce que j'appelle un homme en chasse. Ça n'augure rien de bon. »

Tard, un soir, Gwen, portant Dolly, se trouvait au milieu de la rue, et elle écoutait, la tête renversée en arrière, stupéfaite. Elle avait fini de travailler et endossé sa parure empruntée, le prêt mystérieux, comme elle aimait le penser, incroyablement tombé du ciel sur ses genoux. En cette nuit de la fin d'octobre, le ciel était caché sous un brouillard blanc qui se déplaçait, commençait à luire, à onduler et à descendre en longs glaçons hirsutes, puis bougeait latéralement en formant des draperies vert pâle et mauves — une version gigantesque, céleste de la flamme du chalumeau à gaz d'un bijoutier qui jaillissait de côté, changeait de couleur, passait du blanc au bleu au vert puis à l'orangé. Si elle avait été en dehors de la ville, quelque part dans les vastes étendues arctiques, elle aurait peut-être entendu les aurores boréales bruire et chuchoter, comme tout le monde le racontait : Dénés, Inuits, trappeurs, prospecteurs, tout le monde à l'exception des scientifiques ennuyeux comme la pluie.

Plus tôt au cours de la soirée, il y avait eu des feux d'artifice terrestres moins éblouissants à l'île Latham. Le juge Berger tenait une audience de la communauté dans la salle à une centaine de mètres de la maison de Harry. Distinctes des audiences officielles tenues à l'hôtel Explorer, ces rencontres étaient décontractées, sans limites de temps, et se poursuivaient jusqu'à ce que tous ceux qui souhaitaient s'exprimer l'aient fait. Berger soutenait que toute personne habitant dans cette partie du monde avait le droit de donner son avis sur le gazoduc.

Assis au bout d'une rangée, Harry écoutait un jeune et brillant médecin de Yellowknife émettre une série d'avertissements concernant la prochaine invasion du Nord par le Sud. « Regardez l'Alaska, dit-il, où le pipeline Alyeska a été construit *après* le règlement des revendications territoriales autochtones. Même là, les conséquences ont été catastrophiques sur les taux de suicides, de divorces, d'alcoolisme, de maladie mentale, de crimes violents : une histoire d'horreur, dont nous n'avons pas encore entendu le dernier chapitre. Ici, poursuivit-il, les revendications autochtones ne *sont pas* réglées. Que va-t-il se passer, alors ? Pendant trois hivers, la compagnie embauchera une poignée d'entre eux et leur donnera un gros salaire. Ensuite, quoi ? Ils partiront vers le sud à la recherche des mêmes salaires, se retrouveront à vivoter d'assurance-chômage et d'aide sociale à Vancouver, Winnipeg ou Toronto et le nord aura perdu ses meilleurs effectifs alors même que les Dénés essaient d'établir leur droit à l'autodétermination. Des jeunes femmes dénées seront entraînées et exploitées sexuellement par des travailleurs blancs de passage qui leur offriront plein d'argent et l'accès facile à l'alcool sans réfléchir aux conséquences de leurs actes. Qui va payer pour tout ça? La compagnie du pipeline? La société pétrolière? Les citoyens du Canada? Ces gens paieront peut-être en dollars. Nous savons déjà qui va payer le prix en souffrance humaine.»

Lumières et appareils photo éclairaient la petite salle. Les envolées spontanées, improvisées rendaient ces audiences informelles particulièrement intéressantes pour les journalistes. Rien ne passait inaperçu.

Harry vit Eddy et Dido au fond de la salle, leurs manteaux sur les bras. Lorna Dargabble était assise, un peu débraillée, au bout d'une rangée au centre de la salle. En veston et cravate, Berger siégeait à une petite table carrée à l'avant, un micro sur pied directement devant lui. À sa gauche, les transcripteurs notaient chaque mot. Venus pour répondre aux questions, les représentants des deux compagnies de pipeline occupaient une autre table. Derrière le juge, une énorme carte était fixée au mur. Elle indiquait les trajets proposés pour le gazoduc; il y en avait deux, comme Berger s'était efforcé d'expliquer dans ses remarques préliminaires. Celui de 2200 milles de long avait été mis de l'avant par un consortium international (Arctic Gas). Il devait acheminer le gaz de la baie Prudhoe le long de la pente nord de l'Alaska, traverser le Yukon jusqu'à la vallée du Mackenzie, puis prendre le gaz canadien depuis le delta du fleuve Mackenzie et, dans un seul pipeline, le transporter jusqu'aux marchés du sud, canadien et américain. L'autre, une proposition exclusivement canadienne (Foothills Pipe Lines), transporterait le gaz canadien du delta du Mackenzie vers le sud, uniquement vers les marchés canadiens. Ce dernier avait 800 milles de long. Arctic Gas affirmait que, à long terme, son projet, plus important, serait plus économique et que le gaz coûterait moins cher que si le projet de Foothills était adopté. «Eh bien, c'est sur ce point que les avis des deux compagnies divergent», conclut Berger, qui se positionnait à l'écart de celles-ci même quand il expliquait leurs intentions à un auditoire d'à peu près soixante-dix personnes. Quel que soit le projet adopté, dit-il, des milliers d'hommes seraient requis pour construire le pipeline et cette construction prendrait des années. Et si l'on construisait un gazoduc, un oléoduc suivrait sûrement. Il était donc logique que son enquête traite non seulement des conséquences d'un gazoduc, mais aussi de tout le développement qui s'ensuivrait. En l'écoutant parler, Harry apprécia à quel point Tom Berger était parvenu à faire de son enquête un exercice de démocratie, en informant, questionnant, enseignant, écoutant. «J'espère que vous vous sentirez libres de vous exprimer et de me dire ce que vous avez à l'esprit, comme s'il n'y avait que vous et moi ici, ce soir», disait-il aux gens du lieu à ces audiences informelles.

Quand le médecin eut fini de parler, un pilote d'une petite compagnie aérienne de Yellowknife s'avança vers le micro. Il émit des doutes sur la valeur de l'enquête, car elle présentait comme une proposition «un pipeline qui semblait, au dire de tous, inévitable». Il dit qu'il accueillerait avec plaisir l'essor économique, le surplus de travail que cela apporterait, mais qu'il se sentait déprimé à l'idée de ce qui attendait la petite ville bon enfant, facile à vivre qu'il aimait.

Après le pilote, Eddy se leva pour prendre la parole.

Teresa venait d'arriver, elle était debout à l'arrière, curieuse d'entendre ce que ces gens de la ville avaient à dire. Elle-même ne parlerait pas; elle attendrait la venue de Berger chez elle, à Fort Rae, l'été suivant. Elle voulait que ses parents, en particulier sa grand-mère, entendent sa voix se mêler aux leurs ; elle voulait qu'ils soient tous ensemble en cette journée historique. Ce que demandaient les compagnies du gazoduc était énorme et ce que les gens demandaient était minime, dirait-elle. Ils voulaient juste qu'on commence par régler les revendications territoriales, et ce n'était pas beaucoup. Si le pipeline explosait, qu'adviendrait-il de leurs territoires de chasse traditionnels, des animaux et de toute la nourriture dont ils dépendaient ? Mon peuple n'a pas d'argent, dirait-elle au juge, et je ne crois pas que gagner de l'argent ait beaucoup d'importance pour eux. Les seuls qui ont des chances de tirer profit d'un pipeline, ce sont les grosses compagnies pétrolières, le sud du Canada et les États-Unis. J'ai peur du pipeline, lui dirait-elle. J'ai peur pour les aînés, pour tous mes parents, pour leur mode de vie traditionnel, et pour la terre elle-même.

Ce soir-là, Teresa regarda autour d'elle les visages pour la plupart blancs et se demanda d'où venaient ces gens — d'où viens-tu était la question posée à tout le monde au nord (tout le monde sauf les Indiens, pensa-t-elle). D'ailleurs, mais d'où exactement ?

Harry lui fit signe, demanda si elle voulait s'asseoir, et elle prit la chaise à côté de lui. Il tenait ses lunettes, ouvrant et fermant les branches tandis qu'il écoutait Eddy.

« Un ami déné m'a raconté qu'il était allé au Viêt-Nam lui aussi, dit Eddy, et j'ai cru qu'il plaisantait. Mais nous avons roulé vers Fort Rae, et je me demande si vous savez, juge, qu'à soixante-dix milles d'ici, il y a un endroit qu'ils appellent Viêt-Nam. Des maisons merdiques, des fenêtres cassées, de la poussière, de la saleté et de la misère. Fort Rae ne paie pas vraiment de mine, mais une partie du village est tellement affreuse qu'ils l'appellent Viêt-Nam. Une véritable cour des miracles. Alors, ce que je veux dire ce soir, c'est que je pense que vous avez de bonnes intentions, mais les bonnes intentions ne suffisent pas. Avec quelques amis, j'ai établi un groupe de soutien nordique pour ajouter nos voix, de façon très minime, à celles qui réclament la justice sociale pour les peuples autochtones. Nous nous sommes donné le nom de Groupe de soutien Nord du soixantième. Puis, il y a une couple de semaines, quelques *rednecks*, je ne trouve pas d'autre mot pour les qualifier, nous ont volé notre nom, se sont enregistrés légalement et ont commencé à faire paraître des annonces en faveur du gazoduc. Qu'est-ce qu'on peut faire contre des gens comme ça? demanda Eddy en s'adressant à l'ensemble des personnes présentes. Vous êtes un employé du gouvernement du Canada, reprit-il en se tournant vers Berger. Vous faites partie du système. Je vis ici depuis plus d'un an, mon patron est blanc, la plupart de mes collègues sont blancs. La station de radio où je travaille devrait être dirigée par les Dénés. Cette enquête devrait l'être aussi. Ils forment la majorité, ils devraient être en charge. Mais ce n'est pas ce qui se passe, pas avec ce genre d'assemblée gentille et polie. »

Teresa bougea sa parka brodée sur ses genoux. Dans un an, il sera parti, pensa-t-elle. Il sera retourné d'où il vient. Tous les Blancs finissent par retourner chez eux.

« Regardez, continua-t-il en gesticulant avec ses deux mains, sa mâchoire exprimant une colère refoulée, vous avez déjà eu des témoins dénés qui vous ont dit qu'ils donneraient leur vie pour empêcher la construction du pipeline, et tous les Blancs ont braillé en entendant ça. *Ils nous menacent de violence.* Mais ce que je dis, c'est que la violence est déjà là. Les conditions de vie dans les villages. C'est une forme de violence. Il y a un manque de respect hypocrite, des combines dans les coulisses qui font violence à la bonne volonté et aux bonnes intentions, et pourtant les Blancs ne prennent pas les armes. Pourquoi ? Je veux donc qu'on note que nous nous opposons au pipeline et que nous appuyons la prise de contrôle des Dénés, par tous les moyens nécessaires. »

On entendit quelques applaudissements dispersés. Un des journalistes autochtones brandit son poing avec un sourire radieux, un fauteur de troubles en congratulant un autre. Dido vit Harry Boyd se tirer l'oreille. Gaucher, bon cœur, inefficace. Mais Eddy avait raison. Le monde était divisé entre la majorité qui voulait croire que tout allait bien et la poignée de radicaux qui savaient que c'était faux et qui étaient galvanisés par cet état de fait. Eddy avait de l'énergie, tout comme elle. En privé, ils commençaient tous deux à croire qu'il fallait poser un acte draconien pour empêcher les grandes compagnies de continuer à violer la terre. Un acte qui les convaincrait que le Grand Nord n'était pas un endroit sûr où investir leur argent.

Lorna Dargabble se dirigeait maintenant vers le micro. Harry lança un regard à Dido. Elle était debout devant Eddy, appuyée sur lui. Eddy avait les mains sur ses épaules. Ils brillaient tous deux d'un éclat puissant, pharisaïque, songea Harry, qui considérait lui-même le pharisaïsme comme un péché. Cette pensée ne le réconforta toutefois aucunement. Lorna Dargabble souhaitait que tout le monde arrête de romancer le passé. Elle était une vieille femme, disait-elle, et elle avait vu ce que les hommes font aux femmes à la fin de la nuit, qu'ils soient blancs ou autochtones, que cela se soit passé il y a dix ans ou que cela se passe aujourd'hui. Il y avait beaucoup de laideur dans le nord, et beaucoup de violence. Nous avons besoin de bonté, disait-elle, d'emplois et de bonté. Mais elle était en train de perdre le fil de sa pensée. Harry vit Eddy chuchoter quelque chose à l'oreille de Dido, qui hocha la tête en souriant. La vieille dame semblait les amuser. Pas seulement pharisaïques, se dit Harry, mais cruels. Puis son attention revint à Lorna dont la voix résonnait maintenant très clairement. «J'ai entendu à la radio un homme vous dire que les compagnies du gazoduc violeront la terre. Eh bien, cet homme doit le savoir. Je veux dire, il a plus d'une fois été accusé de viol. On parle beaucoup de la terrible dégradation que le pipeline va apporter. Oh! oui. Et je suis inquiète, moi aussi. Mais ne croyez pas tout ce que vous entendez, c'est tout ce que je veux dire.»

Le court témoignage de Lorna fut accueilli par des bruits de pieds qui bougeaient, une certaine gêne. Berger la remercia avec sa courtoisie habituelle. À chacune de ces auditions, l'atmosphère était sérieuse; les gens voulaient s'exprimer sans hâte. Souvent, quelqu'un disait, comme une jeune femme le faisait à présent: «Je n'avais pas l'intention de parler, ce soir. Je voulais seulement écouter. Mais après avoir entendu la dernière personne, j'ai senti que je devais parler. Je pense qu'il est temps de croire au peuple autochtone. C'est leur terre.» Un Déné se présenta ensuite devant le microphone. «C'est la même chose pour moi, dit-il. Je suis jeune. Je n'ai que vingt-trois ans et je pense à mes enfants.» Harry reverrait plus tard cet homme par une froide journée d'hiver, dans des circonstances si différentes qu'au début il ne le reconnaîtrait pas. «Aujourd'hui, j'ai garé mon camion au centre-ville. Oui, j'ai garé mon camion parce que j'en avais pour à peu près une demi-heure, mais j'ai été parti trois quarts d'heure. À mon retour, j'avais une contravention et ça allait me coûter trois dollars. Je me suis dit: Bon, c'est la terre des Dénés. On devrait au moins nous consulter avant de faire ces règlements. On devrait au moins consulter les chefs. Ils devraient demander: "Qu'est-ce que vous en pensez?"» Il y eut des murmures de sympathie dans le public, certaines personnes hochèrent la tête. «Avant que les Blancs n'arrivent à Yellowknife, les enfants apprenaient leurs leçons de leurs parents. Maintenant, nos enfants n'écoutent plus, et les chiens non plus, on n'a plus de bons chiens à présent. Tous les Blancs sont venus avec leurs petits chiens, et maintenant, on n'a que des bâtards. Ils gâchent tout. Ils ont aussi gâché l'eau. Ils ont gâché la terre.» La salle était maintenant plongée dans le silence. «J'espère seulement que le gouvernement nous écoutera, conclut-il en repoussant sa chaise. C'est tout ce que j'avais à dire.»

Harry n'aurait pas dû se lever. Il le savait. Mais il mit ses lunettes dans sa main gauche et se dirigea vers le micro. Il s'était attendu à ce que quelqu'un d'autre débatte la question avec Eddy. S'ils s'étaient trouvés à la salle Elk plutôt qu'ici, à Old Town, il y aurait eu quelques hommes d'affaires et politiciens locaux prêts et empressés à prendre la défense du pipeline. Harry n'avait pas l'intention d'être pro-pipeline, mais il sentait qu'il devait intervenir. «Juge Berger, je suis le patron blanc auquel on a fait allusion plus tôt. Je suis le directeur de la station de radio sur le point d'être éclipsée par une station de télévision. Alors, quand on parle de patrons, je ne pèse pas lourd dans la balance.» Il entendit qu'on claquait la porte de la salle et se demanda si c'étaient Dido et Eddy qui s'en allaient. «Ceci ne va pas me rendre populaire auprès de mes propres patrons, mais je sens que je dois le dire. Je parle en mon nom, à titre de résidant du nord, vous comprenez. Nous avons ici une enquête sur les conséquences du gazoduc que, dans vos remarques préliminaires, monsieur, vous avez qualifié de projet le plus cher jamais entrepris par l'industrie privée partout dans le monde. Mais, juge, disons que vous êtes en mesure de recommander des façons de garder le pipeline loin des communautés. Disons que vous êtes en mesure de faire ça. On pourrait alors faire valoir que son impact fera à long terme moins de mal que la télévision diffusée depuis le sud. Je ne cherche pas à banaliser le pipeline. Ce que je veux vraiment dire, c'est qu'on ne peut échapper à certaines choses, dont la télévision, et peut-être aussi le pipeline. Mais nous pouvons les ralentir, sans nécessairement recourir à la violence. En mars dernier, par exemple, le village d'Igloolik a rejeté la télévision dans un référendum. Les gens ont choisi d'avoir plutôt une station de radio qu'ils contrôleraient. Selon moi, la meilleure chose que fait votre enquête est de réveiller les gens afin qu'ils soient sur leurs gardes et s'assurent de ne pas être bousculés, poussés et intimidés. Je tiens à signaler que je ne veux pas de gazoduc et je n'en veux pas parce que les Autochtones n'en veulent pas. Après tout, les Blancs du sud sont en minorité, ici. Nous devrions cesser d'essayer de toujours l'emporter. » Harry remercia le juge et retourna au fond de la salle. Qu'est-ce qu'il espérait ? Pas le demi-sourire de Dido, son air froidement approbateur, si toutefois il l'était. C'était certainement l'impression qu'il donnait. Quand il s'assit, Teresa lui toucha le bras. « Merci, Harry. »

Peu de temps après, alors que Harry sortait pour rentrer chez lui, un reporter du journal local l'arrêta à la porte, voulant s'assurer qu'il avait bien noté son nom et son titre. Une fois chez lui, Harry se fit du café, puis il alla marcher. Il tomba sur Gwen dans son manteau de fourrure, qui contemplait l'aurore boréale.

« *Aurora borealis*, dit-il. Des particules chargées d'électricité dans le vent solaire entrent en collision avec des molécules de l'atmosphère supérieure terrestre et cette collision produit de la lumière.

— Tu devrais être au lit, répondit Gwen.

— Le vert est causé par l'oxygène et le violet, par l'azote. »

Ils continuèrent à regarder les couleurs dans le ciel. Harry se rappela ce jour de l'été précédent où Gwen avait eu la tête et les épaules décorées de libellules bleues. La revoilà, songea-t-il, contente au milieu des éléments. Sa vue le réconforta.

«J'ai fait une chose que je n'aurais pas dû faire, ce soir.

— Quoi ?

— J'ai pris position politiquement. J'ai dit ce que je pensais.

— C'est méritoire.

— Pas pour le directeur d'une station de radio publique. Nous sommes censés être objectifs, ne pas prendre parti, surtout dans un climat politique aussi chargé que celui-ci.»

On appela ça l'incident Harry Boyd, et sa propre salle de nouvelles lui en voulut davantage que le siège social. Celui-ci lui donna de petites tapes sur les doigts et l'avertit de ne plus jamais faire ce genre de chose. Mais Thwaite et Tupper étaient furieux parce qu'il leur avait compliqué la vie. Ils s'efforçaient de se montrer sans parti pris, ce qu'ils étaient, et il fallait que leur directeur s'ouvre la trappe à une assemblée publique. Ils envoyèrent une lettre pour se plaindre au directeur du service nordique à Ottawa. Il y aurait plus tard une autre lettre, signée par d'autres.

Un jour du début de novembre, Dido se présenta au travail avec des verres fumés. Le soir, Gwen la trouva en train de regarder par la fenêtre du bureau vide, perdue dans ses pensées. Elle avait mis ses lunettes sur sa tête, et Gwen vit son œil gauche bleu et gonflé.

Entre les deux femmes, il y eut un moment de silence infranchissable. Dido et son regard froid. Gwen et son flegme de commande. Dido n'avait pas allumé le plafonnier. Sauf le faible éclairage d'une lampe, la pièce était plongée dans le noir. Un court instant, Gwen se rappela avoir été assise à l'ombre d'un prunier après les funérailles de sa mère. Un voisin qui jardinait de l'autre côté de la clôture avait essuyé une truelle contre un pot en argile, et le son terrestre se faufilant à travers ses soucis lui avait fait prendre conscience de l'herbe, des plantes et des oiseaux.

«Dido?

— Je suis là.»

Gwen hésita. Puis, elle s'avança. «On ne se parle plus beaucoup. Quelque chose s'est détérioré entre nous. Je ne sais pas quand ç'a commencé.»

Dido esquissa un petit sourire. Elle portait une veste de cuir ajustée sur un chandail noir. Ses mains étaient expressives, minces et blanches quand elle enleva les verres fumés qu'elle avait sur la tête et les déposa sur le bureau devant elle. «Je savais qu'on finirait par aborder le sujet.

— Et tu ne veux pas.»

Gwen s'était installée avec précaution sur une chaise à environ huit pieds. Une odeur de vieux café flottait dans l'air. Un iris violet foncé sur le calendrier accroché au mur.

Dido sourit de nouveau. «Tu passes toujours d'un extrême à l'autre.»

Gwen absorba cela, l'étonnement, le poids des mots. «Je ne crois pas», répondit-elle, déroutée. Personne ne lui avait jamais dit une chose pareille. Si quelqu'un passait d'un extrême à l'autre, c'était bien Dido.

«Quand je rentrais chez moi le soir, je donnais des coups sur la table et je criais ton nom. J'étais tellement fâchée contre toi.

— Mais pourquoi? demanda Gwen, qui la regardait, stupéfaite.

— Pour une rebuffade quelconque de ta part pendant la journée. Je disais quelque chose et tu me répondais comme pour me faire comprendre que j'étais stupide.

— Non.»

Gwen secoua la tête. Elle avait l'impression d'être une enfant prise en faute, elle avait froid et mal au cœur.

«Oui. C'est exactement ce que tu fais. Juste à ton air, ou au ton de ta voix, tu dis que l'idée dont quelqu'un est en train de parler ne vaut rien. Tu peux te montrer tellement méprisante.

— Je ne ressens aucun mépris envers toi, Dido. Si j'en donne l'impression, je suis désolée.

— En es-tu sûre?»

Gwen restait assise là, déconcertée. Elle fouilla dans le passé, essayant de ressusciter des incidents, mais Dido et elle avaient des horaires distincts et ne s'étaient pas beaucoup vues. *Toi*, es-tu sûre de parler de la bonne personne? voulait-elle demander.

«Je m'énerve, dit-elle. Je sais que ça me rend de mauvaise humeur. D'habitude, je suis tellement incertaine de ce que je fais.» Elle s'interrompit. Puis, délibérément, reprenant les mots de Dido, elle ajouta: «Certaines personnes savent exactement à quel point elles sont bonnes. Ce n'est pas le cas pour tout le monde. »

Mais Dido ne sembla pas saisir à quoi elle faisait allusion. « Eh bien, ce n'est pas une raison pour *me* faire souffrir. Je m'attends à être traitée différemment par toi. »

Gwen se cala sur sa chaise. Dido se montrait déraisonnable. Elle voulait être traitée avec des gants blancs. Une reine. Mais une reine qui dérapait. Là, avec un œil au beurre noir.

« Ça te fait mal ? demanda Gwen. Comment est-ce arrivé ? »

Dido la dévisagea. « Je n'ai pas l'impression de pouvoir te faire confiance. » Elle livra sa sentence de mort d'une voix égale. « Pas pour quelque chose de vraiment important. Tu es trop imprévisible.

— Tu peux prédire de quoi je vais parler, dit prudemment Gwen. Tu savais que nous finirions par aborder le sujet. »

L'expression de Dido s'adoucit alors un peu et elle n'insista pas. « Tu as raison, je suppose. » Elle tendit la main et alluma une autre lampe.

Dans le flot de lumière, Gwen vit comme, en réalité, Dido paraissait vulnérable. C'était plus que le coquart, c'était sa peau, qui semblait non plus crémeuse, mais mince comme une feuille de papier, c'était sa façon de se frotter le pouce avec le bout des doigts de la même main, sans arrêter, mais comme sans en avoir conscience. Sa façon de planter ses dents dans sa lèvre inférieure, laissant des marques.

Pendant quelques instants, elles parlèrent d'autres choses, sans rien aborder de vraiment important, l'œil de Dido, par exemple. Elles parlèrent boulot. Gwen avait décidé d'adapter pour la radio une série de légendes nordiques sur Corbeau, magicien et créateur du monde, et elle demanda à Dido d'être la narratrice, comme elle voulait le faire depuis plusieurs jours. « C'est-à-dire si ça ne te dérange pas de travailler avec moi.

— Ça ne me dérange pas. Si tu me traites avec respect.

— Tout le monde te respecte, Dido. Tu ne le sais pas ? »

Même si Dido ne répondit pas, Gwen vit à sa façon de repousser ses cheveux de son visage — un vieux geste exprimant son assurance — qu'elle était contente, et elle se sentit presque pardonnée.

Avant de partir — et de laisser la station entre les mains de Gwen —, Dido la serra dans ses bras, puis elle recula et scruta son visage : sur ses gardes, cherchant comment la calmer. Elle se pencha alors et, pour la deuxième fois, elle embrassa Gwen sur la bouche.

« N'aie pas peur, dit-elle en reconnaissant l'inquiétude dans les yeux de Gwen. Je ne vais pas te violer. »

Dans les contes de fées, il y a la fée qui n'est pas invitée, l'enfant qui n'est pas protégé, la princesse courtisée par le mauvais prince. Ces moments choquants sont montrés entiers dans la lumière, tirés hors du puits profond, et ils pendouillent, glissants et se débattant, complètement exposés.

La première fois qu'Eddy et Dido se défoncèrent ensemble, Dido apprit le sens de l'expression *le corps électrique* : ils étaient leurs propres aurores boréales, murmura Eddy, qui disposait d'un répertoire enivrant de termes suggestifs, explicites, et savait lui faire l'amour avec lenteur, compétence. Dido était partie, incrédule, puis elle était revenue pour en avoir plus. Eddy vivait dans un appartement au sous-sol, dans une rue à deux pâtés de maisons de la station. Son mobilier, fourni par le propriétaire, était rudimentaire, mais il le gardait très propre. Avec la venue du temps froid, il avait cessé d'utiliser son espace dans l'entrepôt à Old Town et transporté tous ses transmetteurs, ses pièces de radio et d'appareil photo dans la chambre d'ami. Il prit des photos de Dido et les développa dans la salle de bains jusqu'à ce qu'un photographe du journal local le laisse utiliser sa chambre noire. Il montra ses photos à Dido et en épingla plusieurs au mur. Elle ne savait rien des autres photos qu'il prenait et quand elle le découvrit — et les vit —, elle trouva les mêmes excuses, offrit les mêmes justifications qu'Eddy aurait eues.

Il n'y avait pas de rideaux chez lui et la lumière qui tombait sur leur lit était comme un clair de lune venu du cosmos. Leurs corps luisaient contre les draps. Puis, ce fut l'aube, Dido voulut se lever mais il n'était pas d'accord. Il la plaqua dans le lit et ça n'avait rien d'un jeu. La fois suivante où il fut brutal avec elle, elle le fut à son tour, et cela l'alluma d'une manière qui la secoua, la dégoûta et l'excita.

La confusion de Dido s'intensifia après une entrevue qu'elle fit avec un linguiste autochtone d'une cinquantaine d'années qui relata son expérience dans une école résidentielle. Il se mit à lui décrire d'une voix calme ce qui s'était passé.

Sa mère était morte quand il avait trois ans, dit-il au microphone, et, pendant quelque temps, il avait été élevé par ses grands-parents. Mais un jour, son grand-père l'avait fait monter dans une charrette tirée par un cheval et lui avait dit dans sa langue: «Tu t'en vas.» On l'envoyait à Elkhorn, au Manitoba, dans un internat dirigé par une mission anglicane. À l'école, on les avait tous avertis de ne pas parler dans leur langue, mais après avoir été pris trop souvent sur le fait, il avait été puni. Le missionnaire anglican l'avait giflé à la volée jusqu'à ce qu'il ait les joues rouges et brûlantes, mais il n'avait pas pleuré. On lui avait alors ordonné de se déshabiller, et il avait été frappé sur son derrière nu, et il avait alors pleuré. On lui avait attaché les mains derrière le dos, lié les chevilles, puis on l'avait juché sur un haut tabouret et laissé là jusqu'à ce qu'il tombe et se souille. Il avait alors reçu une autre fessée. On lui avait ordonné de remplir une bassine d'eau chaude et d'y agiter un pain de savon coupé en deux, puis de se laver la bouche. Il avait bientôt eu l'intérieur de la bouche en feu et ressenti une soif violente. On l'avait ensuite enfermé dans une pièce vide. Le prêtre était entré quelques moments plus tard et avait exhibé son pénis, « mais j'avais cinq ans, je ne savais pas ce que ça voulait dire, alors il l'a poussé en moi et je me suis évanoui ».

Cette histoire d'horreur survenue pendant l'enfance de l'homme suscita un souvenir personnel, profondément enfoui en Dido : une enfant — elle — frappant les fesses d'un enfant plus jeune. Elle avait cinq ans, l'enfant plus jeune, deux ou trois. Ils étaient chez elle, à l'étage, toute une bande, à jouer. Qu'est-ce qui avait provoqué ça ? Elle se rappelait seulement avoir baissé la culotte du petit et le flot de sensations qui avait accompagné le fait d'appliquer sa main nue sur ces fesses nues. Cela la submergea, une digue qui sautait, une sensation de saleté, d'excitation et de culpabilité.

Elle avait oublié, elle avait oublié, et voilà que ça lui revenait. Le jaillissement de la libido chez une enfant de cinq ans. Ça n'avait peut-être rien d'exceptionnel, se dit-elle, c'était peut-être une chose que tout le monde ou presque dépassait, tous sauf quelques prêtres célibataires qui prenaient leur pied en frappant des derrières nus et, pire encore, les choses indescriptibles dont parlait le linguiste autochtone, jusqu'à ce qu'elle lui dise : « C'est trop dur à écouter.

— Oui », acquiesça-t-il, et il s'arrêta, et ça ne semblait pas le déranger de s'arrêter.

Elle demanda à Harry ce qu'elle aurait dû faire et ce qu'ils devraient faire ensuite. Harry répondit qu'elle avait fait ce qu'il fallait en écoutant le linguiste jusqu'à ce que ça devienne trop douloureux.

«Je me suis sentie lâche», dit-elle.

Les gens qui téléphonèrent à la station étaient pour la plupart des auditeurs offensés qui ne croyaient pas cet homme. Il était venu à Yellowknife pour se présenter devant Berger, témoigner de la longue destruction des langues autochtones et de ce qui allait probablement se produire à cet égard si le pipeline était construit. Dido savait seulement qu'il était respecté dans son domaine (Ralph Cody lui avait dit qu'on le tenait en très haute estime), et elle lui avait innocemment demandé de lui parler de son passé.

«Quel genre de suivi devrais-je faire?» demanda-t-elle à Harry, l'air encore une fois angoissé et contraint, tout le contraire de ce qu'elle avait été auparavant.

Harry suggéra qu'elle en fasse un projet, non pas avec des entrevues décousues et occasionnelles, mais en rassemblant l'information nécessaire à un reportage sur les abus sexuels. «Il est temps que les écoles et les églises rendent des comptes.

— Je ne suis pas certaine d'avoir le courage de le faire.

— Je ne te blâme pas», répondit Harry en hochant la tête.

Cela arriva graduellement, au fil des semaines, alors que les nuits allongeaient. Les problèmes de Dido s'intensifièrent. De plus en plus, elle avait l'air mal en point, le teint jaunâtre, mal lavée. Des boutons bourgeonnaient aux commissures de ses lèvres. À l'antenne, sa voix avait toujours la même énergie calme et palpitante, mais en personne elle paraissait hagarde et les gens le remarquèrent. Quelque chose ne va pas? Dido est malade?

C'était étrange de voir sa vivacité s'estomper et son assurance reculer. À la table, quand elles soupaient ensemble, Eleanor remarquait comment les mains de Dido bougeaient continuellement : elle saisissait sa fourchette et son couteau et les tournait interminablement entre ses doigts, ou bien elle lissait sans arrêt les deux côtés de son napperon ; l'impression générale en était une d'efficacité soucieuse, agitée. Au travail, il y avait des jours où elle devait s'obliger à prendre le téléphone et à faire une entrevue. Elle qui débordait auparavant de vie s'en tirait mal avec l'amour.

Dido ne se confiait plus à Eleanor et Eleanor se tracassait en pensant à Lorna Dargabble, à l'éloquente fixité de son visage quand elle avait vu le coquart de Dido, à ses questions prudentes sur la vie personnelle de celle-ci, non pas pour se montrer indiscrète, avait-elle dit, mais parce qu'elle se faisait du souci. Et à ce que Lorna avait dit à Eddy, leur petite confrontation. Lorna était assise à côté du crassula quand Eddy était apparu, son manteau sur le dos, se dirigeant vers la sortie. Elle l'avait interpellé et il s'était arrêté. « Je vous ai vu une douzaine de fois, mais vous ne m'avez pas vue », lui avait-elle dit. Eddy avait plissé les yeux, l'avait examinée. « C'est ma pause, avait-il répondu.

— Votre mère aurait honte de vous. »

Eddy avait enfoui ses mains dans ses poches. « Je ne sais pas de quoi vous parlez. »

De la grande fenêtre, Lorna avait suivi Eddy des yeux tandis qu'il s'éloignait dans la rue. « De quoi parliez-vous, Lorna? avait demandé Eleanor.

— Je me faisais seulement un ennemi. Mais c'était inévitable.

— Lorna?

— Je n'aime pas les hommes sournois incapables de retenir leurs mains. »

Un matin, vers la fin de novembre, Harry trouva Dido sur la grève de la baie Back. Elle regardait le cimetière de l'autre côté, transie jusqu'aux os. Elle lui sourit quand il s'approcha et lui dit qu'elle pensait à son père.

« Tu as de nouveau entendu sa voix ?

— Je l'entends très souvent. Je me rappelle l'avoir entendue, devrais-je dire. Ça me garde saine d'esprit.

— Qu'est-ce qui ne va pas, Dido ?

— Rien. Il n'y a pas de problème. »

Mais elle ne pouvait arrêter de grelotter.

Harry la ramena chez lui et l'emmitoufla, tout habillée, dans une couverture, puis il se prépara à faire du café. « Je te donnerais un manteau de fourrure, si je le pouvais, dit-il.

— Tu ferais ça ?

— Tout de suite.

— D'après toi, qui a donné le manteau de fourrure à Gwen ? » demanda-t-elle après un bref silence.

Il la regarda sans répondre. Puis, il s'affaira à disposer le lait et le sucre, oubliant l'espace d'un instant que Dido buvait son café noir.

« Ta mère devait bien avoir un manteau de fourrure, Harry. Qu'est-il devenu ?

— Elle le porte. Tous les hivers. »

Il versa le café, elle passa ses doigts dans l'anse de la tasse et baissa les yeux.

« Bois », dit-il sur un ton encourageant.

Elle baissa la tête et prit une gorgée.

Il regarda son visage pâle, ses cheveux mouillés et repoussés en arrière comme si elle s'était baignée à la mauvaise saison. « Tu es profondément aimée », s'entendit-il dire, mais elle ne répondit pas. Il tira une chaise et s'assit à côté d'elle. « Quitte-le, dit-il d'une voix pressante. Il n'est pas bon pour toi.

— Pourquoi n'aimes-tu pas Eddy ? demanda-t-elle calmement.

— Il n'a pas d'âme. » Pendant un instant, il soutint le regard brillant de Dido, puis, il lâcha prise. « Je me trompe peut-être.

— Tu te trompes. »

Le visage de Dido avait retrouvé ses couleurs. Il avait au moins réussi ça, faire revenir le sang à ses joues.

« Tu mérites tellement plus, dit-il.

— Tu es tellement plus ? demanda-t-elle, le punissant de l'avoir prise en pitié. C'est toi que je devrais choisir ? »

Harry sursauta et se frotta la nuque. Il se leva. « Je te fais couler un bain. »

Dix minutes plus tard, seule dans la salle de bains, Dido s'immergea dans l'eau chaude en repensant à cette fois où Eddy l'avait lavée, chacun de ses membres, chaque pouce de son corps.

Ce jour-là, Harry lui fit boire des boissons chaudes et manger des plats chauds, fit son lit dans la chambre d'ami, la borda. Elle s'endormit. Quand elle se réveilla au milieu de l'après-midi, reposée pour la première fois depuis des semaines, elle regarda la chambre paisible et entendit Harry parler à son chien dans la cuisine. Soudain, également pour la première fois depuis des semaines, elle se sentit en sécurité. Et elle resta.

À la grande surprise de Dido, Harry était sans complexes et reconnaissant au lit. Sa vulnérabilité descendait comme une vague de sa tête chauve à ses yeux soumis et à sa bouche sensible, puis à la soyeuse toison sur sa poitrine et son ventre, à ses hanches robustes et à un pénis plus étroit que large, plus «Oh Henry!» que tablette de chocolat, plus rhubarbe de printemps que gourde d'automne, plus canot d'écorce que canot automobile.

Il appréciait tout ce que Dido faisait. Il réagissait à tout. Il était animé, il n'était pas critique, il était ardent.

Pendant six semaines, ils vécurent ensemble dans la maison de Harry sur l'île Latham, la petite maison blanche qu'il avait louée et qu'il venait tout juste d'acheter. Il planifia une réception pour le Nouvel An, avec tout ce qu'il fallait, du champagne et du caribou rôti, pour célébrer l'acquisition de sa nouvelle maison et sa nouvelle vie avec Dido. Mais il n'y aurait ni caribou rôti ni champagne.

Harry se rappellerait la grosse montre de Dido, surtout parce qu'elle continua de la porter après qu'il lui en eut acheté une autre. À la bijouterie Eldonn, la première semaine de décembre, il choisit une montre élégante avec un bracelet étroit qui semblait être en or martelé. Mais Dido la rangea dans un tiroir et continua de porter la montre que son beau-père avait trouvée sur la plage et glissée à son poignet. Elle passait son temps à la tourner avec sa grande main, comme une autre personne aurait tourné son alliance. La montre cliquetait contre les tables, dont celle du studio, couverte de serge pour assourdir tous les bruissements et les coups. La serge verte rappelait des bottes d'hiver qui assourdissent les bruits de nos pas. Harry portait des mukluks en peau de caribou doublées de feutre, et la seule fois qu'elles échouèrent à garder ses pieds au chaud, ce fut quand il marcha sur les planchers mouillés du magasin de la Compagnie de la Baie d'Hudson. Nulle part ailleurs, dans les vestibules,

les véhicules, les autres magasins, même au Strange Range, il y avait assez de neige fondue pour traverser la combinaison de peau et de laine et interférer avec la capacité d'isolation de ses bottes inuits. Dans un monde gelé, on s'habille pour le froid. Mukluks, pantalon de neige, anorak, parka, chapeau de fourrure, mitaines fourrées. Pas de ces mains nues, de ces têtes nues du sud du Canada.

Les jours et les nuits les plus froides, de la fumée sortait des cheminées et s'élevait dans les airs comme un fil à plomb. L'anniversaire de Dido tomba l'un de ces jours-là. Elle eut vingt-neuf ans le 5 décembre, le jour où, comme elle le dit à Harry, les enfants des Pays-Bas mettent à côté du poêle un soulier que Sinterklaas remplira de cadeaux pendant la nuit. Dido mit ses mains sur le visage de Harry et plongea son regard dans le sien. «Ce soir, je vais laisser mon soulier à côté du poêle et tu pourras y mettre un cadeau. Je ne veux rien d'autre.

— Que dirais-tu d'un gâteau?

— Je raffole des gâteaux.»

Il lui prépara un magnifique gâteau forêt noire. Il commença à 20 heures ce soir-là, peu conscient du temps qu'il lui faudrait. Quatre étages, et son four trop petit pour en accueillir plus de deux à la fois. Les quatre étages furent sortis du four à minuit. Dido était couchée, la chienne roulée en boule à côté d'elle. L'arôme flotta dans la chambre par la porte entrouverte. Rien n'aurait pu être plus douillet quand il entra avec un plateau et, sur le plateau, les batteurs avec la crème fouettée et les bols, le gâteau lui-même étant encore trop chaud pour être assemblé. Ils goûtèrent et léchèrent: ce fut comme un petit pique-nique. Le lendemain matin, au lit, Dido reçut un morceau du gâteau triomphal avec son café.

«Tu ferais une maman fantastique», dit-elle en souriant.

En vérité, il aurait aimé être père. «As-tu déjà voulu avoir des enfants? demanda-t-il.

— Je n'arrive pas à me voir en mère, Harry.»

Après le gâteau et le café, elle inspecta son soulier et trouva la montre en or, trop belle pour être portée, dit-elle. Il lui demanda si, en Hollande, tout le monde mettait ainsi ses souliers pour recevoir des cadeaux. «Aux Pays-Bas, Harry, le corrigea-t-elle. Il y a deux provinces, la Hollande du Nord et la Hollande du Sud, aux Pays-Bas. Et, oui, nous plaçons nos souliers à côté du poêle ou de la cheminée avec du foin et des carottes pour le cheval blanc de Sinterklaas. Notre grosse chaussure de cuir ordinaire et, le matin, le foin et les carottes ont disparu et il y a des cadeaux: jouets, livres, friandises, lettres en chocolat. L'initiale D de Droste en chocolat épais. Je la mangeais entre deux tranches de pain maison beurré, et quand c'était du pain aux raisins, c'était encore plus délicieux. Ma mère faisait le meilleur des pains aux raisins. Mon père disait que nous n'avions jamais à faire du vélo entre les raisins.»

Plus tard cette semaine-là, Harry, trop transparent, s'attela à la tâche et fit plusieurs pains aux raisins. Il quitta son travail à midi et quand il revint chercher Dido à 18 heures, il entra dans la station avec l'odeur du pain chaud sur ses vêtements d'hiver. Ils retournèrent ensemble à sa camionnette et ce fut comme pénétrer dans une boulangerie céleste. Tout au long du chemin, Dido respira l'arôme réconfortant, touchée par le dévouement de Harry, mais encore plus impressionnée par le caractère durable de certaines choses évanescentes. Le son de la voix de son père. Le goût de la pâte d'amandes de Noël. L'odeur de la peau d'Eddy.

L'air crépitait chaque fois que Dido et Eddy se croisaient dans le corridor ou qu'ils se trouvaient dans la même pièce.

D'après ce que les gens voyaient, elle ne l'évitait pas et il ne la recherchait pas.

Le nouveau couple formé par Dido et Harry, alors même que l'homme qu'elle avait quitté pour lui continuait de travailler à la régie, constituait une source d'intérêt considérable. Eleanor et Teresa en parlèrent plus d'une fois. Eleanor était frappée par l'apparente courtoisie des trois protagonistes : le travail de Dido et d'Eddy ne semblait pas souffrir de leur proximité, et cette proximité se poursuivait sans incident, jour après jour. Harry semblait avoir rajeuni de dix ans, dit-elle.

« Tu veux dire qu'au lieu d'avoir l'air aussi vieux que moi, il fait finalement son âge, répliqua Teresa en riant. Il m'a dit qu'il n'a que quarante-deux ans. »

« J'ai sous-estimé Eddy, dit Eleanor un autre jour. Je n'aurais jamais cru qu'il renoncerait aussi facilement à Dido.

— Attends, répondit Teresa. Ils n'ont pas encore atteint le rivage. »

Elle avait quelque expérience dans ce domaine, expliqua-t-elle, ayant vu sa sœur quitter plusieurs fois son mari. Audrey était venue la voir pendant leurs séparations, et Teresa pouvait presque chronométrer les étapes. Sa sœur vivait une courte période de détermination et de paix de l'esprit, suivie par une crise où elle attendait la sonnerie du téléphone ; suivait une troisième phase pendant laquelle elle essayait de ne pas téléphoner à son mari, puis abdiquait. Audrey était dépendante de lui, peut-être étaient-ils dépendants l'un de l'autre, et Teresa ne pouvait rien faire d'autre que d'être là pour ramasser les pots cassés. « Je me demande combien de temps Dido va tenir le coup contre Eddy.

— Eddy est manipulateur, dit Eleanor en penchant la tête. Il y a longtemps que je le sais.

— Elle l'est peut-être aussi », répondit Teresa.

Le jour le plus court de l'année, sur les ondes, une mère de jeunes enfants raconta à Dido qu'elle pouvait voir le soleil se lever et se coucher par la fenêtre de sa petite cuisine. Sa fenêtre donnait au sud, dit-elle, le soleil se levait à gauche et se couchait à droite, bien en vue dans la fenêtre pendant tout le processus, et prenant quatre heures pour compléter son périple. La pauvre femme essayait d'organiser une coopérative pour les mères dans un sous-sol d'église afin de donner aux enfants un lieu pour courir et crier et aux mamans un lieu pour parler à des interlocuteurs de plus de six ans. Dido l'écouta avec sympathie. Elle savait reconnaître une personne à bout de nerfs quand elle l'entendait. Sa propre vie était désormais plus calme, mais seulement en surface. Au-dessous, tout ce qui importait demeurait irrésolu. Eddy s'était fermé. Il l'ignorait aussi complètement qu'il l'avait fait au tout début après qu'elle eut refusé de l'accompagner au lac Prosperous. Elle admirait son assurance d'acier, dont il semblait avoir une réserve illimitée, mais elle était sûre qu'à l'intérieur il avait mal. Un après-midi, quelques instants après s'être félicitée d'être restée loin de lui depuis trois semaines, elle entra dans la régie et lui toucha l'épaule. «Comment vas-tu, Eddy?» Il se tourna et la regarda. Ce regard lui révéla tout ce qu'elle voulait savoir. Il avait souffert, lui aussi. Et voilà qu'ils se retrouvaient exactement là où ils avaient commencé, sauf que, maintenant, Harry était dans le portrait.

Émerveillé par l'entrée de Dido dans sa vie, Harry avait cessé de boire pour savourer chaque instant de cette présence. L'hiver précédent, quand il sortait de bars surchauffés et que dehors il faisait −30 degrés Celsius, il restait là, complètement soûl sous un ciel enchanteur, jusqu'à avoir les cils collés ensemble par le gel et l'intérieur du nez brûlé par l'air desséchant, puis il rentrait chez lui cahin-caha dans une camionnette aux pneus aplatis par le gel. Désormais, tout cela était révolu et il passait ses soirées à la maison avec Dido, souvent pensive et agitée, mais aussi de compagnie agréable et parfois caressante. Il ne la quittait que pour aller promener sa chienne le long de la baie gelée. Dehors, l'air avait une certaine odeur, sucrée, venant du bois brûlé, et pure, venant du froid. La neige, si sèche et craquante sous les pieds, produisait un bruit d'ongles égratignant un tableau, mais le bruit était rythmé, évocateur, fascinant : le plus nordique des sons. *Tu me brises le dos, tu me brises le dos,* gémissait la neige sous ses pas. Le capuchon de son anorak bruissait contre ses oreilles, la bordure de fourrure dépassait sa tête de plusieurs pouces, comme une chevelure de femme dans le vent.

Une nuit en particulier resterait gravée dans sa mémoire, à cause de son caractère irréel et troublant. Ella et lui étaient sur la baie, et Ella bondissait devant lui avec l'enthousiasme de tout chien qui se respecte. Ses propres pieds jouaient un duo grinçant sur la neige-violon. C'est alors que, pour une raison quelconque, il tourna la tête et aperçut deux énormes chiens sur la grève. Ils l'observaient, parfaitement immobiles. Il continua de marcher, regarda derrière lui, et ils étaient là, glissant derrière lui, au même rythme. En ville, il y aurait eu quelques voitures, des taxis. Pas ici. Il appela Ella et elle revint en bondissant, resta près de lui. Il regarda une troisième fois. Les chiens avançaient au même rythme, ils le suivaient, le traquaient, et son sang se glaça dans ses veines. Quelques mois plus tard, un petit garçon trébucherait et tomberait devant un husky enchaîné et, en l'espace de quelques secondes, il aurait la tête ouverte. Une centaine de points de suture seraient nécessaires pour fermer ses blessures, et son crâne rond ressemblerait à un ballon de soccer zébré de fermetures éclair. Harry regarda pour la quatrième fois derrière lui. Les chiens avaient disparu.

❖

Quelques jours avant Noël, Eleanor prit l'avion pour aller passer les vacances chez sa mère à Ottawa. Elle n'avait pas cherché une autre colocataire. Elle l'aurait fait, mais elle avait pensé que Dido aurait un jour besoin d'un refuge après avoir laissé Eddy. Mais Dido s'était tournée vers Harry. Pour combien de temps? La veille encore, elle avait vu Dido et Eddy marcher ensemble dans la rue, et Dido semblait vibrante, comme une plante arrosée après avoir manqué d'eau.

Pendant le long trajet en avion, Eleanor pensa à elle et Eddy. Elle se rappela cette soirée où elle avait fini par prendre la mesure de la rage meurtrière qui couvait en lui. Le groupe de soutien nordique s'était réuni dans la caravane d'Eleanor. C'était elle qui avait remarqué dans le journal local cette annonce du groupe en faveur du gazoduc, groupe qui leur avait volé leur nom; elle l'avait montrée à Eddy. À l'aide d'une paire de ciseaux, il avait découpé l'annonce, l'avait déposée sur la table de la cuisine et l'avait étudiée, pendant que sa main droite chiffonnait le reste du journal jusqu'à ce qu'il ait les jointures blanchies. Dido était restée assise à l'écart de la table, silencieuse, tandis que les autres exprimaient leur indignation. Puis Eddy avait pris la parole. On ne joue pas à Promenade dans le parc, avait-il dit. S'ils voulaient donner des coups bas, alors nous aussi. Ce soir-là, leur petit groupe s'était séparé. Eddy faisait trop peur, il méprisait trop les autres, pas assez radicaux à ses yeux. Seule Dido semblait partager son avis. Eleanor avait pesé le pour et le contre encore un moment. Elle avait un exemplaire du *Journal d'Anne Frank* sur son bureau. «N'importe quel adolescent aurait pu écrire ça», avait dit Eddy en le prenant. Son mépris, sa bêtise. Il aimait être illogique si cela déstabilisait les autres et leur donnait à croire qu'il menait le jeu. Mais

Dido était tombée sous son charme, le charme exercé par les hommes forts au fil des siècles, peut-être.

En arrivant à Ottawa, Eleanor prit la décision d'allumer un lampion pour Dido quand elle conduirait sa mère à l'église à la veille de Noël.

À Yellowknife, le temps fut plus doux que d'habitude en cette veille de Noël. Il faisait environ –20 degrés Celsius et on attendait de la neige avant le matin. Gwen avait persuadé Harry d'être son invité spécial à l'antenne de minuit à 1 heure. *Nuit de Noël avec Stella Round*. Il pouvait utiliser un pseudonyme, lui aussi, lui dit-elle. Il pouvait être Johnny Q.

Elle s'installa à la régie, le casque d'écoute sur les oreilles. Harry était de l'autre côté de la vitre, dans le studio, et ils discutaient de leurs chansons préférées. Elle fut abasourdie quand il dit : «Je vais te montrer.» Il pencha le micro vers le coin de la pièce, se leva et se dirigea vers le piano. Gwen et tous ceux qui avaient allumé leur radio à la maison écoutèrent, captivés. Ils entendirent ses pas sur le plancher du studio, le grincement du tabouret, le silence avant qu'il ne commence à jouer, le début maladroit. Puis, sa version plus que convenable de *What'll I Do* d'Irving Berlin.

Gwen fut complètement charmée par Harry, par la chanson, par la surprise de l'entendre au piano. Elle ne savait même pas qu'il savait jouer. Le côté *live* de la chose la transporta, elle aurait voulu que la radio ait toujours cette spontanéité, cette simplicité, que toutes les nuits soient comme celle-ci.

Le reste de l'heure se déroula dans la même atmosphère de musique et de souvenirs impromptus, dont ceux de Gwen qui se rappela avoir entendu Kathleen Ferrier chanter Brahms à la radio un été que ses parents et elle étaient restés coincés dans leur voiture pendant une heure sur un pont mobile à Hamilton. Sa *Rhapsodie pour contralto* ou, comme le présentateur l'avait appelée, la *Rhapsodie pour une voix noire*. Harry répondit en lui racontant que Kathleen Ferrier avait déjà travaillé comme téléphoniste. «Le savais-tu?

— En Angleterre?

— Peux-tu imaginer appeler le central pour avoir un numéro et te faire répondre par Kathleen Ferrier? Au nord de l'Angleterre, quand elle étudiait la musique. La pauvre n'avait que quarante et uns an à sa mort. Tu le sais peut-être, Brahms exprime son désir pour deux femmes dans cette rhapsodie, Clara Schumann et la fille de Clara Schumann, qu'il était sur le point d'épouser.

— Je l'ignorais.»

Et Gwen comprit alors une chose dont elle n'avait jamais eu conscience, qu'elle avait seulement prise pour une aberration. La véritable possibilité qu'un homme aime deux femmes, d'abord une, puis les deux.

«Monsieur Q, d'où vous vient cette oreille en chou-fleur? Je vous pose la question parce que je l'admire depuis des mois.

— Vous cherchez à connaître mes secrets. Eh bien, ne jouez jamais au rugby si vous tenez à vos oreilles.

— C'est promis.»

Harry sortit du studio et revint quelques minutes plus tard avec deux tasses de café instantané Maxwell House corsé avec du rhum *overproof* de la baie d'Hudson pris dans le tiroir du bas de son bureau. Ainsi qu'un disque de Kathleen Ferrier chantant dix-neuf chansons. Gwen dédia *Blow the Wind Southerly* à Lorna Dargabble, «ma coiffeuse préférée», qui ne lui téléphona pas ensuite comme Gwen s'y était attendue; mais c'était la veille de Noël, après tout.

Gwen et Harry étaient de si bonne humeur qu'ils ne terminèrent pas à 1 heure du matin, tel que requis, mais prolongèrent l'émission d'une demi-heure. Gwen convainquit Harry de retourner au piano, où il joua *Automn Leaves* et chanta les paroles, n'en oubliant que quelques-unes. Il observa ensuite que les paroles étaient bonnes, surtout le passage qui parlait de s'ennuyer de la fille aux mains brûlées par le soleil, mais Johnny Mercer a fait une grave erreur à propos du climat, as-tu remarqué ? Et Gwen dit que oui. Les journées raccourcissent quand les feuilles tombent, elles n'allongent pas. « Elles allongent *maintenant*, ajouta-t-elle. Aujourd'hui, nous avons gagné sept minutes de lumière du jour. »

À la fin de l'émission, Harry téléphona à Dido pour lui dire qu'il arrivait, il serait à la maison dans quelques minutes. « J'aurais cru qu'elle dormait, dit Gwen, soudain esseulée à la porte.

— Dido ? Non. Elle est en train de préparer une fondue au fromage. »

Harry l'aida à endosser son manteau de fourrure, l'inspectant de haut en bas avec tout le romantisme d'un commis de magasin, songea-t-elle. Il prit son anorak dans son bureau et la raccompagna chez elle pendant que tombait la neige. Elle tombait doucement, fine et sèche, étonnamment abondante.

Cette nuit-là, Lorna Dargabble était allée se promener et n'était pas rentrée. Son mari avait signalé sa disparition le jour de Noël, mais les gens n'en furent informés que deux jours plus tard, quand elle fut diffusée aux nouvelles. Eleanor rentra d'Ottawa ce soir-là et entendit toutes les hypothèses.

Le mari de Lorna avait dit à la police qu'elle était allée marcher, elle faisait toujours de longues promenades solitaires, la nuit. Elle n'avait pas pris son sac à main. Il était sur la table dans le vestibule. Son manteau et ses bottes n'étaient plus là. Elle avait laissé son chapeau, mais aucun message d'aucune sorte; il avait vérifié. Irving Dargabble avait le teint rougeaud, les cheveux blancs, parlait avec une patate chaude dans la bouche — un bel homme dans son genre. Il avait travaillé comme contremaître à l'une des mines et il levait le coude plus souvent qu'à son tour. Ceux qui le connaissaient le soupçonnaient de battre sa femme. La police était au courant, ayant été appelée chez eux plus d'une fois. Les policiers l'avaient amené au poste pour l'interroger. Manquant de preuves pour le garder, on l'avait relâché. Un appel fut lancé à la radio à quiconque savait quelque chose sur les allées et venues de la femme disparue.

Des recherches furent entreprises dans les zones suggérées par le mari, les endroits où elle avait l'habitude de se promener, puis jusqu'à School Draw, jusqu'à l'autre côté du lac Frame, jusqu'à la zone connue sous le nom de Can Hill, jusqu'au littoral. Mais la neige tombée à Noël avait été suivie d'une nouvelle averse le lendemain, et aucun vent ne l'avait déplacée. Les traces de Lorna avaient été couvertes et le lieu où elle aurait pu se rendre était enfoui sous la neige.

Assise à la table de la cuisine chez Eleanor vers la fin de décembre, Gwen ramassait les miettes en dessinant un cercle avec son doigt.

« Elle était si malheureuse, dit-elle. Je me demande si c'était un suicide. Je crois que oui. »

Eleanor ne répondit pas. Elle se rappelait comment Lorna avait affronté Eddy et regretta de n'avoir pas posé plus de questions quand elle en avait la possibilité. Elle avait l'impression que la frêle vieille dame était morte, s'il fallait en croire le mari, et même si on ne le croyait pas. Certains pensaient qu'elle était retournée à Boston, qu'elle était montée à bord d'un avion à l'insu de tous. Mais comment aurait-elle pu partir sans son sac à main ? On parlait aussi du mari.

« Je n'arrête pas de revoir toutes ces caisses dans le sous-sol, pleines de documents et de reçus. Elle était tellement préoccupée par l'argent.

— C'est peut-être un meurtre, dit Eleanor.

— Le mari, tu veux dire ?

— Je suppose. »

De l'autre côté de la table, Gwen se frotta les mains pour enlever les miettes. Elle se cala sur sa chaise, puis se pencha en avant et recommença à cueillir ces irrésistibles miettes de pain grillé avec le bout de son doigt. « Un de ses voisins croit qu'elle est allée à Edmonton, juste parce que c'est la grande ville la plus proche. C'est ce qu'il a dit à la police. Mais ça m'étonnerait. Je pense qu'elle est allée se promener, comme son mari l'a dit, comme elle le faisait toujours.

— Eh bien, on peut facilement se perdre la nuit si on se trompe de chemin.

— Ou si on va trop loin. Elle était vieille, je veux dire. Elle est peut-être tombée. Ou elle s'est fatiguée. Ce n'était peut-être pas délibéré », dit Gwen, mais elle ne semblait pas convaincue, surtout à ses propres yeux.

Puis, elle ajouta : « Elle ne m'a pas appelée après que j'ai fait jouer Kathleen Ferrier pour elle. J'ai alors compris que quelque chose clochait. »

La veille du jour de l'An, Gwen était seule à la station où elle animait, comme d'habitude, l'émission du soir. Peu après 21 heures, elle se rendit à la discothèque et, quelques minutes plus tard, elle entendit des voix et des bruits de pas. Une bouffée de patchouli, piquante, exotique, insolite :

une odeur méchante, pensa-t-elle. Elle traversa le couloir jusqu'à la salle de montage et les aperçut à deux pas : Eddy et Dido dans la régie. Le couple mystère, mystérieusement ensemble.

Ce qu'elle vit ensuite lui rappela des scènes de la bande dessinée romantique qu'elle aimait tant dans son enfance. Une bande dessinée loin d'être drôle — plus tristounette qu'amusante. Ils avaient leurs manteaux sur le dos, ils avaient l'air de se quereller. Dido fit volte-face pour s'en aller, Eddy l'attrapa par le poignet, la ramena vers lui d'une brusque torsion du bras et elle réagit en le frappant sur la tête. Gwen était figée sur place. Elle avait encore le parfum de Dido dans les narines, la tête lui tournait, elle avait mal au cœur et ne se sentait pas elle-même en regardant Eddy prendre la tête de Dido dans ses mains, l'incliner en arrière, l'embrasser sur la bouche avec une telle tendresse que Gwen pensa : Personne ne m'aimera jamais comme ça. Elle eut doublement l'impression d'être retournée à son enfance. Une pitié presque honteuse envers son moi sous-développé.

Elle retourna à la bibliothèque de l'autre côté du corridor et resta au milieu des disques jusqu'à la pause horaire de la station. Elle retourna alors à la cabine de l'annonceur, identifia la station — trente secondes —, donna la température, et vit que la régie était déserte. Elle alla à la réception. Ils n'étaient pas là non plus. Pauvre Harry, pensa-t-elle. Je me demande s'il est au courant.

Dido entendit des pas fermes et légers dans l'escalier de Harry, puis des coups frappés à la porte. Elle reconnut les pas et eut l'impression de s'affaisser, un glissement de terrain d'émotion tel qu'elle put à peine se lever. Eddy connaissait son horaire, il connaissait les allées et venues de Harry, il voulait qu'elle parte avec lui et elle le faisait attendre.

Eddy n'avait rien à perdre et, pour Dido, cela lui donnait un air intrépide. Il entra comme si elle lui appartenait, et c'était cet aplomb qui les attirait tous deux. En partie l'audace, en partie la clandestinité, surtout le plaisir physique. Elle le conduisit, non pas vers le lit de Harry, mais vers la chambre d'ami, qui avait l'avantage de l'anonymat avec une touche de risque.

Chaque jour, Harry pensait à Dido couchée la nuit dans son lit — le contact de sa peau, la courbe de ses fesses, ses mamelons foncés, comme bronzés, dressés sur sa peau nacrée —, incapable de croire à sa chance et conscient de l'indulgence de Dido. Sexuellement, elle était expérimentée et décontractée, elle savait ce qu'elle aimait, elle pouvait le guider, et elle pouvait se détourner. Elle se détournait parfois. Il lui passait la main dans le dos et elle s'éloignait manifestement, comme pour dire : *Je n'aime pas qu'on me touche là.*

Et c'était ce qui tenait Harry. Ce petit dégoût physique qu'elle exprimait et qui faisait d'elle, oui, l'amour de sa vie.

Un soir, dans leur lit, il y eut les plaisanteries habituelles de Harry et, même s'il était épuisé, le désir sexuel ; mais si expéditif cette fois que Dido s'immobilisa, déçue. Ç'avait été comme un train traversant un tunnel. Elle resta sans bouger et Harry la sentit lui glisser des mains.

«Ne me quitte pas», la supplia-t-il, et elle fut à la fois touchée et révulsée. «À quoi penses-tu ?» reprit-il.

Un petit rire triste lui répondit.

Elle pensait qu'elle ne savait que penser. Eddy était dans sa tête, il y était toujours. Elle se demandait pourquoi il acceptait de la partager avec un autre homme, ne serait-ce qu'une minute.

«Avant, je savais ce que je voulais, dit-elle. Je n'aurais jamais cru que je serais comme ça.

— Tu es parfaite.

— Je suis complètement mêlée, bordel de merde, Harry, continua-t-elle d'une voix morne, distante — il ne l'avait presque jamais entendue prononcer de gros mots.

— Nous le sommes tous. »

Il se rappela une bande qu'il avait entendue des années auparavant, japonaise, évidemment, d'orgasmes féminins à travers le monde. Les cris des femmes occidentales semblaient forcés et surfaits, tandis que ceux des femmes asiatiques étaient calmes, intenses et finalement incontrôlés. Allongé à côté de Dido, il comprit qu'il ne pourrait la retenir. *Peter Peter Pumpkin Eater. Had a wife and couldn't keep her*[1].

« Je ne m'aime pas beaucoup en ce moment, Harry », dit-elle.

Vers la mi-janvier, Harry et Dido se trouvaient au dernier étage de l'unique gratte-ciel de la ville. La pièce ressemblait à une salle d'attente d'Air France avec ses fauteuils de cuir foncé, une sorte de faux luxe privé d'air. On voyait le terrain de la mine Con, un terrain vague, désolé, semé de cailloux et de souches, qui s'étalait sur une longue distance couverte de neige jusqu'au rivage de la baie de Yellowknife. Regardant par la fenêtre, Harry se souvint d'un pique-nique avec une ancienne blonde sur une falaise le long du bord de l'eau. Il y avait des années de cela. Il promit à Dido de l'amener là-bas pendant l'été, et elle sourit. « J'aimerais ça », dit-elle.

L'occasion était une réception offerte par le gouvernement territorial, et Dido était venue dans l'espoir de rencontrer Tom Berger, mais il n'était pas là. Il y avait du vin,

---

1. Il s'agit d'une comptine anglaise pouvant se traduire par : « Pierre, Pierre, le mangeur de citrouilles, avait une femme et l'a perdue. » (N.D.L.T.)

du fromage, de l'omble arctique. Harry parlait avec le vice-commissaire quand Dido vint lui dire qu'elle devait s'en aller.

Il l'accompagna à l'ascenseur. Elle avait un chandail jaune drapé sur ses épaules, son anorak sur un bras. Elle entra dans l'ascenseur et il eut le souffle coupé quand elle lui dit silencieusement, avant la fermeture des portes : *Je t'aime.* Les portes commencèrent à se fermer et elle articula une deuxième fois : *Je t'aime.*

Harry resta là à regarder Dido lui dire qu'elle l'aimait, puis elle descendit — dans le monde souterrain, pensa-t-il quand il rentra chez lui. Elle était partie, et Eddy aussi, comme il le découvrit par la suite.

Harry vivait à présent seul dans la petite maison. La surface intérieure de la porte d'entrée et le bouton de porte même étaient couverts de givre. Il y avait aussi une épaisse couche de glace à l'intérieur des fenêtres. Harry buvait et une pensée surgit soudain dans son esprit embrumé : il aurait dû offrir des fleurs à Dido. Mais une amie lui avait un jour confié que plus la situation s'envenimait, plus son mari se conduisait comme un Européen. Des douzaines de roses, avait-elle dit, roulant ses yeux.

Il lui avait plutôt offert une montre en or, qu'il retrouva dans le tiroir de sa table de chevet avec un porte-clés et une lettre. La lettre était adressée à Dido, case postale 853, Yellowknife. L'adresse de l'expéditeur était à Halifax, le nom de famille, Moir, le cachet postal, daté de décembre. Harry la prit dans ses mains, soudain conscient de ce qu'il tenait. Il hésita, puis sortit la seule feuille de papier de l'enveloppe. Il la parcourut de la salutation à la signature, de *Chère Dido* à *Daniel*. Puis il lut la lettre — une écriture vigoureuse, soignée. Daniel racontait que sa nouvelle yole en bois avait de belles courbes, que son petit-fils était en train de devenir un marin de son propre chef, qu'à part ces deux plaisirs il trouvait la situation intolérable, mais que, pour le moment, il ne voyait aucun moyen de faire un pas en avant. Il pensait constamment à elle et il l'aimait.

Harry comprit que le beau-père de Dido n'était pas à la veille d'« apparaître à cette porte », mais il se demanda quand même pourquoi elle était partie sans la lettre.

❖

Un dimanche de la fin de janvier, deux semaines après le départ de Dido, la police se présenta chez Harry, non pas une fois, mais deux.

Vers midi, on frappa avec tant d'insistance à sa porte que son cœur bondit dans sa poitrine. Mais c'était un Déné qui chancelait sur le seuil. Quelqu'un qui se trouvait dans la maison en face lui avait tiré dans le pied, et un autre avait été assommé à coups de crosse de carabine. Harry voulait-il l'aider et appeler la police ?

Harry le conduisit à la cuisine. L'homme lui déclara s'appeler Arthur. Et c'est alors que Harry le reconnut. C'était celui qui, à l'audition de l'enquête, s'était plaint d'avoir reçu une contravention en territoire déné. Harry lui tira une chaise, puis il alla au téléphone et, pendant le temps qu'il mit à faire l'appel, une mare de sang s'était formée autour d'une des bottes de cuir d'Arthur.

Harry lui versa un verre de jus d'orange et lui donna un cendrier. Puis il fit taire Ella qui grognait, l'envoya dans le salon et lui ordonna de rester là. Par la fenêtre, il vit un autre homme tituber devant la maison de sa voisine Louise, patauger dans la neige en se tenant la tête entre les mains.

Il brancha la bouilloire pour faire du café et la police arriva avant que l'eau n'ait commencé à bouillir. Ils arrivèrent dans trois voitures avec des porte-voix et des carabines. Ils chargèrent leurs carabines de façon ostentatoire, mais ce n'était pas nécessaire. Quatre hommes et deux femmes sortirent de la maison en question et restèrent passivement au bord de la route ; ils avaient cessé de discuter et de boire. Harry sortit pour donner un coup de main. L'homme blessé à la tête était à présent assis à l'arrière d'une voiture et, quand l'ambulance arriva, Harry l'aida à s'allonger sur une civière et aida à monter la civière dans l'ambulance. Il y avait beaucoup de sang et le pauvre homme pleurait.

Ensuite, Harry conduisit les policiers dans sa cuisine. L'eau bouillait toujours dans la bouilloire, le verre d'Arthur était vide. Deux policiers soulevèrent Arthur de sa chaise et le firent sortir de la maison en le soutenant, un troisième prit la cigarette qu'il tenait entre ses doigts et la jeta dans l'évier en passant. Harry la retrouva trempée quand il alla plus tard laver la vaisselle. Après le départ des policiers, il nettoya la flaque gluante sur le plancher et découvrit le pouvoir de coagulation du sang. C'est seulement alors qu'il eut mal au cœur, très mal au cœur, et qu'il se sentit ébranlé. Ils avaient sûrement découpé la botte d'Arthur pour libérer son pied, pensa-t-il, sa botte de cuir flambant neuve à talon haut.

Plus tard ce jour-là, la police se présenta de nouveau à sa porte. Pas à propos d'Arthur, cette fois. À propos d'Eddy. Il y avait eu une plainte et ils voulaient parler à Harry à titre d'employeur d'Eddy.

Il écouta ce qu'ils avaient à dire.

«Je ne le crois pas», répondit-il.

Après leur départ, il resta immobile un moment. La police enquêtait sur quelque chose de sordide. Des hommes donnaient de l'alcool à des Indiennes en échange de relations sexuelles dans un motel sur la route de l'aéroport. Une des filles était sortie et elle avait failli mourir de froid.

Harry leur avait dit qu'ils suivaient la mauvaise piste. Pour commencer, Eddy ne buvait pas. Deuxièmement, ce n'était pas ce genre de gars. Et troisièmement, il avait quitté la ville avant l'incident. Harry voulut savoir qui avait dénoncé Eddy, mais la police refusa de répondre.

Il se dirigea vers la fenêtre. Dehors, il faisait 31 sous zéro. Entre sa maison et la baie, les saules étaient pleins de ptarmigans, boules de plumes blanches qui oscillaient sur les branches minces. Il se rappela Eddy disant qu'on était trop mou : ce con d'Eddy, qui passait ses mains dans ses cheveux roux clairsemés et se vantait de dormir tout l'hiver la fenêtre ouverte. Alors où ce con d'Eddy avait-il fait toutes ces conneries ?

Sur le lac, la glace était verte, la neige, lavande. Sur l'autre berge, la mine d'or nichait dans la baie. De la fumée sortait en claquant des cheminées.

Il pensa à une phrase, quelque chose qu'il avait lu dans un des livres de Ralph sur le nord : *avoir depuis toujours senti la neige et la glace, et jamais rien d'autre que la glace et la neige.*

Le froid s'intensifia. Il était juste derrière sa fenêtre. Harry pouvait le sentir presser contre elle. Tout le froid de tout l'Arctique pressant contre cette vitre.

Au travail, Harry se pencha sur le bureau d'Eleanor, prit distraitement quelques papiers, puis la regarda dans les yeux.

« Je n'ai eu aucune nouvelle d'elle, dit-elle calmement. Personne n'en a eu. »

Harry avait décrété que tous les employés devaient assister à une réunion d'information le lundi matin. Juste une fois par semaine, avait-il dit, histoire de nous tenir mutuellement au courant de ce que nous faisons. La salle des nouvelles lui opposa toutefois une résistance maussade. On pouvait même dire que les journalistes se rebellaient ouvertement. Bill Thwaite assistait aux réunions contre son gré. « Qu'est-ce que tu as, cette semaine ? » lui demandait Harry. Bill croisait les bras et répondait : « Absolument rien. »

Ils étaient rassemblés autour de la grande table dans le studio. Harry pelait une orange au-dessus de la corbeille à papier en métal, et l'odeur lui rappelait Dido perdue. Le parfum explosif. Après son départ, sa cuite privée lui avait coûté une semaine de travail et une autre marque noire sur la liste des péchés qu'on allait bientôt utiliser contre lui. Gwen regarda ses mains, fascinée par leur façon de creuser sous la peau de l'orange et de la peler si proprement.

On lui avait retiré le quart de nuit pour qu'elle remplace Dido, un employé temporaire avait été embauché pour la remplacer le soir, Andrew McNab se hâtait d'en former un autre qui serait technicien.

Harry chercha Jim Murphy du regard. Mais Jim ne semblait pas vouloir se donner la peine de se présenter.

Harry se tourna vers Gwen, digne de confiance. Elle mentionna avoir prévu interviewer un pilote de brousse qui avait découvert les restes d'un tonneau de bière dans les îles du Haut-Arctique, probablement laissé dans les années 1800 par un groupe de personnes à la recherche de Franklin, et Bill se jeta sur elle à bras raccourcis : elle empiétait sur son territoire. C'est une nouvelle, fulmina-t-il en agitant vers elle son doigt taché d'encre.

Guerres de territoire, songea Harry. À l'intérieur de la station, et en dehors. « C'est pourquoi nous avons ces réunions d'équipe, dit-il d'un air soucieux. Pour coordonner les affaires courantes et les nouvelles. Si tu veux un extrait de l'entrevue de Gwen pour le bulletin de nouvelles, tu n'as qu'à le demander. Et toi, Gwen, pas question de diffuser toute l'entrevue avant que Bill ait passé l'extrait. Ça va ? »

Il se tourna vers Teresa. Elle avait devant elle un article de journal relatant l'histoire d'une jeune Dénée retrouvée nue et complètement soûle dans la rue après avoir été jetée dehors d'une chambre de motel : deux hommes qui travaillaient à l'une des mines étaient accusés de viol. Elle tapota le journal avec son doigt et annonça qu'elle voulait produire une série sur la violence faite aux femmes. Elle avait en tête de diffuser, en anglais et en dogrib, un manuel d'anecdotes, de conseils, de renseignements : ce que les femmes affrontaient, ce qu'elles pouvaient faire, à qui elles devaient s'adresser. Gwen exprima aussitôt son intérêt et elles s'entendirent pour y travailler ensemble.

Avant la fin de la réunion, Gwen demanda à Bill s'il avait appris quelque chose à propos de Lorna Dargabble. Qu'est-ce que la police faisait, d'ailleurs ?

« Elle fait son travail », répliqua-t-il. Puis, un peu plus obligeamment, il ajouta : « J'imagine qu'au printemps on saura ce qui s'est passé. Quand la neige aura fondu. »

À l'arrière-plan, des témoins passionnés, mais calmes, présentèrent à l'enquête Berger ce qui se révéla un catalogue des pathologies nordiques, fournissant ainsi une abondance de matériel à Gwen et à Teresa. Des anthropologues présentèrent l'histoire de prospecteurs, de commerçants, de baleiniers et de mineurs qui envahissaient le nord avec leurs maladies, leur alcool, leur comportement licencieux. Des experts médicaux et des travailleurs sociaux expliquèrent méthodiquement ce qui se passait quand le modèle de vie traditionnel était rompu et que des individus, des familles, des communautés entières perdaient leurs traditions. Ils décrivirent le fardeau particulier qui pesait sur les femmes, leur existence isolée et vulnérable pendant les longs hivers nordiques. Et dans les communautés dénées, des témoins vinrent l'un après l'autre parler à Berger d'une culture tricotée serré de plus en plus fragmentée par la mentalité blanche à ses frontières. Chacun, tant Blanc que Déné, affirma que l'alcool était la force la plus destructrice de vies qui se défaisaient et s'achevaient soit dans la lente violence de l'apathie et du désespoir, soit dans la violence soudaine de la mort par accident, meurtre, empoisonnement ou suicide.

C'était l'hiver 1976, un hiver dont Gwen se souviendrait en partie à cause des trois malheurs qui frappèrent Harry, trois mois de suite. Janvier lui vola Dido. Février apporta une deuxième perte, qui se produisit loin de la ville. Mars réservait ses propres infortunes.

Un samedi de la fin de février, Harry et Ralph allèrent pêcher sur la glace. Ils prirent la camionnette de Harry et roulèrent une heure jusqu'au lac Prelude. La chienne de Harry se trouvait à l'arrière avec l'attirail de pêche. D'habitude, Ella voyageait à côté de lui, à l'avant, appuyée contre lui, « comme une blonde colleuse », pensait Harry, amusé.

Ils se garèrent à Powder Point, traversèrent en skis la pointe du lac enneigé jusqu'à de petits rapides et suivirent le portage autour de ceux-ci, puis skièrent de nouveau sur un bout de rivière gelée avant de grimper une butte escarpée, traversèrent un autre petit lac et suivirent un autre portage jusqu'au lac Hidden. Sur la berge du lac se dressaient des affleurements rocailleux poudrés de neige. De minces bouleaux et des épinettes plus grandes avaient poussé près du rivage et au hasard sur les crêtes et entre les buttes rocheuses plus loin. Un corbeau leur parlait souvent, cro-ac, cro-ac, et voltigeait d'un arbre à l'autre.

Ralph observa que l'appel du corbeau avait un petit son sec, une sorte de « pong », lui semblait-il, un bruit ovale qui aurait mieux convenu à une bouche qu'à un bec. Il avait aidé Gwen à assembler et à adapter pour la radio sa série de légendes du Corbeau en lui prêtant ses livres et en écrivant une grande partie des textes trilingues, car il possédait des rudiments d'inuktitut, appris à l'époque où il avait enseigné dans l'est de l'Arctique, et les utilisait sans complexes. Teresa lui enseignait maintenant des expressions de base en dogrib. Elle avait écrit et livré la partie en dogrib des légendes du Corbeau, aussi naturelle qu'une actrice, détendue et sans inhibition, comme si elle était une présentatrice. La belle Dido avait été la narratrice, mais elle ne s'était pas pointée pour entendre l'émission.

Selon la légende principale, l'homme et les animaux sauvages vivaient autrefois dans la noirceur totale, car le grand chef avait enfermé la lumière. Rusé, Corbeau conçut un plan pour la dérober. Il se transforma en aiguille de pin, se laissa flotter sur l'eau et fut avalé par la fille du chef, qui devint enceinte et donna naissance à un garçon. L'enfant grandit et attendit son heure tout en jouant avec les sacs de lumière de son grand-père. Quand il fut assez vieux, il s'envola à travers la cheminée et, en poussant un croassement triomphant, il vida les sacs dans le ciel, donnant ainsi la lumière au monde.

Un livre de légendes nordiques déformait une des poches de Ralph, une flasque de whisky en déformait une autre.

Superbe, Ella les accompagnait en bondissant, fonçait dans les broussailles, en ressortait comme une flèche. Une randonnée si facile, sans vent ni moustiques (alors que l'été précédent, sur le même lac, Ralph avait appliqué une main à l'arrière de sa tête et senti une vingtaine de petits corps s'écraser sur son cuir chevelu ; il avait fait ça toutes les deux ou trois secondes, avec des résultats apparemment toujours identiques). Dans une crique abritée, ils se servirent d'une tarière pour couper la glace de trois pieds d'épaisseur et firent quatre trous d'environ un demi-pied de diamètre. Ils installèrent des lignes appâtées avec de petits harengs d'eau douce appelés ciscos. Chaque ligne était attachée à un bâton court fiché dans la neige : quand le bâton tombait, soit une truite avait mordu, soit elle était accrochée à l'hameçon. Pour rester au chaud, ils allumèrent un feu sur la grève, préparèrent du thé et mangèrent les sandwichs au jambon préparés par Ralph. Une fois, la mince couche de glace qui recouvrait un torrent se brisa sous le poids d'Ella. Cette saucette trempa son pelage qui gela aussitôt, la faisant ressembler à un spectre à quatre pattes. Mais son humeur resta au beau fixe.

À mains nues, Ralph et Harry tirèrent leurs lignes. Ils avaient pris cinq grosses truites. Ils se réchauffèrent auprès du feu et parlèrent de l'expédition qu'ils prévoyaient faire à la rivière Thelon l'été suivant. Le voyage prenait rapidement forme. Selon Ralph, un groupe de quatre personnes était l'idéal. Plus que cela serait encombrant. Moins serait risqué. «Tu as dit qu'Eleanor a envie de venir.

— Elle est motivée, répondit Harry. Et stable. Je ne l'ai jamais vue perdre son sang-froid.

— Je l'aime bien, dit Ralph en souriant. Elle me supporte.

— Et il y a Gwen. Elle aussi a très envie de venir, même si ça implique deux semaines sans salaire.

— Mais je me demande si elle est assez robuste. Assez costaude.

— Elle est maigre et nerveuse. C'est une travailleuse. Je pense que tu en auras pour ton argent.

— Elle a du courage physique, admit Ralph. Elle a fait la route toute seule depuis l'Ontario, et ce n'est pas un mince exploit.

— Il va falloir régler ses vacances. Celles d'Eleanor aussi. Six semaines d'affilée, c'est beaucoup.

— Tu peux les prendre, *toi*?

— C'est moi le patron, répondit Harry d'un air faussement fanfaron.

— Comme ça, je peux leur dire qu'on y va? Ou préfères-tu le faire toi-même?

— Fais-le.»

Ils se mirent ensuite à parler d'Eddy. Harry avait raconté à Ralph la visite de la police. Mais il n'y avait pas de raison pour qu'Eddy soit impliqué dans ce genre d'affaire, répéta-t-il, toujours aussi perplexe et troublé. C'était peut-être un drôle de numéro, mais il avait un sens moral.

«Aucune raison à laquelle on puisse penser.» Ralph se frotta les mains près du feu. Il se souvenait des paroles de Gwen : Eddy avait un problème avec les femmes. «Mais je me demande pourquoi Dido et lui sont partis si soudainement.

— Je l'ignore. Je l'ignore.»

Vers 15 heures, ils retournèrent vers la camionnette. Sous le ciel chargé de nuages, ils distinguaient mal les contours jusqu'à ce qu'ils tombent dessus, car la lumière fractionnée faisait paraître la neige étale. Harry avait vu des pistes de motoneige traversant le lac et il savait que des trappeurs étaient à l'œuvre. Il gardait donc l'œil ouvert pour discerner les pièges à mâchoires et gardait sa chienne près de lui. Mais alors qu'ils arrivaient en vue de la route, Ella s'éloigna soudain en bondissant, s'immobilisa, puis s'élança vers quelque chose.

Harry l'appela en criant, puis il vit que ce n'était pas un piège, mais une chose noire sur la neige, une chose impossible à identifier. Pas un corps, animal ou autre, mais un morceau de viande ou de peau. Il ordonna à Ella de revenir, elle refusa d'obéir.

Il skia dans sa direction, s'arrêta, la rappela. Cette fois, elle vint, mais de mauvaise grâce.

Ils rangèrent leurs skis et leurs sacs à dos, prirent quelques gorgées de la flasque de Ralph, scrutèrent le ciel gris. Ils allaient monter dans la camionnette quand Ella eut soudain un comportement bizarre. Elle se mit à geindre, tourna en rond, puis s'effondra sur le sol et resta là à se tordre de douleur. Harry s'agenouilla à côté d'elle, posa ses mains sur la tête tressautante de la chienne jusqu'à ce qu'elle se calme, puis il la souleva dans ses bras. On avait dû appâter la chose noire avec du poison et la laisser là, destinée probablement aux loups, ou aux renards.

Harry tendit ses clés à Ralph. Sur le siège du passager, il tint sa chienne presque agonisante sur ses genoux tandis que Ralph appuyait fort sur le champignon. La deuxième crise se produisit une dizaine de minutes plus tard : les pattes d'Ella se mirent à ruer, tout son corps fut pris de convulsions. Puis, elle se calma. Harry lui parla, la réconforta, la caressa.

Ralph gardait la pédale d'accélération au plancher, mais après quelques instants, Harry dit ce que Ralph savait déjà, qu'il n'était plus nécessaire d'aller vite.

Dans les semaines qui suivirent, devant la tristesse de Harry, Eleanor se mit à parler à Dido dans sa tête. *Tu as fait faux bond à quelqu'un, tu sais.* Elle se demanda si elle aurait un jour l'occasion de le lui dire en face.

C'était le quatrième hiver d'Eleanor à Yellowknife. Pendant les huit mois d'hiver, les fleurs minuscules et les lichens bellement colorés qui parsemaient les affleurements rocheux lui manquaient, mais elle ne regrettait pas la vue des tonnes de détritus qui refaisaient partout surface au printemps. Elle s'ennuyait des longues herbes qui luisaient, blanc doré avec une touche de violet, dans le soleil couchant, des petites framboises sauvages, difformes, en quantité suffisante pour faire une modeste tarte, des nuits où une demi-douzaine d'enfants dénés faisaient irruption dans la rue et jouaient bruyamment. Mais, en même temps, elle était contente de ne pas avoir à regarder les chiens battus, terrifiants, serviles, qui passaient l'été enchaînés aux saules, harcelés par les mouches.

Un après-midi, elle rejoignit Gwen au café Gold Range pour discuter de la préparation de leur expédition estivale.

« Je vois parfois Lorna du coin de l'œil, dit Gwen. La nuit, j'aperçois des bouts de son manteau de fourrure gris. Ce n'est jamais elle, évidemment. »

Eleanor ne répondit pas. Elle éprouvait une rage impuissante en pensant à Lorna, à sa triste vie et à sa fin indubitablement plus triste encore. Lorsqu'elle pensait à Dido, c'était une rage différente. Arrogante Dido, qui était partie soudainement, sans dire adieu, puis qui avait décidé d'informer la station de son départ en téléphonant vers 7 heures du matin, quand elle savait que Jim Murphy serait la seule personne présente. Elle lui avait annoncé qu'Eddy et elle étaient déjà à Hay River et qu'ils ne reviendraient pas.

Gwen la regarda tout à coup. « D'après toi, je passe d'un extrême à l'autre ? lui demanda-t-elle. Je suis trop imprévisible pour qu'on puisse me faire confiance ?

— Si tu l'étais, je ne ferais pas une expédition en canot avec toi. »

Plus tard cet après-midi-là, Harry alla à la caravane d'Eleanor. Il lui avait offert de réparer les parties usées de son plancher de cuisine avec des restes de linoléum qu'il avait chez lui — un modèle à carreaux noirs et blancs qu'il mesura et découpa, montrant plus de dextérité qu'elle ne l'aurait cru. Son grand-père avait été habile de ses mains, lui expliqua-t-il, ajoutant qu'il avait été fourreur à Winnipeg. Une lumière s'alluma dans la tête d'Eleanor.

« C'est *toi* qui as donné le manteau de fourrure à Gwen ? »

Agenouillé sur le sol, il leva les yeux vers elle. Pendant un instant, il resta silencieux. « Il appartenait à ma grand-mère, dit-il. Gwen paraissait à peu près de la même taille. C'est un cadeau lourd de sens, un manteau de fourrure, continua-t-il en haussant les épaules. C'est pourquoi je ne voulais pas qu'elle sache.

— Tu pensais qu'elle aurait pu mal interpréter ? »

Il se pencha de nouveau vers sa tâche.

«Tu n'es pas comme les autres, Harry. Comment pouvais-tu avoir le manteau de fourrure de ta grand-mère?

— J'ai demandé à ma mère de me l'envoyer par la poste.

— C'est se donner beaucoup de mal, remarqua-t-elle sur un ton posé.

— Ça ne la dérangeait pas. Le manteau ne lui faisait pas. Il allait être gaspillé.

— *Tu* t'es donné beaucoup de mal, je veux dire.»

Harry savait ce qu'elle voulait dire. Un petit sourire éclaira son visage. «C'était un acte de charité. Je connais Gwen. Jamais elle ne dépenserait de l'argent pour s'acheter un bon anorak.

— Je te le répète, Harry. Tu n'es pas comme les autres.»

Il parcourut du regard le linoléum noir et blanc. Dans un quart d'heure, il aurait terminé et devrait rentrer chez lui, une perspective qui ne lui inspirait plus le moindre enthousiasme.

Quand il eut fini, Eleanor lui versa un scotch. «Tu as écrit «D'un admirateur secret» sur la carte.

— J'ai fait ça? Je devais vouloir qu'elle ne soupçonne rien.»

Son verre à la main, il alla regarder par la fenêtre. Eleanor le rejoignit. Dehors, il n'y avait personne. Rien ne volait. Rien ne bougeait.

«Un de ces jours, cet hiver va finir, dit Eleanor.

— En effet. Pourquoi l'amour devrait-il durer quand rien d'autre ne dure?

— Pauvre malheureux», dit-elle en mettant un bras autour de ses épaules.

Elle dit qu'Horace avait écrit une ode très belle à ce sujet. Il expliquait que l'amour terrestre tourne avec les saisons et que l'on n'y peut rien.

«Mais les saisons reviennent, reprit-elle après un moment. L'amour peut aussi revenir.

— Pour Horace, il n'est pas revenu.»

Vers la fin de mars, quand Harry pensait qu'il ne restait plus qu'un mois d'hiver, il fut frappé par un troisième coup du sort. C'était un mardi clair et ensoleillé. Assis à son bureau, il parcourait son courrier.

Quelques instants plus tard, voyant Gwen passer devant sa porte, il l'appela et lui demanda d'entrer. Il avait les pieds sur son bureau et une lettre à la main. Ses lunettes étaient aussi sur le bureau, à côté du téléphone.

«Tu n'as pas signé ça», commença-t-il en agitant la lettre.

Devant son air mystifié, il ajouta: «Je m'en doutais. Tu n'étais pas au courant.

— De quoi?»

Il lui tendit la lettre. Elle la lut, s'assit et la relut. La lettre était datée du 18 mars 1976. Elle était adressée au directeur du service nordique à Ottawa et signée par George Tupper, Bill Thwaite, Jim Murphy et Andrew McNab. Se qualifiant d'employés les plus anciens de la station, ils disaient avoir entendu une rumeur selon laquelle Harry Boyd serait bientôt nommé directeur permanent et ils voulaient exprimer leur avis sur cette nomination inappropriée avant qu'il ne soit trop tard. Suivait une liste des déficiences et des erreurs de jugement de Harry: son style autocratique, ses penchants antijournalistiques à l'égard des affaires courantes, ses déclarations publiques malvenues, ses manquements aux règles syndicales interdisant à la direction de toucher à l'équipement, son attitude négative envers la télévision, ses problèmes avec la bouteille. Ce serait une grave erreur, disaient-ils, de nommer à ce poste une personne qui ne comprenait pas le rôle d'un directeur ou l'avenir de la CBC dans le nord.

Gwen leva les yeux. Harry l'observait. Il indiqua la lettre et dit que c'était une copie de l'original : son ami au siège social la lui avait envoyée pour qu'il sache ce qui se tramait contre lui.

Ses yeux semblaient vieux et usés. Il passa lentement sa main sur le côté de sa mâchoire. « De toute façon, je n'aurais pas accepté le poste. Non pas que je pense qu'ils allaient me l'offrir.

— Harry, je suis désolée.

— Je me sens juste maudítement mal à l'aise.

— C'est à eux de se sentir mal à l'aise. Ils parlent à travers leur chapeau.

— Tu es vraiment une gentille fille, dit-il en souriant.

— Mais tu vas rester. »

Il regarda par la fenêtre. « Je viens de téléphoner à Ottawa. Je leur ai fait jurer de me remplacer d'ici le 1er juin. Je ne resterai pas un jour de plus. » Le soleil brillait et il cligna les yeux. « Peu importe qui prendra le poste, ce ne sera pas moi. Quoi qu'il en soit, dit-il, continuant à regarder par la fenêtre et à cligner les yeux, ça fait trois. »

Elle comprit. Dido, sa chienne, son travail. Il fallait que la suite de malheurs prenne fin.

La fin du mois d'avril marqua le retour des longues heures de lumière. En ville, toute la neige avait fondu et tous les déchets, maigrement mais efficacement camouflés, avaient refait surface, mous et détrempés, en quantité incroyable. C'était la période de l'année où les secrets de l'hiver étaient révélés.

Les quatre amis qui voyageraient en canot sur la rivière Thelon étaient déjà harnachés, ils marchaient des milles de bon matin ou le soir avec des sacs à dos chargés de briques. Ils se rencontraient régulièrement pour planifier leur expédition : cartes, fournitures, équipement, aliments lyophilisés, moustiquaires, tentes neuves, sacs de couchage ultra chauds, gilets de sauvetage, avirons supplémentaires. Des armes à feu, étant donné qu'on risquait de rencontrer des grizzlys. Mais comme aucun d'eux ne savait se servir d'un fusil, ils conclurent que d'en apporter un pouvait se révéler plus dangereux qu'un ours. Ils lurent des livres sur l'art de se déplacer en canot. Ralph était le seul à avoir déjà fait des voyages dignes de ce nom en eau vive ; il possédait des avirons spéciaux auxquels il était attaché ; son préféré avait été taillé dans un seul morceau de cèdre par un sculpteur sur bois autochtone de l'est de l'Ontario. Mais ils avaient tous déjà pagayé, Harry et Gwen depuis leur enfance, et Eleanor depuis le début de la vingtaine. Avec son plaisir habituel, Ralph devint l'organisateur principal. S'ils avaient au préalable choisi un chef et décidé que ce serait Ralph, ils n'auraient peut-être pas connu leurs difficultés du début. Ils allaient de l'avant avec une sorte d'innocence informée, croyant naïvement être en possession des ressources mentales et physiques nécessaires pour accomplir le périple et en revenir sains et saufs.

Teresa ne pouvait résister à l'envie de les mettre en boîte. « Il n'y a que les Blancs pour aborder la terre comme s'il s'agissait d'une grande entreprise, dit-elle. Vous devez parcourir cinquante milles par jour avec vos cartes et vos boussoles. Vous devez compter les milles. Êtes-vous sûrs de n'avoir pas besoin d'un guide ? » demanda-t-elle en souriant. Elle les appelait Bébés dans la toundra. « Prenez au moins un fusil, leur conseilla-t-elle. Je ne plaisante pas. »

Un soir, Ralph arriva en retard chez Harry. Ils l'entendirent avant de le voir : il se parlait à lui-même de sa voix familière pleine d'humour en remontant l'allée.

« Ralph ! » l'appela Gwen depuis la porte. Il la vit agiter la main.

« Je me sens comme Ulysse ! » cria-t-il.

Il entra à grands pas, la veste déboutonnée, le béret à la main. Il avait fait l'aller-retour à pied au lac Frame, un trajet de plusieurs milles, et cela après avoir joggé cinq milles plus tôt dans la journée. Harry soulevait des poids, même s'il ne sous-estimait pas sa force. Il était robuste et n'avait aucun problème à soulever des choses lourdes. Sans le crier sur les toits, il avait réduit sa consommation d'alcool.

Ce soir-là, Gwen jeta un coup d'œil à la liste de fournitures provisoire de Ralph — trente saucissons, quarante tablettes de chocolat, quarante-deux rouleaux de papier hygiénique — et l'accusa de devenir fou. Combien de bouteilles d'alcool prévoyait-il apporter ? Une caisse ?

Ralph la traita d'Écossaise radine.

Elle répliqua de but en blanc. Une de ses tantes avait coutume de noter par écrit toutes les choses qu'elle désirait et ne pouvait se permettre d'acheter. Puis, elle brûlait la liste. C'était très efficace.

Eleanor approuva. Elle avait utilisé la même méthode pour perdre du poids : écrire tout ce qu'on a envie de manger sur une feuille de papier, puis la brûler.

Ralph les accusa d'être deux femmes missionnaires affrontant un aventurier viril, et Eleanor lui promit de ne pas chanter «Jésus m'aime», de se contenter de le penser.

Le regard de Gwen, sérieux, déterminé, était fixé sur Eleanor. «Mais tu le crois vraiment.» C'était presque un défi.

Eleanor sourit sans mordre à l'hameçon. Ralph la vit et l'approuva. Harry avait raison. Eleanor avait le tempérament nécessaire pour ce genre d'expédition. Stable, équilibrée, imperturbable.

En privé, les deux femmes avaient parlé de ce que cela signifierait de passer six semaines en compagnie de Ralph et de Harry. Gwen s'était demandé à voix haute quel genre d'amant Ralph était, et Eleanor l'avait étonnée en répondant qu'il devait être plutôt bien.

«Il mange tellement vite, avait dit Gwen d'un air songeur. Ce n'est jamais un bon signe.

— Il doit aimer le sexe.

— Mais moi, est-ce que j'aimerais ça?»

Eleanor avait souri. «Et avec Harry?»

Le visage de Gwen s'était assombri. «Rapide, furieux, ivre, avait-elle supposé.

— Ce n'est pas ce que Dido avait l'air de dire.»

Harry lut des livres sur la toundra canadienne pour s'enlever Dido de l'esprit. Chaque fois qu'il interrompait sa lecture, elle recommençait à flotter dans sa tête — les marques de sandale sur ses pieds nus dansants, celles d'une chaussette de laine en hiver, le souvenir que rien ne veut être oublié. L'été ne le veut pas. La chaussette ne le veut pas. Je ne le veux pas.

Un jour, il regarda fixement Gwen et elle comprit parfaitement son expression lugubre. Il était triste à cause de Dido. Il aurait voulu qu'elle soit Dido.

Il avait un livre sous le bras et une tasse de café frais à la main. Ils étaient dans le bureau des animateurs. «Le silence est une arme incroyable», lui dit-il.

Gwen s'en doutait: Harry n'avait reçu aucune nouvelle du couple fugitif. Une ou deux fois, elle avait failli lui poser la question, mais ç'aurait été cruel s'il n'avait pas eu de nouvelles.

«Je vais te montrer», dit-il.

Ils s'assirent face à face. Il la dévisagea intensément, puis lança cette question en l'air: «Pourquoi détestes-tu ton père?»

Elle leva les mains et se recroquevilla sur sa chaise. Après un long silence, elle se débattit pour dire quelque chose.

«Parce qu'il me préférait mon frère, je suppose. Et parce qu'il ne m'a jamais demandé une seule chose à mon sujet. Et parce qu'il n'était pas très gentil avec ma mère.

— Tu vois? Le silence est le plus gros atout d'un interviewer. Tout ce que tu as à faire, c'est attendre, et la personne se sent obligée de combler le vide avec une réponse sérieuse.»

Mais ce qu'elle avait répondu ne semblait pas entièrement juste. Ce n'était certainement pas toute l'histoire.

«Pourquoi aimes-tu Dido?» demanda-t-elle.

Il lui lança un regard torve, mais elle le soutint. La justice est la justice.

«C'est une question vache.

— La tienne l'était aussi.»

Le visage de Harry céda lentement, et Gwen se sentit à la fois gratifiée et navrée, fascinée et souffrante.

«Je pense l'avoir aimée avant même de l'avoir vue, dit-il. J'ai commencé par aimer sa voix. Puis, j'ai aimé son apparence physique. Ensuite, j'ai aimé sa façon d'entrer dans une pièce…» Il s'interrompit. «Je n'ai rien à t'enseigner.»

Ce dont Gwen se souvenait, c'est qu'au début Dido ne changeait pas en entrant dans une pièce. Elle ne déglutissait pas, cherchant de l'air ou quelque chose à dire. Ses entrées et ses sorties avaient quelque chose de lisse. Plutôt que l'hiver de timidité ou l'été d'effort excessif, elle était tout d'une pièce et naturelle. Puis, elle avait changé. Sa personnalité s'était assombrie et s'était transformée devant les yeux de Gwen, évoquant les herbes de Ralph qui bougeaient sous l'eau, des mots se dissolvant sur la page.

Gwen ne s'ennuyait pas d'elle, ni d'Eddy. Sans eux, la vie était plus facile à la station. Elle avait même lu les nouvelles quelques fois, les jours où Jim Murphy ne le pouvait pas, et la chose habituelle ne s'était pas produite; elle ne s'était pas raidie; son cerveau ne s'était pas fracassé contre le barrage dur et froid de la nervosité. Mais c'était faux de dire que Dido et Eddy étaient partis. Ils étaient ici, pensa-t-elle, dans chaque once triste du corps de Harry.

Harry, dans son bureau, lisait sur John Hornby. Certains soirs, il ne se donnait pas la peine de rentrer chez lui. Dans un acte de défi sinistre et sardonique, il avait fait installer un La-Z-Boy. Quand son successeur le ferait retirer dans un mois, il découvrirait sur le sol une multitude de notes de service chiffonnées et couvertes de poussière sur la télévision et le nouvel édifice qu'on allait construire.

Il y avait deux manières de considérer Hornby, pensait Harry. Si l'on prenait sa vie comme une suite de désastres en succession rapide, si on le voyait comme une distillation de ses défauts, on le qualifierait alors de perdant, on dirait qu'il avait été incapable, mal préparé, dangereux. Mais si on le voyait dans toute sa complexité, dans la plénitude de sa vie extraordinaire, il n'était alors pas moins irresponsable, mais il était aussi étonnamment vivant, passionné, solitaire, intense, irrésistible. Harry voulait voir les gens dans leur complexité et qu'on fasse de même avec lui. Mais c'était la dualité de l'homme qui lui parlait le plus — son courage et sa stupidité, sa loyauté et son imprudence, sa timidité et son attachement poétique, presque érotique à la terre. Et aussi l'envergure de ses erreurs, et la façon dont la mort lui avait épargné l'obligation de vivre avec les conséquences.

Harry déposa la biographie de Whalley et repensa à ce qui les attendait. Il soupçonnait Ralph de vouloir se prouver quelque chose, se prouver qu'il était encore jeune à soixante et un ans. Eleanor avait indiqué que la toundra et elle pouvaient se convenir spirituellement. Et Gwen avait le désir brûlant de voir un lieu pour la première fois, surtout que cela compléterait l'histoire qui avait captivé son imagination quand elle était enfant ; elle verrait de ses propres yeux où s'était déroulé le dernier chapitre. Quant à lui, il recherchait une brisure nette avec ses vieilles insatisfactions, un été qui l'aiderait à oublier son hiver.

Une semaine plus tard, la fille de George Whalley lui amena son père, comme elle avait promis de le faire quand il viendrait à Yellowknife. Harry bavarda avec Whalley, un tantinet surpris par son accent du milieu de l'Atlantique, ni canadien ni britannique, mais cultivé, le genre de voix qui avait coutume d'être le seul qu'on entendait à la CBC À la fin de la cinquantaine, Whalley était un grand homme aux cheveux gris, cordial et pourtant réservé, un professeur poète. Il raconta à Harry qu'il avait commencé par lire le journal d'Edgar Christian en 1938, peu après sa publication en Angleterre, où il avait conquis l'imagination de chacun au point d'être plusieurs fois réédité. À l'instar de nombreux lecteurs, Whalley n'avait pu oublier les événements relatés par le journal. À l'époque, il avait pensé écrire quelque chose, mais il mit quinze ans avant de voir comment y parvenir ; il fit une version radiophonique du journal d'Edgar Christian, une émission qui fut alors entendue par des gens qui avaient connu John Hornby et qui communiquèrent avec lui pour compléter le portrait. Il s'ensuivit sept années de recherches et d'écriture pour produire cette biographie exhaustive, *The Legend of John Hornby*. Harry l'écouta en pensant à sa propre vie, à ses années à Toronto quand les choses s'étaient mises à aller mal, puis encore plus mal, puis bizarres, puis misérables, jusqu'au moment où son vieil ami Max Berns était tombé sur lui, lui avait mis la main sur l'épaule et avait dit *Harry ? Harry ?* Il s'était réveillé en hennissant et il avait compris qu'il était sauvé. Ç'aurait été tellement mieux d'avoir trouvé quelque chose quand il était jeune, d'avoir été allumé comme Whalley l'avait été, et de n'avoir jamais cessé de l'être.

Harry lui demanda s'il accepterait d'être interviewé. Plus tard, en écoutant le dialogue entre Gwen et Whalley, il fut particulièrement frappé par la réponse du professeur quand elle lui avait demandé si Hornby et lui se ressemblaient. Il avait hésité, puis répondu qu'il supposait partager avec Hornby une tendance à aborder la vie «comme un crabe», c'est-à-dire de côté et à reculons plutôt que droit devant. L'homme était gentil, sérieux, fascinant. Gwen était aussitôt tombée sous son charme, Harry l'entendait dans sa voix, et il se sentit encouragé par la vision que Whalley avait de lui-même. Il n'avançait pas en marche forcée, mais d'une démarche errante, remarquable par ses «digressions et divagations», comme aimaient le dire les anciens explorateurs. Un itinéraire de l'âme, peut-être.

Le juge Berger n'avançait pas non plus au pas. En mars déjà, on avait rapporté aux nouvelles que le gouvernement fédéral exerçait des pressions pour qu'il termine son enquête en juin et lui soumette son rapport en septembre. Mais Berger refusait d'être bousculé. Il prévoyait amener son enquête vers le sud, vers les grands centres urbains comme Vancouver et Winnipeg, pour qu'un public canadien plus nombreux participe aux débats sur les revendications rivales des peuples indigènes et des compagnies du gazoduc, qui réclamaient le même territoire. Il voulait que chacun puisse se demander sérieusement ce qui lui donnait le droit d'exploiter le nord, de soumettre son territoire changeant de littoral, de toundra, de forêt boréale, de collines rocheuses et de plaines marécageuses, de sol gelé en permanence et de permafrost intermittent à un projet de développement qui, selon les scientifiques, aurait inévitablement de laides conséquences et ne pourrait certainement pas se faire dans le temps alloué ni au coût prévu. Selon un géologue, dès qu'on aurait commencé à creuser dans le sol que la glace faisait tenir ensemble, il fondrait comme de la crème glacée.

Berger avait décrit la nature sauvage arctique comme «la limite de l'Amérique du Nord, la huitième merveille du monde». C'était après avoir volé en hélicoptère le long de la côte arctique et vu la migration des caribous, trois grizzlys, plusieurs loups et des douzaines de phoques sur la mer glacée. Harry savait que le lieu où ils se rendaient en canot était encore plus éloigné, dans le sens de moins colonisé, moins visité, moins sur la carte humaine que là où Berger était allé.

Au milieu du mois de mai, une jeune femme aux cheveux tressés qui promenait son chien près de la mine Con tomba sur un cadavre. Elle était sur une vieille route que la mine n'utilisait plus depuis des années. Chaque hiver, la neige la recouvrait et, au printemps, deux ou trois personnes qui promenaient leur chien traçaient un sentier. Le chien de la jeune femme s'était éloigné d'une cinquantaine de mètres, et il se dirigeait à travers les arbres et les buissons quand il s'était mis à aboyer. Il continua d'aboyer jusqu'à ce qu'elle aille voir de quoi il s'agissait, trébuchant sur les racines, s'enfonçant dans un banc de neige encore là.

Au bulletin de nouvelles du soir, on annonça que, après presque cinq mois, la mystérieuse disparition de Lorna Dargabble avait apparemment trouvé son dénouement avec la découverte du corps d'une femme près du terrain de la mine Con. Selon la police, il était presque certain que le corps était celui de Mme Dargabble, qui avait été vue pour la dernière fois à Yellowknife la veille de Noël et dont la disparition avait été signalée le lendemain. Le corps avait été découvert par une résidante de la ville. Il serait envoyé à Edmonton par avion pour subir des tests de laboratoire et des rayons X. Rien n'indiquait pour l'instant la possibilité d'un acte criminel. Le corps avait été trouvé sur le sol, bras et jambes écartés, avec un bras au-dessus de la tête, vêtu d'un manteau de fourrure et d'un pantalon semblables à ceux portés par Mme Dargabble quand elle avait été vue pour la dernière fois.

Après le bulletin, Gwen resta à la porte de la salle des nouvelles et regarda Bill Thwaite. Il fronçait les sourcils devant une feuille sur sa machine à écrire. « Qu'est-ce que ça veut dire "bras et jambes écartés" ? demanda-t-elle. Était-elle sur le dos ou sur le ventre ? »

Il tourna les yeux vers elle et se pencha en arrière sur sa chaise. « Sur le ventre. »

Toute la journée, une rumeur avait circulé dans la station, et Gwen demanda : « Et il y avait une bouteille d'alcool à côté d'elle ou c'est juste un racontar ? »

Il ne répondit pas tout de suite. Une mort soudaine change tout, au moins pendant une heure ou deux. Il n'envoya pas promener Gwen comme il aurait pu le faire.

« Si tu diffuses ce que je suis sur le point de te dire, je t'écorche vive, dit-il.

— Je ne vais rien diffuser. »

Bill se gratta la nuque. À plusieurs reprises, il avait vu Lorna Dargabble accaparer l'attention d'Eleanor et de Gwen, et il l'avait prise pour un pot de colle, un fléau. Elle était facile à ridiculiser. Il connaissait le mari de vue, suffisamment pour le saluer. Un gros buveur, un pilier de bar. Ses copains et lui aimaient s'asseoir à une table et se raconter des blagues vicieuses sur la libération de la femme. Bill avait entendu Irving Dargabble qualifier sa vieille de punching-bag idéal. « Elle avait quelque chose à la main, mais ce n'était pas une bouteille », dit-il.

Gwen traversa le bureau. Elle enleva des journaux sur une chaise et s'assit. Elle attendit.

Bill leva sa main ouverte et la referma. « Une mèche de cheveux », dit-il.

Gwen le regarda fixement. Elle essayait d'imaginer les cheveux dans le vieux poing de Lorna Dargabble. « De quelle *couleur* étaient ces cheveux ? »

Bill se frotta le nez et la scruta attentivement. « Tu as l'air de penser le savoir.

— Blancs, dit-elle, songeant au mari oignon.

— Je te donne une autre chance.

— Je ne peux pas, dit-elle, plongeant son regard dans ses yeux rusés, perspicaces.

— À peu près de la même couleur que les tiens. Châtain clair. »

Le journal local publia un article sympathique sur la découverte. Eleanor le lut plusieurs fois, surtout le dernier paragraphe. « Lorna Dargabble était connue pour faire de longues promenades solitaires. Son corps a été retrouvé dans une position paisible, comme si elle s'était allongée pour se reposer. »

Comme si elle s'était allongée pour se reposer, se répéta-t-elle, *comme une vague perdue* trouvant *un rivage oublié*. Elle était de nouveau au parc Rockcliffe, elle écoutait le vent souffler dans la voûte des arbres, elle entendait son père dire une citation qu'elle n'avait jamais pu identifier et elle pensait que nous n'avons jamais qu'une *partie* de l'histoire. Par sa nature même, la mort de Lorna resterait toujours un mystère. Avec de nouvelles recherches, on obtiendrait peut-être de nouvelles parties, mais pas l'ensemble, jamais. Bien que cet aspect partiel fît évidemment aussi partie de l'ensemble. Le dimanche, elle alla à l'église et pleura en pensant à Lorna Dargabble. L'expression « le royaume de Dieu » s'était mise à revêtir un sens énorme pour elle. Ce royaume évoquait un domaine vaste et qui allait en s'agrandissant.

Ce soir-là, le téléphone sonna chez Eleanor : Dido était au bout de la ligne.

Elle appelait de Californie et son ton enjoué sonnait faux. « Nous sommes dans les orangeraies.

— Dido. »

Eleanor semblait plus sèche qu'elle ne le voulait, mais peut-être pas plus qu'elle ne l'était en réalité.

« Ne sois pas fâchée. »

Eleanor imagina l'éclat et le poids des fruits du sud, Dido et Eddy bronzés et inconscients. «Tu as laissé quelqu'un en plan, dit-elle.

— Comment va Harry?

— Assez bien. Il est occupé. Nous le sommes tous.» Un silence. «Je suis contente d'avoir de tes nouvelles, Dido. Vraiment. Mais je suis curieuse de savoir pourquoi tu m'appelles après tous ces mois.

— Il y a longtemps que je voulais t'appeler. J'aurais dû le faire.

— En effet, tu aurais dû.» Puis, frappée par une possibilité: «Eddy se conduit bien?

— Eddy est un très bon garçon.»

Garçon. Comme si Dido était sa mère. Il est bien possible que Dido et Eddy se méritent réciproquement, songea Eleanor.

«Ne sois pas fâchée, répéta Dido. Je ne voulais blesser personne. Certainement pas toi.»

Ces derniers mots donnèrent à Eleanor la sensation d'être un livre ouvert, réduite au silence. Mais, après un moment, elle demanda: «Alors, pourquoi as-tu pris la fuite comme ça? Au milieu de la nuit?

— Ce n'était pas le milieu de la nuit.

— C'était tout comme.»

Eleanor entendit Dido inspirer profondément avant de répondre: «C'était un test, je suppose. Pour voir si je l'aimais assez pour partir avec lui. Un de ses vieux amis a téléphoné et lui a dit qu'il y avait du travail là-bas. Eddy voulait y aller, mais il refusait de partir sans moi.

— Vous aviez l'air de fuir quelque chose.»

Pas de réponse. «Dido?

— Non. On voulait juste s'éloigner de toutes ces complications et être ensemble.»

Eleanor tendit la main vers une chaise. Elle l'approcha du téléphone et s'assit. «Alors, qu'est-ce que je suis censée dire à Harry? Tu es partie, tu lui as fait faux bond, tu as laissé la station en plan. Qu'est-ce que je suis censée lui dire?

— Il n'a pas besoin de savoir que j'ai téléphoné. Je voulais seulement entendre ta voix et savoir comment tu allais. Savoir ce qu'il y avait de neuf.

— Eh bien, je lui dirai que tu vas bien. Par pure gentillesse.

— Tu peux lui dire que je suis désolée.

— Non. C'est à toi de lui dire ça.»

Eleanor examina le plancher de la cuisine, le travail de Harry. «On a retrouvé le corps de Lorna Dargabble la semaine dernière, près de la mine Con. Depuis, je n'ai pas pu penser à grand-chose d'autre.»

Il y eut un certain silence sur la ligne. Et comme un téléphone apportant de mauvaises nouvelles sonne de façon différente, légèrement plus urgente, ce silence était chargé.

Mais quand Dido reprit la parole, sa voix était la même. «A-t-elle été assassinée?

— On l'ignore. On ne le saura pas avant l'autopsie.» Eleanor s'interrompit, pesa ses mots. «Lorna et Eddy ne s'aimaient pas beaucoup, n'est-ce pas?

— Je ne pense pas qu'Eddy savait qui elle était», répondit Dido sur un ton désinvolte.

Si tu le dis, songea Eleanor. «Tu ne m'as pas dit ce que vous faites là-bas.

— Du cinéma, expliqua Dido. On apprend. Lui et moi.»

Eddy passait du temps avec sa jeune nièce, mais il établissait aussi des contacts. Et il préparait une exposition de photos prises à Yellowknife. Elle-même s'était trouvé un emploi d'assistante scripte. En entendant cela, Eleanor eut une impression de *déjà vu*. Elle se souvint que c'était ce que Gwen avait voulu faire. Être dans les coulisses.

«Je ne savais pas qu'Eddy avait pris des photos, et certainement pas assez pour faire une exposition, dit Eleanor.

— Il n'en parlait pas trop. Elles sont très politiques, très troublantes. Difficiles à décrire, en fait.»

Puis Dido demanda s'il y avait d'autres nouvelles, et Eleanor lui parla de l'expédition en canot qu'ils feraient très bientôt, dans trois semaines. La réaction de Dido la laissa abasourdie. «Il y a de la place pour moi?»

Eleanor ne sut que répondre. Elle entendait la voix de Dido, plaintive, aguichante, lucide, triste. Comme si elle savait qu'elle ne méritait pas ce voyage, mais qu'on ne pourrait le lui refuser si elle décidait d'y participer.

«Ce voyage va probablement changer vos vies», dit Dido.

Eleanor sentit comme un appel derrière les paroles. Elle entendit le bruit d'une voiture et des enfants qui criaient au loin.

«Tu as l'air triste.

— Je suis triste parfois.»

Puis, sur un ton différent, comme si elle revenait en terrain sûr, elle ajouta: «Je vais t'envoyer quelque chose. Un petit quelque chose à apporter en voyage. Comme ça, tu ne m'oublieras pas.

— Pensais-tu que je pourrais oublier?»

Le lendemain, Eleanor entra dans le bureau de Harry et referma la porte. Il n'avait pas commencé à faire le ménage de la pièce, même si c'était sa dernière semaine. Le dernier jour, Eleanor apporterait un gâteau. Elle réunirait ceux qui en avaient envie et les autres, et cet adieu serait mémorable tant pour sa brièveté maladroite que pour la dernière répartie de Harry. «Quand arrive la télévision, écoutez la radio. Et quand arrivent les directeurs, n'écoutez pas du tout.»

Mais à présent, Eleanor s'adossa à la porte et hésita un moment en voyant son visage vulnérable du matin. Puis elle lui annonça que Dido avait téléphoné. «Hier soir. Elle va bien. Elle est avec Eddy. En Californie.»

Harry retira ses lunettes et s'appuya au dossier de sa chaise. «Elle va bien, tu dis.

— C'est ce que j'ai cru comprendre. Ils semblent travailler dans le milieu du cinéma. J'aurais dû poser plus de questions. Mais elle m'a laissé son numéro de téléphone.»

Harry entendait ce qu'elle disait, mais il ne pensait qu'à une chose: Dido avait téléphoné à Eleanor plutôt qu'à lui. Apparemment, elle n'avait pas demandé de ses nouvelles, sinon Eleanor le lui aurait dit.

Eleanor lui trouva soudain un air si défait, si blessé qu'elle eut peur de le voir se dissoudre en poussière — comme dans les contes de fées. Elle faillit ajouter: «Dido m'a demandé de te dire qu'elle était désolée», mais elle se retint, comprenant à quel point cela aurait l'air vide.

«Je n'aurais peut-être pas dû t'en parler, dit-elle plutôt. Mais j'ai pensé que tu aurais voulu le savoir.

— Évidemment que je veux le savoir, répondit Harry en levant les yeux. Évidemment que tu as bien fait de me le dire.

— Bien. C'est ce que je pensais.

— Il n'y a rien de pire que d'être dans le noir», conclut-il fermement, une étincelle de colère dans les yeux.

Eleanor et Gwen organisèrent une réception en mémoire de Lorna Dargabble. D'une certaine façon, elles voulaient commémorer le décès de Lorna, vu qu'aucun service funéraire ne semblait prévu. Elles firent circuler un avis dans les annonces communautaires : toute personne désireuse de se rappeler la vie de Lorna Dargabble était invitée à la caravane d'Eleanor Dew, à Forrest Park, le dimanche 6 juin entre 14 et 17 heures. Elles ne s'attendaient pas à voir le mari, et il ne se présenta pas. D'autres vinrent toutefois. Lorna n'avait pas un grand cercle d'amis, mais elle était bien connue et il y avait à peine assez d'espace chez Eleanor pour accueillir tout le monde. La cérémonie était conçue pour être quelque chose de simple. Il y avait du vin, du thé, du café et des pâtisseries. Mortalité dans l'air. Au début, personne ne parla beaucoup.

Les invités avaient presque tous les cheveux gris, vétérans des cinq années magiques — on croyait que si l'on restait cinq ans à Yellowknife, on pourrait y rester pendant des décennies. Ils avaient connu Lorna à l'époque où elle était heureuse, avec son premier mari. Ils savaient qu'elle avait vécu une existence abjecte et misérable avec le deuxième. Une femme décrivit Irving Dargabble comme un horrible butor alcoolique et dit que Lorna l'avait « tenu ensemble », à peine, pendant des années. Une autre dame âgée en veste rouge vif croyait que Lorna était juste allée se promener dans la nuit, « ce qui n'est pas facile à faire ici ». Elle-même était un jour allée à Igloolik et raconta que si elle avait tourné à droite plutôt qu'à gauche en retournant à son hôtel, on ne l'aurait jamais retrouvée. « L'immensité m'a vraiment frappée », conclut-elle avec émotion.

Une jeune femme vint aussi, une jeune femme aux cheveux tressés. C'était elle qui était tombée sur le corps de Lorna. « En vérité, c'est mon chien qui l'a trouvée. C'est lui qu'il faut féliciter. » Elle l'avait attaché dehors avant d'entrer dans la caravane et pointa le doigt vers lui à travers la fenêtre, un gros chien brun et noir appelé Stan, dit-elle. La jeune femme se joignit à la conversation sur le fait d'aller se promener et de se perdre. Elle avait entendu parler de blizzards dans l'est de l'Arctique, où le vent souffle pendant trois jours, puis s'arrête ; on pense qu'on peut sortir et le vent se met alors à souffler de la direction opposée et nous désoriente complètement. Ralph se rappela être sorti pendant un blizzard à Fort Simpson et avoir été incapable de respirer : le vent aspirait l'air de sa bouche. Tout le monde s'entendait toutefois sur un point : la veille de Noël, quand Lorna avait été portée disparue, les conditions étaient paisibles. La dernière nuit de Lorna avait été une nuit plus douce. Aucun vent. Mais il faisait froid, certainement.

Gwen écouta, tourmentée par la mèche de cheveux châtain clair dans la main de Lorna. Un détail qui donnait le frisson et qui n'était pas connu de tous. Elle l'avait toutefois mentionné aux autres, à Harry, Ralph et Eleanor, et c'était ainsi qu'elle avait su qu'Eleanor soupçonnait Eddy, même si elle avait enterré ses soupçons.

À la mi-juin, quelques jours avant leur départ pour la toundra, le coroner local émit le communiqué de presse qu'on attendait depuis longtemps. En fin de compte, il n'y aurait pas d'enquête sur la mort de Lorna Dargabble. Il donna les raisons suivantes : le corps ne portait aucune trace de blessures, de poison ou de maladie ; selon le pathologiste d'Edmonton, la mort avait été causée par l'exposition au froid ; et l'enquête de la police innocentait clairement toutes les personnes qui auraient pu bénéficier de son décès. Il concluait n'avoir aucun soupçon d'acte criminel ou de complicité de la part de quiconque.

Chez Harry, les quatre canoéistes étaient en train de refaire leurs bagages, de réorganiser, de renoncer à certains articles, comme les cuissardes que Ralph avait eu l'intention d'utiliser pour pêcher la truite dans des rapides, la deuxième bouteille de scotch que Harry voulait apporter. Il ne leur restait plus que quarante-huit heures avant de hisser le tout sur leur dos, et ils devaient se montrer réalistes. La lumière du soir entrait à flots dans le salon tandis que Harry emballait un autre chandail et des chaussettes de laine. Un suicide, donc. Lorna était sortie la veille de Noël et elle s'était abandonnée aux éléments. Quant aux cheveux qu'elle serrait dans sa main, ils avaient été coupés sur la tête d'une personne, pas arrachés. Ce pouvaient être les cheveux châtain clair de n'importe qui. Après tout, elle était coiffeuse. Mais les cheveux de qui? ne pouvait-il s'empêcher de se demander. Et pourquoi les avait-elle apportés ce soir-là?

Il continua d'emballer ses affaires. Le surlendemain, ils prendraient l'avion jusqu'au bras oriental du Grand Lac des Esclaves et il leur faudrait quelques semaines pour atteindre la rivière Thelon et voir ce qui restait de la cabane de John Hornby, l'endroit où son corps avait séjourné, à l'insu de tous, pendant plus d'un an, dans cette oasis boisée de la toundra canadienne. Harry entendit Ralph à l'autre bout de la pièce observer que, à l'ouest, le ciel semblait clair, prometteur, mais il se sentait trop préoccupé pour répondre. L'appel téléphonique de Dido avait remué d'autres questions sans réponse qui lui trottaient dans la tête. Elle avait quitté deux amours, songea-t-il. Le sien et celui de Daniel. Elle disait peut-être : « Ce n'est pas seulement toi, Harry. Je quitte tout. » Il se sentait alors presque réconcilié, capable de porter ce qu'il avait éprouvé pour elle, et de le porter facilement; il aurait de ses nouvelles en temps voulu, il la reverrait. Mais il l'imaginait ensuite avec Eddy — pensait qu'elle était partie sans un mot —, il pensait qu'elle avait fini par téléphoner, mais pas à lui, et sa réaction était si intense qu'il perdait le fil. Et ça continuait ainsi, d'avant en arrière, entre l'amour et l'angoisse.

Quelques jours plus tôt, une autre chose l'avait ramenée de façon inattendue. Un petit paquet de Californie était arrivé par la poste pour Eleanor, qui leur avait montré ce qu'il contenait. Une médaille de saint Christophe et une chaînette. Eleanor la portait maintenant. Elle pendait quand Eleanor se penchait sous le poids incroyablement lourd de son sac à dos. *Saint Christophe, protégez-nous.*

Le matin du 17 juin, ils chargèrent leurs canots et leurs sacs à dos à bord d'un hydravion et quittèrent Yellowknife. Le pilote les conduisit jusqu'à l'extrémité déchiquetée, déserte du Grand Lac des Esclaves. Ils prévoyaient démarrer lentement et camper là deux nuits, à la baie Charlton. Puis, sur les traces de John Hornby, ils entreprendraient le trajet classique du portage Pike jusqu'au lac Artillery et, de là, ils poursuivraient leur route jusqu'à la rivière Thelon.

Dans cette baie, ils montèrent leurs tentes sur une pointe de terre rocheuse éclairée par le soleil, évaluant quels endroits seraient les plus chauds et les plus abrités grâce à l'épaisseur de la mousse et du lichen. C'était l'après-midi et ils étaient à présent seuls. À environ trois cents milles au-dessous du cercle arctique dans une lumière diurne presque continuelle, avec six semaines dans la nature sauvage devant eux.

Des morceaux de glace flottaient. Des chandelles de glace, ces longs cristaux verticaux qui se forment quand l'eau de fonte d'un lac gelé fraie goutte à goutte son chemin dans l'eau au-dessous, s'étaient amassées sur le rivage. Gwen enregistra le tintement de ces chandelles, leur cliquetis. Ralph se dirigea vers son canot; il avait hâte de tester ses muscles et de prendre ses premières photos. Harry ramassa du bois pour faire un feu et Eleanor nota les noms des oiseaux dans son carnet. Des bruants lapons, qui avaient quitté Yellowknife deux semaines plus tôt, étaient ici, où il faisait plus froid. Les petits oiseaux la laissèrent marcher bruyamment sur les cailloux jusqu'à ce qu'elle soit à deux pieds d'eux. Puis, ils s'éloignèrent en sautillant. À deux reprises, Hornby avait passé l'hiver à proximité, il s'était construit un abri, et il avait chaque fois failli mourir.

S'ils semblaient disposer de tout l'espace et de tout le temps du monde, ils avaient pourtant une destination précise : le Twin Otter reviendrait les chercher le 27 juillet au lac Beverly, à cinq cents milles de là. Le temps et l'espace étaient donc en conflit potentiel.

Le lendemain, leur première journée complète, ils prirent volontairement leur temps, explorèrent le site de l'ancien fort Reliance, près de l'embouchure de la rivière Lockhart. Ils pagayèrent vers les ruines après le déjeuner ; là, un lieu d'une grande beauté s'offrit à leurs yeux. On aurait dit un parc de mousse et de lichen blanc et vert semé d'épinettes qui paraissaient avoir été plantées là. Ils suivirent un sentier, puis un autre plus large, presque une allée traversant un parc naturel. Les arbres portaient de minuscules bourgeons. Ils comprirent qu'ils pénétraient à reculons dans un printemps beaucoup plus tardif de glace qui s'attardait, de neige fraîche le matin sur les collines, fondue dès le début de l'après-midi. Eleanor dit qu'elle imaginait Jane Austen marcher là tellement c'était civilisé, entretenu. Il y avait trois bouleaux parfaitement formés et deux tombes, clôturées avec des planches usées, celle d'un enfant ou d'un bébé, toute petite, et une autre plus grande.

« Le passé est aussi proche que je suis proche de toi », dit-elle à Ralph.

Homme de livres et de poches, de poches ayant pris la forme de livres, Ralph ouvrit la biographie écrite par George Whalley et lut une citation de J. W. Tyrell, l'arpenteur-géomètre et cartographe qui s'était tenu à cet endroit en 1900 et en avait chanté les louanges. « Il ne reste plus que cinq cheminées de pierre des trois édifices importants qui s'étaient trouvés là il y a soixante-six ans… situés sur une ravissante terrasse plane verdoyante à une vingtaine de pieds au-dessus du port et à deux cents pieds de la grève. » On nomma le lieu Back's Chimneys en l'honneur du capitaine George Back qui y arriva en 1833 et utilisa le fort comme quartiers d'hiver. Ses hommes et lui formaient un groupe de secours sur la piste de Sir John Ross, lui-même sur la piste du passage du Nord-Ouest (*avoir depuis toujours senti la neige et la glace, et jamais rien d'autre que la glace et la neige*), même si, à la fin, contrairement à tant d'autres, il n'eut pas besoin d'être secouru.

Cet après-midi-là, Ralph tira Gwen qui riait sur la bande de sable et, quelques minutes plus tard, Harry l'accusa d'avoir pris sa tasse.

«Tu bois dans ma tasse.

— Non, c'est la mienne, répondit Ralph d'une voix égale, détendue.

— Non, ce n'est pas la tienne, maugréa Harry.

— Je l'ai rapportée du canot.

— Non.»

Et Harry était presque sur le sentier de la guerre quand il aperçut sa tasse sur la mousse. Il la prit, essaya de rire et se tourna vers Eleanor qui le regardait d'un air de reproche.

«Fais attention de ne pas péter une coche», dit-elle.

Après, il lui demanda de répéter cette expression, celle qu'elle avait utilisée pour le rappeler à l'ordre.

Péter une coche. «Le pauvre Ralph était assis là, bien tranquille, et je savais que c'était sa tasse parce que je l'avais vu la rapporter du canot.

— Je me sens moins malcommode que j'en ai l'air, dit-il en esquissant un sourire penaud.

— Eh bien, tant mieux si tu es capable d'en rire maintenant.»

Il se sentait comme un enfant réprimandé, et il ne riait pas. Les moustiques étaient rapides. Plus féroces, ou peut-être était-ce juste plus tôt dans l'année; ils s'enfuyaient avant qu'il ne réussisse à les écraser.

De vingt-cinq milles de long, le portage Pike était constitué d'une suite de petits lacs et de pistes qui menaient au lac Artillery. Une route amérindienne datant d'une époque immémoriale. Son premier segment (vers le lac Harry, qui l'eût cru!) était abrupt, comme ils le savaient d'après les comptes rendus d'autres canoéistes : rocheux et boisé, il s'étirait sur trois milles avec une pente de cinq cent quatre-vingt-dix pieds, alors que leurs sacs à dos étaient les plus lourds et leur condition physique, la moins bonne.

Quand Harry arriva au bout, qu'il s'écroula sur le sol et enleva les quatre-vingts livres de torture qu'il portait sur le dos, la sensation de soulagement fut comme s'il lui poussait des ailes et qu'il s'envolait vers le ciel. Mais l'exploit dut être répété trois fois, d'abord avec un sac, puis avec le deuxième, puis avec un canot de soixante-dix livres sur les épaules. Il portait un canot, Ralph portait l'autre. Cinq voyages si l'on comptait les allers et les retours — un exercice plus exigeant que tout ce qu'il eût jamais fait ou même imaginé. Seul son orgueil obstiné lui permettait de continuer. Les bras sur les côtés, les doigts enflés comme de grosses saucisses, il avançait péniblement sous son fardeau, l'oreille tendue vers Ralph qui le suivait, s'efforçant de rester en avant ou du moins de ne pas tomber en arrière. Il entendit un bruit de pas et, quelques minutes plus tard, Eleanor apparut au tournant ; elle allait chercher un autre chargement. Puis Gwen. Les deux femmes devaient porter des sacs de soixante livres ou plus. Il avait hissé le sac de Gwen sur son dos, elle avait vacillé sous le poids, il l'avait stabilisée, puis elle avait avancé — cinq pieds trois, cent vingt livres, le gabarit de Hornby, avait-il pensé — et commencé à grimper la pente. Et voilà qu'elle entreprenait le deuxième round. Eleanor était plus grande, plus grosse, plus costaude, mais elles arboraient le même air épuisé, étourdi, déterminé. Elles disparurent et il s'arrêta un instant. Il entendait encore le bruit sourd des pas avant de comprendre que c'était son sang qui martelait dans sa tête. Les moustiques pullulaient. Il sentit quelque chose sur sa langue, l'explora avec son doigt et sortit un insecte noyé. Ses jambes finirent par céder. En descendant dans un petit creux de l'autre côté des rochers, où il pouvait passer à gué le dernier ruisseau, il les sentit devenir caoutchouteuses et réussit de peine et de misère à tituber jusqu'à la ligne d'arrivée d'eau libre où il laissa le canot choir de son épaule dans un bosquet de saules. De nouveau, cette sensation de délivrance.

À la fin, quand tout eut été transporté, ils s'allongèrent sous le chaud soleil du soir, leurs corps ivoire, blanc pierre sur la berge du lac Harry, et versèrent son eau douloureusement glacée sur leurs têtes.

Le lendemain, 20 juin, quatrième jour de leur voyage, Harry fit un rêve très tôt le matin. Il entrait chez Gwen par la porte arrière, elle était en chemise de nuit et l'avait appelé à l'aide. Une voiture en panne ? Elle montait se changer et, après quelque temps, il la suivait et entrait dans sa chambre dont la porte était entrouverte. Elle était assise au bord de son lit, encore dévêtue. Elle ne portait que sa petite culotte en loques (il verrait ses sous-vêtements austères mis à sécher sur les saules arctiques, élastiques éventés à la taille, soutiens-gorge informes), mais dans son rêve elle ne portait pas de soutien-gorge, ses seins étaient ronds et chauds pendant qu'elle retournait une camisole à l'endroit, ses yeux fixés sur les figures formées par ce qui était devenu un caraco de dentelle, car dans le rêve la camisole était devenue une pièce de lingerie fine, et Gwen tout entière était alerte, attirante, attirée, nue. N'allait-il pas tendre la main vers ses seins, n'était-elle pas sur le point de réagir quand il s'était réveillé ?

Étonnamment, Harry ne se souvenait pas d'avoir un jour rêvé de Dido. Quand une seule personne monopolise toutes nos pensées éveillées, notre esprit endormi doit peut-être récupérer. Il porta le rêve de Gwen tout au long de sa journée éprouvante.

Mais ce fut Ralph qui enfouit sa tête dans la bruyère de la toundra et dit qu'il voulait du tweed de la toundra, tout un costume fait dans ce tissu et portant sa variété de couleurs estompées, cette subtile odeur de fumée, ce fut le volubile, le poétique Ralph qui marqua un point.

Harry avait l'impression qu'ils se déplaçaient dans la nature sauvage comme une troupe de comédiens ambulants dépenaillés, transportant des sections d'une bannière multicolore, c'est-à-dire des tentes, des canots et des sacs à dos. Ralph, le duc gentilhomme, Eleanor, la reine sage, Gwen, la princesse morose. Et lui, le fou grincheux, couvert d'ampoules et de morsures d'insectes. Après seulement quatre jours, il avait les membres si gourds que, pour se lever, il devait rouler sur le côté et s'appuyer sur ses bras douloureux. Il confia à Eleanor ses talons couverts de cloques énormes, et elle les pansa. Il confia à Gwen ses épaules endolories, et elle les pressa, les frictionna, les pétrit. Gwen qu'il se mit à appeler Kate. « Kate comme la branche de noisetier », car se détachant à l'arrière-plan de toute cette immensité, son petit corps ne semblait pas fragile mais intensément délicat, ses paupières comme des pétales, ses petites oreilles étonnantes.

Le cinquième soir, il prit une nouvelle identité, celle de Rodrigo, le chef arrogant. « Côtelettes de porc Rodrigo » devint le premier d'une suite de nombreux plats semblables. « Ombre de rivière Rodrigo », « truite *béarnaise** » et « *bœuf** ha ha ha », tous servis avec de grands moulinets, un air bourru et théâtral. « Mon royaume pour un presse-ail », rugissait-il. Ou, claquant les doigts : « Le grand Rodrigo a besoin de cari. » Il farfouillait alors dans son sac et en sortait l'épice inattendue, et sa prévoyance gastrique était accueillie par d'authentiques applaudissements.

Gwen se brûla la bouche avec le cacao qu'il préparait le soir. « C'est fait pour ça, le cacao, lui dit-il.

— J'ai perdu la moitié de mes papilles gustatives! protesta-t-elle.

— De toute façon, tu en avais beaucoup trop. »

Ralph avait apporté *Tundra* de Farley Mowat, un beau recueil d'extraits des récits de grands explorateurs de l'Arctique et, ce soir-là, il le prêta à Harry en lui suggérant de lire à voix haute avant de s'endormir. Racontant les aventures de Samuel Hearne (qui avait inventé l'expression « *the Barren Ground* » pour décrire l'immensité arctique des plaines dénudées qu'il avait laborieusement traversées entre 1769 et 1772), la voix de Harry porta de leur tente à celle des femmes à une douzaine de pieds plus loin. *Du 20 au 23 juin, nous marchâmes près de vingt milles par jour sans autre moyen de subsistance qu'une pipe de tabac et un verre d'eau quand l'envie nous en prenait. Le matin du 23, nous vîmes trois bœufs musqués, et les Indiens les tuèrent bientôt. Mais, à notre grande mortification, nous ne les avions pas encore écorchés quand il se mit à pleuvoir et nous ne pûmes allumer un feu de mousse. C'était un maigre réconfort pour des gens qui jeûnaient depuis trois ou quatre jours... Le temps demeura si mauvais avec la pluie, la neige et la gadoue que, au moment où nous pûmes de nouveau faire un feu de mousse, nous avions déjà mangé un bœuf musqué cru. Je dois avouer que mon moral avait alors commencé à baisser légèrement. Vraiment, nos autres malheurs furent grandement aggravés par le temps, qui était froid et si humide que, pendant trois jours et trois nuits, je n'eus pas un fil sec sur le dos. Mais au retour du beau temps, nous fîmes sécher nos vêtements auprès d'un feu de mousse. Je m'efforçai, comme un marin après une tempête, d'oublier nos infortunes passées.*

Vus de haut, dans la lumière éternelle, leurs canots et leurs tentes ressemblaient à des fruits séparés sur un arbre plat en espalier contre un mur de pierre grise. La tente orangée de Gwen, qu'elle partageait avec Eleanor ; la tente jaune citron de Harry, qu'il partageait avec Ralph ; le canot rouge de Harry ; le canot argenté de Ralph. Un avion, ou quiconque au loin, n'aurait aucune peine à les repérer, ce qui importait et devint important.

Ils progressaient d'un lac à l'autre le long de la file de huit lacs compris entre le portage Pike et le lac Artillery. Le lac Harry, puis le lac French, puis le lac Acres. « C'est ici qu'on peut se perdre », annonça Ralph qui ne cessait d'étudier leur carte. Puis, le lac Kipling.

Ils pénétraient à présent dans la toundra canadienne. Sur la rive nord du lac Kipling, les arbres, quand il y en avait, étaient des chicots et toutes leurs feuilles étaient minuscules. Ils auraient pu prévoir ce qui les attendait, mais, le jour, il faisait si chaud. Leurs visages et leurs mains brûlaient, leurs doigts et leurs lèvres se craquelaient et se fendillaient. Ils attachèrent leurs canots ensemble au milieu du lac pour dîner, dans le sens du vent qui éloignait les moustiques, et se laissèrent doucement dériver vers le rivage où ils finirent de manger leur repas de saucisson, de fromage, de bannique et de beurre d'arachide.

Après le lac Kipling, ce fut le lac Burr, grand et entouré de collines arrondies, toutes hautes et nues à l'exception de quelques rochers au sommet, laissés là par un glacier qui avait reculé huit mille ans auparavant. Ce paysage réduit à sa plus simple expression permettait de voir très loin. Un terrain de golf bien entretenu, pensa Harry. De belles lignes, de beaux détails — le lichen gris argent, les petites fleurs roses. Facile de marcher dessus, la végétation à la hauteur de la cheville.

Ce soir-là, il regarda Gwen se laver les cheveux. Elle s'agenouilla sur une pierre et pencha la tête en avant, exposant l'anneau tendre autour de son cou formé par le col effiloché de sa chemise de lainage. Elle trempa sa tête dans le lac glacé, aspergea rapidement ses cheveux d'une main, versa du shampooing, frictionna, rinça, trempa de nouveau sa tête dans le lac, éclaboussa de nouveau. «Il reste du savon», lui cria-t-il. Elle recueillit de l'eau dans ses deux mains et aspergea sa tête encore plus vigoureusement, puis elle saisit une serviette et l'enroula autour de sa tête. La sensation de soulagement, de bien-être fut immédiate, comme il le constata en voyant se détendre ses épaules nues, son torse couvert d'une camisole bleu délavé, ramollie par l'usure.

Des oiseaux chantaient à l'arrière-plan, des moineaux à crête blanche. L'un appelait à proximité, un long appel d'été, un autre répondait faiblement de l'autre côté de la colline, revendiquant son territoire.

«Ma petite truite, s'écria Ralph en souriant quand il détourna les yeux du feu et aperçut Gwen.

— Quasimodo», ricana Harry en repensant aux épaules courbées de Gwen au bord du lac gelé et voulant être contrariant, drôle, inoublié.

Ce n'était pas le changement de lieu qui rendait les choses plus faciles, décida Harry, ce n'était pas le labeur éprouvant, la distraction que lui causaient ses épaules ou un genou endolori. C'était d'être loin de tout contact possible. Pas de courrier, pas de téléphone.

Le sixième jour, ils arrivèrent au lac Artillery et connurent ce qui serait le premier d'une suite de chocs qui se terminerait en quelque chose de bien pire encore. Le lac, de cinquante milles de long, était couvert de glace.

Ils se trouvaient à l'extrémité sud, un fjord étroit d'eau libre qui devenait un peu plus loin d'un blanc menaçant. Armé de ses jumelles, Ralph grimpa sur une corniche et y resta quelque temps. Quand il revint, il avait perdu son entrain et se contenta de marmonner : « Beaucoup de glace. »

Ils avaient reculé plus loin dans le temps : il n'y avait encore que des chatons teintés de rouge sur les saules nains, et les premières feuilles, d'un vert délicat, venaient d'apparaître sur les branches des bouleaux et des aulnes miniatures. C'était pourtant le 22 juin.

À 21 h 30, Harry se retira sous sa tente, loin des mouches, de la lumière et de la conscience, loin des gens et des corvées, loin du dynamisme à toute épreuve de Ralph. Ils croisaient déjà le fer à propos de l'heure à laquelle se lever le matin et à laquelle faire les bagages chaque jour. Il entendit d'autres oiseaux et un ruisseau au loin. Puis, Gwen qui décrivait avec enthousiasme le dessert qu'elle était en train de préparer. « Viens voir. » Il ne bougea pas. C'était un verre qu'il voulait, pas un maudit dessert. Mais sa bouteille de scotch, soigneusement emballée dans un chandail, qu'il siphonnait petit à petit dans sa gourde, devait durer tout le voyage. Il se retint.

Avec une énergie diabolique, Gwen avait concocté une version du shortcake aux fraises : scones de bannique sucrée surmontés de fraises lyophilisées bouillies, le sirop épaissi avec de la fécule de maïs, le tout coiffé de crème épaisse en conserve. Elle lui en apporta une portion sur une assiette et il dut admettre que ce n'était pas mauvais. Il s'allongea dans un coin de la tente, tout seul, là où aucun mal ne pouvait l'atteindre, et il se lécha les doigts.

Mais ce que Gwen avait réussi à faire était un défi manifeste lancé au grand Rodrigo ; il redoubla donc d'efforts et, le lendemain matin, il prépara un gruau de luxe pour la séduire, elle qui affirmait détester le gruau. Un bol de farine d'avoine couvert de pêches lyophilisées, de cassonade, d'une noix de beurre et de sa crème spéciale à base de lait en poudre et de Coffee-mate, une pincée de cannelle. Elle mangea son «gruau *à la crème pêche**»* par pure gentillesse et n'en remangea plus jamais.

Le lendemain, leur septième jour, fut un jour de repos. Ils le passèrent à explorer et à photographier, à somnoler et à lire. Eleanor s'assit tranquillement. Caressant du doigt sa médaille de saint Christophe, froide au toucher, elle attendait de voir apparaître des créatures et ne cessait de se secouer pour éloigner les mouches. Elle commençait à se sentir comme une vache dans un pré de lichen. Gwen et elle avaient monté leur tente sur un lit plat de lichen. Quand elle rampait à l'intérieur, le sol craquait comme du papier d'emballage. Étendue sur son mince matelas isolant, loin des moustiques exaspérants, elle tendit l'oreille. Gwen et Harry buvaient du café auprès du feu, lavaient la vaisselle, bavardaient. Elle perçut une intimité sous le ton badin et vit sans fermer les yeux le paysage qu'ils regardaient depuis des jours — les pentes rocheuses couvertes de toutes sortes de lichens, argenté, moutarde, vert lime, vert pâle, l'équilibre exquis des rochers perchés là depuis des millénaires, les feuilles minuscules rouges et dorées, les grappes de fleurs roses éparpillées comme les ramures qui blanchissaient sur le flanc de la colline, et les crottes des animaux. L'air retenait la chaleur.

Elle s'était sentie épuisée la veille, particulièrement à l'heure du souper, alors qu'elle essayait d'enfoncer les piquets de tente assez profondément dans le sol; il ventait beaucoup à ce moment-là. Mais l'air était à présent parfaitement immobile et un autre vent soufflait en elle. Allongée sur le sol, elle se sentait restructurée, comme si elle était allongée à côté d'un nouveau mari. À l'intérieur de la tente orangée, la lumière était un soleil éternel, quelle que soit l'heure, son visage et ses mains brûlées dégageaient des rayons de chaleur. Les fleurs roses contre les lichens scintillaient, provoquant une sensation proche de l'irritation, une surexcitation sexuelle ; de nouveau, le lit nuptial.

Au début, ils restèrent dans les passages étroits entre glace et grève, progressant peu à peu. Parfois, les passages s'ouvraient en canaux plus larges et ils pagayaient dans une eau lisse sous un soleil brûlant. Quand la glace adhérait à la rive, ils faisaient du portage ou, quand elle était lisse, ils poussaient leurs canots chargés dessus, mais prudemment, veillant à ne pas tomber à travers. Chaque fois qu'ils le pouvaient, ils alignaient les canots, les guidaient à l'aide de cordes dans l'eau peu profonde jusqu'à ce que des rochers leur fassent obstacle ; ils recommençaient alors à tout porter sur leurs dos sur le sol inégal.

L'impatience les rendit plus téméraires. Plutôt que de rester près du rivage, ils commencèrent à pousser leurs canots sur de longues étendues gelées du lac Artillery plus loin de la terre ferme. Ils appelaient ça canoë sur glace : un pied dans le canot, l'autre sur la glace à moitié pourrie, ils se hâtaient vers l'avant, prêts à sauter dans le canot dès que la glace cédait, ce qui arriva une fois. Harry et Eleanor, qui pagayaient toujours ensemble, réussirent à embarquer en une fraction de seconde. Mais ils se retrouvèrent bientôt coincés, entourés et immobilisés de tous côtés par la glace. Eleanor se pencha en avant, elle se sentait exténuée, et elle pleura un moment. Ils finirent par se libérer en berçant le canot et en brisant la glace autour d'eux jusqu'à ce qu'ils parviennent à une portion assez solide pour supporter leur poids. Ils ressortirent alors et recommencèrent à pousser avec un pied, comme Scott et Shackleton et tous les autres lunatiques polaires.

Sous eux, l'eau profonde, un ptarmigan qui prenait son envol à droite — le seul signe de vie depuis trois heures. À la fin de l'après-midi, ils n'en pouvaient plus.

Dans la tente de Ralph et de Harry, la plus grande des deux, ils étaient tous blottis dans un silence contraint car, dix minutes plus tôt, Harry avait pointé un doigt vers le commandeur Ralph et lui avait dit d'aller se faire foutre.

« Harry, fais quelque chose ! » avait aboyé Ralph en voyant Harry debout, immobile. Il commençait à pleuvoir, leurs bagages n'étaient pas couverts, Ralph s'affairait avec des bâches et des pierres pour les faire tenir en place. « Fais *quelque chose*.

— Toi, va te faire foutre ! » avait répliqué Harry, le doigt pointé vers lui.

C'était donc la glace, la pluie, le vent contraire et la mauvaise humeur. Le feutre de Harry, cabossé par les intempéries, n'avait plus l'air aussi pimpant. Pourtant, quand ils traversaient certains endroits réchauffés par le soleil, ils respiraient le parfum des petites fleurs roses et c'était la plus légère, la plus parcheminée, la plus nordique des odeurs. Harry s'arrêtait pour la respirer, enfouissait son esprit troublé dans un pommier en fleurs. On n'aurait pu imaginer une fragrance plus différente du patchouli. Si on y pensait. Et oui, on y pensait. Soudainement.

À l'intérieur de la tente, protégés du vent et de la pluie, ils se risquèrent à faire du thé sur leur petit brûleur au butane, et Eleanor but une gorgée réconfortante. L'atmosphère était tendue.

« On peut retirer de doux fruits de l'adversité... murmura-t-elle.

— ... comme le crapaud horrible et venimeux, qui porte cependant dans sa tête un précieux joyau[1] », compléta Ralph.

---

1. Citation tirée de *Comme il vous plaira*, de Shakespeare, acte II, scène I. (N.D.L.T.)

Eleanor le remercia d'un grand sourire reconnaissant. Il avait reconnu et terminé la citation, tout comme son père l'aurait fait.

Même s'ils étaient coincés dans les glaces, l'air circulait — cette lumière de juin, brillante et dure. Pendant deux jours, ils furent bloqués au lac Artillery, espérant que la glace lâcherait prise et s'éloignerait de la grève. Il faisait trop froid pour les mouches, heureusement. La pluie tomba, puis se transforma en crachin, puis en nuages bas, puis s'en alla.

Grimpé sur une butte, Harry vit des autours et des hirondelles des falaises, une colline couverte de fleurs violettes et, à travers ses jumelles, une immensité de glace. Eleanor s'agenouilla à côté d'un rocher pour s'abriter du vent, et prit son livre sur les fleurs : les fleurs violettes étaient du laurier rose de Laponie tandis qu'autour fleurissaient des grappes basses et blanches de thé du Labrador à petites feuilles. Gwen fit des beignes, son bras saupoudré de farine en sortant du sac de mélange à bannique, son expression ravie devant les encouragements bruyants venant de tous côtés, les demandes de remplissage à la gelée et de glaçage au chocolat. Elle roula la pâte sucrée entre ses paumes, façonna des anneaux et les fit frire, plusieurs à la fois, dans du lard fondu, puis roula les beignes chauds dans un mélange de cannelle et de sucre, et Harry raconta une blague de son cru : « Alors, un type entre dans un restaurant et commande un hamburger. Le serveur le lui apporte, le gars prend une bouchée et tire un long poil de sa bouche. "Hé ! C'est quoi, ça ?" Le serveur l'emmène à la cuisine où il voit le cuisinier en train d'aplatir les boulettes de viande sous ses aisselles. "C'est *dégoûtant*!" "Tu trouves ça dégoûtant ? dit le serveur. Tu devrais voir comment il fait les beignes." »

Ils renoncèrent à l'idée d'attendre que la glace fonde et se remirent en route le 28 juin. Ils poursuivirent péniblement leur chemin sur le lac Artillery, évitant la glace ou se hissant dessus et à travers, ou pagayant dans les passages ouverts. Le vent toujours contraire faisait fulminer Harry ; il donna un coup d'aviron sur la glace et faillit le casser. Il s'en fichait.

« J'ai presque cassé mon aviron ! » tonna-t-il.

Eleanor, à l'avant du canot, se retourna. « C'est ta tête que tu devrais cogner sur la glace, pas une chose dont nous dépendons. »

Il refusa de continuer. Les deux autres avaient pris une avance considérable, comme cela deviendrait le modèle habituel, mais Harry échoua le canot sur le rivage et alla se placer à côté d'un rocher. Eleanor le rejoignit. « Je ne vais pas plus loin tant que le vent ne sera pas tombé », déclara-t-il.

Sentant un sourire involontaire se dessiner sur son visage, Eleanor pencha la tête et marcha vers le canot.

« Dis quelque chose, reprit-il.

— Oui. Je suis juste en train de réfléchir. »

Elle dit qu'il leur faudrait peut-être attendre longtemps avant que le vent ne tombe. Ils n'avaient pas bougé depuis deux jours. Ils voulaient tous poursuivre.

Harry ne répondit pas ; et ils partirent.

À l'île Crystal, la ligne des arbres traçait une diagonale sur le lac Artillery, aussi visible qu'une longue marque de crayon noir sur une page blanche. Ils la franchirent et entrèrent dans un monde sans murs, une terre de plaines qui roulaient, aussi exposées que la mer. Leurs dos étaient soudain des arbres. Leurs chapeaux, des feuilles sur lesquelles se posaient les moustiques. Des oiseaux volaient près de leurs épaules, comme des familiers. Et le soir, quand ils causaient calmement autour du petit feu où cuisait la bannique, leurs voix ressemblaient à celles des arbres qui effrayaient les anciens Esquimaux lorsqu'ils s'aventuraient à la recherche de bois pour fabriquer les skis de leurs traîneaux ; ils ne restaient jamais plus de dix jours parmi les esprits des bois qui chuchotaient et grondaient.

Ce soir-là, ils eurent envie de se rappeler leurs premiers souvenirs. Eleanor raconta le sien : des enfants l'avaient injustement accusée d'avoir cassé des œufs dans le nid d'un merle ; il s'agissait d'un merle anglais, plus petit que les canadiens, aux œufs plus bleus. Cela expliquait peut-être pourquoi elle avait eu récemment cette pensée particulière : le merle dans l'œuf ignore que l'œuf du merle est bleu.

« Et ça veut dire ? demanda Gwen.

— Ça veut dire qu'on ne voit pas quand on a un bandeau sur les yeux. »

Gwen hocha lentement la tête ; elle imaginait le merle dans l'œuf bleu et elle-même dans son petit monde. « Comme moi à propos de la religion.

— Si tu veux. Ou comme être amoureux de quelqu'un sans le savoir.

— De quoi parles-tu ? » demanda Gwen après un silence.

Mais Eleanor n'était pas prête à s'expliquer. Puis Ralph avoua un premier souvenir si personnel et hors du commun qu'on oublia pendant quelque temps ce qu'elle avait voulu dire. Le premier souvenir de Ralph était d'avoir pris les petits étrons secs de sa couche et de les avoir soigneusement alignés sur le rebord de la fenêtre. « J'avais déjà l'œil d'un collectionneur, conclut-il en riant.

— Mais qu'est-ce que ta mère te donnait à manger ? » s'écria Eleanor.

Gwen se rappelait une pièce de satin blanc qui flottait dans la garde-robe en acajou de sa grand-mère, mais elle l'avait peut-être rêvé, elle n'était pas sûre. Eleanor suggéra qu'elle voyait peut-être l'avenir. Enfant, sa propre grand-mère avait rêvé d'une casquette de soldat et, des années plus tard, elle avait vu la casquette sur la tête de son père couché dans son cercueil.

Comme il n'y avait plus d'arbres, ils transportaient du bois avec eux. Ils ramassaient tout le bois flotté sec qu'ils trouvaient, gardaient l'œil ouvert à la recherche de branches sèches. Harry remarqua que Gwen avait l'air d'une adolescente dans son coupe-vent rouge et ses baskets, une jambe de pantalon roulée tandis qu'elle se penchait au-dessus du feu ou qu'elle ramassait du bois. Un soir, elle s'assit sur un affleurement rocheux à côté de Ralph qui pêchait sur la grève. Il déposa sa canne à pêche, se tourna vers elle et commença à lui lancer des boules de neige. Elle riait et poussait de petits cris, les mains devant son visage, puis elle prit la même neige et la lui lança sur la tête. Un peu plus tard, il renonça à la pêche et s'approcha du feu. Gwen descendit innocemment du rocher. Ralph ? Tu as besoin d'aide ? Non, il laissait juste le feu s'éteindre pour avoir des braises pour la bannique. Puis, un hurlement à glacer le sang quand il sentit la neige se faufiler dans son dos, sous sa chemise, et frotter contre sa peau nue.

Sur son perchoir à plusieurs mètres, Harry s'alluma une autre cigarette. Le bruit mouillé quand il crachotait les brins de tabac sur sa langue. Il entendit Gwen proposer de s'occuper de la bannique afin de laisser Ralph faire sa promenade du soir. Celui-ci saisit sa chance et Eleanor l'accompagna. Ensuite, Gwen et Harry furent auprès du feu. Chaque soir, l'un d'eux préparait la bannique, une grosse crêpe épaisse faite de farine, de sel, de levure, de lait en poudre et d'eau. Ils la faisaient cuire lentement, patiemment, dans du lard fondu dans une poêle, s'assurant un lunch rapide et tout prêt pour le lendemain.

Gwen souleva la bannique avec une spatule pour qu'elle ne colle pas. De vieilles inquiétudes l'avaient suivie dans la toundra, confia-t-elle à Harry. Dans la solitude de la toundra — aussi exposée aux éléments qu'elle l'avait été sur les ondes —, certaines choses l'angoissaient, comme l'abri peu solide de la personnalité. Des rêves de la radio l'assiégeaient, dit-elle. Elle quittait la ville en autobus, par exemple, quand elle se rappelait soudain qu'elle avait oublié de préparer son émission et devait, saisie de panique, téléphoner à la station et demander qu'on fasse jouer de la musique.

«J'ai fait un autre rêve, dit-elle. J'ai rêvé de Dido.

— Qu'est-ce que c'était?» demanda Harry en levant la tête.

Elle ne répondit pas. Elle baissa les yeux vers les lichens vert pâle qui adhéraient au rocher, résistant à tous les vents, vers les brindilles collées à son pantalon de lainage. Elle revoyait les deux huards qui avaient nagé devant eux un peu plus tôt dans la journée. Des oiseaux si élégants aux yeux rouges. Ils avaient l'air vêtus de chaussettes noir jais passées par-dessus leur tête et descendant sur leur long cou. Et le blanc de leur poitrine, là où elle entrait en contact avec l'eau, si blanc qu'ils semblaient pousser des congères devant eux. Immaculés. Puis ils ouvraient leur bec et faisaient entendre des sons qui ne ressemblaient à rien de ce qu'on eût déjà entendu. Des appels tristes qui résonnaient jusqu'à l'horizon. Ou des rires en cascade, démentiels.

«C'était quoi, ce rêve sur Dido? insista Harry.

— Juste qu'elle avait pris toutes mes choses dans le classeur et les avait remplacées par ses propres affaires.»

Pathétique. Elle secoua les épaules.

« Elle ne peut te prendre ce que tu as, dit calmement Harry. À moins que tu ne la laisses faire. »

Ce mince cadeau — une phrase — contenait tant de choses. Harry était de son côté, mais seulement si elle y était aussi, et il n'y avait en fait pas de côté, à moins qu'elle ne décide de le considérer comme ça. Mais Harry comprenait le rêve et ne la blâmait pas, ce qui était un réconfort.

Le contraste entre confort et inconfort était leur pain quotidien — les souffrances causées par le portage et le bonheur de s'allonger sous le soleil du soir, réchauffés, repus, reposés. Un vent léger qui gardait les mouches à une certaine distance.

Mais le soleil ne brillait pas, il n'avait pas brillé depuis des jours.

Puis il brilla. Le 30 juin, le ciel redevint bleu et un canal aussi large qu'un grand portail (assez large pour trois canots de front) s'ouvrit dans la glace sur le lac Artillery. Ils s'y engagèrent en pagayant et cela parut tout à la fois biblique, merveilleux et enfantin. Un chemin s'ouvrait dans la vie. Ici, les vents ne pouvaient les déranger, car il n'y avait pas assez d'eau libre pour permettre la formation de vagues. Pendant une heure d'enchantement, le lac fut moins infesté qu'enrichi de glace. Au fond de l'eau, ils distinguaient si clairement les cailloux qu'ils auraient pu les compter un par un, la glace infinie les entourait ; plus loin, le canal serpentait autour de la boucle qui les conduirait là où ils voulaient aller, tandis qu'au-dessus, dans le ciel très bleu, un étroit nuage flottait bas près de l'horizon, comme un doux reflet de la glace des deux côtés.

La glace dégageait de l'air frais qui se mêlait aux vents chauds du large, une combinaison qui rappelait à Gwen un ancien emploi d'été, quand elle avait trié des fraises dans un camion réfrigéré.

Au-dessous, des blocs de glace libre craquaient au passage des canots.

Puis, ils dépassèrent la glace. La couleur de l'eau changea — bleu profond, violet, vert, platine quand elle était peu profonde sur un fond sablonneux. Les deux canots se séparèrent. Gwen et Ralph, toujours à l'avant, poursuivirent au même rythme. Harry et Eleanor prirent du retard. Séduits par la plage de sable blanc brillant, ils s'arrêtèrent pour photographier une ligne de petits bouquets de mousse verte sur laquelle de minuscules fleurs roses dessinaient un modèle. Lilas pâle. Eleanor les identifia : c'étaient des lychnis de mousse, une plante en coussin. « Regarde comme elles se protègent du vent. Si intelligentes, dit-elle. Si persévérantes. » Elle leva les yeux et sourit à Harry avec tant d'affection qu'il se sentit régénéré.

Ils continuèrent de pagayer. L'eau libre était calme et scintillante, les moustiques pullulaient de nouveau ; à l'avant, Eleanor se sentait comme un pare-brise maculé avec tous les insectes qui s'écrasaient contre elle. Harry et elle regardèrent dans l'eau limpide et aperçurent une grosse truite avec un leurre argenté qui pendait de sa gueule. Et aussi une oie des neiges qui marchait sur la glace. Qui marchait, marchait. Était-elle blessée ?

Le soir venu, ils étaient tous deux à l'extrémité du lac Artillery et cherchaient l'issue. Le vent avait soufflé des nuages de pluie. Ils voyaient qu'il pleuvait à verse à gauche et à droite. Autour d'eux, le paysage était semblable à ce qu'il avait été depuis quelque temps, bas et plat, sauf qu'ils progressaient à l'aveuglette et qu'ils étaient perdus.

Il y avait déjà pas mal de temps qu'ils avaient vu Ralph et Gwen, et les cartes étaient dans le canot de Ralph. Quelques jours plus tôt, Ralph avait rangé le sac de son appareil photo au mauvais endroit ; il l'avait posé sur un sol de la même teinte alors qu'il traquait un ptarmigan et ils avaient mis une demi-heure avant de le retrouver. Et Eleanor déplorait avoir oublié la médaille de Dido quand elle s'était baignée un matin. Elle avait enlevé la chaîne autour de son cou pour qu'elle ne frappe pas sa peau, puis elle n'y avait plus repensé jusqu'au dîner, alors qu'ils se trouvaient à des milles du lieu de sa baignade. Elle s'efforçait de ne pas voir cet oubli comme un mauvais présage.

Ils étaient allés trop loin. C'était du moins ce qu'ils croyaient. Ils retournèrent sur leurs pas et furent encore plus confus et inquiets. Harry avoua n'avoir aucun sens de l'orientation. Il raconta à Eleanor la mésaventure humiliante qui lui était arrivée un soir que, pour la énième fois, il était allé jouer au poker chez un ami à Toronto ; il était entré dans une autre maison, dans un autre immeuble. « J'étais en train d'accrocher mon manteau quand le propriétaire est sorti de la cuisine. J'ai pensé que c'était le nouveau joueur de poker, alors j'ai dit : "Où est la boisson ?" »

Eleanor lui prit la boussole des mains et l'étudia. Mais il paraissait plus sage de rester où ils étaient et d'attendre qu'on les retrouve. Elle suggéra qu'ils montent sa tente afin de se rendre plus visibles. En voyant le tissu jaune clair flotter dans l'air, Eleanor repensa à ce que Ralph avait dit l'autre soir à propos de la fragilité des explorateurs arctiques. Le pire danger était la déshydratation, les vents desséchants. S'ils s'allongeaient, c'était « adieu, papillon », avait-il conclu.

Un corbeau croassa en volant au-dessus d'eux. Cette compagnie fit plaisir à Eleanor. « Pourquoi les corbeaux ne deviennent-ils pas blancs en hiver comme les ptarmigans ? demanda-t-elle.

— Les ptarmigans sont comme nous, répondit Harry. Ils ont besoin de toute l'aide possible. »

Une heure passa et Harry sentit une peur sinistre s'emparer de lui. Il sortit sa flasque de la poche de sa veste, dévissa le bouchon et la tendit à Eleanor.

«Ta réserve secrète», dit-elle.

Il lui relata ces propos d'un scientifique : le froid peut être entreposé sous forme de neige et de glace, mais pas la chaleur. «Il a oublié ça, dit-il en lui reprenant la flasque. À nos femmes et à nos maîtresses. Puissent-elles ne jamais se rencontrer.»

L'alcool lui procura une merveilleuse sensation dans tout le corps.

Eleanor entoura ses genoux de ses bras. Sauf le corbeau qui était passé, ils étaient complètement seuls. «Mon père m'a raconté que ses cheveux avaient blanchi quand il avait quatorze ans, dit-elle. Mais je n'ai pas eu la présence d'esprit ou la curiosité de lui demander pourquoi.»

Harry dit qu'Amundsen avait vécu la même chose à vingt et un ans. Il avait passé un hiver sur un baleinier dans l'Antarctique et l'expérience avait été si effroyable, tous ces mois de noirceur, que ses cheveux avaient blanchi.

«Comme ça, ses cheveux blancs étaient une source de lumière», dit Eleanor.

Une autre heure passa. Eleanor était silencieuse. «Tu pries ? demanda Harry.

— Oui.»

Bien, songea-t-il.

La flasque était vide. Dans un geste qui lui assurerait l'entrée au paradis, il avait donné la dernière gorgée à Eleanor.

«Ils attendent de nous voir apparaître, dit-elle.

— Combien de temps vont-ils attendre, d'après toi ?

— Je me le demande.»

Sa prière était constante et improvisée. En ce moment, elle s'adressait à son père. «Je ne t'ai jamais rien demandé. Maintenant, je le fais.»

«C'est peut-être ce qui est arrivé à Hornby, dit-elle à voix haute. Il s'est peut-être égaré. C'est peut-être pour ça qu'ils ont mis tout ce temps avant d'arriver à la Thelon… Cette oie n'était pas blessée, reprit-elle après un instant. Elle est en période de mue, voilà. Quand elles muent, les oies ne volent pas.»

Harry lui entoura les épaules de son bras. Il n'avait pas oublié l'impression qu'il avait dans son enfance: le monde était rempli d'une présence divine et de nombreux autres esprits inférieurs, surtout dans les bois, surtout dans le noir; il croyait encore que ce n'est pas parce qu'on ne peut voir quelque chose que ce quelque chose n'existe pas, ou, plus précisément, ce n'est pas parce qu'une chose est là qu'on peut la voir. «Nous sommes comme Adam et Ève, commença-t-il, puis il éclata de rire, car un vieux limerick venait de lui traverser l'esprit. «Dans le jardin d'Éden, Adam se reposait, récita-t-il. Tout en se reposant, sa dame il caressait. La caressait avec grande joie, car sur Terre il n'y avait que deux noix. Et c'était lui qui les avait.».

Plus tard, ils allumèrent un feu avec les branches qu'ils parvinrent à trouver et continuèrent d'observer l'eau et un ciel normalement trop clair pour les couchers de soleil. Mais ce soir-là, les couleurs prolongées du soleil sous un nuage noir reproduisaient les teintes des minuscules fleurs roses et blanches près d'eux. Eleanor songea que peu importait ce qui se passait, c'était un privilège d'être là, dans ce vaste paysage de toundra produisant des fleurs d'un pouce de haut et des cieux infinis. Elle pensa aux artistes japonais qui restaient dehors pendant des heures par tous les temps, simplement pour observer, puis rentraient chez eux pour reproduire le monde flottant sur leurs estampes. Nous sommes visités par la possibilité d'une catastrophe absolue, songea-t-elle, mais c'était pourtant une sensation de joie qui la submergeait : la dépendance à un grand Être personnel loin tout en étant proche, et *nos vies sont entre Tes mains.*

Harry se mit à siffloter. Elle grelotta soudain et se frotta les bras à travers les manches de son épaisse chemise de lainage. « Raconte-moi la fois tu as eu le plus froid », lui demanda-t-elle.

Il n'eut même pas besoin d'y réfléchir. Le samedi après-midi, quand il rentrait chez lui à vélo après avoir joué au hockey sur la mare aux canards, ses mains sur le guidon glacé. Sa mère lui disait de faire couler de l'eau froide du robinet de la cuisine sur ses mains froides. Sur ses pieds gelés aussi, qui sautillaient. Autour de l'ampoule électrique, l'air était bleu et irisé, ses yeux avaient si froid. Sa mère lui donnait une tasse de chocolat chaud et, neuf fois sur dix, il se brûlait le palais. « Rien ne retient la chaleur comme le cacao, dit-il, mais il ne conserve pas la chaleur comme la glace conserve le froid. »

Eleanor avait une théorie : dans la chaleur, il y a vraiment quelque chose qui stimule la mémoire. Elle s'interrompit, et Harry attendit. « Quand j'avais à peu près seize ans, reprit-elle, mon amie Jill et moi sommes allées au cinéma un samedi après-midi et quand nous sommes sorties, il faisait noir et très froid, et l'autobus n'arrivait pas. Janvier à Ottawa. J'ai décidé de rentrer à pied. Jill était convaincue que j'allais dans la mauvaise direction et refusait de me suivre. Elle se cramponnait à deux mains à un parcomètre, *non, non, non*. Je n'ai jamais eu aussi froid. Et je me rappelle seulement être rentrée à la maison de peine et de misère avec Jill qui traînait les pieds derrière moi et j'essayais de ne penser à rien, de ne *rien* sentir. Je me souviens pourtant du film dans ses moindres détails, parce que j'étais à l'intérieur et qu'il faisait chaud.

— Allais-tu vraiment dans la mauvaise direction?

— Non, c'était la bonne.

— À partir de maintenant, tu ferais mieux d'être le pilote.»

Elle était sur le point de lui dire de quel film il s'agissait quand un bruit — un bruit de toux — les fit se retourner. Impossible de dire depuis combien de temps il était accroupi là, à une vingtaine de mètres. Débraillé, cheveux noirs, sans sourire. Un fusil dans les bras.

Harry se leva, mais Eleanor resta où elle était, les bras autour de ses genoux. D'où sortait-il?

L'inconnu se redressa à son tour, descendit la pente aride et Eleanor songea à Eddy parce que cet homme ne souriait pas et paraissait dangereux. Le film du soir le plus froid de sa vie avait été *La petite maison de thé*; Brando avait jeûné pour y jouer le rôle de l'interprète japonais Sakini. À présent, par une de ces coïncidences mystérieuses qui nous guident dans la vie, quand on le leur permet, leur sauveur à l'aspect farouche se révéla être japonais.

Son nom ressemblait à quelque chose comme Izai et il voyageait en «solo», leur apprit-il.

Aidé d'une carte, de bribes d'anglais et de beaucoup de gesticulation, il leur dit venir de Snowdrift sur le Grand Lac des Esclaves et se diriger vers l'anse Chantrey sur la côte arctique, en passant par la rivière Back. Avec ses jumelles, il avait vu leur tente dressée dans ce lieu improbable. Voulant s'étirer les jambes et s'assurer qu'ils allaient bien, il avait parcouru la corniche basse derrière eux. Son propre canot était dans un tournant, hors de vue.

Une médaille de saint Christophe pendait à son cou. Eleanor l'indiqua d'un geste, le visage radieux. «À toi?» demanda-t-il. Il ouvrit le fermoir et la lui tendit.

Après cela, Eleanor ne put s'arrêter de sourire. On ne sait jamais d'où viendra l'aide, ni sous quelle forme. Elle se sentit protégée, un peu comme le sanctuaire faunique de la rivière Thelon, où ils allaient. Cette idée était comme une hallucination claire comme du cristal, le produit d'une coïncidence sauvage dans un endroit sauvage.

Ce soir-là, Izai prévoyait pagayer et faire du portage jusqu'au lac Ptarmigan, dit-il en indiquant le point sur la carte. C'était aussi leur destination, même s'ils y parviendraient moins vite que cet aventurier solitaire. Il aimait voyager la nuit, leur dit-il, quand il ventait moins. Il dormait pendant la journée, puis reprenait la route. S'ils le voulaient, ils pouvaient le suivre. Ainsi, ils retrouveraient probablement leurs compagnons. Il était à présent passé minuit et une buée s'élevait du lichen argenté, rappelant la vapeur chaude qui s'élève d'un grille-pain.

Ils replièrent la tente de Harry, mirent leurs bagages dans le canot et pagayèrent tous trois jusqu'au canot d'Izai. Il les guida hors du canal où ils s'étaient égarés. Ils aperçurent alors le canot de Gwen et de Ralph, partis à leur recherche. La toundra désolée se transforma en un lieu de confort domestique et de multiples étreintes. Ils échouèrent leurs canots sur la plage et il y eut soudain du chocolat, des fruits secs, des conversations, des rires, des promesses répétées de ne plus jamais se perdre de vue. Ralph offrit à Eleanor des morceaux de chocolat sur le bout de ses doigts et, lorsqu'elle se pencha vers lui, elle retrouva une odeur lui rappelant les Noëls de son enfance : nicotine, chocolat et raisins secs. C'était son père au pied de son lit qui, la croyant endormie, remplissait son bas de Noël.

Ils préparèrent une cérémonie du thé à 1 heure du matin : ils firent bouillir de l'eau dans une boîte de conserve qui leur servait de gamelle et le servirent avec du sucre à leur impressionnant voyageur japonais. Gwen sortit l'enregistreuse de son sac de toile brune et leur ange sauvage parla au micro ; il avait une façon merveilleuse de prononcer *be d'alachide*, ce qui, avec les poissons qu'il pêchait, semblait être sa principale source d'alimentation. Ils lui donnèrent une part de leurs réserves de chocolat et d'abricots séchés, puis ils retournèrent tous à leurs canots et pagayèrent jusqu'à l'embouchure de la rivière Lockhart, où Gwen et Ralph avaient monté leur tente sur une île. Izai poursuivit sa route et ils le regardèrent progresser dans ce qu'il appelait « le grand du Ca-na-da ».

En le regardant disparaître, Harry eut une intuition soudaine et sentit que quelqu'un marchait sur sa tombe. Doug Palliser, le premier mari de Lorna Dargabble, qui s'était noyé au cours d'une expédition vers l'océan Arctique, avait les cheveux châtain clair. Quand Lorna était partie dans la nuit boréale, elle devait avoir apporté une mèche de cheveux de son mari décédé, dit-il aux autres.

Le lendemain matin, le vent soufflait férocement quand ils se réveillèrent sur leur île dans la rivière Lockhart. Le calme de la nuit précédente ressemblait à un mirage. Ils comprendraient trop tard toute la signification de ce modèle de soirée merveilleuse suivie de son contraire, de silence précurseur de rafales violentes.

Ils comprirent plutôt la nécessité d'ignorer les éléments. Avec Ralph, Eleanor apprenait comment réagir. Il ne fallait pas se laisser abattre par le mauvais temps, mais l'affronter en se retroussant les manches; il était toujours à se ceindre les reins et à s'exhorter gaiement: «persévérance, courage, détermination». Il traitait à la légère ce mauvais temps qui rendait Harry si morose. Avant le déjeuner, ils avaient vu Ralph remplir leurs canots de pierres pour empêcher le vent de les soulever et de les envoyer valser à une centaine de pieds sur la grève.

La matinée tirait à sa fin. Dans sa tente, Eleanor notait par écrit les événements de la veille et décrivait le bruit terrible des vents déchaînés qui s'acharnaient contre le nylon, les cordes et les poteaux sur les deux côtés. *Nos journées s'écoulent entre beauté et corvées*, comme celles de Cendrillon, écrivit-elle.

À côté, allongée dans son sac de couchage, Gwen lisait la Bible d'Eleanor.

«Je suis trop réfractaire, dit-elle en la mettant de côté après quelques minutes.

— De quoi as-tu peur?» demanda doucement Eleanor en levant les yeux de son carnet.

Gwen regardait fixement le plafond orangé trois pieds au-dessus de sa tête. «J'ai peur d'être emportée, répondit-elle finalement. Ou de devoir renoncer à trop de choses.

— Tu en as tellement?

— Je n'ai pas grand-chose. Mais ce que j'ai, c'est moi.

— Tu ne serais pas moins toi. C'est ce que j'ai découvert. Tu le serais encore plus.

— Oh! Je le suis autant que je peux le supporter. »

Une fois commencée, cette conversation fraya son chemin dans le petit moment suivant, Eleanor disant à Gwen qu'il était naturel d'avoir peur d'être effacée, mais ne comprenait-elle pas que ses peurs l'effaçaient déjà? « Je n'essaie pas de te convertir quand je dis que le Christ m'a sauvée de cette sorte d'étroitesse. »

Mais il y avait certains mots que Gwen détestait, dont : Christ, bonté, salut, péché, sauveur.

Gwen tenta de s'imaginer dehors pendant que le vent gonflait les côtés de la tente et que le claquement de l'étoffe mettait ses nerfs à dure épreuve. Plus tôt, Ralph avait dit que le vent soufflait parfois sans s'arrêter pendant des semaines; une année, il avait soufflé pendant trente jours d'affilée sur le lac Baker. Il avait indiqué les saules si minuscules qu'ils se dressaient à un pouce environ au-dessus du sol, le bois résistant, fibreux et latéral. Une de ces racines mettait parfois cent ans pour atteindre la taille du pouce, avait-il précisé. À présent, Gwen entendait un oiseau, un seul, qui lançait son appel dans le vent. Plus tard, elle entendrait le bruit d'une porte claquée et le reconnaîtrait comme le bruit de son propre profond désir d'un abri permanent. Probablement une pierre qui tombait, se dit-elle.

« Eleanor?

— Oui?

— Qu'est-ce que tu voulais dire quand tu parlais d'avoir les yeux bandés? D'être amoureux sans le savoir?

— As-tu déjà remarqué comment Harry te regarde?

— Ça ne veut rien dire, répondit Gwen en fronçant les sourcils. Il est amoureux de Dido.

— C'est ce qu'il pense. Pauvre malheureux. »

Le deuxième matin où le vent les tint prisonniers sur leur île, Gwen prit un livre d'Eleanor, *Les formes multiples de l'expérience religieuse*, et elle se laissa captiver par William James dans la douce lumière orangée de la tente. C'était indéniablement un bon écrivain et il y avait quelque chose d'exaltant dans les cas d'évolution spirituelle qu'il relatait. Gwen adorait les détails extérieurs qui recouvraient les changements intérieurs. On le savait quand une transformation approchait, on savait même quelle forme elle allait prendre, mais les détails variaient, le combat variait. Une femme disait : «Je me suis couchée dans le courant de la vie et je l'ai laissé couler sur moi.»

Gwen referma le livre et se laissa éprouver la même sensation merveilleuse.

Harry était auprès du feu. Il pensait au *Je t'aime* de Dido tandis que se fermait la porte de l'ascenseur, à l'expression qui s'était attardée sur son visage. Il pensait à sa voix, sa façon de prononcer *Harry*, comme si c'était un problème qu'elle ne pouvait résoudre.

Après son départ, les auditeurs à qui elle manquait, qui voulaient savoir ce qu'elle était devenue, avaient envoyé beaucoup de lettres. L'un d'eux écrivit que Dido était la première femme intelligente qu'il ait entendue à la radio. «Sa voix était un baume.» Et Harry répondit que Dido Paris était allée vers des prés plus verts. Il avait retenu le mot *baume* comme la description parfaite du son de sa voix. Seules quelques voix étaient aussi expressives. Et il se rappela un vieux poète entendu un jour à la radio.

«Quelque chose te perturbe.» Des yeux bleus, plus bleus que jamais, observaient son visage. «À quoi penses-tu?»

Il remua une branche dans le feu et Gwen remarqua ses ongles cassés, ses jointures meurtries. Il leva les yeux et trouva dans ce visage bronzé, taquin, une issue à son vague à l'âme.

« Je pensais à un vieux poète que j'ai entendu raconter ses souvenirs à la radio il y a des années. Il disait qu'il regardait par la fenêtre quand la foudre avait frappé un arbre dans son jardin, lui avait arraché son écorce, "on aurait dit une fille qui envoie voler ses vêtements".

— J'aimerais voir *ça*, dit Gwen en riant. Mais moins que toi, je suppose. »

Après le dîner, le vent tomba et ils décidèrent d'en tirer profit. Ils quittèrent leur île et remontèrent la rivière Lockhart. Le soir, ils avaient atteint les rapides sous le lac Ptarmigan et campèrent là. 3 juillet. Harry prépara un « ragoût de bœuf *isolé** » pour le souper et Ralph se dirigea vers une colline avec ses jumelles. Il revint pour leur annoncer « un temps infect, humide et froid, épouvantable » : le lac Ptarmigan était lui aussi couvert de glace.

Le lendemain, ils firent du portage sur une distance d'un mille, jusqu'au lac Ptarmigan, et se retrouvèrent de nouveau dans un monde gelé.

« Oh! Mon cœur!... Mon cœur se soulève[1] », grommela Ralph.

Mais il chaussa ses baskets, s'avança sur le ruban d'eau gelée sur la berge rocailleuse et commença à pousser son canot à la force de ses muscles. Les autres le suivirent, glissant, dérapant, tombant, jurant jusqu'à ce qu'ils arrivent à une baie abritée où ils dressèrent leurs tentes dans un bosquet de saules nains.

À leur réveil le lendemain matin, ils crurent entendre la pluie tomber sur leurs tentes. Mais le son était étrange et ils

---

1. Citation tirée du *Roi Lear*, de Shakespeare, acte II, scène IV. (N.D.L.T.)

s'aperçurent bientôt que c'était de la neige. La neige tombe plus légèrement que la pluie et elle est, pour ainsi dire, plus mouillée à sa façon d'adhérer et de fondre. 5 juillet.

Dans leur bosquet de saules, leur petit terrier, tout ce qu'ils faisaient les laissait trempés — farfouiller dans les buissons humides pour ramasser du bois humide, casser des branches humides, cuisiner dans de la vaisselle mouillée. Les flocons de neige tombaient comme des plumes mouillées dans la casserole posée sur le feu, ils croisaient, pensa Harry. Dido lui avait expliqué que «croiser» venait du mot *kruizen*, décrivant le mouvement en zigzag des bateaux qui tentaient d'échapper aux attaques des pirates en mer. Il leva les yeux et, l'espace d'un instant, il vit un rosier en fleurs, une multitude de roses rouge orangé. Mais c'était la tente de Gwen dans la neige.

«Une journée comme aujourd'hui me fait apprécier la journée d'hier, dit Ralph.

— Encore vingt-deux jours, maugréa Harry, et nous avons été immobilisés par le mauvais temps cinq jours cette semaine. Deux heures pour faire la bannique.

— Une heure et demie», le corrigea Ralph.

Harry se pencha en arrière. Ralph semblait devenir chaque jour plus jeune, plus fringant. Il s'amusait comme un fou. Même qu'il dormait bien, comme Harry avait pu le constater en supportant ses ronflements de locomotive chaque nuit. «Tu as toujours quelque chose à répliquer. Je dis deux heures. Tu réponds une heure et demie.

— C'est pour faire la conversation, Harry. La plupart des gens veulent une réponse quand ils disent quelque chose.»

Gwen se tourna, attrapa le pied de Harry. Le tira. «Tu veux vraiment savoir la différence entre lui et toi?

— Non.

— Je vais te le dire de toute façon.

— J'en suis sûr», rétorqua-t-il sur un ton acide.

Mais elle tint sa langue et détourna son visage.

Curieuse, Eleanor demanda : « Quelle est cette différence ?

— Non. Harry ne veut pas le savoir. »

Quelques heures plus tard, quand ils se retrouvèrent seuls, Gwen dit à Harry : «Tu n'as pas envie d'être ici.

— Tu as raison. Je donnerais n'importe quoi pour qu'un avion vienne tout de suite me chercher. Viendrais-tu avec moi ? Fuirais-tu avec moi, Gwen ? »

Absurde. Elle lui lança un regard conçu pour lui clouer le bec, mais pas tout à fait. Pas tout à fait.

Eleanor examina ses mains et déclara qu'elles avaient vieilli de trente ans en trois semaines, c'étaient les mains d'un vieux pêcheur. Elle les tendit devant elle, grandes et craquelées, rouges et rugueuses par endroits, enflées et gercées par le soleil et les intempéries, le froid et l'humidité. Elle raconta que son père était venu au Canada et qu'il n'avait jamais porté de gants en hiver, on n'en porte pas en Angleterre, et que ses mains avaient les taches bleues, rouges et violettes des vieux livres sur des étagères.

Ils regardaient tous leurs mains abîmées avec un certain étonnement, une certaine pitié, et Gwen leur demanda s'ils avaient déjà fait lire les lignes de leurs mains.

Personne ne l'avait fait, sauf elle. Elle roula les yeux. « La diseuse de bonne aventure m'a dit que j'étais une guérisseuse naturelle sous beaucoup de pression. J'ai failli lui demander de me rendre mon argent.

— Tu espérais la renommée et la gloire ? demanda Harry avec un petit sourire.

— À tout le moins. »

Cette conversation sur les couleurs et les revirements du sort amena Ralph à feuilleter son exemplaire de l'ouvrage de Farley Mowat. Il chercha et trouva un passage de *Récits du pays des caribous* par Thierry Mallet, un homme qui faisait la traite des fourrures avec les frères Revillon, et qui publia son opuscule en 1930. Un jour, il était tombé sur deux fillettes esquimaudes qui aidaient leur grand-mère aveugle à ramasser des branches de saule. *Leurs visages étaient ronds et sains, la peau brûlée par le soleil d'une teinte cuivrée foncée, mais leurs joues montraient une nuance sanguine qui leur donnait, sous le bronzage, un teint particulier rappelant la couleur d'une prune mûre. Leurs petites mains étaient nues et noires, les égratignures causées par les branches mortes se détachaient, blanches et très visibles, tandis que leurs doigts semblaient gourds à cause du froid.*

«Quel tableau!» s'exclama Ralph.

Il poursuivit sa lecture et l'histoire était inoubliable. Un hiver, Mallet avait rencontré une petite bande d'Esquimaux de l'intérieur qui pêchaient sur la glace. Comme Hornby, ils avaient raté les hardes de caribous à l'automne et ils mouraient de faim. Mallet et son guide leur avaient donné une partie de leurs provisions — les Esquimaux étaient extrêmement courtois — et ils avaient appris leurs intentions : si la pêche n'était pas meilleure, ils se dirigeraient vers un lac à douze jours de marche au nord-ouest dans l'espoir de trouver des bœufs musqués. Au printemps, le guide de Mallet et trois autres personnes étaient retournés sur place. Trouvant le camp déserté, ils s'étaient dirigés vers le nord-ouest et ils avaient bientôt connu la fin de l'histoire. D'abord quelques pièges. Puis, des couvertures en peau de caribou. Puis, une tombe d'enfant suivie, sur un trajet de plusieurs jours, par un harpon, un télescope, une hache, un couteau à neige, des paires de bottes, puis, des corps, seuls ou côte à côte.

Ils savaient que cette bande comptait dix-sept personnes, et trois carabines. Le vieux chef semblait être le dernier tombé, mais il n'y avait pas de carabine à côté de lui, et on n'avait compté que seize Esquimaux. Ils continuèrent donc à suivre la piste. Cinq heures plus tard, ils découvrirent le dernier corps, celui d'une fille de douze ans, qui avait persévéré toute seule, portant la carabine, *avec rien d'autre qu'un sens de l'orientation hérité du vieux chef.*

Quel silence après le récit de Ralph! Après quelques instants, Harry dit d'une voix rauque, en plaisantant, qu'on ne fait plus d'enfants comme ça, jamais ils ne quitteront la maison sans un portefeuille rempli de chèques de voyage. Gwen tendit la main vers le livre. «Thierry Mallet, articula-t-elle lentement, comme pour mémoriser le nom. Et Eleanor corrigea gentiment sa prononciation. «Je crois que c'est Ti-er-ri.»

Dans la toundra, leur notion du temps changea. Ils vivaient chaque seconde de mauvais temps sur une terre qui était à peine sortie de l'ère glaciaire, un lieu en tout point pareil à ce qu'il avait été cent ou mille ans auparavant. Ils voyaient ce que Hornby et Samuel Hearne avaient vu, ce que les chasseurs aborigènes avaient vu quand ils chassaient ici autrefois. Et ainsi les secondes avançaient et les années reculaient, et ils s'habituèrent à penser au temps qui passait en pas minuscules et en bonds gigantesques.

Ralph disait que la longue attente pour que le vent tombe — encore deux jours immobilisés par le vent et la glace — lui faisait penser à Agamemnon attendant pour quitter Aulis avec ses vaisseaux. Les vents du nord soufflèrent jour après jour jusqu'à ce qu'ils sacrifient Iphigénie, la malheureuse. Les vents étaient alors tombés, les mille navires avaient fait voile vers Troie et, une chose en entraînant une autre, jusqu'à ce qu'Énée fuie sa ville en flammes et aborde les rives de Carthage, «où il brisa le cœur de la pauvre Didon», conclut Ralph en lançant à Harry un regard compatissant.

Avec une synchronisation délicate, Eleanor et Gwen comparèrent alors les ecchymoses sur leurs jambes; elles retroussèrent leurs pantalons et exhibèrent des tibias qui avaient l'air d'avoir été frappés à coups de bâton, mais c'était la glace qui était tombée sur eux et les avait meurtris. La vue des ecchymoses fit affluer des souvenirs dans l'esprit de Harry, des souvenirs du temps passé avec Dido. Elle avait été comme un animal perdu, un enfant abandonné qu'il aurait trouvé sur la grève et ramené chez lui. Pendant ces six semaines, elle n'avait jamais beaucoup parlé. Ne s'était jamais vraiment confiée à lui. Le coquart avait été sa faute, avait-elle dit. Et l'ecchymose qu'il avait vue sur son bras, c'était parce qu'elle avait heurté une armoire. Il devait penser que, avec lui, elle n'avait fait que se reposer, récupérer, attendre le moment d'être enfin prête à partir.

Le ciel finit par s'éclaircir à 1 heure du matin. Ils distinguèrent quatre ou cinq ptarmigans dans le champ au delà des saules. Armés de jumelles, ils examinèrent le mâle, ses marques rouges au-dessus des yeux, son plumage brun tacheté. Lorsqu'il s'envola, les ailes apparurent, toutes blanches.

«Je me demande ce que ça goûte, un ptarmigan, murmura Gwen.

— Beurk», répondit Ralph.

Eleanor observa que voir des ptarmigans sur le lac Ptarmigan ressemblait à voir Harry sur le lac Harry.

«Tu veux dire que je me suis lavée dans Harry? s'écria Gwen.

— Absolument charmant», dit Harry.

Midi, le lendemain. Ils avaient renoncé à la prudence et ils étaient presque sortis du lac Ptarmigan, n'étant plus coincés par la neige et le mauvais temps. Le matin, à l'aide de cordes, ils avaient halé leurs canots jusqu'au milieu du lac gelé et parcouru ainsi plusieurs milles. Gwen parvint à enregistrer le son en suspendant son enregistreuse autour de son cou et en tenant le micro entre ses dents. Harry prit une photo pour ce qu'il appela la postérité de la radio.

Ils évitèrent la glace la plus noire ; la dernière longueur était tellement pourrie que leurs pieds esquissèrent une petite danse quand ils la parcoururent en courant. Et ils étaient de nouveau dans l'eau libre. 7 juillet.

Au début de l'après-midi, un fil de lumière bleue apparut sur la ligne d'horizon et quelque chose bougea dans le lointain. Un rocher alezan traversait lentement le lac à la nage. Ils pagayèrent dans sa direction et virent leur premier caribou, grand et beau, semblable à un chevreuil robuste coiffé de bois noirs.

Le soir, le ciel était clair. La lumière, radieuse et riche. Non pas brillante comme sur la Méditerranée (où Harry avait un jour retiré une écharde du doigt d'une femme dans une rue de Sète tandis que la lumière agissait comme une loupe). Plus douce. Presque automnale. Il n'y avait pas de lumière sur les collines, mais les collines étaient dans la lumière, comme une chose est dans l'eau.

Pour Harry, la toundra canadienne paraissait détendue. *Un jour, quelque chose s'est détendu à l'intérieur et j'ai vu les choses d'une nouvelle façon.* Ces mots étaient tirés d'un vieux livre sur un vieux botaniste, et Harry sentit leur vérité quand ils quittèrent un monde de lacs gelés pour entrer dans un territoire où coulaient les rivières. Le 8 juillet, ils étaient sur la rivière Hanbury ; ils suivirent le courant, sautèrent deux rapides et firent trois portages pour parcourir un total de vingt-trois milles. Un grand jour. Ils arrivèrent le soir au lac Sifton et lui aussi avait fondu ; le lendemain soir, ils profitèrent de l'absence presque totale de vent pour continuer à pagayer, heure après heure, dans la lumière pure et dorée.

À minuit, ils échouèrent leurs canots sur la grève et ils étaient sur le point de monter leur camp sur une berge herbeuse et invitante quand ils aperçurent quelque chose qui bougeait juste de l'autre côté d'une petite anse.

Ils se glissèrent dans leurs canots et s'approchèrent. Le grizzly était plus petit qu'ils ne l'avaient imaginé et très curieux. Il vint sur la rive, pataugea dans l'eau, grimpa sur un rocher à plusieurs pieds du rivage. Là, il resta à les observer pendant quinze minutes. Blond brunâtre, le visage comme une grande assiette, des yeux rapprochés. À une distance de cinquante mètres, ou moins, ils prirent des photos dans la lumière du soir. Puis, l'ours se tourna, retourna en pataugeant vers la grève, et monta sur un tertre, se coucha dans l'herbe et s'endormit. Ayant refusé d'écouter le conseil de Teresa, ils n'avaient pas d'arme à feu, et Harry soupçonnait qu'ils s'étaient montrés beaucoup trop confiants, mais cette soirée charmante les avait rendus audacieux. Malgré tout, ils pagayèrent encore une heure avant de planter leurs tentes.

Plusieurs jours plus tard, le 13 juillet, un bœuf musqué pendant l'après-midi. La bête étrange apparut soudain après des milles sans rien. Une tête massive, foncée, des cornes recourbées vers le bas, un pelage évoquant un kilt chocolat, sauf le long de la partie supérieure de son dos où la couleur était plus pâle, comme estompée par le soleil. Dans les années 1920, dit Ralph, après la décimation des bisons, il y eut une telle demande de peaux de bœufs musqués pour des couvertures de carrosse que seule une législation visant à les protéger, inspirée en partie par les observations et les recommandations de John Hornby, empêcha qu'ils ne disparaissent de la surface du globe. Il était debout au bord de la rivière, le ciel bleu derrière lui, quelques feuilles à ses pieds. Après quelques minutes, il s'éloigna à grandes enjambées. Ralph avec son appareil photo, en quête prudente, Eleanor qui lui criait de faire attention : *Ralph!*

Le lendemain, un groupe de trois bœufs musqués. Ils passèrent dans un bruit de tonnerre et les humains héritèrent de leurs mouches. Au souper, des maringouins plongèrent dans leur soupe, pilotes kamikazes recherchant la mort par noyade. Il y avait une douzaine de moustiques morts au fond du bol vide de Harry. Eleanor prit le bol, le tourna trois fois et lut dans les moustiques comme dans des feuilles de thé.

« Je vois un garçon piqué par des abeilles, dit-elle à Harry. Six piqûres d'abeille. Non, sept.

— Pas une fille en train de retirer ses vêtements ? » plaisanta Gwen en tendant son propre bol à Eleanor la gitane, qui le tourna trois fois et dit qu'elle voyait un changement de situation soudain suivi par un mariage.

Ralph voulait qu'Eleanor voie de l'argent dans ses feuilles-moustiques, d'énormes sacs, des montagnes d'argent. Mais elle vit plutôt beaucoup d'eau et suggéra que Ralph ferait peut-être un voyage outre-mer.

Gwen avait à présent les cheveux blondis par le soleil, le teint vermeil. « Une teinte aussi brune que des noisettes et plus douce que des amandes », dit Harry, une étincelle dans les yeux.

Elle rougit et leva ses mains, également trop sèches et craquelées. « On dirait des gants de baseball », dit-elle.

Harry la prit au dépourvu en tenant une de ses mains dans les siennes. « J'ai exactement ce qu'il te faut. »

Il sortit de son sac à dos une boîte de baume utilisé pour soigner les pis gercés et enflés. Il commença alors à faire pénétrer l'onguent dans sa peau, surtout aux bouts de ses doigts fendillés. «Et tes pieds? Enlève tes bottes.»

«Quelle est la partie la plus douce de Gwen?» Attrapant son pied nu, il s'exclama: «Ce n'est pas le talon!» Il écarquilla les yeux. «Tu pourrais causer des dommages permanents avec un talon pareil.»

Jamais les talons de Gwen n'avaient été sous les feux de la rampe ainsi, ses talons rêches et rugueux. Harry les revit quand le vent emporta la tente des femmes et que Gwen sortit au milieu de la nuit, jambes nues, talons blancs et chemise de nuit, essayant de la redresser, de la réinstaller, pendant qu'Eleanor la retenait de l'intérieur. De la porte de sa tente, Harry lui cria de l'étendre à plat et d'apporter leurs sacs de couchage dans la sienne, et Gwen lui cria quelque chose en retour qu'il ne comprit pas, car le vent déchirait leurs voix comme du tissu.

Gwen admit par la suite avoir gravement sous-estimé l'importance d'un abri solide en apportant «cette tente merdique» pendant comme une baie mûre que le mauvais temps cueillait et tournait entre ses doigts.

Cette nuit-là, ils dormirent sur leurs deux oreilles, alignés comme des sardines dans la tente de Harry.

Là où la rivière Darrell rencontre la rivière Hanbury, ils pénétrèrent dans la Réserve faunique Thelon. Ce n'était pas différent, mais plutôt la continuation de ce qu'ils avaient vu. N'empêche que le sanctuaire prenait dans l'esprit de Harry la forme d'un jardin, d'un jardin dans la nature sauvage. À présent, le paysage était de nouveau parsemé d'arbres, de plus en plus nombreux. Un seul jour, le 15 juillet, ils firent du portage autour des chutes Macdonald, du canyon Dickson et des chutes Ford, au total à peu près trois milles et quart. Entre le premier et le deuxième portage, ils longèrent le canyon Dickson et virent des gerfauts planer au-dessus d'eux, l'eau qui bouillonnait au-dessous, trois grands étangs d'un côté alimentés par les rapides, chacun se déversant dans l'autre au-dessous, une eau d'un vert profond où nageaient des ombres. Sur une colline, Harry remarqua du poil de bœuf musqué dans les saules et les arbres nains, cette laine soyeuse qu'on appelait *qiviut*, comme l'en informa Eleanor en s'approchant. Elle arracha des touffes des petites branches et les glissa dans sa poche en pensant au pauvre Absalon pris par sa belle chevelure dans les branches du chêne biblique, à Lorna qui tenait une mèche de cheveux dans sa main morte et à la première Didon dont, comme l'avait dit Virgile, l'esprit refusait de quitter son corps agonisant tant qu'Iris ne descendrait pas couper le cheveu qui la retenait à la vie.

Quand ils s'arrêtèrent enfin ce jour-là, Harry trempa sa tête, ses pieds et son genou douloureux dans la rivière Hanbury. Ils se trouvaient sur une belle butte de sable — sable blanc derrière leurs tentes, neige blanche au-dessus du sable. Des traces évidentes de renards et de caribous. Et Gwen qui lavait ses cheveux.

«Toujours en train de te laver les cheveux, lui dit Harry.

— Toujours en train de me regarder me laver les cheveux», répliqua-t-elle.

Elle lui demanda de se tenir derrière elle et d'éloigner les mouches; il eut l'impression d'être un peintre avec *Femme se lavant les cheveux* sur son chevalet.

«Ton visage est plus mince, dit-il quand elle se retourna, la tête enveloppée dans une serviette. Tu as développé tes pommettes.»

Eleanor leva les yeux et les observa un long moment. La vie au grand air était la meilleure des esthéticiennes. Elle brunissait la peau de Gwen, pâlissait ses cheveux, les faisait allonger (les cheveux comme les ongles d'orteils poussent trois fois plus vite en été, lui avait appris Lorna Dargabble). Gwen portait une chemise ivoire, blanchie par la longue lumière. Et voilà que des animaux apparaissaient et que l'histoire touchait à sa fin, l'histoire que son père lui lisait le soir de sa mort, car elle se serait bien terminée comme ça: la fille ostracisée qui avait fui aurait reçu l'aide des animaux de la forêt, un admirateur serait arrivé, peut-être un admirateur secret qui l'aurait toujours appréciée sans savoir qu'il était amoureux d'elle. Et la fille ne regarderait-elle pas dans la mauvaise direction à ce moment-là, car n'est-ce pas la leçon la plus dure du monde, apprendre à apprécier les gens quand on ne s'est jamais senti apprécié?

Ils trouvaient des choses, l'une après l'autre. Un fil noir sur une branche de saule nain. Un pépin d'orange séché sur une pierre. Un socle de lanterne en verre épais et quelques pièges à renard abandonnés à l'entrée d'un portage. Un ski de traîneau artisanal qui, selon Ralph, remontait à l'époque du capitaine Back. Les années 1830. En l'absence d'arbres perdant leurs feuilles à l'automne, les objets restaient dans la nature pendant des décennies, des siècles.

Un soir, Harry attrapa un ombre de bonne taille, un poisson brun terne dans l'eau mais de couleur vive hors de son élément — il prit dans son agonie une gamme troublante de couleurs, son corps devint d'un noir bleuté violacé avec des taches rouges sur sa nageoire dorsale. Harry s'agenouilla pour nettoyer et fileter le joli poisson. Il coupa le long de l'épine dorsale, mais laissa la queue en place pour avoir quelque chose à tenir quand il l'écorcherait. Il rejeta la carcasse dans la rivière après avoir montré à Gwen ce que le poisson avait mangé, des poissons plus petits partiellement digérés, ayant la couleur et la consistance d'une colle grise. Gwen avait son magnétophone à cassettes sur l'épaule et elle enregistra les bruits quand il gratta, éviscéra, trancha, rinça.

C'était la nuit du 17 juillet. Eleanor décida de ne pas se coucher du tout afin d'expérimenter le bref clair de lune du milieu de la nuit avec sa profusion de nuages violets directement au-dessus d'eux, la lueur jaune dans le ciel boréal. Vêtue d'un pantalon et d'un blouson de lainage, les mains gantées, de l'insecticide étalé sur le visage et le cou, elle s'allongea sur le dos sur le matelas moelleux et chaud que lui offrait la toundra dont l'épaisse végétation retenait la chaleur du jour. Les broussailles tendres dégageaient des odeurs de tweed qui lui entraient dans les narines. Les couleurs et les textures au niveau des yeux, roux, brun, noir, rouge, formaient une étreinte si doucement érotique qu'elle somnola, le sourire aux lèvres, ne se réveillant que lorsqu'un ptarmigan passa tout près en battant des ailes, qu'un harfang des neiges vint se poser sur une grosse roche à vingt pieds d'elle, que des huards firent entendre leurs cris au loin. Pour elle, le long appel du huard semblait indiquer l'heure, un son horizontal qui s'effilait à l'horizon alors que son rire était vertical, haut, étincelant, ondulant. La toundra elle-même paraissait horizontale, en même temps que verticale, songea-t-elle. Un monde vertical d'air : une terre de nuages, une profusion de vents.

« Vous êtes les seuls à avoir dormi, dit-elle le lendemain matin. Tout le reste était réveillé. »

L'air, affirma-t-elle, était dix degrés plus chaud au milieu des plantes qu'un pied plus haut, et plusieurs degrés encore plus chaud à l'intérieur des fleurs. Voulant une preuve, Ralph s'agenouilla à côté d'elle et sentit l'air chaud monter des plantes chauffées ; au ravissement d'Eleanor, il déclara que la toundra était moins une émeute de couleurs qu'une manifestation pacifique. Elle pensa à l'air frais qui souffle sur notre peau quand on rencontre quelqu'un. Avec quelques personnes, on a plus chaud, comme il faisait plus chaud — dix degrés de plus — près de Ralph, près du sol arctique, des touffes de mousse et des plantes en coussin, des baies qui rampaient sur le sol, des tapis d'herbes et de fleurs et de tout ça.

Ensemble, ils examinèrent ce monde miniature et complet au bout de leurs doigts. Au cours des dernières semaines, Eleanor avait identifié des fleurs comme l'arnica jaune, la dryade arctique aux pétales blancs semblable à une rose sauvage, l'oxytrope jaune et violet et le pois de senteur sauvage qu'elle pressait entre les pages de son carnet, dont elle faisait des croquis et des listes ; et le trèfle blanc avec ses petites fleurs en forme d'étoiles, le pédiculaire jaune et violet se dressant dans la mousse, l'épilobe rose arctique, le pavot jaune arctique, le thé du Labrador avec ses petites branches, ses grappes rondes et nettes de fleurs blanches, ses feuilles étroites enroulées par-dessous, le bouton d'or, l'astragale de Fernald, le saxifrage blanc et violet, les clochettes blanches de la bruyère arctique, les bouquets pourpres de laurier rose de Laponie semblables à des rhododendrons miniatures, l'azalée naine rose.

Quand ils se relevèrent, leur regard enregistra pleinement les espaces infinis nordiques. Chaque pied de ces plaines étales, de ces collines érodées était aussi détaillé que le petit fragment sur lequel ils se tenaient.

Un labbe à longue queue vola au-dessus d'eux, sa queue comme un beau pinceau noir et mince. Ralph, le soupirant circonspect, dit qu'il sentait parfois la vie onduler en lui, le reliant à toute autre chose vivante, et sa propre existence était la chose la moins et la plus importante de l'ensemble. Oui, répondit-elle.

Ils sortirent de la toundra comme s'ils allaient main dans la main et rejoignirent Gwen et Harry au bord de l'eau. La rivière et le paysage qu'elle traversait s'étendaient infiniment des deux côtés — quelle vastitude étaient-ils venus visiter —, et pourtant, dans la compagnie l'un de l'autre, cette camaraderie de leurs quatre âmes, ils se sentaient insouciants, en sécurité.

Le lendemain soir, Eleanor tomba sur Harry qui fumait une cigarette, assis tout seul sur un tertre à proximité du campement. Elle s'assit à côté de lui et, sans la regarder, il lui prit la main. La toundra roulait dans le lointain, les collines arides ondulantes, l'immense lumière.

« Je veux savoir quelque chose, dit-il. Quand Dido t'a téléphoné, a-t-elle au moins mentionné mon nom ? »

Eleanor ne répondit pas tout de suite. « Tu veux savoir si elle a dit qu'elle voulait te voir ou te parler ? Dans ce cas, c'est non. »

Harry hocha la tête. Avec une amertume qu'il aurait voulu surmonter, il reprit : « Je ne vois pas ce qu'elle trouve à Eddy. »

Elle réfléchit. «Peut-être qu'il la fait se sentir bien d'être méchante.»

Harry laissa échapper un petit rire.

«Voilà Gwen», dit Eleanor.

Il la vit qui s'éloignait toute seule et marchait vers une corniche pas très loin. Elle avait la tête baissée, son magnétophone autour du cou. Elle le maintenait d'une main, de l'autre, elle chassait les mouches.

«Que va-t-elle devenir, selon toi? demanda Eleanor.

— Eddy va ruiner sa vie.

— Je parlais de Gwen.

— Ah.»

Gwen avait raccourci la bandoulière de son magnétophone à cassettes et le portait assez bas sur sa poitrine pour voir les niveaux sur le compteur VU; c'était aussi plus facile de marcher de cette façon. Elle gardait les yeux baissés, l'oreille tendue pour capter les sons; sinon, elle était perdue dans une méditation que Harry aurait qualifiée de brune. Elle pensait à l'oreille de Harry, douce et enflée, et à ses autres appendices, s'interrogeant négligemment à leur sujet, mais pas si négligemment que ça, tandis que l'apparence négligée de la lande s'imprimait sur ses yeux.

À l'appel des huards, elle appuya automatiquement sur le bouton RECORD et resta immobile à écouter les oiseaux qui s'accouplaient pour la vie, leur beau rire fou. Ce fut pourtant l'aspect de sa main sur le micro qui retint son regard. Si usée et gercée comparée à la tige métallique argentée qu'elle tenait soigneusement, aucune bague à ses doigts pour cliqueter contre le métal et se transmettre à la bande noire, son matériel japonais solide, toujours le même, ses veines violacées sous la peau rude, brun rouge. Elle vit sa main sur une poignée de porte, elle la vit pousser pour ouvrir la porte d'une chambre, et l'expression «enquête sans murs» lui vint à l'esprit, la toundra comme la commission de Berger: on apprend beaucoup, beaucoup plus qu'on voudrait parfois en savoir, plus qu'on sait ce qu'il faut en faire. Existait-il un son plus primitif, plus nu, plus intime que celui de la respiration laborieuse, du gémissement, de la plainte solitaire qu'elle avait entendus dans la tente de Harry une heure plus tôt? Le côté physique de la vie, qui s'étirait en une solitude et une tendresse totales autour d'elle.

Un vieux loup blanc, galeux et arthritique, s'étira lentement et bâilla sur la grève quand ils passèrent en canot. Un signe avant-coureur, sauf qu'ils l'ignoraient. C'était maintenant le 20 juillet et ils descendaient la rivière Thelon, large et lisse, qui coulait vers l'est. Sept jours les séparaient de la fin du périple.

Ralph distingua des formes qui bougeaient au loin. Gwen pensait que c'étaient des oies, ils avaient l'habitude d'en voir courir sur la grève. Ils s'approchèrent et leurs yeux se dessillèrent. Un groupe de quinze caribous traversait la rivière devant eux ; leurs ramures comme des talons hauts dressés sur leurs têtes.

Comme Eleanor et Harry, ils pagayèrent vers le côté sud de la rivière et, le cœur battant, ils attendirent que les caribous viennent vers eux le long de la rive, mais les animaux sortirent de l'eau et prirent une autre direction. Puis, un autre groupe plus petit traversa la rivière à la nage et grimpa à son tour sur la grève en pente à travers les saules et les épinettes rabougris, puis gravit la corniche rocheuse et disparut de la vue.

Ils dînèrent sur l'éminence qui surplombait la rivière et s'aperçurent qu'ils étaient devant les premiers individus d'une harde nombreuse. Des centaines de caribous les entouraient, au loin, se déplaçant lentement, ou complètement immobiles, se confondant avec les rochers dans la toundra ouverte, la lande et les collines arrondies. Ce qu'ils avaient espéré se produisait enfin.

La foule*. Ralph se rappela à brûle-pourpoint le mot qu'il avait lu dans les récits sur les grandes migrations du passé. C'était comme être témoin de l'arrivée d'un mythe.

Les caribous émergeaient de la terre et lui appartenaient : hésitants, résolus, gracieux, timides, leurs couleurs — chamois, brun, gris, pâle —, celles de Gwen au début, quand elle était arrivée à la station. Ce qu'ils voyaient était l'arrivée massive d'une chose magnifiquement rétrograde et fugace. Il aurait été si facile de la manquer, il aurait suffi de quelques heures trop tôt ou trop tard.

Ralph se blottit au pied d'une butte et regarda à travers les herbes longues la grande harde de l'autre côté. Eleanor était près de lui. Gwen était à quelques pas, son magnétophone autour du cou, son micro à la main, quand une femelle et son petit se précipitèrent en trombe dans leur direction, inconscients de leur présence, puis s'éloignèrent un peu au galop, puis se rapprochèrent de nouveau. Bientôt, plusieurs caribous mangeaient des feuilles de saule à une vingtaine de pieds au-dessous d'eux. Gwen enregistra les sons de leurs lèvres douces qui arrachaient les petites feuilles, la tranquille mastication. Un mâle tourna sur lui-même et se gratta une patte arrière avec ses bois. Sombre, velours, os.

Les ramures noires se détachaient sur la verdure, les saules, l'eau. Le mascara épais qui semblait entourer leurs yeux. Les ondes de mouvement quand un animal s'élançait, suivi par les autres. Ils ressemblaient à des chameaux dans des dunes de sable, si beaux sur les collines blondes, bougeant et se rassemblant, se formant en petits groupes élégants autour des saules, comme une série de natures presque mortes.

Harry les appela à voix basse. Un groupe de dix se dirigeait vers leurs canots sur la grève. Les autres le suivirent et restèrent très immobiles sous le bourdonnement aigu de nuages de moucherons, regardant intensément et avec une énorme fébrilité. Gwen enregistra le bruit des sabots éclaboussant la rive. Leurs allées et venues, des bruits forts et pourtant faibles, bientôt disparus. La foule qui se rassembla de leur côté de la rivière pendant tout l'après-midi fut effrayée vers 19 heures. Après être descendus en file vers l'eau et sur le bord, de cinq à sept cents animaux reculèrent soudain sur le rivage, gravirent la colline et s'élancèrent dans la toundra.

«Je pense que nous sommes dans un lieu proche de l'autre monde, murmura Ralph en se rappelant la passion de son père pour les Celtes. Là où se rencontrent le visible et l'invisible.»

C'était la définition même de ce passage antique des caribous, là où la rivière se rétrécit et leur permet de traverser de l'autre côté. Les animaux étaient en tout point aussi sensibles que les témoins de l'enquête Berger l'avaient affirmé, et ce n'était même pas leur période la plus ombrageuse. Le vêlage et le postvêlage avaient eu lieu plus au nord et à présent, avec moins d'urgence, ils entreprenaient le long voyage de retour vers la ligne supérieure de la forêt.

Si calmes, chuchota Eleanor. Si facilement invisibles et si facilement perdus. Ralph et elle se levèrent ensemble et observèrent les mères avec leurs faons en petits groupes détachés, et les femelles solitaires. Sur la rive opposée, un mâle et un faon entrèrent dans l'eau et commencèrent à traverser à la nage, en couple. Mais à mi-chemin, le petit disparut de la vue et ils eurent beau regarder très longtemps, ils ne le revirent pas faire surface.

Ils étaient de nouveau seuls sur la «terre de bombance et de famine». Pendant longtemps, rien, puis l'abondance, puis de nouveau rien, mais un rien hanté par le souvenir de l'abondance antérieure.

Ce soir-là, tournant à reculons les pages du livre de Whalley, Ralph tomba sur la photo d'Edgar, maigre et blanc. Les cheveux séparés par une raie au milieu, les oreilles décollées. Puis, le visage émacié de Hornby après un des hivers où il avait failli mourir de faim près de Fort Reliance. Les yeux caves, brillants. Le sourire aimable. La chevelure encore foncée et fournie. En 1925, un an avant son dernier périple, Hornby avait voyagé avec James Critchell-Bullock, un ex-officier de l'armée devenu voyageur-photographe-collectionneur. Après un hiver sordide près du lac Artillery, terrés dans une grotte sur le point de s'effondrer, creusée dans le flanc d'un os de sable, ils marchaient misérablement vers la baie d'Hudson. Le soir du 23 juillet, ils avaient aperçu « un groupe important de caribous se dirigeant vers le sud-ouest sur la rive sud : environ deux mille bêtes, surtout des femelles, qui se déplaçaient sur toutes les collines, qui faisaient un terrible vacarme en s'appelant l'une l'autre… une vision magnifique sur les collines de sable avec l'or du soleil couchant se reflétant sur l'eau ». Soixante milles plus loin, les deux hommes étaient arrivés à un double tournant anguleux de la rivière, un lieu qui enflamma l'imagination de Hornby et scella son destin : du côté nord, en effet, il vit un bosquet d'épinettes blanches et eut alors l'idée de construire une maison et d'y passer l'hiver.

Ralph déposa le livre ; il saisissait pour la première fois un aspect de Hornby : ce dernier avait été séduit par la pensée d'une maison bien construite plutôt qu'une grotte crasseuse, une tente dégageant des odeurs de marécage ou une bâche minable. Le petit Anglais extraordinairement résistant, autodestructeur, avait en réalité cherché un genre de confort sauvage.

En Ralph lui-même, quelque chose de semblable était en train de se produire. Il éprouvait un désir croissant d'être attaché, non pas à un lieu, mais à une personne. Il avait pendant des années refusé de s'engager, de se laisser prendre au piège, une façon d'aborder la vie qui lui paraissait à présent presque juvénile. Ils avaient déjà parcouru une telle distance, Eleanor et lui et les autres. Ils avaient fait les deux tiers du chemin, les deux tiers du chemin qui les ramènerait chez eux, et il se sentait plus sûr du pas suivant qu'il ne l'avait jamais été de quoi que ce soit. Eleanor n'avait même pas quarante ans et il en avait soixante et un, mais le dernier jour de ce voyage, il lui demanderait de l'épouser.

Le lendemain, ils pagayèrent. L'air était calme. Les moustiques, féroces, presque aussi abondants que les poils de caribous dans les buissons au bord de l'eau, des poils blancs, cassants, creux et d'autres comme une mousse plus fine, un matelas de poils flottant. La grève, auparavant plate et dure, avait été piétinée par les sabots.

Des touffes de thé du Labrador parmi les pierres. Quelques sternes au-dessus d'eux. Une soudaine rafale de vent fit voler les cendres du petit feu qu'ils avaient allumé pour faire du thé. Et la nécessité de parcourir vingt-deux, vingt-trois milles par jour s'ils voulaient arriver à temps au lac Beverly.

Et ils se retrouvèrent de nouveau parmi les caribous. Cet après-midi-là, ils étaient des milliers à traverser la rivière. Dans leurs canots, les quatre amis dérivèrent avec le courant pendant que les caribous les encerclaient et continuaient de nager vers la rive, puis grimpaient dessus, leurs ramures noires splendides au milieu de la verdure dans ce paradis de feuillage et de ciel. Des bouquets d'arbres qui allaient en augmentant, formant une forêt sur les collines, et l'eau, la grève, l'herbe couvertes de poils. Les grondements — ils étaient à présent si nombreux, comme des cochons fouillant avec leur groin —, l'herbe et la terre piétinées. Une forte odeur de fumier dans l'air. Et Gwen qui enregistrait.

Il en arriva de plus en plus, le flanc de la colline se vida puis se remplit. Les caribous s'alignaient à l'horizon sur une haute corniche, puis descendaient la pente raide en direction de l'eau ; une ligne de joueurs qui se promenaient nonchalamment avec le ciel derrière eux et un loup qui, invariablement, surgissait à l'arrière. L'effet était à la fois joyeux, envoûtant et dégrisant. Au souper, Eleanor dit qu'elle avait envie de rendre grâce au juge Berger qui verrait à assurer la protection de ces hardes en voie de disparition.

« Le gouvernement doit regretter amèrement le jour où il l'a nommé, dit Ralph en pouffant de rire.

— C'est un homme hors du commun, répondit Eleanor en palpant la chaînette qu'elle portait autour du cou. Je ne peux imaginer personne d'autre dans ce rôle. »

Personne ne la contredit. Pendant cinq minutes.

Puis, Gwen se demanda à voix haute s'il n'était pas trop crédule. Il donnait l'impression de croire chaque mot prononcé par un témoin autochtone, mais n'étaient-ils pas des humains comme les autres, aussi capables d'intérêt personnel et d'exagération poétique ? Elle se demandait si le lien qu'ils ressentaient avec la terre et les animaux était aussi authentique que par le passé, avant qu'ils ne possèdent des carabines puissantes et des motoneiges.

Harry répondit qu'elle n'avait pas tort, mais qu'il n'était pas juste d'insister sur la pureté. Les Autochtones se sentaient liés à la terre, ce qui était pour nous presque incompréhensible. Il dit sentir qu'on appliquait des freins miraculeux. Il misait sur Berger, pariait qu'il parviendrait à retarder considérablement le massacre du développement. « Et si c'est possible, qu'est-ce qui ne l'est pas ? »

Le lendemain après-midi, ils cherchèrent la tombe de John Hornby au soleil. Trois croix de bois toutes simples, délavées par les intempéries, au pied desquelles on avait empilé des pierres. E. C., J. H., H. A. L'abri en ruine juste à côté, à gauche, les fondations en rondins toujours en place, mais le toit et les murs effondrés. Quelques ramures de caribou à l'intérieur de la cabane et d'autres encore à la porte. C'était le 22 juillet.

Ils avaient parcouru trois cent cinquante milles, de l'ancien fort Reliance à ce lieu magnifique, une berge ouverte s'élevant abruptement du côté nord de la rivière jusqu'au fameux bouquet d'épinettes. À la fin de l'après-midi, dans la chaleur du soleil et après avoir passé une heure à contempler et à prendre des photos, ils décidèrent de rester pour la nuit. Gwen se promena autour du petit cimetière de fortune, des restes de la cabane, puis elle s'éloigna toute seule, son magnétophone dans le sac de toile brune sur l'épaule.

Harry préparait le souper. Il disait à Eleanor que le sort d'Edgar lui rappelait ce qui était arrivé à la jeune Esquimaude dans l'histoire de Thierry Mallet. Le dernier survivant poursuit.

Il avait emprunté à Ralph son exemplaire de la biographie par Whalley et lu les dernières pages décrivant Edgar quand il avait laissé s'éteindre le feu dans le poêle. Il avait mis les documents de ses compagnons et son propre journal dans les cendres froides, puis il s'était étendu sur la couchette et avait tiré les couvertures sur sa tête. Whalley imaginait les sons qu'il avait peut-être entendus, « le bruit léger d'un ptarmigan qui mangeait dehors », peut-être, et l'effet du silence « comme des ailes se repliant autour de lui ».

Harry avait une admiration sans bornes pour la retenue dont Whalley faisait preuve en racontant cette histoire. À cet égard, Whalley était comme Berger. Il ne ridiculisait pas Hornby pour ses erreurs, il ne l'accablait pas. Ç'aurait été facile. Un journaliste l'aurait fait.

Il ajouta une branche dans le feu et vit Ralph qui revenait de la rivière, mais il ne vit pas Gwen. Puis, il l'entendit.

Gwen avait grimpé la pente boisée derrière la cabane. Elle cherchait des signes du passage de Hornby et les trouvait dans les coups de hache sur les vieux troncs ; elle avait lu sur ces entailles. Elle gardait les yeux baissés pour voir le sol couvert d'une couche épaisse de branchages. Un peu plus loin, elle crut qu'elle aurait une belle vue de la rivière plus bas. À l'angle nord-ouest de cette frange d'arbres entre l'abri et la toundra, elle s'attendait à trouver le coupe-vent de pierres érigé par Hornby, d'où ils attendaient l'arrivée des caribous. Dans son esprit, elle était avec Hornby, Edgar et Harold Adlard ; ils avaient fait cette même ascension, seuls ou ensemble, au début, quand ils étaient forts et en santé, puis plus tard, quand ils étaient réduits au désespoir. Ils avaient une fois vu trente caribous au loin et cru le salut possible, mais les animaux avaient disparu avant qu'ils ne puissent s'en approcher. Gwen se tourna pour regarder vers la rivière, au sud, mais les arbres tordus et rabougris, dont certains avaient au moins quatre cents ans, lui bloquaient encore la vue. Elle rebroussa chemin. Du coin de l'œil, elle aperçut alors quelque chose de blond brunâtre. À cinquante pieds ? Ce ne sont pas des animaux énormes. Ils n'ont pas besoin de l'être. La bête leva son museau et renifla.

Les experts disent d'éviter le contact visuel. De reculer sans bruit. De ne pas se retourner, de ne pas s'enfuir en courant.

Gwen hurla en voyant deux petits yeux noirs et luisants. Elle se retourna et prit ses jambes à son cou.

C'était comme dévaler à toute vitesse un escalier encombré de livres. Elle sentit ses pieds céder sous elle et trébucha en avant. Elle se cramponna instinctivement à l'arbre le plus proche et ralentit sa dégringolade aux dépens de son bras. Son épaule droite était sortie de sa cavité. Puis, Gwen était recroquevillée sur le sol ; la douleur était si intense qu'elle ne pouvait émettre un son.

Sa tête glissa et se posa sur le sol et Gwen mordit la branche morte devant elle ; une partie vacillante de son cerveau était consciente qu'à une certaine époque mordre un bout de bois était le seul réconfort dans des moments d'intense souffrance physique. Son épaule n'était pas là, cela lui donnait la nausée, mais son cœur battait comme un fou sur le sol. Elle entendit l'ours derrière, puis à côté d'elle. Elle le sentit flairer sa jambe gauche et elle mordit plus fort sa branche. Il flaira une deuxième fois sa jambe et elle ferma les yeux, allongée, parfaitement immobile ; seul son cœur, comme dans une caricature, continuait de battre la chamade. Elle sentit l'odeur de l'animal. Entendit la salive glouglouter dans sa gueule. Demeura silencieuse comme elle l'avait toujours fait à la table de la salle à manger quand une onde de fureur assombrissait le visage de son père. Elle se prépara à plus de souffrance, puis elle entendit l'ours remuer, puis elle se rendit compte qu'il s'éloignait.

Quand ils la trouvèrent, elle se dirigeait lentement vers eux comme une survivante traumatisée sort des tranchées ou avance sur une route. Elle les vit et s'effondra sur ses genoux.

Harry était à côté d'elle.

« Épaule », parvint-elle à balbutier.

Elle sentit les mains de Harry sur son épaule et, avec un ajustement léger, subtil, son bras fut incroyablement remis en place.

« Je pensais que tu me faisais une proposition », dit-il plus tard, lui arrachant un semblant de sourire.

Il l'aida à se relever et elle exhala un long soupir. « On ne campe pas ici. »

Le lendemain matin, avant que les autres ne se lèvent, Harry descendit au bord de l'eau. Ils avaient pagayé pendant deux heures, s'éloignant de Hornby Point (Eleanor et lui avaient pris une plus grande partie des bagages dans leur canot, car Ralph pagayait seul, Gwen ayant trop mal à l'épaule), et ils avaient campé sur une rive escarpée de l'autre côté de la rivière, pour plus de sûreté. Harry n'avait pas beaucoup dormi; il pensait à Gwen et au grizzly et se demandait s'ils voyageaient sous une bonne étoile ou si leur chance s'était épuisée. Jamais il n'oublierait comment Gwen était apparue lorsqu'elle avait descendu la pente. Elle avait l'air abîmée, de guingois, en mauvais état. Ils avaient dû retirer les brindilles et les feuilles de ses joues et de son front, mais l'empreinte était restée pendant des heures.

Ils avaient longuement discuté du temps que cela avait duré, sa rencontre avec l'ours. Moins longtemps qu'elle ne le croyait, il en était sûr; une seconde avec un grizzly est toutefois une éternité. Il avait entendu son cri terrifiant, ils l'avaient tous entendu, et ils s'étaient rués vers la colline, à travers les arbres, mais elle ne les avait pas entendus. C'est vrai qu'ils étaient sous le vent. Dans l'esprit de Gwen, il n'y avait que le bruit de la respiration de l'ours, un genre de râle, un râle mouillé, la puanteur de l'animal et le souvenir de ses petits yeux froids. Il avait flairé sa jambe, «comme un professeur qui te tape sur l'épaule dans le corridor», avait-elle dit, et elle avait tapé l'épaule de Harry pour montrer ce que c'était, pas fort: lui donnant un petit frisson dans le dos. *Retenue, jeune homme.*

À présent, pendant qu'il descendait au bord de l'eau, il aperçut un tout petit faon, le flanc ouvert, couché sous un arbre. En le voyant, l'animal se remit péniblement debout et courut désespérément dans l'eau, puis revint en chancelant sur le rivage, retourna dans l'eau, puis revint, puis s'écroula, «complètement épuisé», comme Harry le décrirait aux autres pendant le déjeuner. Armé de la plus grosse branche qu'il put trouver, il soulagea les souffrances du pauvre petit en lui assenant trois gros coups. Puis, il prit son couteau. Il mit du temps à préparer la viande ; il repensait à son grand-père, à tous les fourreurs, trappeurs et hommes des bois qui formaient une race à part, en voie de disparition. C'étaient souvent des hommes au cœur très tendre, et cela avait quelque chose à voir avec le fait d'être si souvent dans la nature, une chose que leurs opposants ne comprendraient jamais. Ce soir-là, ils mangèrent du faon et ce fut certainement le plus délicieux et le plus poignant de tous les mets.

Eleanor leur dit que son père aimait se rappeler un repas qu'il avait savouré à l'hôtel Waldorf de New York. Soupe à la tortue verte, double poitrine de perdrix grise et mousse aux fraises. Un repas tout simplement mémorable. « Mais je me demande si je parlerai autant de celui-ci. »

« Gwen ? » dit Harry en lui offrant une autre portion.

Elle avait faim, aussi faim qu'une personne venant d'échapper au peloton d'exécution, et elle tendit son assiette. Elle avait fait le contraire de ce qu'il fallait, elle avait fui alors qu'elle aurait dû rester sur place, s'était transformée en proie. Et pourtant elle était là, bien vivante. Autour d'elle, le monde vibrait de vie.

Elle vit Harry la contempler avec admiration, Ralph et Eleanor aussi, et elle s'en réjouit. Mais quand ils la complimentèrent sur son courage, elle secoua la tête. « Vous devriez m'entendre quand je me coupe avec une feuille de papier. »

Plus tard, elle leur confia que l'ours avait de petits yeux méchants, comme ceux d'Eddy. Harry tendit sa main, comme si c'était un micro. « Maintenant, raconte-nous ce que tu as *vraiment* ressenti. » Et Gwen se contenta de sourire, jusqu'à ce qu'il laisse retomber sa main-micro sur son genou. Elle se rappela tout à coup le sac contenant l'enregistreuse et les cassettes. Il était resté là, là où elle était tombée. Le grizzly le prenait dans ses pattes. C'est ainsi qu'ils connurent leur première perte irréparable.

Inconsolable, Gwen s'assit sur une roche plate et leur voyage se déroula comme une bande magnétique dans sa tête, s'effaçant toute seule en même temps. Le tintement de la glace à la baie Charlton, les chants d'oiseaux au portage Pike, les avirons frappant l'eau, les efforts, les jurons, le craquement du feu, le rugissement des rapides, les soubresauts convulsifs des poissons, les moustiques écrasés et les longues fermetures éclair ouvertes et refermées plus vite encore, les éternuements gargantuesques, les pas sur les pierres quand les chevilles se tordaient et le chuintement des bottes sur la toundra. Izai disant *be d'alachide*. Le halage sur la glace accompagné par le bruit de ses dents frappant le micro. Et surtout, les sons des caribous de la toundra, le cliquetis de leurs sabots, les ahanements de leur nage et le bruit sourd de leur mastication. Précieux parce que personne ne les avait jamais enregistrés avant.

Avec une certaine maladresse mais beaucoup de générosité, Harry tenta de la consoler. Il lui suggéra de recréer ce qu'elle avait perdu à l'aide d'effets sonores et de mots. Gwen répondit par un grognement de désespoir, mais il se montra patient. Il lui dit que l'effet du son importait plus que les effets sonores. Il aimait se rappeler les pneus d'auto qui roulaient dans des flaques et la gadoue dans la rue devant son école, les geais bleus dans la forêt, les écureuils au sommet des arbres — des sons évoquant les journées clémentes quand l'hiver se changeait en printemps et que les longues vacances d'été étaient au tournant. « Nous avions une cloche à l'hôtel de ville, raconta-t-il. Tom Finnegan la faisait sonner tous les jours à midi et à 17 heures. Des coups forts et répétitifs annonçaient un incendie. Les sifflements des trains étaient merveilleux, eux aussi, et les chiens qui aboyaient dans le lointain. Et la radio. J'ai toujours aimé le son de la radio. Quel est le premier son dont tu te souviens?» Elle secoua la tête. «Allons, grippette.» Elle céda alors et rit un peu.

«Peut-être celui de la pluie», dit-elle.

— Et la première chose que tu as entendue à la radio?

— *Blue Suede Shoes.* J'avais quatre ans.»

Harry se lança. La première chose qu'il avait faite pour la radio, c'était une critique de film enregistrée dans un placard de chambre à coucher parce qu'il ne supportait pas l'idée que son colocataire l'entende lire le texte. Un mois plus tard, il animait une émission et deux ans plus tard, il travaillait à Toronto. «La chance peut tourner aussi vite que ça», conclut-il en pensant autant à ce qui avait suivi qu'à ce qui avait précédé.

C'est ce soir-là qu'ils virent un groupe étrangement beau de caribous émerger de l'eau et s'approcher lentement, gouvernés par la faim et attirés par la nourriture disponible — la disposition des feuilles sur les saules à une cinquantaine de pieds. Quelle que fût leur façon de bouger autour des petits arbres, levant la tête ou la baissant, avançant ou tournant en rond, les animaux paraissaient admirablement placés, comme par un vieux maître.

Leur petit groupe de quatre était également en train de se recomposer. Le matin, Ralph ouvrait la fermeture éclair de la tente qu'Eleanor partageait avec Gwen, lui apportait une tasse de thé et lui chantait des passages de chansons quand elle s'approchait du feu. Un soir, il lui prit la main et l'entraîna dans une valse sur le plancher de danse le plus sauvage du monde.

L'été, quand Gwen était enfant, le frère préféré de son père leur rendait parfois visite. Il habitait aux États-Unis. Le plaisir pur que lui procurait l'attente de sa venue ressemblait à celui qu'elle éprouvait à voir Ralph et Eleanor ensemble. Voir les deux frères se saluer, évaluer le niveau de leur affection mutuelle, regarder son oncle sociable jouir de la présence de son père misanthrope et vice-versa, c'était là un spectacle intense. Elle voulait être témoin de chaque moment de ce bonheur réciproque et il n'y en avait jamais suffisamment pour la combler. Son oncle savait-il combien son frère l'aimait? En avait-il la moindre idée?

Quelque chose fleurit dans un lieu improbable. Une oasis d'arbres à des milles au-dessus de la ligne supérieure des arbres. L'eau d'une rivière arctique plus chaude que toutes celles qu'ils eussent jamais connues. Ils se baignèrent tous quatre dans la rivière Thelon, y pataugèrent, y nagèrent presque. Sur le rivage, ils se séchèrent avec des serviettes et se rhabillèrent: aucune sensation n'était plus splendide que celle de vêtements chauds sur la peau froide après un contact avec l'eau d'une rivière.

Le lendemain matin, à portée de voix de Gwen, Ralph dit à Eleanor qu'il avait rêvé d'elle.

«Qu'est-ce que je faisais?

— Avec ton doigt, tu me montrais des endroits précis de ton corps où tu voulais que je t'embrasse, et je me faisais un plaisir de t'obéir.»

Puis, cette proximité allait se disperser aussi vite qu'elle s'était formée. Ce soir-là, Eleanor demanda à Harry ce qu'il ferait ensuite, et il l'étonna en répondant qu'il voulait quitter le Canada pendant quelque temps, non pas la radio, mais le Canada; son ami Max Berns connaissait des gens à la Broadcasting House de Londres; il s'installerait peut-être en Angleterre.

En y réfléchissant au cours des dernières semaines, en se tournant d'un côté et de l'autre en pensée, il s'était fait penser aux caribous au bord de la rivière. Ils reculent une fois, deux fois, trois fois. Il n'avait jamais su que la migration n'était pas un seul mouvement en avant, ininterrompu ; les caribous se déplaçaient de côté, reculaient et avançaient, et leur indécision devant le danger réel ou imaginé rendait leur passage vivant. Ils venaient à la rivière ; ils s'enfuyaient. Harry pensait qu'il n'était pas comme Eleanor. Il ne se sentait pas en harmonie avec Dieu mais avec l'incertitude de toute chose. C'était aux pauvres animaux idiots qu'il se sentait lié.

Eleanor eut aussi une surprise à annoncer. Elle avait envisagé d'ouvrir une librairie à Yellowknife, dans la rue du bureau de poste, et presque convaincu Ralph de s'associer au projet. « Elle veut mettre la main sur mes sous », dit Ralph en ricanant.

Et, une fois de plus, l'oncle préféré de Gwen était de retour aux États-Unis, ce serait bientôt le premier jour d'école.

C'était maintenant le 25 juillet et ils progressaient rapidement, facilement vers le lac Beverly, leur destination finale, et leur dernière nuit dans la toundra. Un courant fort, pratiquement pas de vent contraire. Un loup, peut-être celui-là même qui avait déchiqueté le flanc du faon, nageait dans la rivière devant eux. Une grizzly et ses deux petits apparurent sur le rivage ; un des oursons se plaça entre les pattes de derrière de sa mère et les regarda passer. Sur une île à leur gauche, ils virent un superbe orignal dans un marécage herbeux. Au-dessus d'eux, un aigle doré monta en flèche vers le ciel bleu coquille d'œuf.

Ils voyaient à présent des couchers de soleil. Les moustiques devinrent de petites taches de lumière dans le soir. Dans l'eau, ils aperçurent en s'approchant un rocher qui grouillait d'insectes.

Le paysage était vallonné, vert pâturage. Ils virent des pluviers semi-palmés et des fleurs qui rampaient sur le sol, protégées. Ce fut le retour du vent, des nuages et de la pluie.

Ce soir-là, ils préparèrent un chaudron de soupe et un autre de thé ; leur feu laisserait une cicatrice sur la toundra pendant des années. Les conséquences de leur passage n'étaient pas anodines. Et l'effet du voyage sur eux ?

Ils continuèrent de pagayer. La forêt se clairsemait. Le soleil brillait. Ils étaient à présent arrivés en vue du lac Beverly et sentirent son odeur atteindre la rivière ; les vagues étaient assez hautes pour éclabousser Eleanor à l'avant et la glacer jusqu'aux os.

Ils atteignirent le lac l'après-midi du 26 juillet. À temps. L'hydravion arriverait le lendemain, aux premières heures du matin.

Leur dernier campement se trouvait sur la berge nord d'une baie profonde à proximité des ruines de deux maisons de tourbe dans la toundra, un peu plus qu'une esquisse remarquable, et les bosquets qui les entouraient étaient pleins de poils de bœufs musqués. Immense, ouverte, éternelle était la toundra, l'eau calme et bleu violet, la lumière claire et les moustiques, en nombre infini. D'un geste, Eleanor indiqua un nid de sterne — ou un œuf, car la plage était le nid, un bel œuf vert et brun tacheté de noir; la sterne s'envola à son approche.

De l'autre côté du grand lac, les plaines qui roulaient, les collines qui ondulaient se transformaient à l'horizon en une ligne épaisse puis mince tracée à l'encre noire. À eux quatre, ils étaient les seuls éléments qui bougeaient dans un paysage plus éloigné de toute civilisation que presque n'importe où ailleurs au Canada.

Au souper, Ralph annonça son intention de se raser et de mettre des vêtements propres. «On n'est pas obligés de ressembler à la brousse», dit-il. Quand il réapparut, l'air d'avoir rajeuni de dix ans, il demanda à Eleanor d'aller marcher avec lui, et ils restèrent longtemps absents.

Le soir était parfaitement calme. Aucun souffle de vent.

Eleanor et Ralph étaient à l'abri du vent sur un tertre dans la toundra, allongés côte à côte, écoutant le silence, heureux. Ralph lui raconta un souvenir particulier; il se promenait dans une ancienne forêt pluviale quand il avait entendu au loin de la musique à une radio transistor; un groupe de géologues, avait-il pensé, et il s'était dirigé vers le bruit, curieux, mais le son s'était envolé comme un oiseau. C'était un son sans origine, continua-t-il en caressant le visage et les cheveux d'Eleanor, le son de la forêt même. Ici, dans la toundra, il n'y avait pas de musique, mais un bourdonnement, une vibration, le son de la terre, et Eleanor pensait comme lui. Dans des moments de silence, elle l'avait également entendu. Cela lui rappelait les bols chantants des bouddhistes vibrant à leur plus basse octave.

Elle remarqua des étincelles de lumière qui rampaient dans les cheveux de Ralph; même les moustiques étaient beaux. Elle remarqua comme sa bouche était lisse sans les moustaches, sa jolie bouche, et comme leur lit était presque entièrement fait de thé du Labrador blanc.

Le soleil était bas quand Ralph eut l'idée de terminer le voyage comme il l'avait commencé — quelques derniers coups d'aviron, quelques dernières photos. Eleanor s'était assoupie. Il enleva sa chemise propre et lui en couvrit doucement le visage pour éloigner les mouches. Il descendit ensuite vers la grève, sortit une autre chemise de son sac à dos, prit son aviron et son appareil photo, son gilet de sauvetage et glissa son canot vide dans l'eau.

Harry aperçut le canot de Ralph au loin sur le lac miroitant. Il se promenait dans la toundra, et son attention était attirée par un jeune caribou, âgé d'un an peut-être, qui arrivait sur la colline. L'animal se détourna et l'évita. Harry resta immobile tandis que des moustiques pleuvaient sur sa tête et entraient dans ses yeux. Il leva la main pour les chasser. Le caribou avait alors eu le temps de s'éloigner. Malgré les mouches, Harry éprouvait sur cette partie de la toundra une tranquillité qu'il aurait voulu avoir ressentie plus souvent, plus tôt. Il retourna vers le rivage et trouva Gwen assise sur un rocher en train d'entretenir un feu de bois flotté. Il s'accroupit à côté d'elle.

Elle avait allumé le feu à l'intérieur d'un cercle de pierres — un muret. Elle aimait ces cuisines extérieures, ces lieux inhabités soudain habités, arrangés pour offrir un minimum de confort. Son contact avec la mort était si récent, le souvenir en était si vivant qu'elle se sentait encore marquée, isolée des autres. C'était Eleanor qui avait suggéré que l'ours était peut-être Hornby lui-même qui gardait son petit coin de paradis, une idée séduisante, car elle signifiait que Gwen avait été visitée d'une façon particulière, visitée, puis épargnée. Mais pourquoi? «Je me demandais si ce voyage m'avait changée», dit-elle.

Harry sourit.

«T'a-t-il changé, *toi*? insista-t-elle. À part de t'avoir déshydraté, je veux dire.

— Scélérate, répondit-il, et aux oreilles de Gwen, il n'y avait pas de mot plus affectueux. Repose-moi la question dans cinq ans.

— Revoyons-nous dans cinq ans, approuva-t-elle avec enthousiasme. Nous pouvons être comme Hornby et Critchell-Bullock quand ils ont planifié de se revoir dans les années à venir.

— Sauf qu'ils ne se sont jamais revus.

— Je sais, dit-elle tristement.

— Les choses étaient différentes, à l'époque, dit Harry, comme s'il se parlait à lui-même. C'était l'époque des longs voyages, des longues visites, des longues fréquentations, des longues séductions. À certains égards, j'envie Hornby. Cet homme était si occupé à survivre qu'il n'a pas eu le temps d'apprendre à vivre.

— Iras-tu vraiment en Angleterre?

— Je pense que oui.

— Mais ta place est *ici*.»

Il mit un bras autour d'elle et se mit à rire. Ses petites épaules étaient rondes, voûtées. Pour lui, seuls les Autochtones pouvaient prétendre appartenir à un lieu. Tous les autres étaient comme la poussière de la terre que le vent soufflait vers l'est, l'ouest, le nord, le sud.

«Gwen, te rends-tu compte que nous avons voyagé ces dernières semaines sans voir un autre être humain?»

Il activait le feu et elle observa ses mains préparer, arranger, affiner. Dans sa solitude, elle sentit sa poitrine se serrer et se rappela leur monde comme il l'avait été quelques semaines plus tôt, immobilisé dans la glace et infranchissable, comme il le serait de nouveau dans quelques semaines.

«Oh! Harry! dit-elle, j'aimerais être une personne différente.»

Il retira ses lunettes d'une main, un geste qu'elle aimait, et la regarda attentivement. Il s'exposait à son regard tout en la voyant avec ses propres yeux.

«Quel genre de personne?

— Quelqu'un qui aime vraiment la vie», répondit-elle lentement.

Il continua de la regarder, ses lunettes toujours dans sa main gauche. «Tu es le genre de personne qui ne cesse jamais d'essayer.»

Elle le regarda avec la même franchise. Il semblait sincère. Elle se permit donc d'assimiler ce compliment justifié et sa place dans le monde qui s'ouvrait. Voilà ce qu'elle serait: une personne qui ne cesse jamais d'essayer. Et même si ce n'était pas un moment de pure délivrance, quand la glace cède enfin, tout le reste de sa vie coulerait à partir de cet échange.

Sur l'eau, Ralph remarqua que le lac se ridait un peu. Jetant un coup d'œil par-dessus son épaule, il vit Gwen et Harry qui paraissaient tout petits sur la grève. Puis, le vent le frappa — un faible coup sur le côté de sa tête —, un vent du large surgi de nulle part, et le canot se mit à tanguer.

Il déposa son appareil photo à ses pieds et saisit son aviron. Il regarda de nouveau par-dessus son épaule et les rides s'étaient transformées en une ondulation qui se dirigeait vers lui, de l'eau plus sombre, une perturbation de vaguelettes déferlant à toute vitesse. Le vent le fit pivoter. Il soufflait du nord-ouest et Ralph comprit que s'il ne prenait pas garde, il serait entraîné au milieu de ce lac de deux milles de large. Il s'agenouilla et rampa jusqu'à ce que son ventre soit contre le banc de nage du milieu, puis il commença à pagayer de toutes ses forces, s'efforçant de faire tourner le canot dans le sens du vent, de retourner vers le rivage, mais ses genoux glissaient, il n'avait rien pour caler ses pieds, son aviron n'avait aucune prise dans l'eau. De petites crêtes d'écume coiffaient à présent les vagues, rien de trop grave. Il se disait que, trompé par le calme parfait, il s'était trop éloigné et qu'il avait pris une mauvaise décision en allant tout seul sur un lac aussi grand. *Quand un lac a dix milles de long, ce pourrait bien être un océan.* La voix d'un autre canoéiste dans une expédition des années plus tôt. L'avant de son canot vide de dix-sept pieds était comme une girouette. Le vent s'en emparait et le repoussait encore plus loin. Son canot bondit sur les vagues, puis se mit à donner des coups, mais les sons étaient emportés au loin par le vent.

Eleanor ne sentit pas le vent se lever, Harry et Gwen non plus : l'une dormait, les deux autres étaient à l'abri auprès du feu. Ils avaient décidé de passer cette nuit à la belle étoile, car l'hydravion devait arriver de bonne heure le lendemain matin. S'ils avaient monté leurs tentes, ils auraient eu conscience du vent plus tôt, ils auraient entendu le léger claquement.

À un demi-mille de là, c'était un autre monde.

Il y avait maintenant des vagues de dix-huit pouces, de deux pieds. C'était arrivé très vite. Ralph déployait toute son énergie pour redresser le canot, mais le vent déchaîné était résolu à le souffler au loin. Ralph savait qu'il n'avait plus le contrôle, mais il ne comprit pas tout de suite qu'il était en danger. Les vagues prirent son canot et l'entraînèrent en avant, et il sentit la sueur ruisseler dans son dos. Dans un ciel si clair, pensait-il, ce vent mauvais comme une mini-tempête, un mini-ouragan, du moins là où il se trouvait. Ceux qui étaient sur la grève s'en apercevaient-ils seulement?

Le soleil descendait si lentement, il resta suspendu à l'horizon, puis s'enfonça lentement. Une vague éclaboussa l'arrière du canot, puis une autre, et Ralph eut les genoux dans deux pouces d'eau. Il se pencha en avant, plongea son aviron profondément, mais celui-ci dérapa et Ralph se retrouva dans l'eau avant même de savoir qu'il avait chaviré. Immergé, se cramponnant d'une main au manche de son aviron de cèdre, car la lame n'était plus là. Le froid lui coupait le souffle. Il attrapa le canot — ballotté en position verticale —, il l'agrippa de la main gauche, mais il ne pouvait retrouver son souffle, l'eau était à peine à quelques degrés au-dessus du point de congélation, et rien d'autre ne comptait, sinon se sortir de là. Il poussa ce qui restait de son aviron dans le canot et essaya de monter dedans par le côté, mais le canot se renversa. Il essaya de chevaucher l'arrière, mais la proue se redressa, la poupe s'enfonça sous son poids et le canot glissa sous lui. Encore une fois, il essaya de grimper par le côté et le canot se renversa de nouveau et se dressa à la verticale. Alors, il resta là, les mains sur les plats-bords, une prise d'acier, et le rivage à une distance infinie.

Eleanor avait dormi peut-être une demi-heure. En ouvrant les yeux, elle sentit la chemise chaude sur son visage; elle se leva, chercha Ralph des yeux et sentit alors le vent. La chemise à la main, elle retourna au campement, regardant la toundra autour d'elle, regardant le ciel, puis le sol inégal. Elle aperçut des buissons et prit quelques touffes de poils de caribou sur les branches, les glissa dans sa poche, un cadeau pour Ralph. Le soleil se couchait, il était 22 heures à la montre d'Eleanor ; elle se hâta vers la grève et là, elle vit Gwen et Harry qui bavardaient auprès du feu.

« Où est Ralph ? » demanda-t-elle.

Harry se leva et scruta le lac. Il avait oublié Ralph. La dernière fois qu'il l'avait vu, Ralph était loin et le lac était calme. À présent, il ne voyait plus le canot du tout et le lac était houleux. C'était toujours pire sur l'eau que ça en avait l'air du rivage, il le savait. Ralph était peut-être derrière cette grosse île. Eleanor chercha ses jumelles dans son sac à dos. Tous trois restèrent à contempler le lac, attendant de voir apparaître Ralph. Pendant qu'ils regardaient, le soleil se coucha et le vent tomba.

Il n'avait aucune idée du temps qui s'était écoulé depuis qu'il était parti. Si calme, maintenant. Si incongru de lutter pour sa vie quand tout était calme et paisible.

Le bruit de la respiration résonne fort quand il n'y a pas d'autres sons. Il posa sa tête sur le côté du canot, entendit l'ahurissant silence et sa respiration. Il mangeait de la tarte aux pommes avec sa mère. Il regardait l'alliance qu'elle portait au doigt, sa main couverte de farine. Puis il était de retour dans le présent, un vieil homme dont le corps submergé ne sentait plus rien, l'agonie dans ses bras, ses mains agrippées comme des griffes de pierre. Il était désolé, profondément navré de tout perdre, consterné des problèmes qu'il allait causer. Il appela à l'aide sans savoir si un son sortirait de sa bouche. Il l'entendit et se sentit soulagé. Il vivait encore. Il appela de nouveau. Sa bouche ne pouvait former un mot, mais sa gorge produisit un son. Il l'entendit. Il entendit sa respiration, et sa respiration n'était plus à l'intérieur de lui, mais à l'extérieur, désincarnée. Il était allongé dans la toundra avec Eleanor. La chaleur, l'extase. Il voyait le fond du lac, couvert de beaux galets. Un appareil photo reposait avec les pierres, les dernières photos d'Eleanor qu'il avait prises avec son appareil, et celui-ci était si proche, l'eau, si claire que les parties métalliques luisaient et il pouvait les toucher. Il pouvait tendre le bras et toucher son canot, qui brillait, lui aussi. Il pouvait toucher l'homme qui flottait dans un gilet de sauvetage orangé, ballotté sur l'eau à côté de son canot.

Le vent souffla une heure, pas plus. Il tomba pendant qu'ils regardaient, le lac redevint étale. Ils regardaient toujours, et Ralph ne réapparaissait pas. Peut-être qu'il allait bien, il allait probablement bien.

Ils montèrent dans le canot de Harry. Il pensa à prendre un gilet de sauvetage et une longueur de corde, puis ils partirent sur le lac en veillant à rester assez près du rivage. Toutes les deux ou trois minutes, Eleanor cessait de pagayer pour scruter l'eau à l'aide de ses jumelles. Armée d'une autre paire de jumelles, Gwen arpentait la toundra au-dessus de la grève. Elle avait un sifflet autour du cou. Ils avaient décidé qu'elle devait siffler si elle apercevait quelque chose.

Seule sur la terre ferme, elle se sentait comme ces samedis soirs quand ses parents conduisaient son frère à l'université et qu'elle passait plusieurs heures à imaginer l'accident de voiture qui la laisserait orpheline. Quatorze ans et la radio pour lui tenir compagnie. Elle s'aperçut qu'elle ne cherchait pas du tout un canot argenté. Elle gardait les yeux sur le canot rouge, ne voulait pas qu'il disparaisse de sa vue. À un moment, elle ne fut cependant plus capable de le voir.

Minuit, et tout était parfaitement silencieux. Le vent entre par la porte avant, il sort par la porte arrière et la maison retrouve un calme surnaturel.

Eleanor et Harry pagayèrent et regardèrent jusqu'à avoir mal aux yeux. Le soleil sous la ligne d'horizon, la lumière plus tamisée, il était plus difficile de distinguer quoi que ce soit et ils perdirent la notion du temps. Eleanor se souvint que Ralph lui avait dit un jour : « Je ne suis pas un artisan. Je ne fais rien d'autre que déranger. » Ce qui était faux, mais elle l'aimait d'avoir dit ça. Maintenant, tu déranges trop, lui disait-elle. Je t'en prie.

Le paysage changeait devant elle. Un mouvement ici, une ombre là-bas, une faible lueur, une forme sur laquelle elle rivait avidement ses yeux. Un désir si avide. Elle cherchait Ralph, mais ne voyait que des fantômes. Ses bras travaillaient, ses yeux étaient intacts, mais son âme se décomposait. Et quand elle le vit enfin, une tache orangée qui dérivait, qui reculait et bougeait et s'incarnait, elle comprit qu'elle voyait son avenir et que c'était un avenir d'une infinie tristesse.

Ils revenaient. Gwen vit comme le canot était plus enfoncé dans l'eau et comment leurs coups d'aviron étaient automatiques, lents, amortis. Elle se dirigea vers leur campement, trébuchant, courant. Elle allumerait un feu, pensa-t-elle, elle leur préparerait quelque chose à manger.

Malgré ses mains tremblantes, elle fit un feu, mit de l'eau à bouillir. Elle fouilla dans les sacs à la recherche de sachets de thé, de potage déshydraté, puis retourna au bord de l'eau. Eleanor sortit du canot et le tira un peu. Harry le hala le reste du chemin.

Ce fut le bruit du canot sur le gravier du rivage qui marqua la fin pour Eleanor. Elle fit quelques pas et tomba à genoux.

Gwen l'entraîna près du feu, l'aida à enfiler des vêtements secs. Mit une tasse de thé dans ses mains tremblantes et se rappela qu'Eleanor lui avait déjà dit que rien ne nous remet d'aplomb comme une tasse de thé. Eleanor leva la tasse. La tasse heurta ses dents. Gwen la lui prit alors des mains, la tint pour elle, et Eleanor but quelques gorgées. Gwen prit son amie dans ses bras, la berça.

Plus tard, Gwen et Harry sortirent le corps du canot. Eleanor les regarda allonger Ralph sur une bande de sable. Elle n'oublierait jamais comme ils grandirent en stature devant ses yeux, leur tête et leurs épaules au-dessus d'eux. Ils retirèrent le gilet de sauvetage de Ralph qui apparut dans sa vieille chemise ; elle se rappela sa chemise de mariage, la chemise propre qu'il avait placée sur son visage, mais elle ne savait plus où elle l'avait mise et n'eut pas de repos avant de s'en souvenir. Gwen la trouva pour elle, pliée sur une roche plate à une dizaine de pieds du feu.

Harry alla chercher un tapis de sol en nylon. Quand il revint, Eleanor était assise à côté du corps. Le soleil ne s'était pas encore levé. Elle examinait la petite main de Ralph au clair de lune. Il faisait assez clair — avec de bons yeux, on aurait pu lire. Une main réfrigérée. Elle en caressa le dos, la retourna, étudia les doigts raides. Ils étaient bleu cendre, un peu rugueux, encore tachés de nicotine.

Harry l'observa un moment. Sa tête ressemblait à une pivoine très lourde après une ondée, son corps était incliné au-dessus de Ralph. Et cette pensée lui vint que ce n'était pas seulement une personne qui était morte, mais tous les filaments de vie qui reliaient cette personne à toutes celles qu'elle avait connues, à tous les lieux où elle était allée.

Il finit par convaincre Eleanor de laisser Ralph. Il la conduisit à un lit de fortune qu'il avait préparé dans la toundra — leurs minces matelas isolants et les sacs de couchage. Elle se faufila dans le sien. Gwen et Harry s'allongèrent de chaque côté d'elle dans les leurs, sous une bâche. Elle se mit à leur parler. Comment avaient été ses dernières

minutes ? se demandait-elle, combien de temps avait-il souffert, combien ? Harry dit que cela avait dû être très bref, qu'il
avait dû dériver en état de stupeur. Si seulement je l'avais
accompagné, cria-t-elle. Elle voulait dire que s'ils avaient été
ensemble, deux dans le canot, cela ne serait jamais arrivé. Et
qu'est-ce qui était arrivé ? Le vent s'était levé, oui, et le lac
était large et long, mais comment avait-il chaviré ? Nous ne
le saurons jamais, répondit Harry. Il a eu des ennuis, nous
ne saurons jamais exactement comment. Ne te fais pas de
reproches, dit-il encore. Personne n'est à blâmer, renchérit
Gwen.

Harry et Gwen dormirent un peu. Eleanor resta éveillée. Après quelque temps, elle sortit de son sac de couchage
et descendit au bord de l'eau. C'était mal de le laisser tout
seul. Il était enveloppé dans le tapis de sol de Harry, un
corps brisé, et elle s'assit sur la grève à côté de lui. Si froid au
toucher quand elle retira le drap de nylon de son cher visage
rasé de près, son visage perdu. Elle se retrouva à répéter le
psaume 23, et pourquoi ce psaume la consolait dans les circonstances, elle ne pouvait le comprendre, car elle éprouvait
aussi une véritable amertume. Elle avait perdu son père trop
tôt, et perdu Ralph encore plus tôt. Mais elle murmura pour
elle-même les paroles qui parlaient de la vallée de l'ombre de
la mort, de la maison de Dieu, et elle se sentit située dans un
lieu plus vaste, si vaste qu'il contenait toute chose possible,
le moindre détail de tout genre de douleur.

Le soleil se leva et avec sa chaleur les moustiques reprirent
vie. Gwen s'étira tandis que Harry dormait encore. Gwen
rejoignit Eleanor et elles marchèrent ensemble le long de la
grève, aux aguets, attendant l'arrivée du Twin Otter. Vers
7 heures, elles l'entendirent dans le ciel, à l'ouest. Gwen
alla réveiller Harry. Il était en train de plier la bâche et de
rouler leurs sacs de couchage. Ils descendirent ensemble vers

le rivage et se préparèrent à entreprendre la dernière partie de leur périple.

Ils remarquèrent le vent, bien sûr. L'immobilité de la nuit précédente semblait à présent une hallucination. Le calme parfait avait duré combien de temps ? Assez longtemps pour tromper Ralph et l'inciter à partir seul, trop loin. Maintenant, ils savaient que l'unique raison de ce calme, c'était que le vent était en train de tourner. L'immobilité nous trompe, parce que ce n'est jamais vraiment immobile. L'immobilité, c'est le temps qui s'écoule avant le changement.

Des nuages noirs de tous côtés. Au-dessus, les cumulus dans le ciel bleu.

Et puis, la toundra canadienne était loin au-dessous d'eux, luisant dans le soleil, vaste, lointaine, aux reflets de bronze. Le corps de Ralph était à l'intérieur du corps de l'avion qui bondissait sur le corps du monde. Gwen tendit la main vers un sac pour le mal de l'air et vomit silencieusement. Le canot de Ralph se trouvait également dans l'avion. Le pilote — plus âgé, expérimenté — avait apporté un autre genre de réalité au milieu d'eux. Il avait dit qu'il fallait retrouver le canot manquant. Il avait prononcé le mot preuve. On leur poserait des questions, parce qu'il y avait eu mort d'homme. Harry et lui étaient partis dans l'hydravion et il ne leur avait pas fallu beaucoup de temps pour retrouver ce que le soleil avait déjà débusqué. Le canot brillant avait dérivé presque jusqu'à la grève, près de l'endroit où ils avaient trouvé Ralph flottant sur le ventre dans l'eau.

Le lieu où ils s'étaient rendus était si vaste, et la mort de Ralph, si imprévisible que leur sens de l'ordinaire était mort avec lui. Les herbes normales de la vie ne repoussèrent jamais vraiment. Le jour de leur retour de la toundra, ils furent accueillis par ce qui entoure officiellement la mort. La police emporta le corps de Ralph à l'hôpital où il serait examiné par le coroner. Ses trois compagnons furent interrogés par la police et durent signer des documents. Il y eut Bill Thwaite et son microphone. À la fin de l'après-midi, ils étaient si épuisés qu'ils rentrèrent chacun chez soi, et chacun vécut une variation de la même expérience presque surréelle. Harry prit une boîte de café sur une tablette dans sa cuisine et cette chose si simple, une étagère de bois au niveau des yeux, le laissa émerveillé. Dans sa salle de bains, Gwen était en transe devant la lumière tamisée qui émanait du lavabo de porcelaine, l'eau chaude qui coulait du robinet. Envoûtée, Eleanor écouta un instant le chuchotement du bois glissant sur du bois quand elle ouvrit et referma un tiroir de sa commode.

Ce fut Gwen qui téléphona à Harry pour lui dire que peu importait ce qu'Eleanor pensait vouloir, ils ne devaient pas la laisser seule. Quand ils se présentèrent à sa porte peu de temps après, Teresa était déjà là. Teresa, qui avait eu raison de se moquer d'eux, de leur dire qu'ils étaient trop ignorants, savait exactement ce qu'il fallait faire. Elle les fit parler et ce fut ainsi que commença leur veille impromptue, des heures d'anecdotes sur le voyage, sur Ralph. Ses petites manies, ses tournures de phrase, son dynamisme, son cœur passionné. Vers minuit, entre le rire et les larmes, Eleanor dit : « Il y a des hommes qui feraient n'importe quoi pour éviter le mariage. »

Après le départ des autres, elle se coucha et dormit douze heures d'affilée. À son réveil, elle alla dans la cuisine, découvrit les fruits, le fromage, le pain et le jambon que Teresa avait mis dans le réfrigérateur, se prépara une petite assiette et grignota. Elle retourna ensuite se coucher et dormit quatre heures de plus. Elle fit alors un rêve. Elle se trouvait dans le bureau de son père à l'étage de leur maison, en train de remplir de papier un gros trou dans le mur. Elle se préparait à vendre les livres de Ralph. Elle tira une petite table, déplaça les autres meubles d'un côté, et sentit une brise, la brise fraîche d'un lac venant de quelque part. Elle sortit dans le corridor et commença à descendre au rez-de-chaussée. Il ventait encore plus fort dans l'escalier. La porte de la maison s'ouvrit brusquement et Ralph était là, dans le genre de détails qu'on ne retrouve plus une fois réveillé. Elle alla vers lui, pressa son visage dans son cou et sentit ses moustaches. Elle pouvait respirer son odeur, le sentir. Il n'était pas gros, mais il avait une masse, des muscles. Elle ne voulait pas le laisser partir, elle voulait le regarder. Il portait une chemise de flanelle rouge et noire sur un tee-shirt, son vieux pantalon ample. Ses cheveux gris étaient décoiffés et plaqués sur son front et il avait le visage rouge comme s'il venait de faire un effort. Elle lui dit comme elle était heureuse de le revoir. Le visage de Ralph s'illumina et il lui ordonna de ne pas s'inquiéter. Puis il ajouta quelque chose, quelque chose d'important. Il lui transmettait le secret de la vie quand elle commença à réaliser qu'elle rêvait. Mais ce n'est pas ça qui la réveilla. Elle se réveilla parce qu'elle pleurait. Pendant quelque temps, elle resta dans son lit, repassant le rêve dans sa tête, tentant de se rappeler ce que Ralph avait dit. En vain.

Le lendemain, alors qu'elle tendait la main vers sa brosse à cheveux sur la commode, elle eut une vision plus terrestre. Elle regarda dans le miroir et vit sa mère.

Tu passes devant une photo sur le piano, songea-t-elle, une photo d'un membre de ta famille, un visage absolument familier, mais n'ayant aucun rapport avec ton propre visage. Puis, un étranger survient et voit la ressemblance que tu as négligée. En regardant dans le miroir, elle vit l'étrangère qu'elle était devenue pour elle-même. Elle remarqua dans son visage changé quelque chose de plus reconnaissable encore qu'elle-même, l'expression de cette souffrance épuisée de sa mère après la mort de son père.

Plus tard, elle s'assit et lui écrivit. Je reviens du voyage dont je t'ai parlé, l'expédition que papa aurait tant aimé faire. Mais il est arrivé quelque chose. Nous sommes partis quatre et nous n'étions plus que trois au retour. Elle raconta en détail tout ce qui s'était passé. Je pense beaucoup à toi, écrivit-elle.

Une semaine et demie plus tard, elle lut la réponse de sa mère. «Tu as vécu une chose affligeante», avait-elle écrit, et Eleanor fut frappée par l'exactitude du mot. Un simple mot en équilibre sur une montagne d'émotions.

Après avoir été si proche des autres pendant l'expédition, et plus encore après le choc causé par la mort de Ralph, Gwen se réinstalla en elle-même, dans le travail, et elle eut l'impression que quelque chose clochait. Toute saveur avait disparu. Elle trouvait que comparé à Harry, le nouveau jeune directeur était un gringalet qui ne vous regardait jamais dans les yeux. Il ne semblait s'intéresser qu'au nouvel édifice. La construction avait débuté plus tôt cet été-là aux abords de la ville, loin du cœur de Yellowknife. Les choses allaient bon train et si tout se passait conformément à la planification, ils emménageraient au mois de juin suivant. Gwen avait l'impression que tout le monde autour d'elle était énervé, dans l'attente de voir quelles ouvertures et possibilités d'avancement seraient offertes par la télévision.

Aux funérailles de Ralph, on avait chanté des cantiques et de vieilles chansons et cela lui avait parlé d'une façon qu'elle n'aimait pas vraiment. Envahie par ce qu'elle considérait comme de l'émotion facile, elle s'était sentie vulnérable. C'était à l'église d'Eleanor qu'avaient été célébrées les funérailles. Les membres de sa famille étaient peu nombreux — il avait une ex-femme, une seule sœur, pas d'enfants —, mais ses amis de la station de radio et de la ville occupaient les bancs. *There is a Balm in Gilead. Unto the Hills.* En écoutant la petite voix chevrotante d'Eleanor, Gwen avait été un peu gênée pour elle et avait eu honte d'être gênée. Mais pourquoi fallait-il censurer et simplifier les choses? Pourquoi fallait-il adoucir la mort de Ralph alors qu'elle était incroyablement dure, et l'adoucir par des cantiques alors qu'il n'était pas un homme religieux, du moins pas à la connaissance de Gwen? Ayant partagé un canot avec lui pendant six semaines, elle savait comme il était fort et entêté, doux et érudit. Elle n'avait jamais rencontré personne qui connaissait plus de choses par cœur. Elle l'imaginait maintenant, enveloppé dans un tapis de sol, hissé comme une poche de jute dans l'hydravion.

Le pasteur était un petit homme âgé rasé de près. Sans préambule, il récita un psaume et dès les premiers mots, «Seigneur, tu as été pour nous un refuge d'âge en âge», Gwen sentit les poils se hérisser sur sa nuque. Le pasteur tenait sa Bible ouverte dans ses mains, mais il ne baissa pas une seule fois les yeux; il s'adressait directement à eux comme l'aurait fait un acteur de talent à la radio. «Avant que les montagnes fussent nées et que tu eusses enfanté la terre et le monde.» Gwen fut frappée de plein fouet par une chose à laquelle elle n'avait jamais vraiment réfléchi, l'idée d'une maison spirituelle existant depuis le commencement des temps. Non pas l'idée de Dieu en tant que telle, mais l'idée d'une maison et de l'infini dépassant celle du temps.

Elle se pencha en avant. « Quel est ce psaume ? » chuchota-t-elle à Harry.

Et, fils de pasteur, Harry connaissait la réponse. « Quatre-vingt-dix, chuchota-t-il à son tour. Neuf zéro. »

Le psaume suscita chez Gwen une émotion plus grande qu'elle ne l'aurait voulu. Il capturait le tourbillon du passé et du présent, lui rappelait l'immensité du territoire dont ils étaient revenus quelques jours plus tôt. L'infini du ciel, la toundra ondulante, les lacs grands comme des mers.

Le lendemain après-midi, pendant qu'elle montait une bande, la question agaçante de Dido lui revint à l'esprit. Quelle heure *veux-tu* qu'il soit ? En posant cette question, Dido insinuait que Gwen ne le savait pas. Qu'elle faisait partie de ces gens tellement déconnectés d'eux-mêmes qu'elle ne pouvait ou ne voulait admettre ce qu'elle désirait.

Elle aurait pu demander : « Qu'entends-tu par heure ? » Elle aurait pu dire : « Je veux qu'il soit l'heure d'aller dormir. » Elle aurait pu dire : « Je veux qu'il soit l'heure où tu me fiches la paix. » Mais la réponse qu'elle avait réellement donnée tenait encore, même si elle aurait préféré la donner de façon plus légère, moins sur la défensive. Je veux qu'il soit l'heure qu'il est. Je veux être dans le ici et maintenant.

Quelques jours plus tard, assis à la table de la cuisine chez Eleanor, Harry dit : « Tu ne portes plus la médaille de saint Christophe. »

Non. « Elle n'a pas vraiment fait son travail », répondit-elle. Elle l'avait rangée dans un tiroir.

«Tu dois manger, reprit-il. As-tu mangé?

— Teresa me nourrit. En fait, tout le monde me nourrit. C'est l'abondance, dit-elle en ouvrant la porte du réfrigérateur avec un moulinet triste.

— Dors-tu?

— Tu es très gentil, Harry. Je dors suffisamment. Je ne peux avoir l'air plus paumé que toi.»

Elle lui dit de ne pas se faire de mauvais sang, elle s'en tirerait. Ce jour-là, elle avait tendu sa lettre de démission à celui qui remplaçait Harry à la station de radio, un homme au visage juvénile avec de petites dents et un sourire nerveux. Elle respecterait ses obligations et travaillerait encore un mois, mais pas plus, car elle allait mettre en marche son projet d'ouvrir une librairie. Comme elle l'expliqua à Harry, elle espérait vendre des livres neufs et usagés, et elle voulait accrocher les photos de Ralph sur les murs du magasin, sa série sur les herbes flottant dans l'eau, avec la lumière sur elles.

«Tu es bien plus avancée que moi», dit Harry.

Il n'avait pas encore fini de défaire ses bagages, avouat-il, même s'il avait déjà commencé à réfléchir à l'étape suivante de sa vie et à tâter le terrain à propos du travail. Il avait médité sur ce qu'il apporterait quand il partirait. Il lui fallait décider quoi faire des quelques objets de Dido, la lettre, la montre qu'il lui avait donnée, le porte-clés. Il pourrait peut-être utiliser le porte-clés, jeter la lettre, donner la montre à une étrangère.

L'expédition en canot s'était révélée un genre de médicament. Quand le pays s'était ouvert et qu'ils avaient pénétré dans le flot d'eau et de faune, Harry avait, pendant de longues périodes, senti son esprit se libérer du naufrage appelé Dido. Elle avait reculé pendant quelque temps, plusieurs jours, une semaine. Mais elle était ensuite revenue avec la même force et avait occupé ses pensées.

À la fin du mois d'août, trois semaines après leur retour, Gwen se trouvait dans la station quand un homme âgé arriva : il cherchait Dido. Il s'appelait Daniel Moir. Il expliqua qu'il était un ami intime de Dido et qu'il essayait de la retrouver.

Gwen lui dit que oui, Dido avait travaillé ici, mais qu'elle était partie depuis plusieurs mois. L'homme hocha la tête et se frotta la lèvre inférieure avec ses jointures. Fin de la cinquantaine, vêtu avec une élégance décontractée, le teint bronzé, en bonne condition physique, un visage fort exprimant le succès : un homme de belle apparence, comme l'aurait dit la mère de Gwen. Il regarda par la fenêtre. « Depuis combien de mois ? demanda-t-il en s'adressant à la fenêtre.

— Depuis janvier.

— Et depuis, elle n'a communiqué avec personne ?

— Pas avec moi. Mais elle a communiqué avec quelqu'un. »

À ce moment-là, Eleanor revint à son bureau.

« Ce monsieur cherche Dido », lui dit Gwen.

Eleanor comprit immédiatement de qui il s'agissait. La description que Dido avait faite de son séduisant beau-père était toujours d'actualité. Il semblait vigoureux, compétent et déçu. Elle lui dit que Dido était en Californie et qu'elle y était depuis janvier, du moins à sa connaissance. Elles ne s'étaient parlé qu'une seule fois, en mai.

Il demanda ce qui avait amené Dido en Californie. Eleanor répondit que la personne avec laquelle elle était partie venait de là.

« Je vois, dit-il. J'ai mal choisi mon moment. »

Eleanor se demanda s'il était de ces hommes d'expérience qui pensent que tout est une question de moment, bien ou mal choisi, comme d'autres croient que tout est une question de chance. Elle, elle avait l'impression que tout était fragile, et c'était tout.

Ce soir-là, elle dit à Harry : «Un homme est venu à la station aujourd'hui. Il voulait voir Dido. Il a dit s'appeler Daniel Moir.

— Le fameux beau-père, répondit Harry en levant la tête.

— Oui.»

Ainsi, Harry était au courant. «Pauvre Dido, reprit Eleanor. Mais je ne savais pas trop jusqu'où je pouvais aller. J'ai failli lui donner son numéro de téléphone, mais l'aurait-elle voulu? Parce qu'il me semble que si elle voulait entrer en contact avec lui, elle le ferait.

— Et de quoi a-t-il l'air?» demanda Harry avec une curiosité grave.

— Bien conservé pour son âge», répondit Eleanor, qui ne voulait pas tourner le fer dans la plaie.

Harry le retrouva à l'hôtel Explorer. Il avait plusieurs raisons de vouloir rencontrer cet homme : c'était son rival pour l'affection de Dido, un perdant comme lui, l'homme qui avait parcouru ce long chemin pour elle, l'homme qui l'avait fait attendre. *On s'est juste regardés, on s'est juste regardés.* Comment était-elle allée de A à Z, du fils de cet homme à Eddy? Harry voulait apprendre quelque chose sur la logique mystérieuse et autodestructrice de la vie amoureuse de Dido.

Harry s'était senti déstabilisé, en conflit avec lui-même en se rendant à l'hôtel. Mais quand il serra la main de Daniel Moir et qu'il le regarda dans les yeux, il vit un vieil homme et son cœur devint plus léger.

«Je suis Harry Boyd.

— Daniel Moir.»

Eleanor lui avait mentionné qu'il était ici et pourquoi, expliqua-t-il. « J'étais le patron de Dido. Ainsi qu'un ami proche.

— Je suis le beau-père de Dido », répondit Daniel Moir.

Ils allèrent prendre un verre, puis un autre au Snowshoe Lounge.

Pour Harry, Daniel Moir paraissait riche. Ses mains avaient connu le mauvais temps, mais elles avaient été traitées tout de suite après. Il tenait son verre de scotch dans ses deux mains, comme Dido tenait sa tasse de café. Il ne portait pas d'alliance, mais son annulaire tanné en gardait le souvenir blanc.

« J'espérais qu'elle soit encore ici, dit Daniel. Il y a long-temps que je n'ai pas reçu de lettre d'elle. »

Harry hocha la tête. Il aurait pu lui dire qu'il avait un fragment de leur correspondance. « Elle parlait de vous », dit-il.

Daniel leva les yeux — un regard perçant. Mais il se contrôla suffisamment pour ne pas demander ce que Dido avait dit à son sujet.

Elle t'aimait, pensa Harry. Plus tard, il regretta de ne pas l'avoir mentionné. Une personne devrait savoir qu'elle est aimée. « Elle nous a manqué quand elle est partie, dit-il. En ondes, elle était si naturelle. Une voix superbe, une présence extraordinaire. Elle n'a absolument pas eu besoin de forma-tion. Une animatrice née. »

L'expression de Daniel se détendit. « Je n'ai aucune peine à l'imaginer », dit-il. Il demanda ce qu'elle avait fait, voulant connaître tous les détails, et il écouta intensément.

Assis ainsi devant cet homme dont les traits se préci-saient au fil de leur conversation, Harry sentait de plus en plus retomber sa bonne humeur. Appuie sur le bouton Dido et les années s'envolent, pensa-t-il.

Daniel décrivit d'autres talents de Dido. Une excellente étudiante, dit-il. Elle avait étudié avec son fils, c'était ainsi qu'ils s'étaient rencontrés. Elle était une des seules filles de sa classe de philosophie et, contrairement aux autres étudiants, elle exprimait ce qu'elle pensait. «Eh bien, elle était un peu plus âgée. Mon fils nous a dit qu'il avait rencontré une fille qui savait jouer aux échecs. Il était impressionné et nous l'avons été, nous aussi, quand il l'a amenée à la maison. Sa mère et moi trouvions qu'elle était une jeune femme extraordinaire. »

«Sa mère et moi. » Harry eut l'impression qu'il affirmait comme un fait banal une chose qui avait incroyablement compliqué sa vie.

«Que fait-il maintenant, votre fils ? » Il ne savait même pas s'ils avaient divorcé. Il supposait que non. Elle ne l'avait jamais dit.

Son fils était à Toronto, il étudiait le droit, répondit Daniel, et il venait de se fiancer avec une jeune fille charmante, infirmière diplômée. «Quelqu'un qui ressemble beaucoup à sa mère. »

Harry montra la marque évidente sur la main gauche de Daniel. «Vous vous êtes séparés. »

Daniel hocha la tête. «Le mois dernier», dit-il, le regard baissé vers son deuxième verre de scotch. Il se mit à parler de son petit-fils, l'enfant de sa fille. Il n'avait pas prévu le plaisir que lui donneraient ses petits-enfants. Il emmenait le gamin sur son voilier. Il ajouta qu'il pouvait compter sur les doigts d'une main, moins que ça, même, les femmes de sa connaissance qui aimaient vraiment faire de la voile. La majorité d'entre elles le supportaient à cause de leur mari. Mais Dido était une véritable adepte. Sur l'eau, elle était fantastique.

Harry soupçonna soudain Daniel de rêver de partir sur son voilier avec Dido. Et au troisième scotch, celui-ci avoua l'avoir déjà fait. Un jour, il l'avait fait monter à bord et ils étaient restés absents pendant vingt-quatre heures. Il avait été tenté de ne jamais la ramener. Elle avait dit en plaisantant qu'elle était parfaitement équipée pour tout ce qui pouvait arriver. Elle portait des boucles d'oreilles ornées de perles. Je suis habillée pour toutes les occasions, avait-elle dit.

Sa femme et son fils ne l'avaient jamais su parce qu'ils assistaient alors à une réunion familiale dans le Maine. Ou peut-être que oui. Ils savaient quelque chose. Peu après leur retour, il était allé faire une longue promenade sur la plage avec Dido, puis elle était partie, était allée très loin, jusqu'à Yellowknife.

« J'avais un jour pensé que la vie ne me réservait aucune surprise et cela me satisfaisait, continua Daniel. Je savais que les choses pouvaient changer, mais j'ignorais que *je* le pouvais. J'avais pitié des hommes qui poursuivaient des femmes plus jeunes de leurs avances. Mais dès le moment où j'ai rencontré Dido… » Il s'interrompit. « À sa première visite, avant de partir, reprit-il après un instant, elle a dit au revoir et elle a passé son bras dans mon dos. J'étais assis à la table de la salle à manger, elle a mis sa main sur mon épaule et son bras s'est appuyé sur mon dos. Il y avait une telle chaleur dans ce geste. Une sensation tellement forte, on ne peut le comprendre avant de l'avoir vécu. Cette sensation, c'est un cadeau énorme, continua-t-il lentement. Mais j'ai dû attendre que mon fils s'en sorte. Avant cela, j'étais incapable de voir clairement la voie à suivre. » Il contempla son verre et secoua la tête. « Je m'enracine quand je bois du scotch… Qui est l'homme avec qui elle est maintenant ? »

Harry avait écouté avec intérêt, mais sans aucun plaisir, Daniel se confier. « Elle est partie avec le technicien, répondit-il.

336

— Tous les hommes avec lesquels j'ai vu Dido tombent amoureux d'elle, dit Daniel en jetant un regard à Harry.

— Mais elle ne tombe pas amoureuse d'eux.

— Pour ça, vous avez raison.

— Elle aime les hommes compétents dans ce qu'ils font.»

Harry se rappelait la fête bien arrosée qui avait eu lieu chez lui; à la fin, seule Dido était encore éveillée et alerte, assise sur le sol en position du lotus, et elle lui avait demandé s'il pensait qu'Eddy travaillait bien. Il aurait dû répondre qu'il y avait des choses plus importantes. Ou autant. «Elle aime les hommes qui sont durs avec elle», dit-il. Touchant finalement le cœur du sujet.

Daniel avait les yeux rivés sur lui. «Comment le savez-vous?

— Pas parce que *j'ai* été dur.»

Ils se jaugèrent. Ils avaient fini de plaisanter, ils avaient satisfait leur besoin de parler. Ils ne se sentaient pas mal disposés l'un envers l'autre.

«Qu'est-ce que vous me dites? demanda Daniel.

— J'espérais que *vous* me le diriez. Vous la connaissez beaucoup plus que moi.

— Peut-être. Ou peut-être que je la connais moins que je ne le pensais... Je comprends qu'elle est à Los Angeles, dit-il en regardant au loin. Je suis sûr que je pourrais la retrouver si j'essayais.

— Votre fils est sûrement en contact avec elle. S'il doit se remarier.»

Harry pensait aux documents pour le divorce. Il omit de dire qu'Eleanor avait le numéro de téléphone de Dido. Il avait envisagé de le faire, puis il décida de ne pas pousser cet homme dans une direction ou l'autre. C'était à Daniel de trouver ce qu'il ferait ensuite.

❖

La dernière audience de l'enquête Berger eut lieu à la fin du mois d'août. Au cours des deux cent quatre-vingt-trois jours de témoignages, l'enquête avait rassemblé quarante mille pages de transcriptions présentées par mille sept cents témoins. Berger devait à présent affronter le pénible défi de terminer, en six mois, un rapport qui remplirait sa promesse de «dire au gouvernement et au peuple du Canada ce que sont vos préoccupations et vos pensées».

Harry avait mis sa maison en vente. Les terrains au bord de l'eau situés sur l'île Latham étaient très convoités, et il la vendit en une semaine. Il commença ensuite à trier les choses qu'il apporterait en Angleterre. Il voulait réduire sa vie à l'essentiel, comme Huckleberry Finn, se disait-il, et c'était pourquoi il se limitait à deux valises. Il emballa tout le reste dans des caisses qu'il donna à l'église ou jeta au dépotoir.

Un soir, Eleanor et Gwen lui rendirent visite et le trouvèrent en plein chaos. «Servez-vous, leur dit-il. Fouillez. Prenez tout ce que vous voulez.» Puis, sur un autre ton, il ajouta qu'il cherchait une personne capable d'utiliser son canot.

C'était le début de septembre, et leurs visages, leurs mains et même leurs muscles avaient perdu ce qu'ils avaient acquis pendant le voyage : ils avaient maintenant des visages, des pensées et des rêves urbains. La toundra canadienne ne les avait pas suivis dans leur sommeil. Elle agissait différemment sur eux, de façon peut-être plus consciente. C'était un chapitre bref et atypique de leurs vies. Ils n'arrivaient pas à croire que c'était arrivé, même si, depuis, rien n'était pareil.

«Te reverrons-nous? demanda Gwen.

— Ah! Gwen...» dit Harry avant de la serrer dans ses bras.

Il s'était remis à boire, la sobriété de l'expédition en canot n'était plus qu'un lointain souvenir. «Tu as une âme sentimentale, reprit-il.

— Puis-je me cacher dans une de tes valises?» demanda Gwen.

Elle était maintenant prête à s'enfuir avec lui, dit-elle, prête à monter à bord.

Harry réagit par un sourire. Le marivaudage amorcé pendant le voyage était également chose du passé, et elle ne pouvait le ressusciter, même en lui disant que la station de radio était insupportable sans lui. Elle avait l'impression qu'il était déjà parti. Déjà loin.

Elle avait raison. La mort de Ralph avait opéré un changement en lui: ses pensées étaient désormais tournées vers Eleanor et son bien-être, puis vers son propre avenir.

Gwen resta dans le salon tandis que Harry emballait sa vie à Yellowknife. Dans un de ces paradoxes qu'elle trouvait difficiles à saisir, elle se sentait plus isolée dans la ville que dans la toundra, au milieu de milles et de milles de désert. Dans cette même pièce, à peine trois mois plus tôt, ils avaient fait leurs bagages, survoltés à la perspective du départ. Comment pouvait-on se sentir plus en sécurité dans la nature sauvage — aussi en sécurité qu'elle s'était sentie presque jusqu'à la fin — et comment pouvait-on se sentir plus seule qu'elle se sentait maintenant?

Une semaine avant son départ de Yellowknife, Harry prit le *News of the North* et lut un bref article sur une exposition de photos à Los Angeles, exposition qui provoquait beaucoup d'émoi. Une série de photos documentaires montrant des jeunes femmes dénées prises sur le vif, à demi nues, paraissant sous l'emprise d'une substance quelconque. La Presse canadienne avait repris l'article. Il semblait que les spectateurs avaient réagi avec indignation et inquiétude devant les vies décrites, mais qu'ils avaient admiré le message politique et l'audace artistique du photographe. «L'intimité déconcertante des photos ne semble jamais fondée sur l'exploitation», écrivait l'un des critiques, et Eddy Fitzgerald était cité: «Je ne peux transformer leurs vies, mais je peux montrer la vérité de ce qui se passe.» Il déclarait vouloir montrer l'envers de la vie dans une ville du Grand Nord où les Blancs formaient la majorité, où ils étaient racistes, où ils utilisaient les jeunes femmes autochtones et abusaient d'elles. Il voulait qu'on voie ses photos comme un avertissement de ce qui arriverait si l'on construisait le pipeline. Il ajoutait qu'il travaillait à un livre et que tous les profits de la vente seraient versés à la nation dénée. Il y avait un petit cliché d'Eddy, l'air intense, sans sourire, et une de ses photos montrant une jeune Autochtone couchée sur le côté dans ce qui ressemblait à une chambre de motel miteuse.

Harry prit alors conscience, avec une lucidité soudaine et douloureuse, qu'Eddy allait se faire un nom, une pensée qui le consterna presque autant que les photos. L'article ne lui permettait pas de savoir si les photos avaient été prises sur le vif ou si Eddy les avait mises en scène à ses propres fins. Il ne savait pas s'il devait être impressionné ou scandalisé par ce qu'Eddy avait fait.

Quand il vit Teresa le lendemain au café Gold Range, il lui demanda si elle avait vu l'article.

«Christ! répondit-elle. Sur quelle planète Eddy vit-il?»

Sa réaction directe réconforta Harry. Il se sentit reconnaissant. «Mais c'est apparemment fait pour une bonne cause», dit-il. Voulant qu'elle développe et précise sa pensée, il ajouta: «L'art au service de la politique.

— Non, dit-elle. C'est l'art et la politique pour couvrir... tu sais quoi. Sa queue.»

La réponse était si explicite qu'elle balaya toute confusion dans son esprit jaloux.

À l'exception de Ralph, Eleanor était la seule du groupe qui ne quitterait jamais le nord. Au début d'octobre, Harry déménagea en Angleterre et, peu de temps après, Gwen commença à poser sa candidature pour travailler dans des stations du sud. Vancouver, Toronto, Winnipeg, Ottawa. Comme elle l'expliqua à Eleanor, elle voulait acquérir plus d'expérience, elle voulait apprendre auprès de gens qui savaient réellement ce qu'ils faisaient: pour cela, elle devait aller à l'«extérieur», le mot utilisé dans le nord pour désigner tout lieu au sud du soixantième parallèle. Par conséquent, le nord lui-même était l'«intérieur». Au départ, Gwen avait été frappée par cette distinction, qu'elle voyait comme une énigme existentielle, car comment pouvait-on définir ce vaste espace ouvert comme un intérieur? Mais elle avait ensuite connu son premier hiver à Yellowknife.

De nouveau, l'hiver se rapprocha avec des vents sibériens, des routes glacées, des nuits plus longues et, oui, elle était à l'intérieur d'un lieu captif dans les serres du froid. À présent qu'elle avait décidé de quitter Yellowknife, elle s'y sentait ironiquement plus attachée, avide d'absorber tout ce qu'elle pouvait. Elle entendait être partie avant que la station ne s'installe dans ses nouveaux quartiers l'été suivant. Sous le nouveau directeur, elle avait recommencé à travailler le soir. Elle préférait ça. Elle voyait moins cet homme qui, contrairement à Harry, n'était pas intéressé à ouvrir aux femmes une carrière à la radio. Teresa non plus ne s'entendait pas avec lui. «Mais j'ai trouvé comment m'y prendre avec ce type. S'il me renvoie, moi, je lui envoie une balle dans la peau, dit-elle en riant. J'ai survécu à d'autres mauvais patrons», ajouta-t-elle avec une touche d'amertume.

Elles gardaient toutes deux l'œil sur Eleanor. Celle-ci avait conclu un arrangement avec le propriétaire de la papeterie : ils partageraient le loyer et les livres d'Eleanor occuperaient la moitié de l'espace. Un jour, Gwen l'aida à trier les photos de Ralph et à choisir celles qui seraient accrochées dans le magasin. Elles découvrirent que, avant sa série sur les herbes d'été, il en avait fait une sur les herbes en hiver et que ces photos ressemblaient à des idéogrammes japonais. Les tiges desséchées étaient penchées comme de petits bâtons, à demi ensevelies sous la neige ; les conditions climatiques leur avaient donné des formes. Ce fut presque trop pour Eleanor. Ralph venait de revenir dans leurs vies. Elle raconta alors à Gwen le rêve extraordinaire qu'elle avait fait peu après sa mort, dans lequel il y avait le genre de détails — la vue, le toucher, l'odorat — qu'une photographie ordinaire ou que la mémoire n'a pas. Mais ces clichés de ce qu'il s'était penché pour voir de si près, à quelques pouces, donnaient à Eleanor l'impression de regarder par ses yeux. Cette intimité avec lui — si physique, et pourtant intangible — la submergea soudain et elle ressentit son absence avec encore plus d'acuité.

En étudiant la lumière neigeuse des photos en noir et blanc, Gwen fut ramenée à une journée d'hiver, sept ans auparavant ; avec sa mère, elle était allée à Toronto rendre visite à une vieille amie, une peintre appelée Marta, qui avait loué un appartement dans un gratte-ciel surplombant le lac Ontario. L'appartement n'avait qu'une chambre, un salon et une petite cuisine, un peu comme le mien ici, songea Gwen. Une chose était différente : celui de Marta avait une vue. De grandes fenêtres donnaient sur le lac au-dessous et, en hiver, le soleil entrait à flots, une lumière si blanche, si aride, si impitoyable que tout paraissait chargé d'une vie inhabituelle. Sur le chemin du retour, traversant avec sa mère le paysage nu sous le ciel blanc hivernal, elle avait senti que les aspirations de Marta travaillaient comme de la sève en elle, et ce n'était pas la sève du printemps, mais celle, latente, de l'hiver. Elle ne l'avait jamais oublié, mais elle n'avait jamais su non plus comment mettre cette idée en pratique. Maintenant, il lui était venu à l'esprit d'utiliser sa table de cuisine pour travailler, d'essayer de dessiner et d'esquisser les choses dont elle se souvenait, les visages encapuchonnés estompés sous des volutes d'haleine glacée, les cabanes en rondins improvisées et les piles de bûches enveloppées dans la brume et la glace, les skieurs traversant le lac gelé et les traîneaux à chiens, qui, comme des bateaux sur neige surgissaient à l'occasion, les chiens se déportant de côté pour engouffrer de grosses bouchées de neige.

À Noël, elles reçurent des cartes de Harry qui leur disait se porter remarquablement bien pour un homme dans son état. Il avait trouvé du travail à la BBC : il produisait des pièces radiophoniques.

C'est *mon* travail, lui répondit Gwen. Eleanor lui écrivit, elle aussi ; elle serait une correspondante fidèle. Gwen lui envoya une nouvelle lettre en janvier pour dire qu'on lui avait offert un emploi de remplaçante en été à la CBC à Ottawa. Harry la félicita, elle lui réécrivit et, ne recevant pas de réponse, elle laissa tomber.

En février, à une centaine de milles au nord-ouest d'Inuvik, un jeune homme qui travaillait sur une plate-forme pétrolière dans le delta du fleuve Mackenzie fut tué par un ours polaire. Son coéquipier dit qu'il l'avait laissé seul, mais seulement quelques instants, pour aller se réchauffer dans une roulotte à proximité et que quand il était retourné quelques minutes plus tard, son compagnon n'était plus là. Il l'avait cherché aux alentours, et il avait trouvé une botte, une chaussette, et l'empreinte d'une patte d'ours. La nouvelle fut diffusée aux actualités, et Gwen eut l'idée d'écrire pour la radio un texte rappelant sa propre expérience avec un ours, le petit ensemble de sons, son sac plein de bandes resté sur la pente au-dessus de la cabane silencieuse de Hornby. En retour, Gus Daoust, un trappeur de la toundra canadienne qui avait pris sa retraite, lui donna son évaluation amusante et laconique du climat dans cette partie du monde : « Tous les vents sont des vents contraires. » Autour de Yellowknife, fit-il également remarquer, il y avait deux périodes de l'année où tout semblait s'arrêter, devenir immobile. Janvier et juin. Mai était le mois de toutes sortes de sons.

Il allait donc de soi que Berger livre son rapport final au début du mois de mai, puisqu'il générait tant de réactions. Le rapport frappa plus dur qu'on ne s'y était attendu. « Pas de gazoduc maintenant, recommandait-il, et aucun pipeline à travers le nord du Yukon, jamais. » Il réclamait qu'un moratoire d'au moins dix ans soit imposé sur le pipeline de la vallée du Mackenzie afin de permettre le règlement des revendications territoriales autochtones. Il recommandait l'adoption de mesures afin de protéger l'habitat de la faune, en situation critique. Il soulignait la nécessité de préserver la culture autochtone et de favoriser le développement d'une économie basée sur des ressources renouvelables. « UN DÉLAI DE DIX ANS », proclamait la une des journaux.

Des exemplaires du rapport furent expédiés par avion à tous les villages et agités dans les airs en signe de victoire. Teresa livra personnellement un exemplaire à sa grand-mère à Fort Rae. Celle-ci ne pouvait le lire, mais cela n'avait pour ainsi dire aucune importance. Il y avait de nombreuses photos, dont une d'elle-même fumant sa pipe, avec ses cheveux blancs, son regard au loin. Elle pouvait tourner les pages illustrées de photos de la terre et des animaux, ce qu'elle fit, inlassablement, jusqu'à ce que la reliure tombe en morceaux.

À la fin de l'été, il serait clair pour tout le monde qu'un formidable changement politique avait eu lieu. L'enquête et le rapport qui s'ensuivit avaient réussi à arrêter le gazoduc. Si le projet était ressuscité, les peuples autochtones, habilités par le règlement de leurs revendications territoriales, auraient une voix primordiale dans le processus.

Le dernier soir qu'elle passa à Yellowknife, Gwen anima sa dernière émission de radio. C'était le mois de juin, une de ces courtes nuits qu'on appelle longues parce que le clair de lune se prolonge si longtemps. Gwen était dans la cabine de l'annonceur, dans sa lumière très particulière, pas plus consciente du reste du monde que lorsqu'elle en était si complètement exilée. Elle ouvrit toute grande sa petite porte d'effets sonores pour Sleepy John Estes, le guitariste de blues, qui reconnaissait les pas de tout le monde, dit-elle, absorbant pleinement les bruits qui l'entouraient.

Peu après 1 heure, Eleanor vint la chercher en voiture et elles allèrent jusqu'à Old Town. Les lampadaires et les enseignes des magasins étaient allumés, mais il ne faisait pas noir. Elles ouvrirent les fenêtres et l'air sentait le grand lac. Le canot de Harry était attaché à un support sur le toit de l'auto. Elles avaient l'intention de faire une longue promenade sur la baie de Yellowknife.

Elles se garèrent près de la voie d'accès à l'île Latham. La brise soufflait légèrement quand elles glissèrent le canot dans l'eau, mais l'air était si chaud qu'elles se contentèrent de mettre un chandail sous leur gilet de sauvetage. Il y avait une semaine que ce qui restait de glace avait disparu de la baie.

Elles longèrent la rive. Il y avait maintenant presque un an jour pour jour qu'elles étaient parties pour la rivière Thelon et elles n'avaient pas été sur l'eau depuis la mort de Ralph. Elles pagayèrent devant Willow Flats à leur droite, l'île Jolliffe à leur gauche. Elles dépassèrent School Draw et la grève devint plus sauvage. Elles distinguèrent bientôt la tour de la mine Con et de nouvelles îles. Gwen supposait qu'elle ne reverrait plus jamais ces choses, et elle voulait leur dire adieu, conclure, d'une certaine façon.

Après quelque temps, elles arrêtèrent de pagayer et se laissèrent dériver, Eleanor à l'avant, Gwen à l'arrière. L'air était à présent totalement immobile.

« Je pense que tu devrais avoir mon manteau de fourrure », dit Gwen. Elle avait emballé, vendu ou donné tout le reste, y compris la voiture et la caravane dans laquelle elle était arrivée à Yellowknife deux ans plus tôt. « Voudrais-tu le prendre et le porter ?

— Tu en auras besoin à Ottawa, répondit Eleanor. Il t'appartient.

— Ce n'est pas vraiment le mien. Je ne l'ai jamais considéré comme tel.

— C'est à toi. Harry te l'a donné. »

Gwen se retourna, la regarda dans les yeux et vit qu'elle parlait sérieusement.

« Pourquoi ? demanda-t-elle. Pourquoi a-t-il fait ça ? » Dans sa tête, en plus de la surprise, il y avait ces quatre mots saisissants : *d'un admirateur secret*.

« Il a dit que personne ne le portait et que tu avais besoin d'un manteau chaud. C'était celui de sa grand-mère. C'est ce qu'il a dit. Il voulait que tu aies un manteau chaud, insista-t-elle en souriant.

— Quel geste gentil et bizarre », dit Gwen, s'ajustant à la gentillesse, à l'étrangeté. *D'un admirateur secret*. Pourquoi ces mots ? voulait-elle demander. Mais elle savait pourquoi. Ce n'était pas à prendre au pied de la lettre. Le manteau de sa grand-mère, après tout. Le manteau d'une grand-mère n'a rien de romantique.

«J'ai vendu la mèche, dit Eleanor. Il n'avait pas l'intention que tu le saches.

— Je suis contente de le savoir. C'était une telle énigme. Je me demandais d'où cela venait. Harry, dit-elle, et elle éclata de rire. Il ne voulait pas que le manteau soit jeté aux ordures. Ou autre chose.

— Ou autre chose», répéta Eleanor en souriant.

Gwen se rappelait l'époque où ils étaient tous ensemble, un an plus tôt, traversant un deuxième printemps, un deuxième hiver. Le juin de l'année précédente avait glissé à reculons dans le mois de mai et ils avaient de nouveau entendu tous les bruits de la débâcle et de la renaissance. Soulevant l'aiguille, la reposant au début plutôt que sur la chanson suivante.

«Tu as changé», dit-elle à Eleanor. Soulevant elle-même l'aiguille. «Quand je t'ai connue, tu attendais ton heure. Plus maintenant.

— Nous avons parcouru beaucoup de chemin ensemble. Mais je crois que nous sommes toujours reconnaissables.»

Quelque part entre 3 et 4 heures du matin, alors qu'elles s'en retournaient, elles virent un monde que Ralph aurait pu photographier s'il l'avait vu et que Gwen tenta par la suite de peindre. Mais c'était impossible de reproduire les couleurs, sauf en fermant les yeux. Puis, les îles au loin prirent la teinte juste, noir de jais, le ciel et l'eau étaient du même pêche intense, impeccable.

Vers la fin d'un chaud mois de septembre, huit ans plus tard, Gwen entendit de nouveau la voix de Harry. Elle était dans sa cuisine, la radio était allumée, et elle arrêta ce qu'elle était en train de faire, resta là, paralysée. Sa voix détendue, rugueuse, désinvolte était si familière qu'une décennie s'évanouit et que Gwen se retrouva dans un lieu plus vivant que le présent. Comme il était inhabituel d'entendre à la radio une personne qui n'était ni superficielle, ni agressive, ni résolue à vous impressionner. Harry parlait à un autre homme de l'orientation que sa vie avait prise, l'interrogeait sur le point tournant crucial. Ils devaient être dans un studio à Toronto, pensa Gwen. L'autre homme confia à Harry qu'il n'avait que treize ans quand, avec sa mère, il avait rendu visite à des voisins âgés vivant dans un cottage; le couple avait offert du pain et de la bière. «Comment ce garçon grandira-t-il s'il ne boit pas de bière?» avait demandé le vieux voisin d'un ton péremptoire. C'était un musicien amateur et il était allé au piano, avait joué un choix de morceaux incontournables — la *Sonate au clair de lune* de Beethoven, une valse de Brahms, *Eine Kleine Nachtmusik* de Mozart — et le garçon qui buvait son premier verre de bière avait été électrisé. Il avait tout de suite compris ce qu'il voulait faire de sa vie. Il voulait étudier la musique. Plus encore, il voulait arranger, réarranger, faire bouger les notes.

La musique de l'homme remplaça sa voix et Gwen réalisa qu'il s'agissait de Harry Somers. En grandissant, ce garçon était devenu le compositeur Harry Somers.

Harry demanda à Somers de parler des chansons de folklore terre-neuvien qu'il avaient arrangées et que tous les enfants des chorales canadiennes avait un jour chantées, et Somers répondit qu'il était très attiré par elles, que maintenant elles représentaient, bien sûr, le souvenir de quelque chose plutôt que la chose elle-même, puisque ce genre de vie dans les ports éloignés avait disparu ou était en train de disparaître. Puis, une chorale entonna *She's Like a Swallow* et les yeux de Gwen se remplirent de larmes.

L'expression qui lui vint à l'esprit fut : «à la fois long et soudain». Nous ne cessons de traverser les longs mois de nos vies jusqu'au moment où nous tombons sur un moment soudain qui nous laisse abasourdis. C'était un de ces moments, et il y en aurait bientôt un autre. À la fin de l'émission, un annonceur informa les auditeurs qu'elle avait été enregistrée des années auparavant; Gwen avait écouté une bande. En fin de compte, Harry n'était pas revenu au Canada.

Gwen s'assit à la table de la cuisine, submergée moins par un souvenir que par une émotion, comme lorsqu'on vient de recevoir un appel téléphonique nous annonçant de mauvaises nouvelles à propos d'un être cher. Entendre la voix de Harry avait été comme enfiler le gant soyeux du passé en cuir tanné.

Après un instant, elle se leva, éteignit la radio et se dirigea vers la fenêtre. Dans le jardin au-dessous, les crocus d'automne était grands ouverts, évoquant de vieux champignons mauves. Ou des bougies d'anniversaire fondues formant de petits tas inclinés idiotement. D'où elle se trouvait, Gwen voyait la blancheur cireuse des tiges. Elle n'avait jamais vu de crocus d'automne avant d'emménager dans cette vieille maison à Ottawa. Les petites fleurs graciles expiraient presque aussitôt écloses. À la fenêtre, Gwen entendit le vacarme des corbeaux malheureux. Puis elle aperçut quelqu'un vêtu de ce qui avait l'air d'un uniforme au bout du jardin, et quelqu'un d'autre, portant le même genre de chemise et de pantalon beiges, qui traversa la pelouse au pas de course et disparut au tournant de la clôture, là où poussait une talle de menthe.

Elle sortit. « Il y a un renard ! lui cria son voisin au-dessus de la haute haie.

— Un renard ?

— Il a perdu une patte. Il dormait dans notre cour et les corbeaux sont devenus fous. Il est dans la vôtre, maintenant. »

Gwen alla au bout du jardin et vit le fugitif : sa patte arrière droite avait été arrachée de sa hanche et il trottinait sans se presser vers l'allée. Une vision extraordinaire — un vétéran maigre et gris sorti de la nature qui se déplaçait à son rythme d'un autre monde.

Les inconnus en uniforme étaient des agents du contrôle de la faune et Gwen les regarda acculer le renard derrière le barbecue au gaz des voisins, puis lui entourer le cou d'un fil de fer au bout d'une longue perche, le hisser dans les airs et le laisser pendre, mou, décharné, tordu, les yeux fixes et inexpressifs, trop faible ou trop sage pour se débattre, pour enfin le déposer dans une cage. Les agents portèrent celle-ci dans leur camionnette et s'en allèrent. Gwen resta encore quelques minutes dehors. Les corbeaux s'étaient dispersés. La rue était silencieuse. Le renard était trop galeux, lui avaient dit les agents de la faune, potentiellement trop dangereux pour qu'on le laisse poursuivre son chemin. À voir comme il était estropié, il y avait longtemps qu'il luttait contre l'adversité. À une certaine époque, elle aurait sorti son magnétophone et enregistré tout l'incident. Plus maintenant. Mais il lui arrivait parfois de repenser à ses bandes perdues, d'imaginer un autre voyageur tomber dessus, les écouter plus tard et être transporté comme elle l'aurait été au cœur de cette nature sauvage et lointaine, peuplée d'animaux.

Le renard lui avait semblé magique. Une créature passant d'un monde à l'autre. Mais il n'y était pas parvenu.

Attristée, elle rentra chez elle et téléphona à Eleanor à la librairie. Elle lui parla du renard, lui dit qu'il s'était occupé de ses affaires. Et elle reçut la réaction sympathique qu'elle attendait. Mais était-ce la vraie raison de l'appel? «Il s'est passé une autre chose incroyable aujourd'hui, dit-elle. J'ai entendu Harry à la radio.

— Sans doute quelque chose qu'il a fait pour la BBC, répondit Eleanor. Je sais qu'il est encore là-bas. Il tient le fort de la radio, entretient les feux, comme il dit. Tu le connais.

— Non, c'était enregistré depuis des années. Je suis désolée, ajouta-t-elle. J'aurais dû te demander si tu étais occupée.

— Pas de problème. C'est tranquille actuellement. Comment va David?

— Magnifiquement bien. Je t'ai posté un autre de ses chefs-d'œuvre. Nous aspergeons des couleurs quand il rentre de la garderie.»

Eleanor dit qu'elle lui apporterait quelques livres à sa prochaine visite. Elle prendrait l'avion de Yellowknife la semaine après Noël pour passer quelque temps avec sa mère.

Parfait, répondit Gwen, elle avait hâte de la voir. «Tu me manques», dit-elle. Puis: «Je ne m'étais pas rendu compte à quel point Harry me manquait.»

Tôt le lendemain matin, après avoir passé beaucoup de temps à parler avec Harry dans sa tête, Gwen téléphona à la BBC de Londres et on transmit l'appel à Harry. «Harry, dit-elle quand il répondit, hier j'ai passé une heure avec toi dans des circonstances très étranges.

— Gwen? Où es-tu?»

Il semblait aussi content d'avoir de ses nouvelles qu'elle l'avait espéré.

«Toujours à Ottawa. On a repassé ton entrevue avec Harry Somers.

— C'est tellement formidable d'entendre ta voix... Tu t'es levée vraiment très tôt.»

C'était vrai. Il était 6 heures du matin. Elle était la seule personne réveillée dans la maison. «Parle-moi de ta vie là-bas, dit-elle. Tu vas bien?

— Je n'ai pas à me plaindre. Ils me font maintenant produire des livres audio.

— Tu veux dire que c'est toi qui lis?

— Non, non. Nous avons des acteurs pour ça. Des professionnels adéquats, pas de vieux schnocks de la radio. Nous sommes en Grande-Bretagne.

— Mais tu ferais ça magnifiquement.

— Je vais leur transmettre le message», dit Harry en éclatant de rire. Puis, il ajouta: «J'ai eu des nouvelles de toi par Eleanor.

— Qu'est-ce qu'elle t'a dit?

— Tout.

— Alors, elle t'en dit plus qu'à moi.

— Je devrais te traiter de traître pour avoir quitté la radio, dit Harry en riant.

— Un bon jour, nous irons prendre un verre et nous parlerons. Viens-tu parfois au Canada?

— Oui, à l'occasion, quand j'ai une bonne raison. J'ai envisagé de venir pour la fête quand Abe Lamont prendra sa retraite, juste pour faire une surprise au vieux grognon. Ce sera en novembre. Mais à Toronto.»

À sa façon de le dire, Gwen conclut qu'il ne prévoyait pas passer par Ottawa. «En fait, quand j'ai entendu ta voix, hier, j'ai pensé que tu *étais* à Toronto. J'ai cru que tu étais revenu.»

Il n'y eut pas de réponse. Puis: «Désolé, Gwen. Je devais donner quelque chose à un collègue. Tu me demandais si j'avais l'intention de revenir à Toronto. Pas vraiment. Des choses me retiennent ici.»

Sa vie personnelle. Elle s'était interrogée à ce sujet. «Des choses en dehors du travail.

— En fait, oui. Mais je ne suis pas attaché comme toi.

— Pas de femme », dit-elle.

Elle l'entendit chercher une réponse et supposa qu'il y avait quelqu'un, mais quelqu'un de non officiel. Elle rusa en demandant : « Harry, ne me dis pas que tu dépends encore du libre-service ? »

Il y eut un moment de silence, puis elle entendit Harry s'esclaffer.

« Tu es *très* effrontée », dit-il.

Ils rirent tous deux, et Gwen se sentit plus détendue qu'elle ne l'avait été depuis longtemps.

« Alors, disons que je vais à la fête d'Abe, reprit Harry. Serait-il envisageable pour moi de faire un détour par Ottawa ? »

Elle sentit un sourire se dessiner sur son visage. « Ce n'est qu'à une heure d'avion. Nous pourrions souper ensemble et nous raconter nos vies.

— Dans ce cas, je vais voir comment je peux m'organiser et je te tiendrai au courant. Je suis ravi que tu m'aies appelé.

— J'aime ta voix, Harry. Elle ne ressemble à aucune autre. »

Cinq semaines plus tard, dans le lobby de l'hôtel Lord Elgin, à Ottawa, Harry enleva ses lunettes et regarda Gwen.

« Bleu sur bleu, dit-il. J'aime. »

Elle jeta un coup d'œil à ce qu'elle portait et se rappela au même moment ses pendants d'oreilles turquoises. Elle toucha ses oreilles.

« La blouse bleue, le collier bleu, les pendants d'oreilles bleus, et tes yeux bleus, énuméra-t-il.

— Ah ! » dit-elle avec un sourire.

Elle scruta son visage, s'ajusta aux changements survenus au cours des dernières années. Ses yeux paraissaient plus petits parce que sa mâchoire avait élargi. Son teint était plus rouge, la grosse oreille en chou-fleur, toujours aussi bosselée. Il était plus solide, et pourtant plus vulnérable. Mais l'âge faisait ça à tout le monde, même si Harry n'était pas si vieux. Elle calcula qu'il devait avoir cinquante et un ou cinquante-deux ans, et elle le trouva seulement plus soigné qu'avant. Une veste de tweed confortable, un pantalon convenable, des chaussures de marche éraflées.

« Qu'est-ce que tu t'es fait au poignet ? » demanda-t-il.

Elle regarda le plâtre qui entourait son bras et se prolongeait sous sa manche. « Je traversais la chambre dans le noir et j'ai trébuché sur les souliers de mon mari. » Elle haussa les sourcils, sourit, puis regarda au loin. « Je connaissais pourtant cette chambre par cœur. »

Harry se retrouvait en *terra incognita*, l'état d'un mariage perturbé. Il ne savait pas trop comment procéder. « Tu allais me raconter comment vous vous êtes séparées, la radio et toi, dit-il en endossant son pardessus. D'après Eleanor, tu t'es fatiguée de poser des questions aux gens sur des sujets qui ne te regardaient pas.

— Eleanor t'a dit ça ? Mon Dieu, c'est certainement une des raisons.

— Et les autres ?

— Je vais te montrer où c'est arrivé, répondit-elle en boutonnant son manteau. C'est sur le chemin du restaurant. »

Ils marchèrent vers la rue Wellington puis traversèrent le petit pont qui enjambe le canal et mène au Château Laurier.

Un jour, environ six ans plus tôt, alors qu'elle se trouvait au travail, juste là, dit-elle à Harry en pointant le doigt vers l'étage supérieur du vieil hôtel où Radio-Canada avait ses studios, elle avait regardé par la fenêtre et vu qu'il neigeait, la première tempête de neige de l'année. Autour d'elle, tous ses collègues travaillaient sans relâche tandis que, dehors, les gros flocons tombaient paresseusement. Une ou deux personnes avaient remarqué le temps qu'il faisait, maugréé et détourné le regard. Pendant quelques instants, elle était restée toute seule à la fenêtre à regarder la neige tomber du ciel et, pendant ces quelques instants, la danse légère des flocons suspendus dans les airs tout en bougeant dans toutes les directions s'était transformée en une grosse tempête et Gwen ne pouvait plus distinguer les immeubles de l'autre côté de la rue. Un grand pan de ciel bleu était apparu. L'air est si changeant, si infiniment varié, et on la payait pour le saturer de paroles, l'ensevelir sous une incessante information, avait-elle pensé, et elle n'en pouvait plus. « Ça t'est déjà arrivé, Harry ? Que peu importe ce que tu étais en train de faire, tu n'étais plus capable de le faire une seconde de plus, et que tu étais parti ?

— J'étais plus du genre à me faire congédier. »

Le ton, la façon de dire ça étaient si sarcastiques que Gwen mit impulsivement son bras autour de lui — un geste ouvertement, naturellement affectueux. « Continue l'histoire de ta vie, dit-il d'une voix un peu bourrue. Eleanor m'a raconté que tu avais épousé un professeur. Comment l'as-tu rencontré ? »

Ils avaient fait connaissance quand elle s'était inscrite en travail social ; il donnait plusieurs cours. Elle n'avait toutefois pas terminé sa scolarité. Après la naissance de leur fils, elle avait passé un an à la maison, puis elle avait fait du bénévolat dans un hospice et trouvé sa vocation : écouter des gens aux prises avec de vrais problèmes les lui raconter. « Ça ne me fatigue jamais », dit-elle. À présent, elle suivait une formation de consultante familiale pour travailler dans une unité de soins palliatifs, mais elle le faisait à temps partiel, car David n'avait que quatre ans. «Alors, voilà, conclut-elle. Tu es maintenant à jour.»

Ils s'arrêtèrent à une intersection et attendirent que le feu passe au vert. «Tes cheveux sont différents. Plus courts que dans mon souvenir.» Il les repoussa gentiment sur le côté de son visage et effleura le bord de son oreille. Elle paraissait légèrement grignotée, comme par des souris, lui dit-il. «Ma bonne oreille est pareille.» C'était à cause d'engelures subies dans son enfance, ces heures et ces heures à jouer dehors, à marcher pour aller à l'école et en revenir. Il dit qu'il avait entendu parler de jeunes camelots des Prairies qui se gelaient si terriblement les doigts que même si leurs mains se développaient normalement, leurs doigts restaient petits et boudinés, les plaques de croissance ayant été détruites. «Si jamais tu vois une personne avec ce genre de doigts, tu sauras pourquoi», dit-il.

Elle fixa sur lui ses yeux si particuliers. «J'ai failli mettre ton manteau de fourrure aujourd'hui. Je l'aurais porté s'il avait fait plus froid.

— Il n'est donc pas tombé en morceaux, dit-il, se sentant découvert, mais pas mécontent. Comme ça, Eleanor n'a pas pu résister.

— Le manteau est toujours en parfait état, répondit Gwen en souriant.

— Bon, c'est très bien. J'ai seulement eu pitié d'une pauvre fille qui avait besoin d'un manteau chaud.

— Merci. Merci, Harry Boyd.»

Il se pencha vers Gwen d'une façon totalement nouvelle, avec une galanterie presque suppliante, et lui planta un baiser sur l'oreille.

Ils traversèrent la rue et s'ils parurent ensuite passer du coq à l'âne, c'était loin d'être le cas pour eux. «L'an dernier, dit Gwen, mon fils a marché sur un nid de guêpes et s'est fait piquer sept fois.»

Harry la regardait d'un air profondément absorbé.

« Et moi, deux fois, continua-t-elle, quand il a couru se jeter dans mes bras.

— L'été dernier, j'étais à New York, dit-il lentement. Je marchais dans Central Park quand une femme m'a touché le bras. Elle a dit : "Tu ne me reconnais pas." »

À voir son visage changer, s'élargir, prendre une expression de tristesse déconcertée, Gwen devina de qui il s'agissait. « C'était Dido », dit-elle sur un ton impénétrable.

Il acquiesça d'un signe de tête.

Gwen détourna la tête et regarda passer les voitures. « Et qu'est-ce qu'elle devient ?

— Je ne sais pas vraiment. Elle a des problèmes de santé. Si je ne l'avais pas connue, j'aurais pu la prendre pour une sœur », poursuivit-il d'un air songeur.

Gwen s'arrêta et le regarda dans les yeux. En esprit, elle voyait Dido dans ses jolies chaussures. Un chandail de cachemire, une jupe en cuir. Mince, élégante, pleine d'entrain après son séjour à Los Angeles. « On peut dire beaucoup de choses de Dido, mais il ne me serait jamais venu à l'esprit de la comparer à une religieuse.

— Je ne veux pas dire qu'elle portait un uniforme, répondit-il en souriant. Elle paraissait très différente, c'est tout. Maigre. Pas très heureuse. Eddy n'avait pas beaucoup changé.

— Comme ça, ils sont toujours ensemble.

— D'après ce qu'il m'a dit, il a plus de travail qu'il ne peut en faire.

— Je me demande s'ils ont des enfants, dit Gwen après avoir réfléchi un instant.

— Ils n'en ont pas parlé. Je ne crois pas qu'ils se soient même mariés.

— C'est dur, le mariage », dit Gwen après un instant de silence.

Elle avait été sur le point d'ajouter quelque chose à propos de son propre mariage, mais il était maintenant trop tard.

Harry marchait dans Central Park quand il aperçut Dido après toutes ces années. C'était un après-midi de la fin de l'été, et les grands espaces verts débordaient de lumière et de mouvement. Les coureurs, les cyclistes, et les feuilles qui remuaient un peu aux branches des arbres. Harry trouvait les doux contours du parc extraordinairement invitants et il interrompit sa promenade pour se laisser pénétrer par tout cela. C'est alors qu'il sentit une main se poser sur son bras.

«Tu ne me reconnais pas.» Assise sur un banc, elle s'était penchée en avant pour attirer son attention. Un livre était ouvert sur ses genoux.

En la voyant, Harry éprouva quelque chose au cœur. Il sentit exactement où il se trouvait dans sa poitrine, il sentit sa taille entière.

Elle avait perdu du poids. Elle portait des vêtements gris. Une robe ample en lin, à manches longues. Il aperçut des fils argentés dans ses cheveux ; un filigrane d'argent, songea-t-il. Pas d'alliance à son doigt.

«La dernière fois que je t'ai vue, tu portais un chandail jaune», dit-il.

Elle sourit. «Il ne faut pas s'apitoyer sur son sort, Harry.»

Il s'assit à côté d'elle sur le banc. «Pourquoi pas ?

— Il y a combien d'années de tout ça ? Ne me le dis pas.» Sa voix ombre et lumière, triste et joyeuse. «Tu étais bon pour moi. Je ne l'ai pas oublié.»

Et que devait-il faire de ça ? se demanda-t-il. Elle n'avait pas oublié, mais elle ne pouvait se donner la peine d'expliquer.

«Tu as disparu sans un mot, dit-il. J'ai attendu que tu reviennes. J'ai failli appeler la police. Puis j'ai fouillé la maison de fond en comble et j'ai compris que tu étais partie. Pourquoi n'as-tu rien dit, bon Dieu?

— C'était le coup de grâce, répondit-elle en soupirant. Je ne dis pas que je n'aurais pas pu me conduire mieux avec toi. Mais tu savais au moins ce qui t'arrivait.

— De quoi tu parles? Je ne savais rien. Tu ne m'as rien *dit.*

— Tu n'écoutais pas. Aujourd'hui encore, tu n'écoutes pas.»

Il la regarda en secouant la tête, déconcerté.

«Je ne suis pas vraiment un cadeau, Harry.

— Ce n'est pas ainsi que je vois les choses.»

Un garçon sur sa planche à roulettes passa en trombe si près de Harry que celui-ci rentra ses pieds sous le banc et leva les yeux, puis une fille en jean et en débardeur leur jeta un coup d'œil en passant. Il se vit alors, homme d'âge mûr, l'air abattu, assis sur un banc de parc avec la femme qui lui avait brisé le cœur. Ressaisis-toi, lui disait Dido à sa façon, il le savait. Ressaisis-toi, Harry.

Elle frottait le côté de son visage avec sa main et elle *n'a pas l'air bien*, pensa-t-il, retrouvant le souci qu'il éprouvait à son égard quelques années plus tôt. «La vie a été bonne? demanda-t-il.

— J'ai connu des jours meilleurs.»

Il lui posa d'autres questions et apprit qu'elle n'avait pas pu travailler depuis le mois de juin à cause d'une combinaison d'épuisement et de dépression; les médecins avaient suggéré qu'on prolonge son congé de maladie, et la NBC se montrait compréhensive. De toute façon, Eddy travaillait pour deux, ajouta-t-elle. Il travaillait tout le temps.

En l'écoutant parler, Harry se demanda si Daniel Moir était entré en contact avec elle. Il avait envie de lui poser la question, mais cela ne le regardait pas. Si Moir s'était rendu jusqu'à Yellowknife sans aller plus loin, Dido ne serait pas heureuse de le savoir. Et s'ils avaient été en contact, cela n'avait de toute évidence rien donné. Pourquoi s'en mêler, alors ? se demanda-t-il. Pourquoi rouvrir d'anciennes blessures ?

Eddy et elle vivaient à New York depuis deux ans. Eddy réalisait désormais une très populaire série télévisée policière. « Mais tu ne la connais pas, bien sûr, poursuivit-elle de sa voix d'antan, à la fois tranchante et charmeuse. Tu n'es pas du genre à écouter la télé.

— Ça m'étonne de la part d'Eddy, dit Harry. Une série policière. »

Dido haussa les épaules, comme si elle n'avait pas d'opinion sur le sujet, ou comme si l'opinion de Harry ne l'intéressait pas. Elle dit qu'Eddy avait d'autres projets en cours. Il faisait notamment de la photo.

« Et qu'est-ce que tu lis ? demanda Harry en soulevant la couverture de son livre.

— Tu ne connais pas ça », répéta-t-elle. Et elle lui dit que c'était un vieux livre d'A. E. Coppard, un de ces livres anglais qui avaient donné du fil à retordre à son père. Il les gardait dans une rangée sur une étagère à côté de son lit, et elle en avait rapporté quelques-uns après une récente visite à sa mère. Elle les avait feuilletés pour voir ce qui avait tenu son père occupé pendant toutes ces heures. « Celui-ci est écrit dans un style très ancien. Pas facile. Je me demande ce que mon père a compris. Veux-tu savoir de quoi ça parle ? »

Sa voix avait un ton légèrement moqueur, provocateur, agressif. « Bien sûr », répondit-il.

Eh bien, reprit-elle, le livre racontait l'histoire de deux femmes qui vont dans les bois ramasser des branches mortes pour le feu et, pendant qu'elles travaillent, elles se rappellent le même homme. «Le même homme depuis longtemps perdu. Puis, le vent se lève dans la forêt et elles l'écoutent.»

Parvenue à ce passage, une expression avait attiré son attention, elle s'était arrêtée et l'avait relue : la description du vent dans la cime des arbres, «comme une vague perdue cherchant un rivage oublié». Elle avait alors pris conscience de la brise dans le feuillage autour d'elle, elle avait levé les yeux et Harry Boyd était là, grand comme la vie.

Elle haussa les épaules, puis les laissa retomber. «La vie est un peu comme une plaisanterie», dit-elle.

Comme s'il avait besoin de se faire rappeler qu'il n'avait rien d'un homme depuis longtemps perdu, songea Harry.

Dido se redressa, repoussa sa manche pour consulter sa montre, parfaitement adaptée à son poignet. «Je dois retrouver Eddy dans dix minutes.» Elle se leva. «Pourquoi ne viens-tu pas lui dire bonjour?

— Eddy n'a sûrement pas envie de me dire bonjour.

— C'est *toi* qui n'en as pas envie. Allons, Harry. Tiens-moi compagnie.»

Il ne ventait plus et l'air était lourd. Des gouttes de sueur perlaient sur la nuque de Henry. Dido dit que ce n'était pas loin et ils marchèrent rapidement dans le parc. Un de leurs amis exposait dans une galerie et ils étaient invités au vernissage. Malgré la chaleur, Dido paraissait fraîche à côté de Harry, parfaitement chez elle dans la ville. Ils arrivèrent à une adresse sur la 57ᵉ Ouest, montèrent une volée de marches, ouvrirent la porte vitrée et entrèrent dans une galerie spacieuse. Harry aperçut Eddy au fond de la pièce en train de parler avec un homme plus jeune aux cheveux coupés en brosse. Dido se dirigea vers eux, Harry dans son sillage. Eddy avait une longue et profonde égratignure au haut de son nez, rouge et récente.

361

« Regarde qui j'ai rencontré qui se promenait dans Central Park », annonça Dido.

Eddy le dévisagea sans sembler le reconnaître, pensa Harry.

Dido embrassa le jeune artiste sur les deux joues. « Tu es un génie », dit-elle. Elle le présenta ensuite à Harry. « Un jour, il sera très célèbre. »

Puis, elle ajouta : « Regarde Eddy. Le chat l'a griffé. Il l'avait bien mérité. »

« Ça fait longtemps, dit Eddy en serrant la main de Harry. Je ne me rappelle pas la moitié de ce que j'ai fait depuis que j'ai quitté Yellowknife. »

Il sait donc qui je suis, pensa Harry. Le regard d'Eddy était toujours aussi parfaitement neutre. Harry éprouva une sensation très bizarre.

« Mais j'ai toujours plus de choses en cours que ce que je peux faire », poursuivit Eddy.

Il portait un jean et un tee-shirt noirs, et Harry trouva qu'il paraissait plus solide, plus musclé. Il avait fait de l'exercice. Son visage ciselé exprimait la même assurance. Il avait dû payer assez cher sa coupe de cheveux. « Dido me dit que tu fais encore de la photo.

— Ouais. Je ferai peut-être une exposition ici, répondit-il en jetant un regard autour de lui. Mais ce n'est pas vraiment mon style d'espace. »

Il y avait de plus en plus de gens dans la galerie. Un autre admirateur agrippa l'artiste et l'entraîna plus loin. Harry, Dido et Eddy se retrouvèrent laissés à eux-mêmes quelques instants. Harry commença à leur dire qu'il avait quitté Yellowknife peu de temps après leur départ, mais une femme portant la moitié de son poids en bijoux s'approcha de Dido et monopolisa son attention, puis Eddy s'excusa pour aller saluer des gens dans la pièce. Harry fit donc de son mieux le tour de la galerie. C'était difficile de voir les tableaux. Les toiles étaient grandes, abstraites, peintes de couleurs vives. Harry les trouvait plutôt belles. Un jour, au milieu des années 1960, il avait pris l'avion pour Resolute Bay dans le Grand Nord après une tempête de neige, et les immeubles autour de la piste d'atterrissage ressemblaient à ces bandes d'un jaune et d'un orangé pur. Mais les gens n'étaient pas du tout son genre. Certains portaient des vêtements si élégants, si bien ajustés qu'il avait envie de leur demander : «Qui est votre tailleur ?» Il chercha Dido du regard, mais la salle était trop bondée et il ne la vit pas. Alors il s'en alla, descendit l'escalier jusqu'à la rue et sortit dans l'air chaud du soir. Il se dirigea vers l'est et marcha quelque temps avant de s'apercevoir qu'il allait dans la mauvaise direction. Il resta un instant immobile à une intersection, essayant de s'orienter. Puis il tourna vers le sud et se rendit au bar de son hôtel.

Harry et Gwen trouvèrent leur restaurant près du marché et choisirent une table près de la fenêtre. Ils commandèrent un verre de vin, puis Gwen prit une photo de son fils dans son sac et la montra à Harry.

«Il a de la chance», dit Harry après l'avoir examinée.

Elle éclata de rire. «Parce qu'il ne me ressemble pas du tout.

— Je pensais à son père, dit Harry après lui avoir remis la photo. Il est chanceux de vous avoir. Il n'a peut-être pas conscience de la chance qu'il a.»

Gwen sentit soudain une bouffée de chaleur envahir son visage.

Harry lui demanda si elle avait parlé à son fils du temps passé à Yellowknife et de leur voyage à la rivière

Thelon. «Le goût délicieux du Coffee-mate sur le gruau, dit-il en claquant sa langue. Et tous les animaux. Les hardes de caribous, les bœufs musqués, ta rencontre avec un grizzly. Nos efforts sur la glace pendant que tu tenais ce microphone entre les dents. Tu ne veux sûrement pas qu'il grandisse en pensant qu'il n'existe rien d'autre que la vie dans une ville.

— Tu n'as pas du tout changé, Harry. Bien, tu es juste un peu plus chauve.

— Un pauvre hère.»

Elle rit. C'était facile de parler avec Harry, ce l'avait toujours été. Et, non, elle avait négligé de raconter ses histoires du nord à son fils, mais elle corrigerait cette erreur. Elle dit qu'elle se demandait si elle se souvenait de tous les lacs croisés le long de leur périple et elle commença à les énumérer. Artillery, Ptarmigan, Sifton. «Le lac Burr», dit Harry. Le lac French, continua-t-elle. Le lac Kipling. Le lac Harry, dit-elle avec un sourire. Ils ne mentionnèrent pas le lac Beverly, mais ils savaient qu'ils y pensaient tous deux. Ils se regardèrent et surent qu'ils pensaient la même chose.

«Tu parles comme une animatrice à la radio qui énumère tous les endroits desservis par la station.» Toutes les petites villes éloignées, pensa-t-il, peuplées d'auditeurs qui n'écoutaient qu'à moitié, qui avaient l'esprit occupé par d'autres choses. *Je connaissais cette chambre par cœur.*

«Tu disais que c'était dur, le mariage, reprit Harry.

— Oui.» Elle leva les yeux. «J'ai trouvé ça dur.»

Le moment se présentait de nouveau. «Mais ma belle-mère essaie de me convaincre de lui donner encore une chance, pour le bien de David.

— Alors, tu y réfléchis.

— Je pense qu'elle a sans doute raison.

— Oui», dit-il péniblement.

Quand leur repas arriva, ils s'occupèrent à manger, levant à peine la tête. Puis Harry pensa à lui raconter un voyage qu'il avait fait à Douvres ; il s'était rendu à l'école d'Edgar pour voir le journal original en cuir rouge exposé dans une vitrine dans le bureau du directeur et la plaque en souvenir d'Edgar dans la chapelle de l'école. Là, au lieu de repos du journal, après être allé à l'endroit même où il avait été rédigé, puis conservé dans les cendres d'un poêle, il avait eu l'impression d'avoir vraiment fait le tour de la question, dit-il. Il s'était demandé si les deux endroits étaient séparés ou liés par ces plusieurs milliers de milles.

Plus tard, ils retournèrent vers la rue Rideau. Harry proposa de la ramener en sécurité chez elle. Ce n'était pas nécessaire, répondit-elle, elle prendrait un taxi, et elle en héla un à l'intersection. Elle serra Harry dans ses bras, puis se glissa sur la banquette arrière alors que le feu tournait au rouge, ce qui lui permit de voir Harry traverser en diagonale la promenade Sussex, puis monter la pente vers le Château Laurier. Elle avait toujours aimé sa façon de marcher. Jamais pressé, les mains dans ses poches, jouant avec un briquet ou faisant cliqueter des pièces de monnaie, les épaules carrées d'avoir joué au rugby et chanté des années dans la chorale de l'église de son père. Son pied gauche un peu tourné en dedans. Elle aimait la courbe renflée de son mollet gauche et n'aurait su dire pourquoi, sauf qu'elle trouvait ça érotique.

Il s'écoula une année avant qu'elle ne lui retéléphone. Cette fois, elle lui demanda : « Harry, quand est-ce que tu viens dans mon lit ? »

Un dimanche matin d'un long printemps pluvieux, Harry ouvrit le journal à la table du déjeuner et, jetant un coup d'œil rapide sur les avis de décès, il faillit rater celui de Dido. Pendant que la pluie tombait, il lut le court paragraphe qui résumait sa vie et sa mort précoce. Le bruit de la pluie était presque tropical. Autour d'eux, le rythme régulier, le gargouillis plein de l'eau qui, du toit, coulait dans les gouttières et s'infiltrait dans le sol. La veille, il avait entendu des voix dehors à 22 heures, des rires malgré le mauvais temps et l'heure tardive, puis une série de coups qui l'avait laissé perplexe jusqu'à ce qu'il se rappelle. Il avait appelé Gwen et elle l'avait rejoint à la fenêtre de la chambre. Par un espace entre les arbres, ils avaient regardé les feux d'artifice transformer le ciel sous la pluie en cascades de plus en plus grandes de couleurs jusqu'à la gerbe finale et le noir soudain. Le 24 mai, fête de la Reine. Toujours l'occasion de feux d'artifice. Une constante, avait-il pensé, depuis son enfance. Une coutume rassurante qui reliait toutes ces années.

Il tendit le journal à Gwen de l'autre côté de la table.

Son «Oh!» puis son silence pendant qu'elle lisait sur la mort de Dido survenue «le 17 mai après une longue maladie. Née en 1947 aux Pays-Bas, fille unique de Johan et de Griet. Compagne bien-aimée d'Edward Fitzgerald, producteur et photographe expérimental. Tante adorée de Tracey, Erin, Joshua. Sept ans à la NBC. Classeurs pleins de coupures de presse sur la justice sociale, d'idées de films, de pièces de théâtre, de scénarios, de nouvelles. Passion à la recherche d'un véhicule. Une femme instable, émotive et belle qui ne s'est jamais vraiment trouvée.»

La pluie cessa peu à peu, mais le ciel demeura lourd et gris. Tout débordait — les rivières, le canal, les lacs. Harry ouvrit toute grande une fenêtre et ils entendirent le gazouillis de l'eau et des oiseaux.

Cet après-midi-là, pendant que David jouait chez les voisins, Gwen et Harry allèrent se promener. Au début, ils marchèrent en silence, évitant les flaques, absorbés dans leurs propres pensées. Gwen retournait dans sa tête les mots choisis par Eddy, peut-être pour se mettre lui-même en valeur, mais ils sonnaient vrai. Une énergie instable, émotive — vive à bondir et vive à se retirer. Tout avait tourné autour de la beauté de Dido pendant cet été où la lumière les avait rendus infatigables, comme des enfants qui jouent dehors jusqu'à ce qu'il fasse noir, sauf qu'il ne faisait jamais noir.

«Je n'en reviens pas qu'ils soient restés ensemble, dit Harry. Je ne l'aurais jamais cru.» Il pensait à Dido dans la galerie d'art, comment elle avait magnifiquement tenu le coup.

«Ils devaient s'aimer», répondit Gwen.

Trop commode, pensa Harry. Trop facile. Cela ne nous apprend rien. «Était-ce de l'amour ou autre chose?» demanda-t-il. Il pensait à quelque besoin malsain.

«Elle lui a été loyale, il lui a été loyal, répondit simplement Gwen. Ils avaient un lien, appelle ça comme tu veux.»

Harry hocha lentement la tête et, pour une raison quelconque, ce qui était emmêlé dans son cœur céda un peu. Il sentit que plutôt que de faire marche arrière, sa vision du couple s'élargissait — un lien, appelle ça comme tu veux. Il glissa son bras sous celui de Gwen et ils continuèrent à marcher. Ils tournèrent à une intersection et deux garçons à bicyclette roulèrent dans les flaques dans l'avenue Euclid. Il se remit à pleuvoir et ils rentrèrent chez eux.

Cette nuit-là, quand elle se réveilla à 3 heures et fut incapable de se rendormir, Gwen fit ce qu'elle faisait souvent, elle alla vers le nord en esprit, retourna à cet air d'été, sur la route vers l'île Latham et sur l'eau avant l'aube. D'habitude, Harry dormait profondément à côté d'elle, mais cette fois, il lui parla dans le noir. Le son de sa voix était celui de cet endroit, il ramena Gwen complètement en arrière et fit tout remonter à sa mémoire. Sa voix était sombre comme une prune et l'obscurité dans leur chambre avait la couleur d'un prunier. Il lui parla de nouveau et elle se sentit tenue par sa voix et ramenée sous l'aile de ce lieu lointain.

Le lendemain matin, il pleuvait encore. Ils entendirent la pluie en se réveillant, et Gwen murmura qu'ils avaient de la chance de ne pas être sous une tente. Ou dans un bateau, dit Harry. La pluie martelait le toit et glissait sur les fenêtres donnant à l'ouest. Ils se sentaient vulnérables et protégés, allongés là à écouter les bruits du monde au mois de mai. Comment la terre pouvait contenir encore plus d'eau, ils ne le savaient pas.

REMERCIEMENTS

Pendant toute l'écriture de ce roman, j'avais en tête la merveilleuse biographie écrite par George Whalley, *The Legend of John Hornby* (Macmillan of Canada, 1962). J'ai lu pour la première fois ce livre il y a trente ans et je l'ai toujours conservé. Elizabeth Whalley, veuve de l'auteur, a eu la gentillesse de m'autoriser à citer certaines expressions de l'ouvrage, comme «jardin du désir» et «contrée de l'esprit».

J'ai utilisé les citations tirées de la pièce radiophonique *Death in the Barren Ground: A Narrative of John Hornby's Last Journey* (*Mort dans la toundra: une histoire du dernier voyage de John Hornby*), diffusée sur les ondes de la CBC le 10 avril 1966, avec la permission de la CBC et d'Elizabeth Whalley. Pour les besoins de la chronologie de mon roman, j'ai situé la radiodiffusion de cette œuvre cinq ans plus tôt.

Je voudrais remercier Ken Puley du service des archives de la radio de la CBC, qui m'a grandement aidée à trouver le matériel dont j'avais besoin.

La pensée que «le merle dans l'œuf ignore que l'œuf du merle est bleu» est tirée de *A Kind Perseverance* de Margaret Avison (Lancelot Press, 1993), qui m'a généreusement permis de l'utiliser.

J'ai aussi, avec l'aimable autorisation de Claudine Nowlan, cité un passage d'un poème d'Alden Nowlan, «The Broadcaster Poem», qui fait partie du recueil *I'm a Stranger Here Myself* (Clarke, Irwin, 1974), réédité dans *Selected Poems* (House of Anansi, 1996).

Les autres livres dont je me suis servie sont *Report of the Fifth Thule Expedition, 1921-24*, de Knud Rasmussen (Copenhague, Gyldendal, 1930), *The Diary of Our Own Pepys*, d'E. W. Harrold (The Ryerson Press, 1947) et *In a Sea of Wind*, d'Yva Momatiuk et John Eastcott (Camdem House Publishing, 1991).

J'aimerais exprimer ma profonde reconnaissance à Mark Fried, à Bella Pomer et à Mick Mallon qui ont lu le manuscrit de ce livre à différentes étapes et qui m'ont donné de très précieux avis. Mon infatigable éditrice, Ellen Seligman, a comme toujours fait preuve de finesse et d'imagination; sa contribution a dans une grande mesure permis à ce livre de voir le jour. Je ne peux assez la remercier. Je voudrais également remercier du fond du cœur Anita Chong et Jenny Bradshaw. Pour l'édition britannique de ce roman, j'ai eu l'immense privilège de travailler avec Christopher MacLehose. Merci à lui et à Laura Palmer.

Quand on n'a pas une bonne mémoire, on a besoin de nos vieux camarades. Bien qu'ayant vécu à Yellowknife de 1974 à 1978 et fait du canot sur la rivière Thelon, j'ai dû faire appel à de nombreuses personnes, dont plusieurs amis, pour ajouter des détails et vérifier l'exactitude de mes souvenirs. Sans leurs connaissances, je n'aurais pas été capable de bâtir un monde fictif solide dans lequel tous les personnages, sauf les personnages historiques, sont inventés. Je remercie sincèrement toutes les personnes qui ont répondu à mes questions, notamment Mick Mallon, John Stephenson, Peter Gorrie, Craig McInnes, Roy Thomas, Stuart et Peter Kinmond, Elizabeth Whalley, Diana Crosbie, Dave Devlin, Doug Ward, Hal Wake, Sheila McCook, Linda Russell, Wendy Robbins, Catherine O'Grady, Eric Friesen, feu Lister Sinclair, Rosemary Cairns, Matthew Crosier, Richie Allen, Huguette Léger, Sheelagh Teitelbaum, Conny Steenman-

Marcusse, Marian De Vries, Parker Duchemin, Stewart Chadnick, George Grinnel, Max Finkelstein et David Kippen.

GARANT DES FORÊTS
INTACTES

*Achevé d'imprimer en février deux mille onze
sur les presses de Marquis Imprimeur,
Montmagny, Québec*